ひまわりの祝祭

藤原伊織

角川文庫
15894

目次

ひまわりの祝祭　五
引用文献・参考文献　吾八
解説　池上冬樹　吾三〇

1

電話が鳴ったとき、僕は温めた牛乳を飲みながらアンパンを食べていた。

真夜中過ぎだ。心あたりはなかった。こんな時間に僕との連絡に関心を持つ人物がいるとは思えない。だいたい、電話が鳴ることさえめったにない。最後に鳴ったのはたしかひと月ほどまえで、それはピザの注文だった。アンチョビとサラミをのせて……。その時点で黙って受話器をおいた。今度も間違い電話だろう。無視し、ちゃぶ台のうえから三個めのアンパンを手にとった。畳のうえにあるテレビに目をもどした。スポーツニュースは西武・オリックス戦に切りかわっている。イチローが初回ホームランを打ち、打球が右翼席に消えていった。きょうのイチローは二安打で、打率は二位にあがっている。

電話は鳴りやまなかった。

受話器はすぐわき、畳のうえにある。いまはインテリア以上の存在ともいえないのに、なぜかそばにおいてある。騒がしい昆虫に似た電子音がかすかな振動を畳からじかに身体に伝えてくる。その震えを感じながら、選手たちがブラウン管で動くのをぼんやり眺めていた。アンパンの最後のひとかけらを食べおえたころ、ニュースも終わった。日本ハムが四連勝した。今年の日本ハムは調子がいい。オリックスは二位に浮上したが、まだ二ゲーム差だ。そしてコマーシャルが流れはじめても、電話のベルは鳴りつづけた。あきらめてテレビのスイッチを切り、ようやく手をのばした。するとそのときになって突然、電話は沈黙した。

静寂が訪れた。同時に鈍い痛みもやってきた。虫歯だ。定期的にぶりかえしていたが、いまは本格的な痛みになっている。そろそろ覚悟して歯医者にいくべきころかもしれない。

そう考えたとき、ふいに雨の気配がした。部屋の空気が重くなっている。やがて降りだすことだろう。なぜだかよくわからないが、こういうときがある。この予感はまずはずれることがない。だれともしゃべらない毎日をすごしているせいかもしれない。僕のまわりにはなにもない。ただ時間だけがひっそり流れている。なにひとつ生産しない生活。だがそれは一方で、ある種の非生産的な敏感さとつながるのかもしれない。

ちゃぶ台の表面からパンくずを払いおとした。それからハイライトに火を点《つ》け、足をのばし、畳のうえに横になった。あくびがもれた。にじんだ涙をぬぐったとき、壁に貼ってあるカレンダーが目に入った。銀行がくれたありきたりのカレンダー。凡庸そのものを絵に描いたようなデザインワークだ。なぜかぼんやりそれを眺めていた。五月が終わろうとしている。そのうち、なにかがひっかかった。なにかを忘れているような気分の訪れ。身体を起こし、コップに残った牛乳を飲みほした。牛乳は常温にもどっていた。そのとき気づいた。なん年になるだろう。三十歳をすぎたばかりで妻をなくす男が世界になん人いるのか、知らない。数年後、その記憶を中途半端なまま持ちつづける男がどれくらいいるのか、知らない。ただ、僕はそのひとりであるらしい。英子《えいこ》の命日。それはたしかなん年かまえのこの五月だった。日にちも忘れた。たぶん、もうすぎてはいるだろう。

急に疲労を感じた。夕方まで眠っていたのに、疲れが濁り水みたいに身体の底にたまっている。結局、なにもしない一日がいつものようにすぎていった。そして、ひどく疲れている。なぜ無為が疲労を生むのか知らない。だが、ここ数年の経験はそれがとくに異常でもないことを教えている。

いっさい労働のない生活。つるつるのプラスチックみたいな平板な生活。それともこれはまずまずの平穏な生活というべきなのだろうか。わからない。しかし、こんな毎日にも時間つぶしの手段くらいはある。立ちあがって、棚からビデオを一本とりだした。この棚にはLPとビデオしか並んでいない。LPはすべて古いジャズだし、ビデオはほとんどがモノクロ映画だ。選んだのはその一本、ウィリアム・ワイラーの映画だった。デッキにセットすると、映像は中断していたシーンからはじまった。古典的な物語が、記憶にあるストーリーと並行して古典的なテンポで流れはじめた。

また電子音が鳴った。今度は電話ではない。玄関のチャイムだった。こんな時間の訪問者は想像がつかない。もっとも数年まえは頻繁にあった。それもいろんなタイプが大勢いた。共通していたのは職業だけだ。地上げ屋である。しかし、彼らはもうどこかへ姿を消している。いつのまにか僕の知らない遠くへ去ってしまった。

チャイムがふたたび鳴った。そして今度はとまらなかった。だれかが執拗《しつよう》に玄関のベルを押しつづけている。その音を聞きながらふいに、さっき電話をかけてきた人物かもしれないな、と考えた。いずれにせよ、僕に用のある人物がいるらしい。

のろのろ起きあがり、玄関まで移動した。

「どなたですか」

低い声がかえってきた。「築地《つきじ》警察です」

しばらく考えていた。それからため息をついて、引き戸に手をかけた。古びた木組みの建てつけがガタガタと音たてた。コツがある。この年代物の格子戸を開けられるのは、僕以外いない。

戸口が半分ほど開いたとき、太い声が届いてきた。むかしうんざりするほど聞きなれた声だった。

「やっぱりいたな」

すっかり戸が開くと、やはり雨が降っていた。霧みたいな小糠雨《こぬかあめ》。それが音たてず降っている。そして雨のなか、濡《ぬ》れたコート姿の村林が目のまえに立っていた。声を聞いたとき思いあたったように、もちろん警官であるわけがない。僕が勤めていたころの上司だ。ただ、彼がここを訪れたのははじめてのはずだ。住所を知っていたのが意外だった。

彼は僕の顔をのぞきこんだ。

「さっきは、なんで電話にでなかった」

「メシを食ってたんです。食事中は電話にでないことにしている」

彼はニヤリと笑いをうかべた。

「そんな上品な柄だとは知らなかったよ」

「しかし、警官だなんてウソをいっちゃ困りますね。小市民の平和な生活には刺激が強い。冗談としたっておもしろくもない」

「なにが小市民だ」村林がいった。「おまえさん、いまは世間と没交渉らしいじゃないか。独りで優雅な生活をおくってるって噂だぜ。それより、さっきはもう引っ越したんじゃないかと思った」

「優雅ね。このあばら家を優雅っていうんですか」

彼は苦笑した。それから雨に濡れるのを気にもかけず、周囲を見わたした。威圧的な体《たい》軀《く》に似あわない子どもみたいな目つきだった。

「いや、噂だからな。しかし銀座にまだこんなとこが残ってたとはおどろいたよ」

そう。たいがいの人間がおどろく。下町の風情を残す古い木造家屋。その一群がまだこの銀座一丁目界隈《かいわい》に残っていることはあまり知られていない。さまざまな資本の浸食を受けながらも、銀座にまだこうした土地は生きのびている。なかでも僕の住居、正確には僕の両親が生前住んでいた住居は、戦後すぐ建てられた。小さな二階建ての家だが、その古《こ》色蒼然《しょくそうぜん》はこの一角でも際立っている。昭和通りのすぐ南。ホテル西洋銀座まで歩いて五分とかからないロケーションだ。僕はここで生まれ、育ち、いっときはなれたあと、数年まえに舞いもどってきた。バブルの末期だった。そのとき、この町は生きのびようとしていたが、じっさいまだ生きのびている。

そして村林もまた生きのびている。少なくとも僕より、たくましく生きのびているはずだ。風の噂では、独立したあとインダストリアルデザイナーとして成功をおさめていると聞いた。それも小さな成功ではないと聞いている。

彼が咳払《せきばら》いした。「ところで、こんな時間だがひさしぶりの再会なんだ。そんな顔をしなくたっていいんじゃないか」

「どんな顔をしてますか」

「そうだな。いかにも迷惑って顔かな」

「そりゃそうでしょう。時間が時間だ。おまけに虫歯が痛んでしかたがない」

「そうか。虫歯か。虫歯はよくない」そういったあと、彼はつけ加えた。「それにしてもおれは客なんだぜ。それも先輩だ。恩人でもある。そういう人間を雨のなかに立たせたままでいるなんざ、礼儀に反するんじゃないか」

こんな時間に訪問する人物のせりふとも思えないが、彼の言い分には一理ある。たしかに恩人といわれればうなずくしかない。かつての勤務先である中堅のデザインプロダクションで、僕がアルバイトから正社員に昇格したのは、やり手の専務として知られた彼の口利きのおかげだった。彼がおなじ美大の先輩であることが、そのときのいちばん大きな理由だったと思う。当時は年齢を超えてかなり親しかった。なぜ、気があったのかはわからない。しかしそれも、十年近くまえまでの話だ。

玄関をふさいだ身体を開いた。

彼はごく自然に大柄な身体をのっそりすべりこませてきた。また興味深げに家のなかを見まわした。そして感にたえたようにつぶやいた。

「そうとう痛みが激しいな、この家は。重要文化財もんじゃないか」

「築五十年ですからね。いまの村さんと同じくらいの年齢でしょう。ガタがきてたってふしぎはない」

彼は僕を無視し、部屋に足を踏みいれた。自宅にもどったような足どりだった。歳はひとまわりうえだが、この傍若無人な態度はかつての彼と変わらない。

しかし、彼はいったん足をとめた。部屋の散らかりように啞然《あぜん》としたらしい。それから僕に視線を移した。「おい、どこにすわればいいんだよ」

ちゃぶ台のまわりに散らばっていた新聞をかき集めた。

「座布団がなくてね」

彼は気にするふうでもなく、ふむ、とつぶやいた。コートを脱ぎ、空いたスペースに腰をおろした。ブランドものの鞄《かばん》をわきにおく。スーツもそうとう高級品なのだろう。周囲の色あせ、けばだった畳の表面とはかなり落差がある。

彼はしばらく周囲を見わたしていたが、やがてその目がテレビモニターのうえにとまった。スイッチを消し忘れていた。

「ふうん。ビデオを見てたのか」それから、声が奇妙なトーンに変わった。「なんだ。これ、『ローマの休日』じゃないか。おまえ、こんなビデオを見てんのか」

画面ではちょうど、オードリー・ヘプバーンが背中にグレゴリー・ペックを乗せ、スクーターを暴走させているところだった。

「しょっちゅう見てますよ。いけませんか」

「いけなきゃないけどさ。おどろくじゃないか。ああいう性格だった男がいまだに成長してないんだから」

「どういう性格？」

彼は首をふった。「おまえには欠けてるものがずいぶんあった。協調性。順応性。社交性。そんなものはまるでなかった。愛想なんてカケラも見あたらなかったよ。だがな、おまえさんにはもっと大事なものが欠けてた。人間のいちばん核になるところだ。世間でおとなどいわれる部分がすっぽり抜けおちてた。つまり、未熟な子どもだった」

おなじような話はかつて彼の口から何度も聞いたことがある。まるでエンジンのないクルマだな、おまえは。そんなふうに批評されたことさえある。おなじように無遠慮な目が周囲から向けられていたことも知っている。たぶん、僕にはその種の先天的な欠陥が数多くあるのだろう。でなければ、都会のまん中で無為徒食の生活をおくっているわけがない。

画面を見つめながら、彼がぼそりといった。「こうやって現実と縁を切りつづけるってか。やはり、幼児性の名残りだな」それから気づいたようにつけ加えた。「しかし悪くはないな。たしかに悪くない」

「なにが」

「いや、この映画さ。これはまったくのファンタジーじゃないか。そう思わないか。それも饒舌《じょうぜつ》じゃないのに、豊穣《ほうじょう》なファンタジーだ。たしかにこういう時代もあったんだな。こういう夢みたいな完璧《かんぺき》な映画は、古き良き時代にしか生まれなかった」

そうかもしれない。古い夢。すぎた夢の世界。なぜ、この種の映画を僕は毎日見ているのだろう。村林がいったようにまだ幼児性から抜けられないでいるためだろうか。わからない。黙ったまま、村林の表情と画面を交互に眺めた。ヒロインが警察に引っ張られたところで彼の頰がゆるんだようにみえた。いっしょに仕事をしていた時代には、けっしてみせたことのない顔つきだった。

　やがてその視線がヘプバーンから僕に移った。

「ところで、おまえさん。もうむかしの仕事にもどる気はないのか」

　首をふった。

「そうか。ジャダもらった売れっ子デザイナーが、殻に閉じこもって余生をすごすってのか。まだ四十まえで」

　同様のせりふはいつかあきるほど聞いた。JADA賞。日本アートディレクターズ協会のグランプリをもらったのは、十年ほどまえだ。商業デザインの分野では最高の栄誉といわれている。当時は最年少での受賞だった。いまは知らない。

「それは説教ですか。それとも批評？」

「いや、独り言だ」

「そうですか。どっちでもいいけど、こんな時間にやってきたのは、そんな独り言をいうためなんですか」

　彼は僕の言葉を無視した。

「なあ、秋山。最後に会ってどれくらいになる」

「さあ、忘れました。それよりまだ、僕の質問に答えちゃいない」

　なぜかそのとき、村林は躊躇《ちゅうちょ》するような表情をみせた。

「いや、じつはさ。おまえさんにちょいと相談したいことがあった」

「ふうん。めずらしい風の吹きまわしですね。そちらも、この不況とやっと関係ができたんですか」

「いや、仕事は順調さ。このご時世でもな。ただ、順調ってのは単調であることを意味しない。そうだろ」

彼の物言いはむかしと変わっていない。

「もし、カネに関係あることをいってるんなら、別を当たったほうがいいように思いますけどね」

「そんなことでおまえに相談もちかけるほど、おれは抜けちゃいないさ」それから首をかしげ、苦笑をもらした。「いや、そのカネのことだった。そうなんだ。ただ、おまえさんの考えてるようなことじゃない。逆なんだよ」

「逆？」

「そう、逆。じつはカネを捨てるんだ。それで手を借りにきた」

「カネを、捨てる？」

「そうだ」

「いくら」

「五百万」

「ふうん。五百万円ね。偽札でもつかまされたんですか。最近は偽の百ドル紙幣がでまわってるらしいけど」

村林は苦笑した。「犯罪は絡んじゃいないな。それどころか、こいつは裁判所の指示なんだぜ。地裁が提示した和解案の結果だ。まあ、慰謝料みたいなもんかな。どうもおれには、この国の司法の世話の焼き方がよくわからん」

そういうと、彼は抱えてきた鞄に腕をいれ、無造作に引きだした。その手には札束が握られていた。帯封の一センチほどの束が五個、ちゃぶ台のうえにゴロンとおかれた。

僕の貯金の残高より多い。いま、僕はその貯金を食いつぶしながら生きている。この時代にその程度では、金利はゼロに等しい。ちょっとした収入はないでもないが、通帳に記入された額はへりつづけている。あと三年もつかどうか。それにしても目のまえにある札束は、少なくとも少額とはいえない。

ぶっきらぼうな声が聞こえた。「そいつを捨てたいんだよ」

彼の表情を眺めた。粗大ゴミの処理の相談をしているような顔つきだった。

「でも、僕はそんな話にあまり慣れちゃいない」

「慣れてるやつなんざ、いやしないだろう」

「かもしれない。だけど、なんでそんな素《す》っ頓狂《とんきよう》な話を僕にもちかけるんです?」

「なあ。おれだって、こういう話はたしかにおそろしく奇妙に聞こえるとは思う。こんな話をまともに聞くアホウなんざいやしないさ。つまり、そんな酔狂なアホウはおれの知るかぎり、おまえさんしかいなかった。そういうわけだ」

「なるほどね。未熟かつアホウか。たしかに僕は説明されたとおりの人間かもしれない。だけど、人に相談をもちかけるときはもう少し、ものの言いようがあるように思えますね」

「聞いたふうなことをいえる柄か、おまえが」

そのときもの音がした。ふりかえった。開け放したフスマの向こう、台所にこの家屋の別の住人が姿をあらわしていた。流しの陰からはいでて立ちどまっていた。じっと僕を見つめている。また太ったようにみえる。栄養の点では僕より恵まれているかもしれない。ちょっと待ってくれますか。いい残し、立ちあがった。ちゃぶ台の周囲に散らばったパンくずを拾いあげ、部屋の片隅に投げた。彼はしばらく、僕の顔色をうかがっていた。それから瞬時にとびつくと、その食事をくわえたまま、チチと小声をあげ、またもの陰に消えた。

村林が声をかけてきた。「どうしたんだ。なにかいるのか」

「同居人に食事をやったんです」

「同居人？」

「ネズミ。最近、姿をよく見かけるんです。名前までつけちゃいないけど」

長いため息が聞こえた。

立ったついでに窓を開いた。この季節にしては、ひどく蒸し暑い。シャツに汗がにじんでいる。窓を開け放すと、昭和通りと首都高を走るクルマの騒音、それに雨をはらむ五月のどんよりした重い空気が流れこんできた。

「なあ、秋山。それよりさっきの話だ」

立ったまま答えた。「そうだった。カネを捨てるんでしたっけ。だけど、そのまえになぜ、質問しないんです」

「なんの質問だ」

「どういう理由でカネを捨てるかって、どうして僕が疑問を持たないのかって質問」

「おまえさんの性格を知ってるだけさ。じっさい、おまえに理由なんか興味ないだろう。まあ、そのあたりに関心みたいなものがいっさい向かないのはむかしから、おまえの妙な性癖だった。さっきいったとおりにな。じっさい、このカネを目のまえにしたら、たいがいの人間が捨てるくらいなら自分のポケットに捨ててくれっていうんじゃないか。いや、百人が百人ともそうだろう。しかし、おまえさんはそういうタイプじゃない」

考えながら、ふたたび腰をおろした。「捨てるより、匿名で赤十字にでも寄付したらどうなんです。村さんが世間に奉仕したって話は、あまり聞いたことがない。ひょっとしたら生涯で唯一のチャンスかもしれない」

「そんなありふれた方法なら、おれだって考えたさ。けどな、赤十字が気をわるくする。まあ、そんなたぐいのカネなんだ」

「カネに名前はついてないでしょう」

「いや、ついてる」

また考えた。一理ある。

「じゃあ、ゴミ袋にでもいれたらどうですか。もしそうなら、まちがえちゃだめですよ。燃えるゴミの日のほうにだすんだ」

「清掃局が気を悪くする」

「ふうん。村さんにそんなデリカシーがあるとは知らなかった。ならシュレッダーにかけたら？　機械は気を悪くしやしないでしょう」

「おれんとこのシュレッダーはいま、壊れてんだ。ここにあるわきゃないよな」

「この家にある紙は、新聞とトイレットペーパーくらいなんですけどね」

「そりゃそうだ」彼は何度めかの苦笑をもらした。「なあ、おれは考えた。カネの捨て方にだって、たしかにいろいろやり方はある。燃やすって方法もある。こいつは大蔵省が気をわるくするかもしれんがな。しかし、もっとつまらん方法を選びたかった。つまり、そういうたぐいのカネなんだ。なあ、カネの捨て方にも、それにふさわしい規範と方法論があると思わないか」

カネの捨て方の規範と方法論。そんなことは考えてもみなかったので、僕は黙っていた。

彼は真面目な顔でつづけた。

「このカネはきょう振りこまれたカネなんだ。銀行で閉店間際におろしてから、ずっと考えてたんだ」

ふうん、と僕はいった。

村林が僕の目を見つめた。

「つまり、ここはおまえさんの出番なんだよ」

「どういうことなんです？」

「おまえにはいろいろ欠陥はあるが、おれの知ってる限り才能だけはふたつあった。まあ、ひとつのほうはいまはおいとこう。もうひとつの特殊なほうだ」

「特殊なほう？」

「バクチ」と村林がいった。

憂うつな気分が訪れた。同じプロダクションにいたころ、彼や同僚と何度かポーカーやサイコロをやったことがある。まだ周囲とのつきあいを少しは心がけていたころだ。そんなとき、ほとんど負けたことがない。いや、その気になればただの一度も負けなかったと思う。あのころカードの数字、サイコロの目、その行方がなぜかみえた。たしかにみえた。あるいは感じた。あれはいったいどういうことだったのだろう。最初のころ無意識に何度かやるうち、僕の完璧《かんぺき》な勝利は周辺で一種の神話になっていった。それで別の誘いもかかるようになった。その神話が、競馬かなにかほかのギャンブルに僕の能力を利用しようと考える人物たちを生んだのだった。じっさい試していたらどういうことになっていたのかはわからない。たぶんそういう能力はなかったと思う。僕にみえたのは、ほんの少し先だけだったからだ。ほんのささやかな力。だが、そのレベルでも世間の常識にはおさまらなかったのかもしれない。わずらわしかった。何度かはわざと負けるようになった。そして、ある日ぷっつりやめた。いやな気分だった。結果を確認し、コントロールするだけなら、それはすでにゲームではない。

それからJADAの受賞を機会に独立したのだった。英子と結婚し、三鷹《みたか》のマンションで生活をはじめた。飯田橋《いいだばし》に小さいながらも事務所をかまえた。村林の独立より少しまえだ。アシスタントは持たなかった。あのころ、無給でもいいという若いアート志望者は大勢やってきたが、それも断った。そのぶんひとりで猛烈に働いた。代理店の営業や限られたコピーライター、プランナーとの最小限のつきあいですませるようになった。なのに異常に忙しい時代だった。その世界もいまは遠い。

「そういう人物に話をもちかけるんなら、捨てるどころか、カネは逆に増えてしまうんじゃないですか。もし僕にそういう能力があると仮定しての話だけど」

「そう。たしかに増えるリスクがある。しかし、バクチで百パーセント勝てる人間なら、逆に負けるほうだって確実に選択できるだろう。おまえさんには、異様な能力があった。先のみえる能力がな。わざと負けるふりをしてたのは知ってる」

彼をじっと見つめた。精悍《せいかん》な顔つきはむかしと変わっていない。その彼は正確な事実を知っていた。なのに、あのころは一度も口にしなかった。いままで彼から、その種の話を聞いたことはない。

「ギャンブルってのは、やりつづけているといつかは勝つ機会がやってくる。負けるのだって同じ確率でやってくる。それを待てばいいだけの話でしょう」

「そりゃそうだ。だけど、おれはこのカネをきちんと早急に処分したいんだ。早いとこ捨てちまいたい。それも明日の朝までに、確実にな。じつはあした、仕事でイタリアにいく。午前の便なんだ。だからわざわざ今夜、おまえんとこへやってきた」

「なんだか豪勢な話といえなくもないですね。だけど、そんな話は聞いたこともない」

彼は笑った。「おれだってないさ。だれだってないだろう」

「どんなバクチで処分するんです?」

「バカラ」と、彼はいった。「カネを大量に動かすのはあれがいちばんいい。これから赤坂まで、つきあえ。カジノがある。過当競争やってるくらい、あそこにゃいくらも店がある」

「お断りします」

「なぜだ。非合法だからってか」

「そうじゃない。まず第一に、バカラのルールをよく知らない。第二に、こんな時間にここから動く気はしない。第三に、もし僕にそんな能力があるとしたって、道具として人に使われるのは好きじゃない」

村林がリモコンを手にとった。モニター画面のヘプバーンの笑顔が細く輝線になり消えていった。

彼はリモコンの先端を僕につきつけた。

「なら、こういうことだ。まず第一に、バカラのルールはかんたんだ。西洋オイチョカブだと思やいい。説明してやるさ。第二に、おまえさんは真夜中にときどき銀座をふらふらしてることもあるそうじゃないか。見かけた人間がいるんだ。銀座も赤坂も盛り場という点じゃ変わりはせんだろう」

それでわかった。村林がいまの僕の生活を正確に把握しているらしい理由だ。僕を見かけたというのは、われわれがいたプロダクション、京美企画の社長、井上だろう。彼とは二、三ヵ月まえ、たまたま真夜中の街頭ですれちがった。短い時間だが、近況のやりとりがあった。本籍の銀座にもどったと話した。まだ履歴書があの事務所に残っているのなら、村林がこの住所を知ったのは井上経由にちがいない。

村林が「第三の点についちゃ……」といいかけた。それから少し間をおいて「頼む」とひと言いった。そして頭を軽くさげた。

おどろいてその顔を見かえした。そんなせりふを彼の口から聞くことになるとは思ってもみなかったからだ。頭をさげるのを見るとも、思ってもみなかった。それはこの傲岸不遜《ごうがんふそん》な人物にもっとも似あわない言葉と態度だった。老いたのだと思った。あの広い事務所中に割れ鐘のような怒鳴り声をとどろかせていたこの男も結局、老いたのだ。

時計を見た。午前二時半。非生産的な一日の最後にさらに非生産的で奇妙な事態がやってくる。もう一度、彼を見た。いまは憮然《ぶぜん》とした表情をうかべている。そのほうが彼に似つかわしい。

虫歯がまたずきりと痛んだ。どこかでなにかのバランスが微妙に崩れた。こめかみでなにかの音がした。ゆで卵の殻がひび割れるような音。虫歯の影響だろうか。

自分でも意外な声を聞いた。「赤坂のカジノって、何時までやってるんですか」

「どこだって朝までやってるさ」

「確実に負けることは保証しませんよ。ただつきあうだけだ。捨てるのか増える結果になるのか、そんなことは僕にはどっちだっていい。カネの行方になんか興味はない」

「それでいい」と彼はいった。

昭和通りで拾ったタクシーのなかで村林はバカラのルールを説明した。たしかにかんたんなようだった。客はふたつのポジションどちらかに賭《か》けるだけだ。そのプレイヤーとバンカーという言葉を聞いたとき、ふうん、ゴルフみたいだ、と僕はいった。

「たしかにな」彼がいった。「だが、ゴルフよりカネは動く。おまえさん、ゴルフはやるのか」

首をふった。「ところでさっき、裁判所って話がでましたね。バクチとはちょっと縁遠いんじゃないのかな」

彼は運転手に顎《あご》を向けた。「あとで話すさ。ちょいと混みいった話だから」

それからしばらくふたりとも黙っていた。タクシーの窓が雨でくもっている。細かい雨粒が集合し、細い流れになってサイドガラスのうえでいくつかの尾をひいた。村林はぼんやり、うしろに流れていくそれを眺めているふうだった。それから独り言のようにつぶやいた。

「きのうも雨だった。もう梅雨入りかな」

「どうかな。まだちょっと早いようだけど」

クルマは山王下《さんのうした》の交差点にさしかかっていた。赤信号でとまったとき、ふいに彼がいった。

「そういや、いま思いだしたんだが」

「なんです」

「おまえの奥さんが亡くなったのは、たしか梅雨入りのまえだった。いまごろのことじゃなかったか」

そのときはじめて気づいた。あのわびしい葬儀にはたしか彼も出席していた。それが彼と接触した最後だったかもしれない。やはり記憶の細部が濁っている。ちょうど僕の横にあるくもったサイドガラスのように。その窓越しにネオンの光がにじんだ。

ぼんやり声がでた。

「さあ、どうでしたかね。もう忘れちまった」

2

その店は雑居ビルの五階にあった。感じは悪くなかった。明るくて広い。いつか仕事の関係でやむをえず足を運んだ何軒かの酒場よりよほど上品だ。にぎわっていた。こんな時間にどこからやってきてどこへ帰るのか、まるで見当もつかないが、数十人がいくつもあるテーブルの周囲に群がっている。その客層も想像していたより品がいい。意外なことに会社員ふうのスーツ姿が目立った。女性客もけっこう多い。

村林は何度もきているらしい。蝶《ちょう》ネクタイをしたマネージャーらしい男が彼の顔を見るとやわらかな微笑をうかべ、いらっしゃいませ、といった。ついで僕に目を移し、優美なしぐさで頭をさげた。年齢は僕よりいくらか下、三十代前半といったところだろう。なのにその風体と物腰は、一流ホテルの支配人と紹介されてもおかしくないほど洗練されている。

村林は無表情な声で答えた。

「きょうは奥のテーブルでやるよ」

マネージャーはまたかすかに笑い、うなずいた。

赤いミニのワンピースを着た女の子がわれわれを先導した。ルーレットで転がるボールの音を聞きながら村林が小声でいった。奥のテーブルはじつははじめてなんだ。あっちは賭け金が大きい。ふだん、おれは一万チップのテーブルで遊ぶだけだが、奥はでかいほうが十万単位になってる。

案内された席は、緑のフェルトがひろがる大きな楕円《だえん》テーブルのコーナーだった。その周りを囲む客の数を数えた。われわれを除いて八人いる。それでもまだいくつかの席は空いていた。

「飲み物はなにになさいますか」女の子がいった。

「水割り」と村林がいった。

どうやら無料のドリンクサービスらしい。

彼女が僕を見たので「温めた牛乳」といった。

「ホットミルクですね」

くりかえした。「温めた牛乳」

彼女は微笑をうかべ去っていった。この店の従業員は、微笑以外なにも用意していないのかもしれない。

今度は細身の若い男がやってきた。村林は無造作に札束をとりだし、彼に手わたした。

男も無造作にそれを数えはじめた。その指の動きは銀行員よりぎこちない。だが、数え終わるスピードはそれほど変わらないように思えた。

彼がいった。「ちょうどですね。五百万」

村林はうなずいた。僕がポケットからハイライトをとりだしたとき、もうさっきの若い男がもどってきた。プラスチックの丸い円盤を村林のまえに置く。ライターを忘れたことに気づいた。火はないかな。たずねると、男は店名入りの青いライターをわたしてよこした。ブルーヘヴン。青い天国。ハイライトに火を点《つ》けながら、円盤を眺めた。大理石みたいな斑模様《まだらもよう》がはいっている。金いろのが四十五枚。白いのが五十枚。十枚ずつの円筒になっている。その一枚を手にとってみた。見かけより重い。金属が埋めこんであるのだろう。

「金のチップが十万だ。白いのが一万。さあ、こいつを早いとこ目のまえから消しちまってくれ」

その顔を見た。さっきとおなじ憮然とした表情がうかんでいる。

「本気なんですね」

彼は黙ってうなずいた。

「ちょっとようすを見たい。村さんのほうでしばらく適当に賭けてくれますか」

「ベットをどうぞ」ディーラーがいった。

その声と同時に、客たちの腕が動いた。チップをそれぞれのまえにある白いラインのなかにおく。枠にはプレイヤー、バンカーという文字が刷りこんである。村林の説明を思いだしながら眺めていた。数十万円賭ける客が多い。十万チップを二十枚、バンカーに張った客もいた。

村林はプレイヤーのポジションに一万チップを五枚おいた。

ディーラーがカードを二枚引きだし、テーブルのまん中で前後に開く。ディーラーに近いほうがプレイヤーのカードで6。バンカーがジャックだった。

カードの量がずいぶん多いな。やってきた牛乳に口をつけながらつぶやくと、村林が答えた。こいつはエイトデッキだ。八セットのカードが混じってる。つまりカードは四百十六枚あるってことになる。まあ、出札を記憶しても無駄ってことだ。

ディーラーがプレイヤー、バンカーに張った客のそれぞれひとりだけにもう一枚のカードを伏せたまま配った。そのカードと先に開いたカードの数字の合計。それで勝負がつく。最高点は9。枚数の多い10からキングまではすべてゼロに数える。たしかにかんたんだ。

村林の説明では、二枚目を開くのは客のひとりで、だれを選ぶかはディーラーの判断になるということだった。プレイヤーのカードは、派手な化粧をした四十歳くらいの女に配られた。彼女はカードの端を絞るようにめくり、首をかしげディーラーに投げかえした。4だった。バンカーのほうは、二百万賭けた客にまわった。ネクタイをした会社員ふうの男だ。彼の返したカードは8だった。

「ナチュラルエイト。バンカー」とディーラーがいった。奥の白線内に張った客たちにすばやくチップが配られる。二百万賭けた男のまえには十九枚のチップがおかれた。コミッションは、バンカーに賭けた客だけから五パーセントと聞いている。彼は隣の男に笑顔でなにか声をかけた。日本語ではなかった。

牛乳を飲みながら、ずっと眺めていた。村林から聞いたところでは、二枚目のあと、もう一枚引く場合もある。この店のローカルルールもある。そんな細部を観察しながら眺めていた。なん人かの客はメモ用紙にカードの数字を記録している。二十回くらい終わったころ、村林が、まだか、というふうにこちらを眺めた。彼は十万チップにまだ手をふれてはいない。それでも一万チップが二、三十枚増えていた。首をふった。換金して帰る客がひとりいた。新しくなん人かの客が加わった。

そのときようやく、いつか経験した感覚がよみがえった。血が静かなつぶやきみたいな音をたて流れはじめる。ほの暗く冷たい炎が血管をなめていく音。それが聞こえてくる。一方で身体の芯《しん》が冷え、体温がおちていく。その落差のなかにリズムが生まれる。たぶん、なにかに届くリズム。大きく息を吸って吐いた。リズムと呼吸が一体化する。単純なルールの世界のすべてがみえはじめる。

プレイヤーが四回つづいたあとだった。手をのばした。村林に断らず、黙って十万チップの柱二本をバンカーにおいた。ほかにもバンカーに賭《か》ける客は多かった。するとテーブルのそばにいた男が円柱の一本から半分をカットし、かえしてきた。百五十万ということになる。店のリスク以上に両者に賭ける金額のバランスが崩れた。そういうことらしい。

村林が小声でいった。「おい。目的はわかってんだろうな」

「わかってます。負けるんでしょう。次もプレイヤーがくる。十分以内に五百万は消えますよ」

ディーラーが無言でバンカーのカードを僕にまわしてきた。その端をめくってのぞき、かえした。開いた絵札につづいての2。直後、「ナチュラルナイン。プレイヤー」とディーラーがいった。次もまたバンカーに百万を賭けたが、今度はカットされなかった。その場も、プレイヤーが勝った。村林は黙って眺めていた。次にバンカー、それからプレイヤーがきた。すべて反対に張っていた。四回が終わっただけで、残ったチップはカットされた分の二十万と少しになった。

村林が店の人間を呼んでブランデーを注文し、僕にいった。「おまえさん、やはり異様な能力があるよ」

彼の向こうにいた男がニヤリと笑った。たぶん、皮肉に聞こえたのだろう。

最後の二十数万をすべて賭けようとしたときだった。いきなり手がのびて僕の手をおさえた。村林のその手がフェルトのうえのチップを回収した。

彼のほうを向いた。「どうしたんです」

村林は視線を遠くに投げていた。硬い表情をうかべながら、なにかを考えているふうだった。その先を眺めた。そこにはテーブルの反対側の席についた新しい客がふたりいた。白髪の老人がひとり。それに若い女。老人はそうとうの年配にみえるが、身につけた水いろのジャケットがよく似あっている。女は野球帽みたいなものをかぶっているため、顔はよくみえない。テーブルのフェルトより濃いモスグリーンのスエットシャツを着ていた。まだ二十代のようだった。このタイプの店に顔をだす客としては若すぎるようにも思える。水商売ふうでもない。ふたりは品のいい祖父とその孫娘にみえなくもなかった。

ようやく村林のつぶやく声が聞こえた。「方針変更だ」

「どういうことなんです」

「勝ちにまわる」かぼそい口調が力のこもったものに変わった。「タネ銭はこれだけになっちまったが、勝ちにまわってくれ。頼む」

そのとき、なぜうなずいたのかはわからない。頼む、という言葉を彼から聞いたのは、きょうで二回目だ。だが、それが理由ではない。黙ってうなずいた。はじめての経験だった。いつか忘れようとしていたもの。それが釣り針から逃れ、蘇生《そせい》した魚みたいに流れに逆らい、どこかへ向かう。そんな感じがした。やはり、時間はなにかを変えるのだろうか。若いころ持っていたはずの自制。それをなくした。だが、いまはどちらでもいい。どこかでうす暗い炎が燃え、血が静かにうねっている。同時に体温が限りなくおちていく気がする。

「勝手にやりますよ」

「まかせる」と彼はいった。

すべてのチップをタイベットに張った。

村林の視線を感じた。ディーラーの手元だけを僕は見つめていた。村林は口出ししなかった。

タイベットは、賭けられた金額が八倍になって返ってくる。ただし、プレイヤー、バンカーの数字が9で一致したときだけだ。確率はおそろしく低い。したがって、両者に張られた賭け金はそれぞれに戻っていく。つまり、店の持ち出しになる。

ディーラーが無表情にカードをオープンした。プレイヤーがエース、バンカーがキングだった。差は1。村林がかすかにうめいた。

新しくやってきた客は、百万ほど張っていた。僕は顔をあげた。そのとき、白髪の老人も顔をあげた。こちらを見つめた。ふいに彼の顔に笑いがうかんだ。村林を認め、なにかの合図を送るような笑いだった。村林のほうは硬い表情を崩さず、老人を見かえしている。ふたりの視線がテーブルのうえで絡みあった。

プレイヤーのカードがその老人に投げられ、彼は目を伏せた。数秒後、ディーラーが手元にかえった二枚のカードを開いた。プレイヤーが8。バンカーが9。

「タイベット」の声のあと、二百万足らずがもどってきた。

村林の大きく吐く息が聞こえた。

数十万ずつ張りつづけた。チップが増えていった。

バンカー、バンカー、プレイヤー、バンカー。

一度もミスはなかった。やがて元手を超えた。

そのとき村林の声がかかった。「そこでストップだ。もういい。理由を話す」

首をふった。「いや、もうおそい。勝手にやっていいって承諾はもらっている」

躊躇《ちゅうちょ》の気配はあったが、すぐに彼は黙りこんだ。

張りつづけた。チップはさらに増えた。二十分後、一千万を超えた。テーブルを囲んだ客たちの視線。その多くがいまは僕の手元に集まっている。反対側の席にいる客は負けていた。五百万円くらいあったチップがいつのまにか消えている。若い女はずっと無関心な素振りのままだった。老人が店の人間を呼んだ。新しい札束を手わたしたが、今度はもう少し多かった。金いろの円柱が十本、彼のまえにおかれた。一千万。一万チップはない。

村林のつぶやく声がまた聞こえた。「こうなりゃついでだ。あれを全部、巻きあげてくれないか」

彼の視線は、向かいにあるそのチップに向けられている。

「だけど、これは一対一のルールじゃない」

「わかってるさ。だが、おれにカネを振りこんだのは、あの爺《じい》さんなんだ。不愉快な理由のあるカネだった。だから、さっきは元手分をチップで直接ここでかえす気分になった」

答えなかった。目のまえに広がるフェルトを眺めていた。この緑いろの荒野になぜ人は群がるのだろう。

「ベットをどうぞ」ディーラーがいった。

手をのばし、一千万ほどあったチップすべてをプレイヤーに張った。視線が集まり、ついでテーブルの周囲にかすかなざわめきがわいた。それから沈黙。それまでのささやき声やにぎわいをそっくり冷凍したみたいな奇妙な静けさが訪れた。村林もすでに口をつぐみ、ただ眺めている気配だけがある。

ディーラーが、ベットをどうぞ、もう一度いった。だれも動かない。手ものばさない。困惑が彼の表情にうかんだ。こういう金額の張り方自体、おそらくめずらしくはないだろう。いままで見たかぎり、そうとしか思えない。だが、なぜかだれも賭けようとしない。テーブルの周囲が固定された風景のようだった。ディーラーがふたたび口を開きかけた。そのとき、ようやく視線でなにかが動いた。帽子をかぶった若い女の手だった。その細い手が一千万のチップすべてをバンカーにゆっくり移動させた。連れの老人はなにもいわず、それを眺めていた。かすかに笑ったようにもみえる。

ディーラーが安堵《あんど》したようにうなずき、目のまえにカードを二枚開いた。

プレイヤーが8。彼女の張ったバンカーは2。

プレイヤーのカードがまわってきた。もう一枚のカードは若い女に向かいすべっていく。カードの端をゆっくりめくる。数字は5だった。ディーラーに投げかえした。彼女もカードを伏せたまま先端を絞ったあと、同じしぐさをみせた。鮮やかな手つきだった。

彼女の投げたカードも5だった。合計数字でバンカーは7。プレイヤーは3。プレイヤーだけがもう一枚、カードを引けるケースだ。村林が唾《つば》を飲みこむゴクリという音が聞こえた。ディーラーがさらに一枚を配ってきた。のぞいてから投げかえした。数字は6だ。

「ナイン。プレイヤー」とディーラーがいった。

いくつもの吐息が周囲から届いてきた。倍になったチップの山から、テーブルの向こうに視線を移した。同時に若い女が顔をあげて僕を見た。

硬直した。英子がいる。そう思った。いや、そんなわけのあるはずがない。彼女が死んだのは、もうなん年もまえだ。村林がなにかいった。答えず、僕は若い女を凝視したままでいた。すると彼女は僕を見かえしながら、なぜか微笑をうかべた。一千万を瞬時に失いながらもうかべる微笑。唇の両端がうっすらへこむ微笑。その笑い方までそっくりだった。

彼女は僕が英子と結婚したときとおなじ年ごろ、二十代半ばの輝く笑顔をうかべていた。歳を重ねない英子そのものを見ている。そんな気がした。

立ちあがった。

「どこへいくんだ」村林の声を背中で聞いた。

テーブルをまわり、若い女のまえに立った。彼女のかぶった黒い帽子を眺めた。金の縫い取りの刺繍《ししゅう》がある。そのひさしが照明の影をおとしている。気配に気づいたのか、彼女が顔をあげた。目があった。

「帽子をとってくれませんか」

彼女は昂然《こうぜん》と顔をあげたまま、僕を見つめかえしている。また微笑した。それからなにもいわず、リクエストどおりに帽子を脱いだ。束ねていた髪を振って解きはなし、ふたたび僕を見あげる。なぜかその目に好奇のいろがうかんでいる。

たまっていた息がもれていった。遠くから眺めたときより、ひどく若い。化粧のせいだろう。いまは二十歳前後にみえる。そして、そのころの英子ともたしかに似ていた。だが、ちがっていた。微妙にちがう。ある画家が油彩で描いたモデルを見る。別の画家が水彩で描いたおなじモデルを見る。異なる画家が描いた、異なるタブローにある異なる時間のおなじモデル。そのように似て、そのようにちがっていた。彼女の目には、なにかしら野性的な光が宿っている。だが、英子のそれはもっと穏やかで古風だった。

「失礼しました」と僕はいった。

背を向けようとしたとき、彼女の声が聞こえた。

「ねえ。あなたは私に帽子をとれっていったのよ、理由もいわずに。なのに、失礼しましたってだけの漠然とした謝罪ですませようってわけ？」

透明な声だった。懐かしい響きだ。その声さえもが似ていた。顔だちは声帯にも関係があるのだろうか。ただ、ひとつだけちがったところはある。英子には、この女の子が持っているような気の強さだけはなかった。ふりかえったとき、思わず笑いがもれた。

「なにがおかしいのよ」

「いや」と僕はいった。「僕の知っている人物にあなたがあまりに似ていた。とてもよく似ていた。で、たしかめたくなったんです。笑ったのは、そんな勘ちがいがおかしかった。ほんとうに失礼した。お詫《わ》びします」

彼女はしばらく僕を見つめていた。それからいった。「あなた、秋山さんね。アートディレクターの秋山さん」

彼女を見かえした。「むかしの職業ですけどね。どこかで、お会いしましたっけ」

彼女は首をふった。「ううん。ただ、秋山英子って人とまちがえられたことが何度かあるの。あるいは畑間《はたま》って」

「亡くなった妻の名です。畑間は、彼女の旧姓だった」

「そんなに似てるの」

うなずいた。

「そう」と彼女はいった。「奥さんは、なん年かまえ自殺したそうじゃない」

彼女をじっと見つめかえした。どれくらいの時間、そうしていたのかはわからない。また卵の殻が割れる音を聞いたような気がした。なにかの壊れる気配がある。

静かにたずねた。「だれに聞きました」

「私が彼女にそっくりだっていった人のうち、なん人かがそういってた」

「なん人かっていうことは、つまり、あなたの交際範囲はかなり広い。そういうことになるのかな」

彼女はまた微笑をうかべた。「たぶん、あなたの奥さんだった人と同じ程度にはね」

「おい、きみ」それまで黙っていた老人が横から口をはさんだ。「人のじゃまをするのは、それくらいでいいだろう」

彼のほうを向いた。はじめて気づいたが、年齢に似あわず老人の目は鋭かった。磨いた鋼の光沢をたたえている。

そのとき、隣で村林の声がした。「この男の失礼についちゃ、詫びをいれとくよ。かわりにあのチップを全部、進呈する」彼はさっきまでわれわれのすわっていた席を指さした。「あそこにあるチップは全部で二千万を超えている。つまり半日分の利息が三百パーセントってわけだ。文句はないだろう」

「利息ね」老人はテーブルの反対側を眺め、それから僕の横に立った村林に視線を移した。

「あの金額は、私が正規にあなたに支払ったものだ。利息という言葉づかいはいささか妥当性に欠ける。しかし、人の楽しんでいる時間を阻害した謝罪と考えてはいいかもしれない。きょうはあまり手持ちがなくてね」

テーブル中の視線がわれわれに集まっていた。ディーラーまでもが手をとめ、こちらをうかがっている。

村林が店の若い男に声をかけた。「あっちのチップを全部、この爺さんにまわしてくれ」

若い女は彼を無視し、まだ僕を見つめている。あいかわらず僕も見つめかえしていた。

やがて彼女が口を開いた。「私が見ていた限り、十三回つづけて、あなたは一度もミスをしなかった。なにかコツがあるの」

「コツなんか知らない。作業なんです」

「作業？」

うなずいた。「そう。結果がわかってバクチをやるのは、作業にすぎない」

「結果がわかるの」

「ときには」

「ふうん。あなたは、とても実用的な能力を持ってる。そういいたいわけね」

「実用的だなんて考えたこともない」

「そうなの。じゃ、非現実的な能力っていうのかしら」

「そんなたいしたものでもない」

村林はまだ老人と睨《にら》みあっていた。

だれにともなく声をかけた。「僕はこれで帰ることにする」

背を向けた。そのとき、視界の片隅に彼女の笑い顔がかすめた。ふいに胸をつかれるような気がした。笑い方とその潮時。そんな細部もやはり英子の印象とひどく似たところがある。

ぼんやり出口に向かっていると、あとを追ってくる村林の気配が背後にあった。

それからマネージャーのいんぎんな礼に送られ、店をでた。

3

表にでると雨はやんでいた。いま、この盛り場には静かでひんやりした空気以外なにもない。空の片隅にわずか、朝の気配があるだけだ。細い路地をでるまで、ふたりとも黙って歩いた。

旧TBS本館まえの通りには、空のタクシーがまだずいぶん流れていた。片手をあげようとしたとき、村林が僕の腕をつかんだ。

「話がある」

「いや、もう聞きたくない」

「ここへくるとき、おまえさんは事情に興味を持ったようだった。裁判の話を聞きたいといった」

「聞きたいといった覚えはない。それに気が変わったんです。こういうへんてこな夜のことは、早いとこ忘れちまいたい」

たしかに奇妙な夜だった。五百万のカネを捨てたいという旧知の人物があらわれる。千五百万をギャンブルでごく短時間に失う老人がいる。そのふたりは無関係ではない。加えて一千万を瞬時に失っても、なお冷静な表情を崩さないでいる若い女まで登場する。どうやらこの国は、不況と無縁にカネを捨てたいという欲望があふれる時代を迎えたらしい。おまけに女の子は亡くなった妻にそっくりだった。遠い過去を思いおこさせるさまざま。それがいきなり目のまえにたちあらわれた夜だ。きょうはなにかがおかしかった。ゆがんでいた。

けれども、ふだんの毎日はとりもどす。いずれこんな夜の記憶も薄れていくことだろう。そして、時間だけがいつものようにひっそり流れはじめる。どんなものであっても、もう妙な刺激は欲しくない。それが僕の生活だ。静かで平板な毎日。それだけしか、いまの僕には似あわない。

もう一度、手をあげようとしたとき、村林の腕に力がこもった。

「ちょっと待てよ」

もめていると思ったのか、近づいたタクシーがそのままとおりすぎていった。

「僕の生活をこれ以上、かき乱されるのはごめんなんだ」

「さっきの娘……」彼がつぶやいた。「おまえの奥さんには、何度も会ったことがある。しかし、あの女の子が彼女にそっくりなのには、おれもおどろいたよ」

彼のほうに向きなおった。街灯に照らされたその顔はいま妙に屈託した表情をたたえている。

「そうですね。でも興味はない。他人の空似にすぎない」僕はいった。「いずれにせよ、疲れた。少なくとも村さんの用事はもうすんだでしょう。そもそも、きょうは素《す》っ頓狂《とんきょう》な誘いにのったのがまちがいだった」

また彼がつぶやいた。「いま考えてたんだが、彼女はどこかで見たことがあるような気がする。そのときも、おまえの奥さんに似てると思ったんだ。だが、どうも思いだせん」

「気がするだけですか」

村林は僕を見かえした。

「なんのことをいってんだ」

「後悔してるんです。妙なプランにのせられちまったのかもしれない」

彼の目が光った。「おれが、なにかを仕組んだってか」

「仕組んだかどうかは知らない。利用されただけかもしれない。だれかがなにかをたくらみ、村さんはそれに手を貸す結果になっただけかもしれない」

「なぜ、そう思う」

「理由は、ふたつほどありますね」

彼は僕を見つめていたが、やがていった。「説明してくれるか」

「ひとつは、彼女のかぶってた帽子」

「あんな奇妙な帽子をふだんかぶっている人間はまず、いない。少なくともこの国にはね。いま、あれはアメリカの恥部の象徴みたいなものだから」

「帽子？」

彼は怪訝《けげん》な表情をうかべた。「どういうことなんだ」

「あの帽子には、金の刺繍《ししゅう》があった。銃をつかんだ鷲《わし》の周りを円形の英文ロゴがとり囲んでいた。『1871年設立・全米ライフル協会』。協会の正規会員以外はまず手に入らない公式キャップだ。値段は安いですけどね。この国じゃいま、銃器犯罪が起きるたびマスコミが大騒ぎだし、警察庁も取り締まりに躍起になっている。おまけにあの協会は、アメリカ議会のロビー活動がこちらでも悪名高い。こんな時代に、ああいう帽子をかぶっている人間がこの国になん人いますかね。だから、僕があれに知識があることを彼らも知っていた可能性がある。なにかサインを送りたかったのかもしれない」

村林は一瞬黙りこんだあと、まじまじと僕を見た。

「しかし、おまえもなんでそんな妙なことを知ってんだ」

答えなかった。短い時間がすぎた。村林が口を開いた。

「なら、もうひとつはなんなんだ」

「ずっとむかしから、村さんの、頼む、という言葉を聞いたことは一度だってないんです。それがきょうは二回あった。どういう事情があるのかは知らない。だけど、村さんがきょうの件にひと役買ったか、あるいは買わされる結果になった。それだけはまちがいないようですね」

彼の視線は僕から動かなかった。大柄な体躯《たいく》がいまは萎縮《いしゅく》してみえる。それから彼は視線をそらし、遠くにやった。むかし彼が考えこむとき、よくそんな姿を見たことがある。彼の唇がゆがみ、そこから言葉がもれた。つぶやくような声音だった。

「おまえのいうことは、たぶん半分くらい当たってるよ。たしかにおれはハメられたのかもしれん。だがな、おれだって、あんな奇妙な目に遭うとは思わなかったんだぜ。仁科《にしな》にもあんなところで顔をあわせるなんざ、思いもよらなかった」

「仁科？」

「あの爺《じい》さんだよ。カジノなんかで会うなんてな。やつはギャンブルなんてやるタマじゃない。万がいちにも負ける可能性には絶対、手をださないタイプなんだ」

「そうですか。でも僕には関係ない。老人のライフスタイルなんかに興味はない。くたびれちまった中年にも用はない」

村林の怒声を予想した。十数年まえなら必ずそういう事態にいたったはずだ。だが予想ははずれた。かわりに大きなため息が聞こえた。

「じっさいはちょっとした背景があるんだがな。だが、おれにはわからん子細もあるようだ。どうやらおれは、おまえに迷惑をかけちまったらしい。それにしても事情を聞きたかないのか。おれはあと何時間かしたら、もう成田なんだ」

「いや、その必要はない。もう帰りたい」

「妙な男だ」彼を首をかしげた。「どんなことがあっても、その背景にはなんの関心もないってか。あいかわらず変わっちゃいないんだな、おまえは。ただ、断っておくが、おれはカネを捨てたいといった。あれはウソじゃない。あの女の子に会ったのもきょうがはじめてだ」

「村さんのほうは、変わりましたね」

「なにが変わった?」

「むかしなら、けっしてそういう言い訳はしなかった。まるで抜け目はなかった。無防備でもなかった」

「そうだったかな」彼は弱々しい笑いをうかべた。そこにはいま、いくらか自嘲《じちょう》がにじんでいる。そのようにもみえる。「だがふつう、人は変わるもんさ。まあ、いい。たしかにおまえのいうようにおれの用はもうすんだよ。だがもしかしたら、きょうの続きがなにか起きる可能性はある。その場合はトラブルかもしれんぜ。いや、たぶんそうだろう。それからこれは忘れんでほしいが、おれはおまえに迷惑をかけるつもりだけはなかったんだ」

「そうですか。どっちにしたって、もう興味はない」

「だが、気分が変わることがないともいえんだろう。おれは一週間くらいしたらもどる。

まあ、そのとき気が向くようだったら、いつでも電話してくれ」

名刺をわたしてよこした。受けとったが、目もくれずポケットにいれた。合図すると、空のタクシーがとまった。座席にもぐりこもうとしたとき、村林を見た。いまは表情にあらわな疲労がにじんでいる。この数時間でなん年かの月日がとおりすぎた。そんな顔つきだった。やはり彼も老いたのだ。

顔をそむけると、つぶやくような声が聞こえた。

「ほんとうに奇妙な男だよ、おまえさんは」

「幼児性の名残り」と僕はいった。

空が明るくなっていく。窓の外をすぎていく光景に目をやった。まだこの早朝、ひとけもなくクルマの姿もほとんど見あたらない。

運転手は寡黙だった。銀座一丁目。行き先を告げてから会話はなかった。ぼんやり周囲を眺めていた。新橋あたりにさしかかったときだ。唐突に虫歯がずきりと痛んだ。そのとき、こめかみでまた音が鳴った。今度ははっきり、卵が落下して殻が割れるようなグシャリという音。記憶を閉じこめていた殻。それが壊れていく。砕かれた殻の裂け目から濁っていた過去がうかびあがってくる。

特定時期における記憶の細部の混濁、そういう記銘障害はコルサコフ症候群の一種だろうね。医者がいつかそういったことがある。小さな町の精神科医だった。だが、あの国ではどんな町にも、床屋と同じ数だけ精神科医はいる。気軽に聞くことができたのは、彼と親しくなったからだ。思いだしたくもないショッキングな記憶の微細な部分は、無意識がどこか頭脳の奥深い小部屋に閉じこめちゃおうとするんだよ。この小部屋は一般に、忘却というね。それからガチャリと鍵《かぎ》をかけて、あとはバイバイ。もうけっしてふりかえろうとはしないんだ。しかしこれは脳って器官が持つある種の健全な防衛本能といえなくもない。だから、その記憶につながるこの時期の出来事もいずれ、あいまいにはなっていくかもしれないね。でもまあ、きみの場合、軽度の症状だからふだんの生活には、なんの支障もない。将来もなんの問題も残らないさ。

そう。なんの支障も問題もなかった。なのに、なぜかいまその記憶がまざまざとよみがえってきたのだった。

そうだ。七年まえだ。七年まえ？　過去がそんな遠い距離にあったことにおどろいた。まえの月に消費税がスタートし、次の月に天安門事件のあったその年の五月。なぜ、こんなことまで覚えているのだろう。日にちもいまは正確に思いだせる。五月二十一日。日曜日。英子の命日。

その翌日の月曜、肌寒さのもどった日だった。大塚の監察医務院にいた。検案書の交付申請を書いたあと、ふたつある遺族待合室の一室、その淡いいろをしたグリーンのソファにすわっている自分の姿がみえた。それでも、あのときどれくらい待っていたのか。その時間の長さは欠落している。ずっとすわっていた記憶があるだけだ。ただ、つきそっていた刑事がときおり声をかけてきたことは覚えている。不愉快でしょうが、病院以外での不審死――そのほとんどが病死ないしは事故死ですが――そういう遺体でさえすべてここで解剖を行うことになっている。行政解剖というんです。はっきり他殺とわかる場合の司法解剖じゃない。

たぶん彼は好意から僕を慰めようとしていたのだろう。週末は、監察医務院でも解剖の実施は休むという。周辺の事情は、彼らがすでに丹念に調べたあとだった。英子の死因は、まちがいなく自殺だとみなされていた。あとは念のため、監察医の判断を確認するだけだ。だが彼の言葉は、マンションの八階から前日に飛び降りた死者の夫の耳にふさわしいものとは思えなかった。休日もその夫は事務所で働いていたのだ。僕は電話で駆けもどったのだ。なら、どんな言葉がそのときふさわしかったのだろう。わからなかった。もしわかったのなら、刑事に殴りかかっていたかもしれない。

やがて、医者がやってきた。監察医らしい彼は僕に向かって、お気の毒でした、と穏やかにいった。刑事が吐息をもらした。当面の判断にまちがいはなかったことの安堵《あんど》。そんな感じの漂う吐息だった。それから彼と医者は僕からはなれ、しばらくしゃべっていた。彼らの会話は届かない距離にあった。もし聞こえたとしても、僕の耳には入らなかったろう。やがて医者の近づいてくる気配に僕は顔をあげた。彼がいった。ところで奥さんは妊娠されていた。三ヵ月です。ご存じでしたか。

その前後の記憶が、泥水みたいに濁っていた。いまそれがあらわな姿をみせている。皮をはがれた小動物、つややかな光を放ち、ぶるぶる震えるその肉のように剝《む》きだしになっている。


「どのあたりまで？　お客さん」

運転手の声が聞こえた。現実に引きもどされ周囲を眺めた。タクシーは昭和通りの三原橋の交差点をすぎつつあった。空はほの明るいが、通りはまだ閑散としている。だれひとり見あたらない。午前四時半。うしろを派手ないろのクルマが走っているだけだ。

銀座三丁目の手前でいった。「そこでいい。その交差点でとめてください」

タクシーはとまった。

角の喫茶店を曲がり、一方通行の出口から中央通りのほうに向かって歩いた。オフィスビルのまえにあるオープンスペースでハイライトに火を点《つ》けた。立ちどまったまま、しばらくぼんやりタバコを吸っていた。松屋通りは昼と様相がまるでちがってみえる。人の気配が完全に絶えている。

やがて見覚えのあるクルマが反対方向からゆっくりしたスピードで近づいてきた。昭和通りをいきすぎて、一方通行をひと回りしてきたのだろう。タクシーのあとを追っていた黄いろのクルマだ。僕にさえわかる車種だった。

そのポルシェは、目のまえで静かにとまった。

ドアが開くと、女の子がひとり降りてきた。さっきとおなじ黒い帽子をかぶり、大きなショルダーバッグを肩にかけている。彼女は、カジノで出会ったときとおなじように僕に笑いかけた。そしておなじ透明な声をかけてきた。

「やはり、気がついてたのね」

「まったく同じルートで走るほかのクルマに気がつかない時間帯じゃない。それにそのクルマは目立ちすぎるように思えますね。尾行するにしては」

「尾行するんなら、こんなふうに顔をみせるかしら」

それもそうだ。考えていると、彼女のほうがまた口を開いた。

「じっさい黙って、あとをつけようとしたわけでもないのよ」

「じゃあ、僕に住所をたずねればよかった」

「たずねたら、教えた？」

首をふった。

ふたたび彼女は微笑をうかべた。そうだ。いまは原因がはっきりわかる。記憶を覆う殻が音たて壊れていったのは、彼女のためだ。若いころの英子に似たその微笑。それを見たときから過去の濁りが沈殿し、その上澄みがうかびあがってきたのだ。そして七年まえの記憶がくっきりとした輪郭をとった。

「なら、なぜきみは僕のあとを追っかけたんです？」

「もちろん、興味があったからじゃない」

「なににどういう理由で興味を持ったのか、どうもよくわからない答えだな」

「いろいろあるの。話せば長くなるかもしれない」

「申しわけないが、僕のほうはそれほどきみに興味はない。もっと率直にいえば、迷惑なんです。あいさつはすんだようだから、もう時間を無駄にしたくない」

「あなた、歳はいくつ？」

「三十八。そんなことに興味があったんですか」

「そんな歳してるくせに、若い女の子にも、いつもそんなバカていねいなしゃべり方をするわけ？」

「きみとそれほど親しいわけじゃない」

タバコを道路に投げすてた。吸殻を踏んで火をもみ消し、そのまま背を向けた。歩きはじめたとき、彼女の声が追いかけてきた。

「あなた、公衆道徳ってものを知らないの」

ふりかえると、彼女は片手をひらひらふった。その指先がさっき捨てたタバコの吸殻をつまんでいる。

苦笑した。「公衆道徳に関心のある人間なら、ああいう場所には出入りしないんじゃないのかな」

「じゃあ、奥さんが自殺しちゃった原因にも関心はないの」

その顔をじっと見つめた。いまは彫像みたいに静かな表情をうかべている。その顔だちのほうが、英子に似たところがある。

「どういうことなんです？」

「奥さんの自殺の原因について、あなたにヒントくらいは提供できるかもしれない。私がもしそういったとしたら、どうするの」

急に周囲が明るくなった。目をあげた。ビルの角に雲が動き、低い位置に太陽がのぞいていた。すでに吸いこまれるような青みがビルのあいだにひろがっている。そこにはやわらかな朝の光がみちわたっている。昨夜とはまるでちがう五月の朝の光。

彼女の声が聞こえた。

「どうしたのよ。なにを考えてるのよ」

たしかに考えていた。優先順位を考えていた。この静かな朝のようないまの生活より優先すべきものがあるのか。平板なプラスチックの生活。いま、それより重要ななにかがあるのか。また虫歯がずきりと痛んだ。なにかを伝える信号みたいな痛み。そのとき気づいた。数時間まえからの一連のいきさつはこの虫歯の痛みからはじまったのだ。

「ふしぎね」彼女がいった。

「なにが」

「いまのあなたって、なんだかさっきと別人にみえる」

たぶん彼女の言い分はまちがってはいない。時間だけがひっそり流れる静かな生活。それはすでに背後に残した足跡のようなものだ。壊れた卵の殻はもとのかたちに復元できない。過去からつながったレールはいまラインを越えている。平穏な生活の領域を示すその境界線はいま、はるか後方にすぎている。

「わかった」と僕はいった。「近くのホテルにたしか二十四時間やっているレストランがあるよ」

彼女がクルマに近づこうとしたので、さえぎった。

「そんな必要はない。五丁目だから、歩いて五分とかからない。路上駐車していても、こんな時間にチェックする人間はいないさ」

三原橋へもどる方向に歩いた。彼女は、態度が変わったわね、そういったあとは口をつぐんだままあとをついてきた。そのあいだ、彼女は一度だけ、ちょっとしたしぐさをみせた。僕のジャケットのポケットをひろげ、指につまんでいたタバコの吸殻を放りこんだのである。ため息をつくと、笑顔をかえしてきた。行儀の悪い子どもをたしなめる、そんな母親の表情だった。いまの彼女はすでに英子のイメージとかなり距離がある。

ホテルのドアまでやってきたとき立ちどまり、彼女にいった。

「ひとついっておきたいことがあるんだが」

「なによ」

「きみにはずいぶん潔癖なところもあるようだ。なら、帽子は脱いでおいたほうがいいと思う。ここにはたぶん外国人の客もいる」

彼女はふいに声をあげて笑った。「そうね。PCに熱心な正義派のインテリがいるかもしれないわね」

やはり、彼女はその帽子がなんであるかを知っていた。PCという言葉も知っている。ポリティカリー・コレクトネス。政治的正当性。そのひとつの側面は銃器規制支持のかたちであらわれる。信奉者はあの国、アメリカの知識層にいまは少なくない。彼女は素直に帽子をとると、あっさりバッグにしまいこみ陽気な声をあげた。

「さあ、朝ごはんを食べましょう」

4

席につくと、彼女は子牛のカツレツに生ビール。僕は温めた牛乳とトースト、それにいちごジャムを注文した。ウェイトレスが去ったあと、彼女がニヤリと笑った。

「ずいぶん少食なのね」

「虫歯が痛むんだ。だから固いものが食べられない」

「なのに、いちごジャムを頼むわけ？」

「甘いものが好きだから、虫歯になるともいえるね」

「ふうん。風変わりな人なんだ、あなたって」

「きみほどじゃない」僕はいった。「それより、ひとつ聞きたいことがあるんだけれど」

「なによ」

「きみはさっき一千万のカネを一分とかからないあいだに失った。それでもいっこう平気な顔をしている。いつもそうなのかい」

「そのまえにいっておきたいことがあるの」いきなり背筋をのばし、彼女はまっすぐ僕を睨《にら》んだ。その姿勢のまま、断固とした口調で彼女はいった。「まずはじめに、私は私の立場をはっきりさせておきたいの」

僕はうなずいた。

「最初に断っておくけれど、私はあなたの奥さんのイミテーションじゃないの」

「もちろん」と僕はいった。

「次に、私は他人に利用されるのがいやなの」

「そうだろうね」と僕はいった。

「それから、私はウソをついたの」

「ウソ？」

「私はあなたの奥さんの自殺の原因なんか、これっぽっちも知らない」

「なるほど」と僕はいった。それからため息をついた。

「ただ、あなたとコミュニケーションをとるのはなかなかむずかしそうだった。だからさっきウソをついたわけ」

「ふうん。なんでコミュニケーションをとりたかったんだろう」

「私は自分のおかれている立場をはっきり知りたかった。そういうことなの。ただ事実を知りたいのよ。私がどういう役割を与えられているのか、それがわからないの。わかるのは、いまおかしな場所にいるらしいってことだけ。なんだか濃い霧の中にいるみたいなね。

こういうあいまいさって、すごく不愉快だと思わない？」

「そうかもしれない」僕はいった。「でも、僕はその疑問になにも答えられないと思う。さっきのことにはそれほど興味はないし、じっさいなにも知らないんだ」

彼女が口を開きかけた。そこへウェイターがトレイを抱えてやってきたので、いったん黙りこんだ。しかしすぐそのあと、手にとったジョッキをかたむけた。ビールの半分ほどがひと息で彼女の喉《のど》に消えていった。クルマの運転はどうするのだろうと考えた。だが、僕が心配することでもない。

彼女がジョッキをおくのを見て、僕も牛乳のカップをテーブルにもどした。

「ただ、いくらか事情は変わった。そういうことはあるね。率直にいって、いまは僕にも疑問がないでもない。好奇心なのかもしれないな。これまで、好奇心なんかに縁はないと思っていたんだけれど」

「あなたは正直な人？」

「わからない。そんなことは考えた経験がないんだ。だから、答えられない」

「ふうん。あなた、率直なとこだけはあるみたいね」

「ありがとう」と僕はいった。そしてトーストにジャムを塗った。「ところで、僕の質問にまだ返事をもらっちゃいない」

「そのまえに聞きたいんだけど、私はどんな生活をおくっているようにみえる？　お金に不自由しないで気ままに遊びまわっているバカ娘。そんなふうにみえるかしら」

「きみの欠点をあげていいかな」

「なにかしら」

「そのまえに、が多すぎる。ところで、いまの質問に答えるんなら、さっきの店にいた客でそんなふうに思わない人間はいないと思う」

「そうでしょうね」彼女の表情には、いささかの変化もなかった。「でも、それはあなたが聞いたことに関連するのよ。私のつかったあの一千万は、ああいう成りゆきにならなくてもだれも損するはずはなかったの。少なくとも仁科氏と私にかんするかぎりは」

「仁科って、あの老人のことだろう？」

「そう。仁科忠道。連れのおじさんに聞いたのね」

うなずいた。だが、仁科という人物のフルネームははじめて耳にした。やはり村林の話を聞いておくべきだったかな、ふとそう考えた。かすかな後悔が生まれた。話を聞かなかったことではない。くたびれちまった中年にも用はない。思わずもれた言葉だった。だが口にすべきではなかった。幼児性は、あとになって落とし穴を用意する。そういうことがあるのかもしれない。そんな人間には、だれを責める資格もない。

牛乳をひと口飲んでからいった。

「村林という名前をきみは聞いたことがある？」

「ないわね。あのおじさんのことでしょ」

「そうだ」

「彼は友だちなの」

「むかしはそうだったかもしれない」

「いまはそうじゃないの」

「どうかな。よくわからない」

　ふうん、と彼女はいった。

「それにしても仁科氏ときみはなぜ、損をするはずがなかったんだ」

「だって、彼はあのカジノのオーナーだもの」

「オーナー？」

「そう。だけどお客はもちろんだれも知らない。じつは、彼がチップに替えたお金は全部あの店の売り上げなの。店ではコミッションを五パーセントとるでしょ、バンカーから。つまり確率からいうと、なん人ものお客が計一千万ほど賭《か》けたとして、バンカーが勝つケースはほぼ半分。だから、勝つに越したことはないし、負けても四十回転もすれば計算上は、おなじ額がもどってくるのよ。どっちにしたってあの程度の損なんかたいしたことないの。だいたいああいう店って、設備投資なんか一ヵ月で減価償却できちゃうんだもの。だから一千万くらいは自由に賭けていいっていわれてたのよ。じっさい私は一回だけ、その話を利用しちゃったわけだけれど」

しばらく考えたあと口を開いた。「するとき、きみはいつもあの店にいるのかな」

彼女は首をふった。「ふだんは別のカジノバー。もう少しカジュアルなところ。あそこは二、三度しかいったことがないの。仁科氏はふたつのカジノのオーナーなのよ」

それで説明はつく。あの店に通っていたらしい村林が彼女を知らなかった理由だ。彼が嘘をついているふうにはみえなかった。

「じゃあ、きょうはなぜ、あの店にいたんだ」

「きょうはいつもと少しちがったの。さっきの店に顔をだすよう電話で連絡があったのよ。ふだんそんなことはないのに。それからのことは、あなたが知ってるとおり」

「連絡があったのは、きょうのいつごろだった？」

「真夜中。いや、もうすぎてたかな」

僕のほうにも電話が鳴ったころだ。そのころ僕はアンパンを食べていた。そしていまは、一風変わった女の子とジャムトーストを食べている。

「なんだか、よくわからなくなってきた」

「なにがわからないのよ」

「世間は複雑なのか、シンプルなのか。いったいどっちなんだろう」

「見方によるんじゃない？」

「なるほど」また、ため息がもれた。たしかにそれ以上の解答は存在しないように思える。そのまま黙って考えながら、かじりかけのトーストを手にしていると、彼女の声が聞こえた。

「なにを考えこんでいるのよ」

「疑問」

「どんな疑問?」

「たくさんある」

「たくさんいってみて」

顔をあげて彼女を見た。

「いま考えていたことを整理すると、こういうことになる。まず第一に、きみ自身がどういう女の子なのかがよくわからない。第二に、仁科氏もいったいどういう人物なのかがわからない。カジノ二店のオーナーというほかに。もっとも、これは僕の知人にたしかめることはできたかもしれないんだが、当面は不可能になった。第三に、きみと彼はどういう関係にあるのか。これもわからない。第四に、どんな連中がきみが英子に似てるってことをきみに話したんだろう。第五に、あの帽子をきみはどこで手にいれた。この国にはほとんど存在しないはずなんだ。第六に、これがいちばん疑問なんだが、さっききみは英子の自殺の原因といった。たんに英子が自殺したってことじゃない。彼女の死については一時、ある方面で噂にはなった。だけど、自殺にいたった理由をだれも知らないってことを知っている人間はそれほど多くないんだ」

「ほんとうにずいぶんたくさん並べたわね」

「そうでもないさ。このほかにもまだ、いくらでも並べられる。大きなポイントだけあげたんだ」

「ねえ」彼女がいった。「いまのあなたの疑問があきらかになったら、私がさっきたずねたことの答えもでるってわけ？　私がどんな立場にいるかってこと」

「さあ、どうかな。わからない。きみがいまのきみ自身をどんなふうに考えているのかよく知らないし、聞いてもいない。そうである以上、責任は持てない」

「ひとつだけ認めてもいいわね」彼女がいった。「あなたが正直な人らしいってことを認めてもいいわ」

「ありがとう」と僕はいった。

「それならこうしない？」彼女がいった。「あなたが正直な人だってことを前提に、まず私が私の知ってる範囲の事実を正直に話す。そのあと私がたずねる。そして、あなたが正直に答える」

「つまり正直に情報交換する」

「そう。でもフェアってそういうことでしょ」

「たしかに」と僕はいった。

「でも、私の知ってることは、あなたの疑問の順番で話せないわよ。全部が複雑にいりまじってるもの」

「きみが望むなら、そうしてもらっていい」

「ふうん。ずいぶん無愛想な言い方じゃない」

「習慣なんだ」

「習慣？」

「この世界には、期待して実らないことのほうが数多い。経験上はそうなっている」

「そういうの、習慣というより性格っていうんじゃない？ 幼稚な性格」彼女も無愛想にそういった。そしてつけ加えた。「それなら、まずはじめにいちばん肝心なことを答えておくことにする。つまり、あなたの奥さんの自殺の原因っていったこと。あれはブラフよ」

「ブラフ？」

彼女はうなずいた。「そう。この世界では、だれかが自殺した場合、その理由がわからないことのほうが数多い。経験上はそうなってるの。だからさっき、あの店で奥さんの自殺のことにふれたとき、あなたがショックを受けたようすを見て推測しただけ。たんなる勘だけど、やっぱり当たったわね。あなた、カードは強いかもしれないけど、現実のやりとりではそうでもないみたい」

　僕はため息をついた。

「次の点」彼女はつづけた。「きょう起きたいろんなことのなかで、たしかなことがある。それは、仁科氏の狙いがあなたにあったっていうことね。つまり、彼はあなたの顔を見たかった。あるいは、どんな人物かを知りたかった。さらには、あなたに私の姿をみせたかったってことまで考えられる。そのどれかか全部だと思うの」

　僕の想像とも近い。「どうして？」とたずねた。

「あの店でなんだかそんな感じがしたの。最初は、あなたがバカラで賭けてるのを見て、新しいディーラーでもテストしてるのかなと思ってた。ずいぶんいい腕だなとも思った。でも、あなたが声をかけてきたとき、そういう単純なことじゃないなって確信したの。あなたといっしょにいたおじさんと仁科氏とのやりとりもあるし」

「だけど、それならなぜ僕があの店にいくことを彼は知っていたんだろう」

「そんなこと、私にわかるわけないじゃない」

　考えていると、彼女がぶっきらぼうにつづけた。

「それにきょう、あの店に顔をだすよう私に連絡してきたのも仁科氏だったの。ふだん、そんなことないのに。それも彼の目的があなたにあったと思う理由のひとつ。あなた、いままで彼を全然知らなかったの」

「いや。会ったのははじめてだ」

また考えた。なぜ、僕の知らない人物が僕なんかに興味を持つのだろう。話を聞くかぎり、彼女の指摘と店をでたときの僕の想像が一致する可能性は高い。きょうのポイントは僕自身にあり、彼女の姿を僕にみせる点にあったという可能性。だがもしそうだとしたら、僕があの店にいくことを知った理由は村林の線しかない。彼に誘われた以上、それしかあり得ない。しかしそれなら、情報の流れがわからない。ハメられたかもしれん。そういった村林の言葉は信用できるような気がする。しかし仁科という人物が、僕と彼女の同席をもくろんだとしても、その目的が皆目わからない。まさか見合いをセットしたわけでもないだろう。結局なにもわからない。

質問を変えた。

「きみはなん人かの人間から、僕のむかしの妻に似ているといわれたことがあるといった。僕の名前も知っていた。それはどんな連中がどこでいったんだ」

すると彼女はなにかを思いだすように苦笑した。

「さっきあの店じゃ、大げさにいいすぎたわね。正確にはひとりしかいない。それも以前、私が勤めてた店にやってきたお客の話なの。仁科氏を除いてね。彼が奥さんの旧姓にもふれたの。でも、どことい って特徴のない中年男だった」

ひとりかとつぶやいた。それならわからないでもない。彼女も交際範囲はかなりひろかった。ひとりくらいなら、そういう偶然はあるかもしれない。

「なんで、大げさにいったんだ」

「だって、あなた失礼だったじゃないの。いいおじさんが礼儀知らずに声をかけてきたんだもの。だから、ちょっとからかってみたくなったの」

　また、ため息がでた。「たしかに僕もきみの立場なら、おなじ感想を持ったかもしれない。ところで、いまきみは以前に勤めてた店といった。それはさっきいった別のカジノのことなのか」

　彼女は首をふった。「そうだ。あいさつがおくれちゃったわね」

　バッグから名刺を一枚とりだすとテーブルにおいた。加納麻里とある。仁科忠道事務所・秘書。住所は、大手町のビル。

　仁科忠道。さっき、そのフルネームを耳にしたときは聞き流した。だが、活字を目にすると少しちがった。どこかで見たような気がする。遠い記憶に埋もれたかすかな名前。その程度のものだが、知っているような気がする。しばらく思いだそうと努め、やがてあきらめた。いずれにせよ、身近にいた人間ではない。顔をあげた。

　彼女は僕を怪訝《けげん》な表情で眺めていたが「いまは、そういう肩書らしいの」人ごとみたいにそういった。

「だけど、へんな名刺だな。これだけじゃ、なんの仕事をやってるのか、よくわからない」

「それが、私もそこの仕事の全体はまるで知らないの。秘書なんて肩書だけど、あまり事務所に顔はださなかったから。ただ、ずいぶん手びろくいろんなことはやってるみたいね。たしかなのは金融関係に手を染めてるらしいことくらいかな、カジノ経営以外には。どうせ、実業家っていういかがわしい連中の一種なんじゃないの」

「それならふつうは逆だろう。金融コンサルタントあたりの肩書で体裁をつけるはずなんだ」

「そういえば」彼女が思いだしたように声をあげた。「なにか画商みたいな仕事もやってるみたいね。電話で美術品の売り買いの話をしてるの聞いたことがある」

「画商？ どこの画廊の画商？」

彼女は首をふった。「画廊なんて、そんなものは持っちゃいないみたい」

「じゃあ、風呂敷《ふろしき》画商かな」

「なによ、それ」

「画商の営業形態のひとつ。ギャラリーも展示スペースも持たないで美術品を仲介する仕事。ちょっと侮蔑《ぶべつ》的な響きはあるが、まっとうな仕事をしているケースのほうが一般的だし、逆にふつうの画商よりスケールの大きい場合だってある」

「あなた、あんな業界にも詳しいの？」

「それほどじゃない。あの業界は部外者には暗黒大陸なんだ。しかしどっちにしろ、いまの話だと、きみは自分の現在のボスを裏切っている。そういうことになるかもしれないね」

「あるいはね。でもロイヤリティー——忠誠心の意味のほうよ——そんなものなんてまるでないわよ。だってその名刺を持つようになってまだ一ヵ月だし、秘書なんて肩書も形式だけだもの。だって私の仕事はああいう店にいって、いろんなギャンブルやって遊ぶことだけなのよ。客として店に花をそえるなんて空々しい話を聞かされたけれど、そんなことあるわけないじゃない。ああいうところの客は、絶対に女の子目当てじゃないもの。なんだかきょう、それがはっきりしたような気がするの」

「なら、さっききみのいった店ってなんの店なんだ」

彼女は「順を追って話す必要があるかな」そうつぶやいた。「じつは私、一ヵ月まえまで別のところで別の仕事をしてたの。まあ、一種の肉体労働をやってたわけ。ねえ、どういう仕事をしてたか、あなたわかる？」

「わからない」と僕はいった。

「フーゾクなの」と彼女はいった。

「フーゾク？」

「ヘルスに勤めてたの」

「ヘルス?」

「そう。ファッションヘルス。あなた、いったことない?」

首をふった。

「でも、どういうとこくらいかは知ってるでしょ」

「だいたいは」

僕はまたジャムトーストを口に運んだ。そしてテーブルのうえにある牛乳をぼんやり眺めた。牛乳は品のいい大ぶりのカップから湯気をたてている。彼女はジョッキのビールを飲みほすと、カツレツにナイフを入れながら「ところで、フーゾクに勤める女の子たちってどう思う?」そうたずねた。

「よく知らないけれど、いまは若い女の子が選ぶ数ある職業のひとつにすぎないって感じはするね」

「まあ、そのとおりね。OLなんかとまったく変わらない」彼女はいった。「ちょっとした事務のバイトも経験はあるけれど、雰囲気がちがうだけで人間はおんなじね。いやな子もいれば、いい子もいる。頭のいい子もいれば、そうでない子もいる。プロもいれば、甘ったれもいる。どんな職場とも変わらない。じゃあ、女の子たちはなんの目的でヘルスの仕事を選ぶか知ってる?」

「知らない」

「もちろん、お金のためよ。すごく収入がいいもの。銀行から転職した子でも、年収が三倍になったといってた。あの仕事も最近はやたら明るいし、すごく手軽だし、贅沢《ぜいたく》しようと思えばできちゃうもの。逆に贅沢しすぎたOLが、カードローンの膨れすぎでバイトやってるケースだってずいぶんある」

「すると、きみもお金のためだったのかな」

「そう。お金のため」彼女はいった。それから短い間をおくと、ふたたび口を開いた。たんたんとした口調で話しはじめた。

「私の家は貧しかったのよ。それもこんな時代には、ちょっと考えられないくらい貧しかった。極貧といっていいくらい。父が腎不全《じんふぜん》で働けなかったから。三日に一度、人工透析を受けなきゃならなかったの。私はその父とふたり暮らしだった。アパートの六畳ひと間で生活保護を受けてたの。小学生のころからずっとそう。私の住んでた市の基準じゃ、四年まえでも家賃三万八千円以上の部屋には住めなかったのよ。お金を貯めてエアコンとか、どんなに安い中古車を買っても、贅沢品だって理由で保護が打ち切られるのは知ってるでしょ。ずっとそんな生活をおくってたの。水だけで一日すごしたことだってある。そういう暮らしって、あなたわかる？」

「わからない」と僕はいった。「僕のうちはとくに金持ちとはいえないけれど、それほど貧しくもなかった。だからよくわからない」

彼女はうなずいた。「そうね。きっと運が悪かったのね。だけど、生活保護を受けるって、すごい屈辱なのよ。ありとあらゆることを調べなくちゃ、役所は気がすまないんだから。おまけにいろんな制限があるの。たとえば、私は大学へいって勉強したかったのよ。でも生活保護を受けてると、大学も昼間部はダメなんだって。夜間部じゃないと保護の対象にならないの。そんなの昼間部と夜間部の差別じゃないの。まあ、それはおいとくとしても、こういうことがあったわけ。じつは高校二年の冬、ちょっとした幸運を経験したの。じっさい幸運だったのかどうかはわからないけれど……。たまたま私が買った宝くじで百万円が当たっちゃったのよ。それがケースワーカーにわかって、保護は中断。なんのために宝くじをたった一枚買ったのか、バカみたいでしょ。宝くじに当たる自由さえないんだから。貯金が数万円にまでへってから再申請してくれっていわれたわよ。それで頭にきて、役所とか福祉事務所とはいっさい縁を切ろうと覚悟したわけ。それからヘルスのバイトはじめて、賞金の一部を入学金にあてて、奨学金もらって、私は大学に入ったの」

「ふうん。でも、ああいう仕事は十八歳以上でないとダメなんじゃなかったのかな」

「もちろん最初のころは、年齢をいつわったわよ」

「なるほど、それできみは家族を支えたわけだ」

「そう。父ひとりをね」彼女はうなずいて、しばらくなにかを考えるように遠くに目をやった。やがて視線が僕にもどってきた。「ねえ、苦労話してるみたいに聞こえるかな」

「聞こえない」と僕はいった。

彼女はほほえんだ。ひさしぶりの微笑だった。「でもね、私、大学を中退しちゃったのよ。あんなに勉強したいと思ってたくせに。それからあの仕事に専念しはじめたの。胸をはって仕事をやってる。ただそれをいいたいだけのために」

ハイライトに火を点《つ》けて僕はたずねた。「きみはいくつになる」

「二十一歳」

「ふうん。ひとつ感想をいっていいかな」

「どんな？」

「さっきいったように僕は三十八だ。きみよりずいぶん年長なんだ。だけど、きみのほうが僕よりおとなかもしれない」

彼女はまた微笑をうかべた。「あなたが子どもっぽいだけなのかもしれない」

「そうかもしれない」僕はうなずいた。「よくそんなふうにいわれるよ」それから話題をかえた。「じゃあ、仁科氏とはきみのその勤め先で知りあったのかい」

「そうともいえるし、そうでないともいえる」

「どういうことなんだ」

「私、スカウトされたの」

「スカウト？」

「週刊誌のグラビアにでたの、店長にしつこく頼まれて。そうしたら、それを見たらしくて仁科氏がアプローチしてきたの」

「ちょっと待って。きみはなんで週刊誌なんかにでたんだ」

「『週刊サン』のグラビア特集。超美人ヘルス嬢特集っていうの。超美人ってところが、なんだかすごいでしょ」

「すごい」と僕はいった。

村林の言葉を思いうかべた。どこかで見たような気がする。そういったのは、そのグラビアに目をとめたせいかもしれない。週刊サンの発行部数の大きさは知っている。

「もちろん最初、店をたずねてきたのは代理だった。若い男性秘書。その秘書には、あなたも会ったことがあるわよ」

「会った？」

「さっきあの店にいたマネージャーがそうなの」

いらっしゃいませ。そのあいさつを思いだした。その言葉を聞いただけだが、たしかにカジノのマネージャーにはみえなかった。ホテルの支配人にふさわしかった。しかしいわれてみると、実業家の秘書のほうがもっとふさわしい。そんな気がしないでもない。

「正直いって、彼がはじめて店にやってきたとき、なんのサービスもいらないっていうんで、ちょっと気持ちが悪かった。じっさい、あの人はきっと性的にストレートじゃないわね。それくらいはわかる。女の子に興味を持てないタイプ。ただ、いまの倍の日給を保証できるラクな仕事がある。そんな話を彼はもちかけてきたのよ。働くのは真夜中だけだし、あのポルシェも自由に使っていいって、あとでじっさいみせてくれたの。おまけに赤坂に部屋まで用意してくれるって。私のような生い立ちの女の子には、なんだか夢みたいに華やかな世界だわよね。で、試しにほんの少しのあいだだけ話にのってみようかなって気になったの。それで住んでたアパートから独立したの。父も透析の必要以外は、ふつうの人とおなじで手はかからないから。仕送りすればいいわけだから。もちろん、こういう夢みたいな話には、なにか裏があるとは考えたわよ。でもどうでもいいやって気分がなくもなかった。危ない目に遇《あ》いそうなら、逃げちゃえばいいわけだし。それに彼の申し出だって、話の中身自体より、その知的な喋《しゃべ》り方にすごく説得力があったのよ。少なくとも、やくざでないことがわかるくらいには知的だった」

「あの店は換金をひどくオープンにやっていた。それもテーブルのそばで大金を換えていた。まるで警察なんか眼中にないっていうふうに。常識では考えられない。ああいうところで、やくざと関係してないケースがあるのかな」

「じつは私も、それをふしぎに思ってたの。でも仁科氏もあのマネージャーもやくざなんかじゃないことは事実よ。私みたいな仕事やってると、男の仕事についてはオーソリティーにならざるを得ないもの。もっとも私の知らないどこかで、やくざとつながっている可能性はあるかもしれない」

「ふうん。で、じっさい仕事はラクになったの」

「なった」と彼女はいった。「だけど、そのぶんやっぱりいまのこういう立場が居心地悪くなってきたわけ。こういう気分ってわからない?」

「わかる気がしないでもない」

それから彼女は思いだしたように声をあげた。「そういえば、さっきの質問。あの帽子をくれたのは、マネージャーよ」

「彼がくれた?」

彼女はうなずいた。「きょう店に入ったとき、気軽な感じで私にわたしてよこしたのよ。どういうものかはすぐわかったけど、私が英語を読めるなんて、彼は思わなかったんじゃないのかな。でも彼自身はきっと知ってるわね。ああいうところにいるけれど、やはり知的な人間だって印象は変わらないもの。それで、めずらしいものだし、周りの反応に興味があったから、もらってからすぐかぶってたの。でもこの国じゃ、だれも英文ロゴなんて気にしないのね。気づいたのは結局、あなただけなんじゃない?」

考えてみた。たしかにあのときは、そんな感じがした。あの帽子でだれかが僕になにかのサインを送ろうとした可能性。それを思った。村林にもそういった。だが、冷静に考えてみればそんなわけのあるはずがない。カジノからでたとき、なにかゆがんだ感じがした。

そのせいかもしれない。そのぶん子どもじみて、村林に不愉快な気分でやつあたりしただけなのかもしれない。だがいまは、飛躍がすぎるような気がしないでもない。あまり意味はないのかもしれない。思いすごしということもある。

「ところで」と僕はいった。「さっきの話にもどりたいんだ。その店にやってきて、僕のむかしの妻を知っているといった男ってどんな客だったんだ。ひとりくらいなら、わからないでもないがやはり気になる。それに仁科氏はなんでその週刊誌を見てきみのところに彼を派遣してきたんだろう。彼はいったいどういう人物だときみは思うんだ」

彼女が口を開きかけた。そのとき、かすかな音が聞こえてきた。世界でいちばん不愉快な音のひとつだ。それは彼女のわきにおかれたバッグのなかで鳴っていた。

彼女はバッグに手をいれた。テーブルに、携帯電話の使用はご遠慮くださいとプレートがある。しかし間髪をいれず、彼女は小さな受話器をとりだしていた。その動作のあいだ一瞬、不安の影みたいなものが表情をよぎったようにみえた。だが受話器を耳にあてたあと、すぐ安堵《あんど》のそれに変わり、さらに奇妙ないろがうかび、それから唇をひきしめる表情になった。その目まぐるしい変化を黙って眺めていた。

彼女は携帯電話をしまいこんだ。公衆道徳の遵守について忠告する雰囲気ではなかった。

「あなたの疑問についちゃ、たぶんまだじゅうぶんに答えちゃいないわね。だけど、もうこれ以上は無理みたい」

「どういうことなんだ」

「仁科氏が銃で撃たれたの」

「撃たれた?」

「だれかが彼に向けて発砲したらしいのよ、あの店で。いまのところ仁科氏は負傷したみたいだけど、どの程度の負傷かはわからない。あるいは死んじゃうってことになるのかもしれない。犯人のほうはすぐ逃げちゃったらしいの。だけどこれも詳しいことはわからない。いま電話してきたのは、さっきのマネージャーなのよ。いかなくちゃ、私。きっと警察が私に聞きたいこともあるでしょう。さっきまでいっしょにいたんだし、私も一応、その名刺の立場だもの」

「ふうん。そういうニュースを聞いても、ずいぶんクールなんだな、きみは」

「いったでしょ。ロイヤリティーなんてこれぽっちもないって。私だって気分は部外者なのよ。じっさい、巻きこまれた側じゃない。でも、あなただっておなじにみえるわよ。まるでおどろいてもいないじゃない」

「性格なんだ」

彼女はふいに笑みをもらした。「話の途中だけど、もうこれで失礼する。待ってるよりこちらから出かけていったほうが、たぶんめんどうは少なくてすむでしょ。いまは警視庁でも発砲事件にはナーバスになってて、銃器対策課をつくってるくらいだから。ただ、私、あなたのことは黙っておくわよ。うまくいくかどうかはわからないけれど、ふれないでおく努力くらいはできると思う」

「そんなことは気にしなくていいさ」

「刑法第二十三章第一八五条」

「なんだい、それ」

「賭博《とばく》罪。単純賭博のほうだけど、あなたもあの店にいたから該当はするのよ。ちなみに、少しは罪の重い常習とか賭博場開帳は一八六条。いったでしょ、私は大学で勉強したかったって。ほんとうは司法試験を受けたかったのよ、挫折《ざせつ》したけど」

「なるほど」と僕はいった。

「私は立場上、後者に関係してるから、警察にそこにつけこまれて拘束される可能性もあるわね。そのほうが、彼らは取り調べしやすいもの」

「だけど、元締めの警察庁自体も後者に関係してはいるかもしれない。バクチの公認。パチンコっていう三十兆円産業だけどね。それが天下りの受け皿をつくるためだという話もある」

「まあね」彼女はいった。「でも官僚とか公務員にかぎらず、どんな組織にも道義と縁のないエゴは生まれる。それがこの国の現実じゃないの」

「ふうん」と僕はいった。「きみが現実主義者だとは夢にも思わなかった。だが、僕にもできることはあるかもしれない。少しでもきみが疑われるようなことがあれば、証人くらいにはなれると思う」

彼女は首をふった。「私が疑われることなんかないわよ。それより、あなたに迷惑はかけたくないの。あなたがあの店にいたことで迷惑がかかるかもしれないじゃない」

「なぜ、そんなに気を配ってくれるんだ」

彼女は微笑した。「なぜかしら。あなたに子どもっぽいところがあるからかな。これって、ひょっとしたら母性本能の目覚めなのかしら。おどろいちゃうわよね」そして席を立ちあがった。「でも、まだ話は終わっちゃいないわよ。中途半端だし、私の貸しのほうが多いもの。まだ、あなたの話を聞いちゃいないもの。だから、近いうちに続きを話したいの。その場合はどうしたらいいの」

紙ナプキンを一枚とり、住所と電話番号を書いた。

「フルネームで名前も書いて」

その言葉にしたがうと「ふうん。秋山秋二。秋をふたつで秋二《しゅうじ》、か。へんな名前」のぞきこみながら彼女はそうつぶやいた。

「小さいころから、ずっとおなじことをいわれてきたよ」

「これは暗記して、あとで捨てとくわ」彼女はナプキンをしまいながら、ふいに僕を見つめた。「ねえ、ひとつだけ聞いていいかな」

「なんだい」

「私、あなたの奥さんに似てる？　やはりそんなに似てるの」

「いや」首をふった。「まるで別人だ。最初はほんとうに似ていると思った。だけどまちがいだった。いまの印象は全然ちがう」

彼女は笑みをのぞかせた。そのとおりだ。英子とたしかに似てはいる。だが、いまは英子といちばん遠いところにあるひとりの女の子の微笑が目のまえにある。その微笑をうかべながら僕に声をかけてきた。

「あなた、やっぱりどこか、おとなになりきれないとこがあるわね」

「どんなところ？」

「まるで反省しないってところ。ふつうのおとなら、そういうときって謝罪するものなのよ。幼稚な性格」

それから彼女はふいに身をひるがえした。通路を去っていくその背中を見おくった。ドアの外へとびだし、通りを駆けはじめたその姿を窓越しにずっと眺めていた。金いろの朝の光に、彼女の髪が揺れた。なにか野性の小動物みたいだった。

彼女の姿が視界から消えてからも、ぼんやりすわったままでいた。そのうち、ふいに気づいた。少なくともひと言いっておくべきことがあった。発砲事件があったのだ。どういう背景があるのかはわからない。しかし彼女が破棄すべきなのは、僕のメモでなく、あの黒い帽子だった。ライフル協会の帽子。なにかへんてこな忘れものをしたような気分が訪れた。

ふとテーブルに目をおとすと、彼女の名刺が残っていた。加納麻里。その文字をしばらく眺めたあと、ポケットにしまいこんだ。そのとき、もう一枚の名刺が手にふれた。村林がくれたものだ。それ以外にもふれてくるものの感触があった。彼女の投げいれたタバコの吸殻だった。とりだしてテーブルにおくと、それはぺちゃんこになり、みじめに汚れ、よじれていた。

指で弾《はじ》くと、その吸殻はとなりの席にいる着物を着た老女の足元にころがった。その彼女、老いてはいるが、かくしゃくとした鶴みたいな客がじろりと僕を睨《にら》んだ。おそろしく迫力のある目つきだった。老人はやはり苦手だ。

5

一丁目に向かって歩いた。ふだんなら十分ほどの距離を、考えながらゆっくりもどった。通行人はまだほとんど見あたらない。増えつつあるクルマが、この時間だけに許されたスピードで銀座をとおりぬけていく。

思いついて途中、村林の名刺をとりだしてみた。ショット・ブレーン代表取締役、村林晃。住所は広尾《ひろお》となっている。ショット・ブレーン。撃たれた頭脳。話に聞いているインダストリアル関係のデザイン事務所にしては、大胆なネーミングといえなくもない。顧客はたいていがお固いメーカーのはずだ。いかにも村林らしい事務所名だった。しかし、いまは奇妙な偶然を思わせる。発砲事件があったのだ。

しばらく考え、名刺をしまいこんだ。反対側のポケットだった。それでもうひとつの感触に気づいた。とりだすと、あのカジノがくれたライターがてのひらにあった。ブルーヘヴン。これを青い天国と考えたのはまちがいだ。ブルーには、憂うつ、という意味もある。その憂うつな天国で起きた事件そのものには興味がない。詳細はわからない。仁科という老人の負傷の程度もわからない。だが感想はなにもない。新聞記事を読むのとおなじ遠いニュースだった。ただ銃器犯罪が絡んだ以上、その影響は身近な周囲に波及する。また歩きはじめた。ふりそそぐ光はすでに明るく、五月の朝にふさわしい。街なかがどこまでも透きとおっている。さっき赤坂で彼が引きとめるのに応じていたらどうなっていただろう。村林と仁科とのあいだにあったいきさつ、彼とのカネの関係を聞いていれば、いまのあいまいさをもう少しうまく説明できたかもしれない。だがいまさら考えてみてもはじまらない。

タクシーのなかで聞いた記憶の殻の壊れる音がよみがえる。あの瞬間に事情が一変した。ほんの二時間ほどで、僕はもう心変わりしているらしい。たぶん言い訳にもならない。子どもがなにかの遊びに飽きて、次の遊びに移る幼児性。ぶざまな一貫性の欠如。もしいま連絡をとったなら、村林はまちがいなく僕を笑うだろう。

村林が急に年老いてみえたその表情を思いうかべた。やはり、彼と接触する気にはならない。たとえその気になったとしても、たぶん村林がつかまることはない。けさ海外に発《た》つ彼が飛行機に乗れるようなら、連絡はつかない。そうでなければ、彼の渡航をさしとめ、警察が事情聴取する事態にいたるかもしれない。彼と仁科という老人のあいだには、なにかの利害関係があった。司法判断までかかわる関係でもある。仁科が銃撃の対象になった以上、当局がその点に関心を持たないわけがない。さらに村林は、仁科が撃たれるまえ、彼と顔をあわせている。仁科がカジノのオーナーであることくらいは、すぐ彼らの知るところとなるだろう。それなら、あの加納麻里という女の子同様、彼もカジノにいたことが対警察の立場上、ウィークポイントになる可能性もある。

むかし勤めていたころの同僚の話を思いだした。暴力団が開く賭博《とばく》場に出入りしていたほどのギャンブル狂だった。たまたま手入れがあったとき、賭場にいた彼は逮捕されたが、一日の勾留《こうりゅう》ですみ職場に復帰した。あとで、あっけらかんと彼が話すのを聞いたところでは、非合法賭博でも現行犯以外での逮捕はまずないという。それに加納麻里がいった単純賭博、つまり素人の客の立場であるかぎり、初犯ではひと晩くらいの留置のあと、重くても書類送検後の起訴猶予ですむらしい。ただ、きょうの場合は事情がちがう。彼女がいったように、いま警察は銃器の取り締まりに躍起になっている。賭《か》け金の額の点でも、追及はきびしいものになるかもしれない。そのへんの事情はわからない。

しかし僕のところにもいずれ警察はやってくる。加納麻里は、あなたに迷惑をかけたくない。そういった。だが、まず無理だろう。あの店では僕自身、周囲の注目を集める場面があった。やりとりを見ていた客は数多い。彼らも当然、調べの対象になる。客のなん人かは身元が判明するだろうし、そこから僕の話もたぶんでる。だが、こちらから警察に出向く気にはならなかった。組織というあり方が好きではない。警察にかぎらず、集合体につきまとう権力のにおいが好きではない。これも幼児的な思いこみなのだろうか。

いままでの静かな生活がどこかへ遠ざかっていく。そう考えたあと、思わず笑いがもれた。声にだして笑った。すでにそんな平穏な毎日は失なわれたのだ。村林の指摘は正しかった。やはりトラブルは訪れた。それもおどろくほど早くにやってきた。ため息をつきながら、朝の光のなかを一丁目まで歩いた。

家のまえの路地までもどってきた。角を曲がったとき、もうひとつのトラブルに気づいた。家の正面が、歯が欠けたように口を開いている。真向かいには五階建ての新しいマンションがある。両隣は地上げされ、駐車場になっている。そのため、よけいに目立った。玄関の格子戸が壊されていた。僕以外、開けることができない引き戸。レールが錆《さび》つき、いまはだれも動かすことが不可能なまでに老朽化した。鍵《かぎ》をかける必要さえなかったのだ。たしかにあばら家に近い家屋ではある。それでも、自分の住居の一部がふたつにへし折られ、擦りガラスの破片といっしょにかまちに転がっているのを見るのはあまり愉快ではなかった。壊しただれかは、たぶんこの古びた木枠にひどく手こずったのだろう。そして罪の意識も感じなかったのだろう。それくらいの年代物ではある。といって、もちろん理解をしめす気分にはなれない。

部屋に入った。意外なことに内部はいささかも乱されてはいなかった。村林がやってきたときと同様、畳一面に新聞が散らばっている。それだけだ。なにかを物色したようすがない。さしあたって侵入の気配は感じられなかった。あの格子戸を壊した人間は、その破壊だけで満足したのだろうか。それにこの家に忍びこまれたとしても、実害を受ける恐れはないのだ。盗んで価値あるものはいまなにもない。最近の窃盗犯は現金とクレジットカードにしか興味を示さないというが、そんなものは持っていない。おいてもいない。それでも一応、念のため預金通帳の入ったタンスの引き出しを開いてみた。通帳は残っていた。残高は三百万と少しある。だが、これを持ち去っても意味がない。印鑑が存在しないからだ。そんなものはとうのむかしになくし、いまは必要も感じなかった。いつもポケットにあるカードで、僕は現金をひきだしている。

二階にあがってみた。むかし両親の使っていたわずかな家具が並んでいる。それに本棚ふたつ分の書物。英子のものだった。ほかの遺品はすべて処分したが、なぜかこれだけは捨てる気にならなかった。僕には読めないフランス語の原書も多いのに、そんな気にはならなかった。その本棚も整然としている。家具類は引き出しをすべて調べてみた。が、だれかがふれた痕跡《こんせき》はなかった。こちらにもカネに換算して意味あるものはなにもない。

一階にもどり考えた。格子戸の件を警察に届けるべきかどうか。築地署は歩いて五分のところにある。だが、盗まれたものはなく、とりあえず侵入の気配もない。やはり論外だった。警察に連絡すれば、外出先とその理由を説明しなければならなくなる。それがカネを捨てることの手伝いだといったら、だれが信じるだろう。そのうえ、銃器犯罪との関連まで説明の必要が生じるかもしれない。ただ、ひとつひっかかるのはタイミングだった。僕がこの家を長時間空けることはほとんどない。あの戸を壊した人間は、きょうの外出を知っていたのだろうか。あるいは偶然か。それとも通りかかった酔っぱらいが、ぼろぼろになった老朽家屋の存在に腹を立てたのだろうか。酔っぱらいにもそういう近代主義者がいるのだろうか。

考えながら畳のうえに横になった。そのときふいに思いたった。もう一度、預金通帳をとりだし手にとってみた。この通帳を開くことは最近めったにない。だが、どのページもセンターの折り目が開いたときの癖をわずかに残している。そんな痕跡があるようにもみえる。気のせいかもしれない。ただもし、そんな人間がいたとしたら、数年まえまでの残高にはおどろいたことだろう。いま記されているのは平凡にすぎる中身だが、そのときまでは、ひと桁《けた》ちがう額が記されていた。しかし、そのほとんどがいまは消えている。相続税のためだった。猫の額とはいえ、銀座の土地を受けついだ恩恵である。ほかにも相続にまつわるさまざまな出費はあった。だが現在の支払い欄には、僕が引きだすわずかな生活費と光熱費、それに新聞代くらいの引き落としかない。変わった点といえば、預り金額の欄かもしれない。こちらには毎月、振り込みが律儀につづいている。個人名で、ハタマヒロシ。英子の弟だが、もうなん年も会っていない。その月二万の振り込みが唯一、僕の収入といえばいえるものだった。

それ以上は想像の域を超えていた。いずれにしろ、玄関の破損以外に実害はないのだ。また横になった。朝の風が壊れた空間から静かに流れこんできた。あの格子戸をもとのかたちに修復するのは、もう不可能だろう。工務店に修理を依頼すれば、アルミドアの設置を強硬に主張するにちがいない。たとえ大正生まれの大工でもまちがいなくそうするはずだ。とりあえずは、ベニヤ板かなにかでふさいでおく必要がある。そう考えたとき、ふいにむかしのことを思いだした。ベニヤ板……。横たわりながら天井を眺めていると、鼻先にそのにおいがよみがえった。加工されても残るやわらかな樹木のにおい。ざらざらした木目とその手ざわり。記憶はひどく遠くにある。しかしあのころ、その感触はつねに身近にあった。いつもベニヤにふれていたのだ。

ふたたび風が流れ、過去のにおいを運んできた。

高校二年になったころ。その四月。まだ春休みのさなか、毎日登校していた。アトリエに通っていたのだ。美術の授業用のアトリエは、より多くの時間、美術部専用のスペースでもあった。

その日もキャンバスをつくっていた。午前の陽はもう高かった。アトリエは図書館と同じ別館にある。ほかにはだれもいない。遠い校庭から野球部の練習の声が届いてくるだけだ。汗をぬぐいながらひとり、アトリエのとなりの芝生で作業した。草のにおいたつ芝生に、ベニヤを寝かせる。百号四枚分のキャンバス。このベニヤにも白い山を盛りあげた。亜鉛華の粉末だった。今度はそのホワイトの山にワニスを流す。褐色の粘っこい液体は、粉砂糖にかけた糖蜜《とうみつ》みたいにゆっくり流れた。輝く春の光を照りかえし、キラキラ光りながら流れた。そのかたまりをペインティングナイフで練っていく。

そのころ、キャンバスの素材はいつもベニヤだった。便宜的なサイズだが、六十号なら一枚のおよそ三分の二、百号なら一枚と三分の一を五センチの木枠で組む。板の継ぎ目と木目はペーストで埋める。亜鉛華とワニスを混ぜた白いペースト。これが僕のやり方だった。麻布より、こちらが好きだった。だいいち、布地をつかっていたら経済的にもたない。そのころは毎週油彩を一点、必ず六十号以上のサイズでしあげていたのである。描く量としては、高校生でなくてもそうとう非常識な水準だったと思う。

昼過ぎには、百号の真新しいキャンバスが四点完成した。三日がかりでつくったそれをアトリエの壁に立てかけ、しばらく眺めていた。透明な光が、あたり一面ふりそそいでいる。その光を反射する方形の空白はまぶしかった。だが、こういうときの気分は悪くない。新しく組んだベニヤとワニスの混じった甘いにおい。それが好きだった。やがて訪れる絵の具のにおい。ペトロールやリンシードのにおい。そのにおいの予感が僕は好きだった。

やがてその一枚をまた横たえ、表面にテラピンを流した。部が常備しているトーチランプを手にとった。種火を点《つ》け、火力を強め、燃えにくいテラピンに火を移す。油が燃えつきると、熱で膨らんだペーストの気泡がつぶれ、月面みたいな跡が残る。今度はナイフでそのでこぼこを削り、またペーストを塗り、重ねていく。これもしょっちゅうやっていた作業だ。キャンバス素材がベニヤ以外考えられなかった理由には、そういうこともある。しゃがみながら作業していると、頭上から声がふってきた。周囲の光とおなじ澄んだ声だった。

「美術部の方ですか」

顔もあげず、うなずいた。

「なにをやってらっしゃるんですか」

今度は顔をあげた。太陽を背に、ひどく細い女の子のシルエットが立っている。陽射しがまぶしく、また目をおとした。

「キャンバスをつくってる」

「ずいぶん変わったつくり方をするんですね。火を燃やすなんて」

「ついでにマチエールもこさえてんだ」

「ふつう、マチエールは絵の具か既製のファンデーションをつかうものだと思ってたんですけれど」

また声のするほうを見あげた。アブラをやる人間以外で、絵肌となるマチエールのつくり方を知っているものはまずいない。空がまぶしくて手をかざすと、そのシルエットが動いた。なにかを決心したようなしぐさで僕のとなりに腰をおろした。芝生にジーンズの足を投げる。見知らぬ女の子だった。彼女はすわったまま、僕の手元をのぞきこんだ。ふたたびペインティングナイフを動かしはじめながら僕はいった。

「こうしたほうがおもしろいマチエールのできることがある。それに絵の具を節約しなきゃいけないんだよ。カネがないからさ」

それから手をとめて、彼女を見た。

「ところで、きみはだれなんだ」

「新入生です。美術部に入りたいんですが」

「ふうん」と僕はいった。「なんでそんな妙な気になったの」

「なにかおかしいでしょうか。美術部の入部って、審査があるんですか」

「そんなものはないさ。だけど体力だけはいるかな。この部って、ほとんど土方作業ばっかだから」

「でも、この学校の美術部ってすごく有名でしょう。学生油絵コンクールでもとびぬけて入選点数が多いようだし」

また彼女を見た。意外な事実を知っている。文科系のクラブは高校野球やサッカーみたいに一般の目を引くことはない。だが僕のいたその美術部は、高校美術界でガリバーとして知られる一風変わったクラブだった。芸大や美大の進学希望者も数多い。ただそのぶん、成績の低下も保証つきだった。体育系以上のハードワークが要求されたからだ。コンクールや公募展のまえ、徹夜で作業するものも多かった。そんなとき、見回りにきた教師も怒鳴ることには飽きて、もうなにもとがめはしない。唯一の取り柄といえば、そういう自由な雰囲気だけだったかもしれない。

「けど、よしたほうがいいんじゃないの」一応、忠告してみた。「外から見りゃ、わりに活発にみえるらしいけど、ずいぶんギャップはあるぜ。はっきりいってここは不良集団っていわれてるんだ。学校のなかじゃ、素行の悪さで定評がある。じっさい、バカの集まり。落ちこぼれの吹き溜《だ》まり。それでもよかったら、どうぞ」

彼女の表情が微妙に変化した。はじめて顔をあわせたのが、へんな上級生だった。そんな後悔がうかんだようにみえた。「あのう」ためらうように口を開く。

「なんだい」

「秋山秋二さんも、ここの美術部にいらっしゃいますよね」たしかめるようにそういった。

「いるみたいだね」僕はハイライトをとりだし、火を点けた。それから「きみも吸う？」彼女にそのタバコをさしだした。

彼女は僕を見つめた。博物館のミイラを見るような子どもの目つきだった。だがすぐ決心したように、笑顔で受けとった。ちょっとおどろいたが、つづけて百円ライターも受けとり、自分のタバコに火を点けた。そして口にくわえた。はじめてなのだろう。格好がまるで様になっていない。吸いこんでもいない。四月の陽の光のなかをゆらゆら漂っているのは、僕のタバコの煙だけだった。しばらくそれを黙ったままぼんやり眺めていた。するとキャンバスを見つめていた彼女が突然、思いたったように声をあげた。

「ひょっとしたら、あなたが秋山さん……。そうじゃないんですか。秋山さんなんでしょう？」

「そうだけど、なんで知ってるの、僕の名前」

彼女を見た。いきなり花が開いた、そんな感じの笑顔が目のまえで輝いていた。

「新世紀ビエンナーレ」彼女はいった。「去年の秋、秋山さんの作品を見たんです、上野で」

「ふうん。なんだか幽霊でも見たみたいな言い方だな」

「でもビックリするじゃないですか。あの作品を描いたご本人が目のまえにいるなんて」

彼女は抗議するようにいった。その口調で、はじめて気づいた。かすかな訛《なま》りがあるように思える。たぶん、関西のものだ。「私、あれがとても好きだったんです。あの作品を見て、この高校にはいったら部活は美術部だって決めたんですもの」

「失礼だけどさ、きみってあんまり世間を知らないんじゃない？　公募展なんか搬入作品の二、三割は入選するんだから」

「でも入賞は数人だし、新人賞はたったひとりでしょう。新聞に載った記事を拝見して、それで秋山さんの正体を知ったんです」

ちょっとおどろいた。そんなことまで知っている新入生がいるとは思わなかった。彼女があげたのは、前年の秋、僕が新世紀ビエンナーレの新人賞をもらった百号二点のことだ。新世紀ビエンナーレは二年に一回の開催だが、独立展や新制作展と並ぶ大きな公募展のひとつである。受賞したのは、『ピアノ』ⅠとⅡというタイトルの静物だった。これにふれた記事は、たしかに僕を大きくとりあげてはいた。だが、十五歳という年齢に焦点を当てた社会面の話題にすぎない。

彼女は言い訳するようにつけ加えた。「私が見た作品もこういうタッチのマチエールでしたから。それで思いだしたんです」

そのとおりだった。あれは二点ともモーツァルトのピアノコンチェルトの楽譜をホワイトペーストに混ぜ、トーチランプで焦げ目をつけたキャンバス一面をベースにした。そのうえに絵の具をのせ、ガラクタのピアノが放置された室内をモチーフにしたものだった。結局、楽譜は一部が透けてわずかに残っただけだが、それが意外な効果を発揮したように思う。

「きみはアブラの経験があるのかい」

彼女は首をふった。「ありません。鑑賞が好きなだけでしたから。たぶん才能もないと思います。やはりこういう新入生は歓迎されないんでしょうか」

「あまりされないんじゃないかな」

「やはりそうなんでしょうね」

「理由はちがうけどね」

キョトンとする彼女にいった。

「背伸びする女の子はバカ集団で生きていけない。きみはタバコを口にしたくせに、じっさいは吸っちゃいないだろ。タバコが一本、無駄になっちまったじゃないか。関西じゃそういう習慣があるのか」

「関西の生まれだってわかります?」

「イントネーションが、ちょっとちがうね」

彼女は僕をしばらく見つめたあと、指につまんだタバコに目を移した。その火は先端で消えていた。すると彼女はニッコリ笑い「残りのタバコをいただけますか」やわらかなトーンでそういった。

意外な要求に僕は黙ったまま、タバコのパッケージをそのまま手わたした。すると彼女は、そこからすべてのタバコをとりだした。五本残っていた。彼女はそのフィルターを全部、根元で折った。そしてもう一度、無邪気な笑顔をうかべた。それから五本まとめて、葉の部分をいきなり口のなかに放りこんだのである。咀嚼《そしゃく》するように彼女の口もとが動いた。僕は啞然《あぜん》としたまま彼女を見つめていたが、すぐ我にかえった。バカはよせ。声をあげかけた。彼女は依然としてほほえみをうかべていた。その表情のまま、ポケットから真っ白なハンカチをとりだした。ついで口のなかから唾液《だえき》にまみれたタバコの葉を吐きだすとそのハンカチで受けたのである。茶いろの濡《ぬ》れたかたまりが白い布の中央ににじみをひろげた。ゆったりした動作で、彼女はハンカチを芝生においた。それからそばにあったトーチランプを手にとると、炎の先端を近づけた。一瞬のち、ハンカチは火につつまれていた。何分かのあいだ、燃えつづけた。灰いろの煙がたちのぼり、薄れ、春の光に溶けていった。芝生が焦げ目を残したまま、まだくすぶっているとき、彼女は僕を見てまた笑った。

「私、背伸びするのが好きなんです。秋山さんより一度にたくさん、口にしたタバコを煙にするくらいだもの。私だって、けっこうバカでしょう?」

「たしかに」そういったあと、僕はしばらくポカンと彼女を眺めていた。それから、まいったな、と口のなかでつぶやいた。

それが英子だった。

彼女は部のマネージャーになった。マネージャーは恒例で新人から選ばれる。三年生の部長と副部長の僕が相談して人選した。二十人ほどいた新入部員のなかで、熱心さが際立っていたからである。これは結果的に妥当な判断だったと思う。マネージャーの仕事はけっこういそがしい。画材の調達、自治会とクラブ予算の折衝、合宿や文化祭、校内展の運営、公募展やコンクールの情報収集。まかせっきりにしていたが、彼女は新人にしては、なかなかうまく部を動かしていた。

　そのころから英子とふたりでいる時間が生まれた。彼女がしょっちゅう僕を喫茶店に誘ったのである。部の運営について相談したいということだった。店のなかに、ちあきなおみの『喝采《かっさい》』やチェリッシュの『ひまわりの小径《こみち》』が流れていたころだ。そんなとき、話題は彼女が持ちかけた問題に絞られはしなかった。どういうことだったか。話すテーマは、海の水をすくうように無尽蔵にある。ふしぎなことにそんなふうな会話があり、そしてとぎれなくつづいたのである。そんな経験ははじめてだった。中学時代から、親しい友人はいなかった。いつもひとりだった。油彩は個人作業だ。好きな絵を描いていれば満足だった。満足を自分に与える時間はそれ以外ないと思っていた。周囲とあまり口を利かない僕が副部長になったのも、新世紀ビエンナーレの受賞がきっかけになったにすぎない。そんなとき、そういう時間が訪れた。当惑しながらも、それを自然に受けいれる自分を、僕はなんとなく他人の視線で眺めていたように思う。

　もちろん美術についての話題も少なくはなかった。ある日、彼女が「秋山さんの好きな作家ってだれなんでしょう」そんなふうにたずねてきたことがある。二年の秋だった。僕がまた公募展で賞を受けたころのことだ。透流展の審査員特別賞。その百号は、ドアをモチーフにした油彩だった。同一サイズのブリキ板をトーチランプで変色させ、加工し、ペンキと絵の具をのせてベニヤに蝶番《ちょうつがい》で貼りつけ、二重構造にした。百号の全面がつまりドアだ。タイトルは『出口』。いまでこそメタルをつかうのはめずらしくもないが、当時、斬新《ざんしん》な試みという評価はあった。彼女の質問もその奇妙な構造の絵を前提にしていたのかもしれない。

そのときも僕たちは喫茶店にいた。有線が欧陽菲菲の『雨の御堂筋』を歌っていたことを覚えている。

「デ・クーニング、ジャクソン・ポロック、アーシル・ゴーキー。それに国吉康雄《くによしやすお》かな」

答えると、「へんなメンバー」彼女はそういって笑った。「最初の三人は抽象表現主義で、国吉だけは孤立した画風でしょ。でも彼も末期は抽象のニュアンスが入ってるかな。だけど、みんなアメリカの作家ですね。ゴーキーはアルメニア生まれだし、国吉だって日本人だけど、彼らもアメリカで画家になったわけだから」

ときどき彼女はそんなふうに僕をおどろかせることがあった。デ・クーニングやポロックは油彩にふれた人間ならだれでも知っている名。だが、ゴーキーの名を知る人間は多くないし、国吉の位置も彼女は正確に知っていた。日系移民の国吉は今世紀前半、はじめて海外で評価された日本人画家ふたりのうちのひとりだ。もうひとりは藤田《ふじた》嗣治《つぐはる》。あの佐伯《さえき》祐三《ゆうぞう》でさえ、最初の評価は日本で生まれた。

「ふうん」と僕はいった。「きみは絵はヘタなくせに、美術史だけには詳しいんだ。きみのほうはどんな作家が好きなの」

「後期印象派なんです」彼女は腹もたてず、穏やかに笑った。「セザンヌ、ゴッホ、ゴーガン。なかでもゴッホ。印象派なんていうと日本人の凡庸な平均美意識レベルだって笑われちゃうかもしれないけれど……。秋山さん、ゴッホは嫌いですか」

「嫌いじゃないさ。やっぱり天才だと思うよ。でもあんなふうに、風変わりな生き方と作品が結びつけられちゃうと、どうかなって思うな。だけど、絵なんて結局みんな好みなんじゃないの。ラーメンかチャーハン。中華料理屋でどっちを選ぶかってことと、たいして変わんないじゃないか。僕も抽象表現主義だって、具象から抽象に移った初期のものしか好きじゃないもの」

「へんな比喩《ひゆ》」彼女はくすくす笑った。「でも、それでわかったけれど、秋山さんが描くものも、さっきの彼らの初期と共通点がありますね」

「どういうところ？」

「生意気いうみたいだけど、秋山さんの作品ってあきらかに具象なのに、なんだか抽象の色あいが強いでしょう？　このまえの透流展の作品だってそう。アイデアがあって、とても斬新な感じなのに、それでも抽象と具象の境界にあるような気がするんです。私、いつも思うんだけど、抽象と具象の境いめっていったいどこにあるのかしら」

「どこにもないさ」

彼女が首をかしげたので説明した。「たとえば」と僕はコーヒーカップをとりあげた。

「たとえば、このコーヒーカップをそのまま描けば、ふつうは具象になるよね。でも、目をもっとカップに近づけてみなよ。視界はカップとコーヒーのそれぞれのふち、つまりふたつの円がつくる世界だけになっちまう。これを描けば、ふたつの曲線と色彩しかないだろ。つまり、具象、抽象どっちともとれる。それから、目をもっとコーヒーに近づけたとする。すると今度は世界が全部、コーヒーの表面、セピア一色になっちまうじゃないか。このモノトーンをそのまま描けば、抽象だっていわれちゃうんだ。じっさいキャンバスに単一色だけしか描かない作家だっているだろ、ラインハートみたいにさ。僕はあんまり好きじゃないけど……。でもどれだって、このコーヒーのある光景かもしれない。全体と部分。モチーフ、色彩、フォルム。そいつをどの段階で区切るかのちがいだけなんだと思う。たぶん批評家は、発祥のフォービズムとかキュービズムなんかの美術史を引きだしたり、もっとむずかしい言葉で説明するんだろうけどさ。だけど、僕にはこういう言い方しかできないな」

「すごく独特な見方」彼女はいった。「でも批評家の定義より、秋山さんの説明のほうがはるかにわかりやすいわ」

「凡人の説明さ。僕は結局、凡人なんだよ」

彼女は笑った。「最近は、天才少年って評価のほうが目立っているようですけれど」

そのころ、たしかにそんな呼び方が、美術界のいろんな方面からちらほら聞こえはじめてはいた。あの奇妙な構造の『出口』で受賞した透流展をきっかけに、また美術関係雑誌や新聞の取材がけっこうあった。だがそれは、妙な油彩を思いつく僕の年齢が興味を集めたためだというくらいは知っている。

「私がいうのも失礼だけど、秋山さんの作品って、なにかとても独特なところがあるように思うんです。乱暴っていうくらい大胆な構造と描き方なのに、結果はすごく繊細な作品になっている。それにへんな言い方だけれど、さびしいユーモアみたいなものもある。たとえば真夜中に少年がポツリとおかしな寝言をつぶやいたあとの静けさみたいな……」

しばらく考えてからいった。

「なあ、畑間。きみは天才と凡人のちがいがわかるかい」

「わかりません」

「たとえばさ。大工が板をカンナで削ったとするだろ。一ミリ削ったって、一センチ削ったって表面にゃおなじツルツルができる。だけど、見かけはおんなじようにみえて、ほんとうは絶対にどっかちがうんだ。一センチ削ったほうは、キザにいうと対象の本質、つまりは作家の本質を表現するんだよ。そして古びない。僕は結局、一ミリしか削れない人間なのさ。最近ようやく、それがわかってきた」

彼女は首をかしげ、短い時間をおいていった。

「才能だけが、才能の限界を見きわめる。そういうことですか」

「そんな大げさなもんじゃないさ」

「じゃあ、秋山さん。将来はどうされるのかしら」

「少なくとも、絵描きなんかには絶対ならない。ウチにゃカネもないし、アブラで食ってけるわけないしさ」

そのとき突然、彼女の目になにかのいろがよぎった。悲哀に似たいろ。そのくせ、遠い記憶を呼びさますようにどこか懐かしいいろ。そんな目のいろを見たのは、はじめてだった。ぼんやりそれを眺めていた。すると、彼女は顔を伏せた。そして長い時間をおいたあと顔をあげ、わずかにほほえんだ。そのまなざしに宿ったまったく新しい光が僕をおどろかせた。

彼女がいった。「私、わかります。この世界が残酷だってこと」

「そうなのかい？」

「ねえ、秋山さん。私、いま決めたんです」

「なにを決めたの」

「私、秋山さんと結婚するんです。そして秋山さんをこの残酷な世界から守るの。静かな生活で守るの」そして彼女はつけ加えるように宣言した。「私、いままでなにかを決心して実現しなかったことがないんです」

そのとき、彼女にはじめて会った春の日の真昼をふいに思いだした。彼女が口にいれたタバコの葉をハンカチといっしょに燃やしたときのこと。あのときとまったくおなじ言葉が口のなかでもれた。まいったな。

そういうことがあった。そんな日々がすぎた。英子の死の前後の記憶は濁ってはいたが、彼女と話したそんな会話のひとつひとつを思いだすことはできた。いつだってできたのだ。ただいつもつきまとってはなれなかったその幼いころの記憶もいつか、間遠になっていった。すぎさる時間はそのドアをひとつひとつ閉ざしていく。二度ともどれない出口のように。

やがて、僕はコースを変更した。高校を卒業したあと美大に入ったが、油彩からははなれた。デザイン科を選んだ。その選択に彼女は意見をひと言もさしはさまなかった。彼女のほうは大学に入ると美学を専攻した。早くから美術館の学芸員になることを決めていたのだ。

結局、あのときの彼女の宣言の半分は正しかった。僕と彼女ははじめて出会ってから十年近くを経て結婚した。あとの半分は正しかったのだろうか。僕をこの残酷な世界から守るという約束。いまとなってはよくわからない。もうわかることもない。

6

寝いってしまったのか。それとも記憶の路地に迷いこみ、現実からはなれていたのか。うっすら目が開くと、うす暗がりにうずくまるように横になっていた。時計が目に入った。昼まえだった。

エビみたいに身体を折り曲げた姿勢でいた。そのまま、顔をめぐらせた。くすんだ視界の片隅に光のかたまりがある。ぽっかり開いた戸口。そこから、切りとられた光が射しこんでいる。ぼんやりした頭のまま立ちあがり、ふらふら足を運んだ。

光のなかに立つと、やがて明るさに目が慣れていった。頭もはっきりしてきた。いくらぼろ家といっても、この戸口をそのままにしておくわけにはいかないな。もどってきたおぼろな理性が、常識を思いおこさせた。このまま放置しておけば、近所の注目を集めるだろう。あるいは不興かひんしゅくを集める。当面、なにか応急措置をとる必要がある。だが、ベニヤ板は無理だ。近所で手にはいる店の見当がつかない。考えたすえ、結局、押し入れから古毛布をひきだした。それから大工道具をとりだし、クギで戸口のうえの木部に毛布の一方を固定した。垂れ幕となった毛布が光を遮断した。いったん外にでて外観を眺めてみた。新しい出入口は、遊牧民のテントみたいな趣きに様変わりしている。ため息をついた。この家はいよいよ近代からとり残されていくのだろう。

部屋にもどった。さしあたってやるべきことは思いうかばなかった。こんなとき、僕の選択肢は貧弱さでファーストフードのメニューに負けることはない。ビデオとLPの棚を眺め、ジャズのレコードを一枚とりだした。チャーリー・パーカーの『バード・シンボルズ』。いまは骨董品《こっとう》となったプレーヤーがある。父の遺品だ。そのターンテーブルに針をおとし、ふたたび横になった。聞きなれた雑音入りの音が流れはじめた。パーカーのアルト・サックスは、なぜかいつも遠くにある風景を思いおこさせる。『チュニジアの夜』を耳にすると、はるか遠くまで空間がひろがっていく。彼方《かなた》の山並みがみえ、満天の星がみえる。風の流れが聞こえ、野性の動物の息吹が届いてくる。マイルス・デイヴィスがミュートソロを歌いはじめたころ、また眠気がやってきた。そのうち、ふたたび意識がかすんでいった。


声がした。僕の名を呼んでいる。頭を起こし周囲を見まわした。プレーヤーのカートリッジはオートリターンでもどっていた。

声の聞こえた玄関に目を向けた。毛布の脇に、のぞきこんでいる若い男の顔がある。新聞配達の青年だった。僕が口をきく数少ない人物のひとりだ。そうか、夕刊の時間。三時過ぎか。ずいぶん長いあいだ眠っていた。

頭をふりながら戸口までいった。髪を金いろに染め、ピアスを光らせた青年が新聞をさしだした。その一方で彼は毛布の端を片手でつかみ、ひらひらさせながら陽気な声をあげた。

「ねえ、どしたの、この戸」

眠気が覚めないまま答えた。「いや、ちょっと気分を変えたくなったんだ」

「へえ、でもカッコいいリフォームじゃないの」

「そうか。カッコいいかな」

「うん。なんかアウトドアっぽいじゃない。ワイルドな感じがしてさ。おれ、こういうの好き」

「なるほど。ワイルドか」それからふと気づいた。「そうだ。きみは朝刊も配達していたっけな」

「うん。そうだけど、きょう入ってなかった？」

「入ってたよ。ところで朝刊は何時ころ配るんだっけ」

「五時ころかな。それがどうかしたの」

「けさ、きみがここにやってきたとき、この玄関はいつもどおりだった？」

「ううん。ゼンゼンなんも変わったとこなかったよ。朝刊は郵便受けに放りこんどいたけど、なんかあったのかい」

「そうか。いや、なんでもないんだ。ありがとう」

夕刊を受けとると、「あんた、ほんとセンスいいよ」いい残し、ピアスを光らせながら彼は自転車まで駆けていった。

部屋にもどり、また考えた。あの戸が壊されたのはちょうど僕と加納麻里がレストランで話していたころらしい。考えてみたが、そこにどういう意味があるのかはわからなかった。

ため息をついて今度はレスター・ヤングのLPに針をおとし、夕刊の社会面を開いた。赤坂の発砲事件は載ってはいなかった。隅々まで読んだが、関連記事はない。社会面トップは、心霊手術の詐欺被害を紹介している。被害者は三人で、被害額は二百五十万だった。ほかには、老人の海外介護ツアーの流行、インターネットの電子マネー問題、イギリスの王室スキャンダル……。事件らしい事件のまるでない日だ。なのに発砲事件が載っていない。負傷したか、ひょっとしたら死亡にまでいたったかもしれない被害者がいるのに載っていない。加納麻里の携帯が鳴った時刻から考えれば、いくら警察の発表がおくれたとしても、夕刊の締め切りに間にあわないはずがない。なにか事情があるのだろうか。あったとしても、それがどういうものなのか見当がつきかねた。しばらく考え、あきらめて新聞を放りだした。

その夜はビデオで『わが谷は緑なりき』と『ライムライト』を見た。テレビではスポーツニュースを見た。イチローの打率が首位にあがっていた。だが電話は鳴らず、だれも訪れはしなかった。

次の日の昼間は、ディジー・ガレスピーとカウント・ベイシーを聞いた。夜は『アラバマ物語』と『打撃王』を見た。スポーツニュースも見た。あいかわらず電話は鳴らず、だれも訪れはしなかった。

警官はやってこない。僕の住所と電話をたずねた加納麻里からの連絡もない。新聞にはでていないが、やはり警察に拘束されているのだろうか。いまのところはとりあえず、僕の望んだ生活がかえってきてはいる。静かで平板なプラスチックの毎日。もどってきたその時間は、これからもずっとつづくのかもしれない。村林が訪れた夜の記憶はいま、遠くで薄れつつある蜃気楼《しんきろう》みたいだった。

午前一時。まだ眠くはならない。もう一度、眺めた棚で目がとまった。『モンパルナスの灯』。この映画の主人公はモジリアニがモデルだ。とりだして再生した。どのビデオも巻き戻していないので、いつもランダムにはじまる。スタートした場面はパリの街頭だった。若いふたりのうえに雨が降っていた。アヌーク・エーメが傘をさしかける。すると雨降りの好きなモジリアニ、ジェラール・フィリップがそれをとりあげ笑う。「傘はきらいなんだ。空をかくすから」。映画自体は好みのタイプではない。だがこのシーンは好きだった。そのとき、ふと思った。もし、エコール・ド・パリを背景にしたこの映画を眺めているいまの僕を英子が見たとしたら、彼女はなんというだろう。こういうモノクロ映画を集めはじめたのは、彼女が死んだあとになってからだ。理由はわからない。しかしこんなビデオを見ている僕を見ても、彼女はたぶんバカにはしないだろう。そう思った。雨降り場面のせりふをけっしてバカにはしない。降りそそぐのが雨であれ春の光であれ、それは変わらない自然だと彼女はいうだろう。油彩の抽象と具象にちがいはないといったとき、彼女は納得しうなずいた。そんな彼女なら、きっとそういうだろう。エコール・ド・パリと抽象表現主義のあいだにだって距離はない。そんなふうにいうだろう。

そのまま画面をぼんやり眺めつづけた。リノ・バンチュラ扮《ふん》する画商がジェラール・フィリップの死のあと、彼の描いた絵を洗いざらい持ち去ろうとしていた。ビデオは中断するようにそのシーンで終わった。

そのとき突然、虫歯がずきりと痛んだ。二日間おさまっていたのに唐突にまたやってきた。そして今度、襲ってきたのは平凡な鈍痛ではなかった。いままで経験したことのない猛烈な痛みだった。一万匹の蜂が、口の奥で羽音を鳴らしている。それが高くなり低くなる波のようにおし寄せてくる。その間隔がだんだん短くなっていく。歯痛とも思えない、うずくような感覚。あえていえば、それは誇張なく人格が崩壊しそうな痛みだった。虫歯の痛みは、ひとりひとりにとって固有のものだ。だがなぜか、それとはちがう気がした。神経の痛みでなく、どこかもっと深いところに届く痛み。限界を試すような痛みであり、どこか怒りに似た痛みのようでもあった。

目をつむり、歯を嚙《か》みしめた。すると、こめかみでまたグシャリと音が鳴った。卵の殻よりさらに固いなにかが壊れていく音。間をおかず、瞬時にその音は爆発的に膨れあがり、最後に弾《はじ》けるような破裂音が頭のなかで響きわたった。そして静寂がやってきた。突然の静けさがこめかみの音にとってかわった。同時にそれまでの痛みがきれいさっぱりどこかへ去った。あとには静かな空虚がひろがっていた。夕暮れの湖面をひとり眺めているような空虚。しばらくぼんやりしていた。畳にうずくまった。するとなぜか身体が動かなくなった。身じろぎもできず、声もあげず、おなじ姿勢のまま、ずっとうずくまりつづけた。やがて、ゆるやかな坂をすべるように僕は眠りにおちていった。

翌朝、目覚めたときも空虚の感覚は去ってはいなかった。こびりついた泥のように残っている。ふたたび静かな朝だ。なのに、どうにもおちつかない虚《うつ》ろな感じがある。祭りの終わったあとの大通り。昨夜は人と屋台の喧騒《けんそう》があふれ、光と影が踊っていた。なのに、いまはだれひとり見あたらない。そんな通りにひとり迷いこんだ子どもみたいな困惑がある。周りを見まわしても昨夜の雑踏は消え、白茶けた空気だけが流れている。心もとない放心がある。うすぼんやりした不安定な街角。いるべきでない場所。だけどここにいるのはなぜだろう。なにが僕をこの場所に運んだのだろう。定かではない。だが、それは記憶の効果なのかもしれなかった。記憶に残る英子の影がもたらしたものなのかもしれなかった。僕のなかに残る幼児性のためなのかもしれなかった。

起きあがり、ちゃぶ台のまえにすわった。コンビニで買いためたドーナッツをかじり、温めた牛乳を飲んだ。そのとき背後で音がした。ふりかえると、流しの下に同居人が顔をのぞかせていた。ネズミだ。鳴き声もあげず、じっとこちらの表情をうかがっている。ドーナッツの小さなかけらを投げた。彼はとびついてけさの食事を手にいれると、すぐどこかに姿を消した。ふたたびちゃぶ台に向かい、新しいドーナッツの袋を破った。そのとき、ふと手がとまった。なぜかふいに疑問がやってきたのだ。僕は卑怯《ひきょう》者なのだろうか。袋を破ったその姿勢のまま、しばらく考えた。小心であることにはちがいない。幼児性を理由に、過去から遠ざかろうとする小心者。だがそれは卑怯であることと、どこか異なりはするのだろうか。

どちらでもいい。そう思った。しかしそれ以上、新しいドーナッツを口にいれる気にはならなかった。まだ湯気をたてている牛乳を眺めた。おなじ温めた牛乳を飲み、アンパンを食べていたいつかの夜を思いうかべた。虫歯の痛み。それが最初、本格的にやってきたその夜の記憶をたぐっていった。あのとき、村林がやってきたのだ。ずいぶん以前のことだったような気がする。一連の事態をひとつひとつ点検していった。そのときはじめて、いままで考えてもみなかった思いがぼんやりかたちをとりはじめた。

カレンダーを見た。五月最後の日。金曜日。十時だった。立ちあがり、ジャケットのポケットから村林の名刺をとりだした。受話器をとったのは、ほんとうにひさしぶりだ。名刺を見ながらプッシュホンのボタンを押した。

コール音が一回鳴っただけで、返答はかえってきた。

「はい。ショット・ブレーンです」

歯切れのいい若い女性の声だった。

「村林さんはいらっしゃいますか」

「村林は海外出張にでております。帰国は数日後になりますが、お急ぎのご用件でしたら連絡があったとき申し伝えます。どちらさまでございましょうか」

能率と丁重さをそなえた受け答えだった。少し考えてから僕はいった。

「いや、たいした用じゃありません。またそのころ電話することにします。どうもありがとう」

受話器をおいた。やはり村林は成功しているのだろう。電話の応対で、その事務所がどんな人間を雇用できるかどうかはわかる。だがその女性の声で、ひさしぶりになにかにふれたような気がした。しばらく忘れていた事実に気づいた。僕がいる場所と別のところでは、まるで別の時間が流れているのだ。

ほとんど自動的に身体が動いた。ジャケットに腕をとおし、そのまま玄関まで歩き、戸口の毛布をくぐった。

表はまぶしかった。五月のすえ。まぎれもない初夏の光があった。

ここ数日、近所のコンビニへ足を運んだとき以外ははじめての戸外だ。夜、銀座を散歩することもなかった。微風が頬をなでてすぎる。ふだんの生活のせいか、こういう光や風とはなじめない。地中から掘りだされたもぐらの気分になる。なにか目的を持って外出するのは、ここ数年あったろうかと考えた。考えながらしばらく立ちどまり、目が慣れるのを待った。それから僕は歩きはじめた。

信号をわたり、昭和通りぞいに歩いた。

朝の光のなかをさまざまな人間が歩いている。これがあたりまえの日常なのだろう。こんな午前に散歩した最後の記憶はもう彼方《かなた》にある。だが最初考えたほど、うんざりした気分にはならなかった。午前の太陽がつくる濃い影のもと、なにかに向かい、たしかな足どりで歩く男たちや女たちがいきかう。世間はこうして動いているのだと教える現実が周囲をすぎる。だがしばらくぶりに目のあたりにするその光景も悪くはなかった。そんな街の風景を見る必要は感じなかったのに、いまは心地いい刺激のような気さえする。太陽を避けるくらしが異常なものだという気がしてくる。これは変調なのだろうか。それともある種の変化は、どんな生活だって要求するものなのだろうか。ふりそそぐ澄んだ光と街の光景に、いつか僕はなじみはじめていた。

京橋までは、十分とかからなかった。

昭和通りを曲がってすぐのそのビルはまだそっくりそのまま残っていた。たたずまいも僕が勤めていたころと変わらない。古びた小型の雑居ビルだ。かつて何度も足を運んだ中華料理屋とカレー屋は一階に健在だった。入り口の雰囲気もむかしのままだ。むかしとおなじように、エレベーターに乗らず階段を登った。京美企画はあいかわらず二階のフロア全部を占めている。玄関先にあるプレートにそうあった。階段をのぼるとき、十年まえとおなじカレーのにおいが僕を追いかけてきた。

事務所のドアは開きっぱなしだった。これもむかしと変わってはいない。だが、なかに入ると事情はちがった。部屋の光景が一変している。なにかの研究室みたいだった。どのデスクにもパソコンが備えてある。僕が勤めていたころ、そんなものは影さえなかった。そして机にかじりついたどの人間もディスプレイを眺めていた。一瞬、呆然《ぼうぜん》としていたのかもしれない。とおりかかった若い女の子の怪訝《けげん》そうな声で我にかえった。

「どなたさまでしょうか」

「ああ」と僕は間のぬけた声をあげた。それから咳払《せきばら》いしていった。「井上社長はいらっしゃいますか。秋山といいます」

彼女は僕を不審そうに眺めた。ジーンズを身につけているところは、デザインプロダクションで働く女性特有のものだ。だがもちろん、勤めていたころの僕を知っているわけがない。グラフィックのデザイン業界は新陳代謝が激しい。彼女の目に僕はいったいどんなふうに映るのだろう。

だが彼女は明るい声で答えた。「まだ出社しておりません。もうそろそろだとは思うんですが」

「なら、待たせてもらえますか」

「じゃあ、こちらへどうぞ」彼女は気軽にいった。

壁際にある応接セットに案内された。社長とはいえ、おおげさな立場にいるわけではない。もう一度、事務所のなかを眺めた。五十人くらいの世帯に変化はないようだ。だが世帯が変わらないということ自体、この時代にあってはたいしたことなのかもしれない。

大声が聞こえた。「なんだ。秋山じゃないか」

ひとりの男が事務所の反対側で立ちあがるのがみえた。顔を見たあと一拍おいて、その名を思いだした。北島だ。この職場で、僕のような人づきあいの悪い人間にも無頓着《むとんちゃく》に話しかけてくる数少ない男だった。入社は似たような時期だったと思う。

彼は部屋を大股《おおまた》で横切り、やってきた。僕の肩を両腕でつかむと「いやいやいや、お懐かしい。どうしてんだ、最近は」かつてとおなじ人の良さをにじませる声でそういった。

その陽気さに思わず笑いがもれた。「あいかわらず浪人生活やってるさ。それより、北島はまだこんなとこにいたのか」

彼は大声をあげて笑った。

「ひでえ言いぐさだな。こんなとこはねえだろう。おれぁ、いま役員なんだぜ。常務やってんだ」

「ふうん。出世したんだ」

「まあな。歳が歳だ。こんなちっちゃなとこなら、この歳で出世しねえほうがおかしいじゃねえか」

それから彼は顎《あご》を引き、僕をしげしげと眺めた。「それにしてもなんか変わったな、おまえ」

「歳をくったせいだろう」

「いや、そうじゃない。はっきりどうとはいえんが、なんか変わった。ところで、きょうはなにしにきた。まさか再就職じゃねえだろ」

「そうかもしれない」

「なにいってんだ。伝説の秋山のダンナがよ」

そこに若い男が声をかけてきた。「北島さん。アイバのパンフ、MO《エムオー》におとしといたけど、どうします？」

「出力センターにだしとけ。あとでおれが見る」

若い男が去ったあと、たずねた。

「まだ、アイバの扱いなんかあるのか」

「あるさ。まだうちの得意ナンバーワンだぜ。いまも扱いの七割を占めてる。いま代理店とおさねえ直《ちょく》の仕事はあれくらいかな」

アイバというのは、アイバ電機工業だ。重電メーカーとしても、家電メーカーとしても、この国では五本の指にはいる。

「ふうん」と僕はいった。「しかし、ここもムードはずいぶん変わったな。どの机にもパソコンがある」

北島はあらためて確認するように事務所のなかを見わたした。それからため息まじりの声をだした。「いまどき、マックおいてないデザイン事務所なんか、トレスコおいてるとこよかめずらしいよ。たしかに、ここ二、三年でこの業界はものすごく変わったな。おれだってこのデジタルのご時世にゃ、ついてくのがせいいっぱいだ。だけど慣れると便利なもんだぜ、ありゃ。ロトで引くのに較べりゃケイなんか一発だし、カンプの上がりもスピードも全然ちがう。いま創刊ラッシュのコンピューター雑誌じゃ広告も版下じゃなくて、MO入稿しはじめたところもあるくらいなんだから」

「なんだい、MOって」

「光磁気ディスク。フロッピーみたいなもんだ。けど、容量は六四〇メガだとフロッピーの何百枚分かある。もうフロッピーなんかじゃ、パソコンにとりこむ複雑なビジュアルは記憶できねえんだよ。グラフィックデザインがハイテクの最先端をいくなんざ、むかしは夢にも思わなかったけどな」

「ふうん。時代は進化するんだ」

「そうよ。おまけにいよいよ加速がついてくる。幸か不幸かわからんが、おれたちゃジェットコースターの時代に生きてんのさ」

北島さん、電話、と声が聞こえた。おう、と答えたあと彼は立ちあがりながら「きょうは、ほんとになんの用なんだ」といった。

「社長に話がある」

「そうか。じゃ、あとで時間があったらメシ食おう。この歳になると、つもる話もどんどん増えてく。ゴミみたいにな」

返事も聞かずに彼は席にもどっていった。電話をとった口調が、がらりと丁重なものに変わった。相手がスポンサーなのだろう。その喋《しゃべ》り方には、たしかにやり手らしいところがある。快活で陽気な大声だ。こういう中堅のプロダクションでは、営業的な能力を持つ人材も欠かせない。社長の井上もそういうタイプだった。デザインの技術分野をカバーしていたのが村林で、そのふたりがうまくかみあい、当時の京美は動いていた。その村林がここから独立したあとも、同規模の世帯が維持できている。これもやはり井上の手腕なのだろう。

肩をたたかれた。

「懐かしいかね、秋山くん」

白髪の男が微笑をうかべ、僕を見おろしていた。井上だった。彼と村林、同い年のそのふたりがこの事務所の創業者だった。村林の髪はまだ黒々としていたが、井上のほうはいま明るい光のなかで白髪がはっきり目立つ。このまえ会ったときは夜中で気づかなかった。やはり、僕がいたころからずいぶん時間は経過したのだ。

立ちあがった。「いや、そうでもないですね。雰囲気がまるでちがう。タイムスリップしたみたいだ」

「その気持ちはわかるよ」彼は笑いをうかべ「僕の部屋へいこう」そういった。

彼はむかしとおなじように、足をわずかに引きずっていた。不自由なのだ。左手の動きもぎこちなかった。理由はだれも知らない。だが、このデザイナーとしてのハンディキャップにもかかわらず、プロダクションの経営を維持している。この点だけを見ても、たいした手腕といえるのかもしれない。色指定ミスや誤植にはひどくきびしい一面があった。だがそのおかげでみんな鍛えあげられたのだ。そしてそれ以上に社員から慕われていた。

ゆったりした歩調のあとをついていった。

案内された社長室はむかしと変わってはいなかった。デスクにあるパソコンだけが場ちがいな印象を与えるが、シンプルで古風でおちついていた。応接ソファにすわると、ここですごした時間がよみがえってきた。この席で、独立したいと申しでたのだ。彼は引きとめはしなかった。おどろいたことに、じゃあ退職金を一ヵ月分上乗せしよう、あのとき彼はそういった。JADAの受賞祝いがまだだったからね。そういって笑いさえした。そういう経営者だった。

女の子がお茶を運んできたあと、彼が口を開いた。

「きみとはこのまえ数寄屋橋《すきやばし》で会ったね。あれはいつごろだっけ」

「三月の半ばころですね」

彼はうなずいた。「思いだしたよ。季節はずれの雪がまだ残っていた。それできょうはめずらしく、うちの生んだその逸材が足を運んできた。どういう風向きなのかな」

「専務のことで、ちょっとお聞きしたいことがあったんです。以前の専務。村さんですが」

「村林か」井上はつぶやいた。村林は彼の友人だった。同時に片腕でもあった。その村林が畑ちがいの工業分野、インダストリアルデザインにいつかだんだん関心を深めていった。あげく独立を宣言したとき、井上はあえて彼を激励し、喜んで送りだしたのだと聞いている。ちょうど僕の場合とおなじように。だがいま彼の口調には、いくらか苦々しさがある。

そのようにも聞こえた。

「疑問があるんです。じつは村さんが三日まえの深夜、僕をたずねてきた。不愉快な理由で手にはいったカネ、五百万ですが、そいつを処分したいという奇妙な話でした。それもギャンブルを手段にしたいというんです。具体的には、赤坂の非合法のカジノバーできれいさっぱり負けちまうことにする。ついては、僕に手伝ってほしい。そういうへんてこな依頼があった。この話はご存じですか」

「聞いてはいるよ」彼はいった。「ひどくバカバカしい話だがね。ことを起こすまえに聞いてはいる。するとじっさい、そういう事実があったわけだね」

「ありました」と僕はいった。「じゃあ、事前に村さんから社長へ連絡があったわけですね」

彼はうなずいた。「きみの居どころを聞いてきたよ。もっとも彼とは別件でもしょっちゅう話してはいる。仕事上のつきあいもないではないし、個人的に飲むこともあるからね」

「それだけですか」

彼は首をかしげた。「どういうことなんだろう」

「なぜ、彼がカネを捨てようなんて妙な気分になったか、その理由もご存じだと思うんですが」

彼は視線を宙にやり、二、三度うなずいた。「そう。知っている。あれもバカな男だよ。自尊心が強すぎるんだ」

「その話を聞かせていただけませんか」

「それはどうかな。きみが本人の口から聞いたほうがいいようにも思えるが」

「彼はあの夜、翌日にヨーロッパにいくっていってました。さっき事務所に電話したんですが、やはりいまは国外のようです。ご存じなかったんですか」

「そうか。そうだった」彼はつぶやき、茶をすすった。「しかしなぜ、そんなことに興味を持つのかな。そもそもきみがそういう奇妙な件で村林の手伝いをしたことさえ、ふしぎに思えるんだが。きみは以前、他人のことにまるで関心を持たないタイプだった。失礼を承知でいえば、いささか風変わりなタイプでもあった」

「独りよがりで幼稚という評判もあった」

彼は微笑した。「僕が評価していたのは、きみがそういう周囲の声を自覚している点だったんだ」

「それはどうも。感謝します。じつのところ、先日の村さんの件は僕も忘れかけてはいたんです。だけど、けさ方からなぜかそのことがやたら気になりはじめた。どこかひっかかるところがあるんです」

「そういう言い方だと」そこでいったん口をつぐみ、彼はまた笑みをうかべた。魅力的な笑みだった。こうした笑みをうかべる能力も経営者の資格なのかもしれない。「そういう言い方だと、きみは自分の手の内をかくして、僕に質問しようとしているだけのようにも思える。一方的にすぎるんじゃないのかな」

「そういう言い方だと」僕はいった。「そんなふうに手の内をかくすとかって言い方だと、なんだかたいそうな背景があるようにも聞こえますね」

彼はしばらく僕を見つめていた。「きみもおとなになったな。腹芸にもたけてきたらしい」

「はっきりいっていただいても結構なんです。独りよがりの気どりがいっそうひどくなったといっていただいていい。どうやら僕はじっさいそうなっちまったらしいんです」

彼は今度は声をあげて笑った。「わかった。いいさ。率直に話そう。きみは若いころ、ずっとこの業界にいた。だが、こういうことは知ってるかな。商業デザインのおかれた状況だ。デザインは現在、著作権の保護対象としては非常に多くのあいまいさを残したままになっている。不完全といえる立場に放置されている」

「知っています。デザインを所管するのは通産省だけど、著作権にかかわる文部省のほうじゃ、公式用語でデザインという言葉さえまだつかっちゃいない。応用美術というらしいですね。もっとも、これは僕がタッチしてたころの話で、いまはどうなのか知らないけれど」

「ところがいまだにそうなんだ。時代がこんな勢いで変わっているというのにね」彼は深いため息をついた。「そのうえ業界内でも、きみみたいな知識を持っている人間はまだまれなんだよ。知的所有権の問題に、どうにもこの業界はたちおくれている。それはそうとして、工業デザインの場合は著作権法などより意匠法が実質的に機能している。これは知っているだろう？」

うなずいた。たしかめるように僕の顔を見たあと彼はつづけた。

「村林もいまはインダストリアルデザイナーとしちゃ、一流で知られる存在になってるね。システムキッチンみたいなインテリア家具からクルマのホイールキャップまで、メーカーサイドから依頼はずいぶんあるらしい。正直いって、あそこまで短期間に成功するとは僕にも予想外だった。ところで最近、彼はある発想のデザインの工業化をある企業に提案したんだ。自発的な提案なんだがね。ところがふしぎなことがあった。その直前に似たようなデザインを意匠法上、すでに登録出願していたものがいたんだ。おまけに、その人物はまったくおなじ企業におなじく似たような提案をしていた。そういう奇妙な話があった。それを知って、彼はデザイン盗用で自分を抜け駆けした先願者を提訴した」

「率直というわりには、匿名が多いですね」

「僕の立場を考慮してくれてもいいんじゃないのかね」

「失礼しました。そこで裁判所の和解案が、被告側が村さんに五百万払って手を打つ、そういうことだったんですね。だけど話を聞くかぎり、村さんへの支払いがあったからには、司法上は彼に有利な展開だったようだ。だから逆に、その結果を村さんの自尊心が許さなかった。そういうふうに聞こえますが」

「そのとおりだ。きみの洞察力には感心するよ。先日、銀座で会ったときは断られたが、やはりきみには復帰してもらいたくなってきた。ここがちがうんだ」彼は頭を指さした。「だがまあ、一度はブティックを構えたきみだ。もはや一介のデザイナーとして雇うわけにはいかない。きみが仕事をしていた最後のころ、年収はどれくらいだった?」

ブティック。たしかにあのころ、ごくひと握りの独立系デザイン事務所はそんなふうに呼ばれた。単価の高い仕立屋のようなものだ。経営者もデザイナーではなく、アートディレクターと呼ばれた。いまは少し経験をつめば、おなじ肩書が名刺に刷りこまれるようになっている。時代は変わる。だが、変わる方向はいつもおなじだ。

「二千万くらいだったかな。もっともそんな収入のあったのは三年間だけでしたけれど」

そう答えたが、じっさいはもっと多かった。ひとりで事務所を構えていたころ、末期は三千万を超えていた。ただそのぶんだけ働いたのは事実だ。殺人的な多忙が訪れていた。だが、その忙しさを楽しんでいるようなところが、あのころの僕にはあった。刺《とげ》のささるような事件がなければ、そのままでいたかもしれない。結果、英子を失うことになったあの時代。

井上の声が聞こえた。

「うちにはいまそれほどだせる余裕はないが、役職もふくめて考慮する。だからもう一度聞くが、しばらくまたここでやってみる気はないだろうか」

首をふった。「話をもとにもどしませんか」

「そうだな。寄り道してすまなかった」彼はうなずき、しばらく考えたあと口を開いた。「村林の話では、彼の事務所でパソコンのMOがコピーされた形跡があるということだった。どうやら証拠が残っていたらしい。だからこそ、和解案とはいえ一応、勝ったかたちにはなった。五百万という金銭を被告側が彼に支払うという条件で決着がついたんだからね。いや、彼のほうはつけさせられたといったほうがいいのかな。クソみたいなカネだ。不満げにそういっていたから。ただ僕には裁判の経過の詳細はわからない。もしきみが知りたければ、これは彼の事務所の顧問弁護士に聞けばいいだろう。弁護士の名と連絡先は、事務所のだれかが知っていると思う」

「じつはさっき、ひさしぶりに北島に会って話したばかりなんです。いま話にでたMOっていうパソコンの記憶媒体の話は彼からはじめて聞いたんですが、村さんの事務所もそんなものと縁があったんですか」

「秋山くんね。工業分野の場合、デザインは三次元になるんだよ。平面グラフィックより、記憶容量は数倍必要なんだ」

「なるほど」

僕はポケットのタバコを手にとった。ついでにあのカジノでもらった店名入りのライターもとりだした。灰皿を目で探していると、井上の声が聞こえた。

「わるいが、この部屋は禁煙なんだ。きみがいたころからそうだったと思うが」

「そうだった。忘れてました。申しわけありません」

青いいろのライターをそのままテーブルにおいた。彼はそれにちらと目をおとしたが、表情は変わらなかった。

「ところで、これはたんなる想像ですが、もしちがっていたらお許しいただきたいんです。村さんがあのカネを処分したいといったとき、カジノを提案したのは社長じゃないんですか」

彼はほほえんだ。「突然なにをいいだすのかと思ったら……。なぜ、そんなふうに考えるのかな。僕は、わりに真面目に生きてるほうなんだがね」

「じゃあ、僕の名前をだしたのは社長のほうからじゃなかった？」

「きみのその突飛な想像はいったいどこからでてきたんだろう。なにか根拠があるのかね」

「率直にいうと、根拠は薄弱というしかありません。だけど、こういうことなんです。最近なぜか僕に会いたがっている複数の人物の気配が周囲にある。それもいきなりあらわれたんです。理由はまるでわかりません。だけど、この間のことを考えてみると、おなじ動機でいちばん最初に行動したのが社長だった」

「僕らは偶然、銀座で顔をあわせたんじゃなかったっけ」

「偶然とは思えないんですが」

彼は穏やかな笑顔のままいった。「理由は？」

「単純な話です。僕らが数寄屋橋で会ったのは、日曜日の真夜中十二時ころだった。ゴルフ以外、接待に日曜は考えられないし、ほとんどの店も閉まっている日だ。あんな日のあの時刻になぜ、銀座なんかにいらっしゃったんですか」

彼は短いあいだ考え、口を開いた。「たしかに仕事じゃない。しかし、人にはそれぞれ、だれにもプライバシーがある。そこまで、きみに打ちあける必要はないと思うんだが」

「そうですね。失礼しました。ただ気になったのは、社長がソニービルのそばで人待ち顔で立っていたことなんです。なのに僕としばらく喋《しゃべ》ったあと、社長は信号をさっさとわたって去っていった。まるでそれまであの場所に用なんかなかったというふうに。でもこれはきっと、僕の勘ちがいなんでしょう。気を悪くされたんならお詫《わ》びします」

こういう寒い日は足が痛んでね。あのときめずらしく彼は弱音を吐いた。覚えている。そして足を引きずりながら、信号をわたり去っていった。その後ろ姿もはっきり覚えている。

ライターをポケットにいれ、立ちあがった。井上は僕を見あげ、怪訝《けげん》な声でいった。

「なんだ、それだけかい。もういくのかな」

うなずいた。「そうします。ほんとうに失礼しました」

席をはなれたが、彼からそれ以上、声はかからなかった。

ドアまで歩いたとき、ふりかえった。「そういえばいま思いだしたんですが、村さんは、おれはハメられたのかもしれん。そういったんです。なにか心あたりはありませんか」

彼は静かな声で答えた。「さあね。僕にはわからない」

「もうひとつ、僕がアメリカにいってたとき、社長に手紙をおくりましたよね。あれはまだ、お持ちですか」

彼はしばらく僕を見つめていた。そして笑顔をうかべた。いままでとは微妙にちがう気配がある。顔をしかめようとして、失敗したような笑顔だった。

「たぶん、残っているとは思うよ。書簡は整理しておくほうだから。きみはそうじゃないのかな」

「僕は手紙類は読んだら全部、捨てちまうほうですね」

「それはあまり社会的作法にかなっているとはいえないな。しかし、なぜ僕にそんなことを聞くんだろう」

「毎日どんなふうに暮らしているか。そんなことを書いて僕が便りをおくったのは社長ひとりだったからです。村さんにさえおくらなかった。たぶん、社長を尊敬していたからなんでしょう」

沈黙が部屋におりてきた。ひっそり舞いおちる塵《ちり》みたいな沈黙だった。井上はその静けさのなかで黙って僕を見つめていた。

僕は彼に笑いかけた。「社長を尊敬している点はいまも変わりません。ところで仁科忠道という人物はご存じですか」

彼は依然として沈黙をまもっていた。どこか悲しげな印象さえ漂う表情をうかべながら。その表情と沈黙が回答のようだった。そのまま背を向け、部屋をでた。別れのあいさつはしなかった。向こうからも聞こえてはこなかった。

事務所では、また北島の姿がみえた。さっきと同様、受話器に向け大声で話している。だが、いっこう僕に気がつく気配はない。昼まえ。デザインプロダクションがあわただしくなりはじめる時間帯だ。僕がいたころ、この時間にはだれもがうんざりしながら戦場みたいな忙しさを迎えつつあった。その時間の起伏だけはいまも変わらないらしい。ただ光景はちがう。どのデスクでも、だれもがパソコンのディスプレイにじっと見いっている。

頭をふりながらドアをでた。やはり会社勤めは、僕にはもう似あわない。ジェットコースターに乗りおくれたのだ。

7

表にでてから、公衆電話のまえでまた村林の名刺をとりだした。電話すると、さきほどとおなじ歯切れのいい口調の女性がでた。京美企画の井上社長に紹介されたんですが。前置きして、顧問弁護士の名と電話番号をたずねた。三秒たたないうちに返事がかえってきた。礼をいってから、今度はその法律事務所に電話した。だが、その弁護士も福岡に出張中という話だった。どうやら僕が連絡をとりたいと考える人物は、だれもが出張の趣味を持つタイプらしい。

あきらめて一丁目までもどった。ぼんやりしていたせいかもしれない。気づかなかった。路地を曲がり、家のまえに近づいて声をかけられるまで、その人影にはまるで気づかなかった。

「おはよう。秋山くん」

顔をあげると、加納麻里が立っていた。黒いジャケット、それに同色のパンツ。肩にはいつかの朝見たショルダーバッグをかけている。熱を帯びはじめた陽射しが、そのほっそりした輪郭の濃い影を路上におとしていた。

「あのね」僕はいった。「年齢の差を考えてほしいんだ。くんづけで呼ぶのは、やめてくれないか」

「不愉快？」

井上との会話の名残りがあったのかもしれない。だがそのことにふれるかわり「違和感がある」僕はそういった。

「私のほうはとくにそんな感じはしないな。あなたの雰囲気がそうさせるんじゃない。責任はあなたの性格にあるんじゃない」

ため息をついた。「責任ね」

「ここが、あなたの住まいなんでしょ」

「そう」

彼女は周囲に視線をめぐらせた。「このあたりははじめてきたけど、こんなレトロなところも銀座の一部なのね。マンションなんか向かいにひとつしかない。それにあなたの住まいもずいぶんユニークじゃないの。毛布でできたドアを見たのは、私、はじめて」

「応急措置だよ」僕はいった。「だれかがこの玄関を壊しちまったようなんだ」

「だれが壊したの」

「知らない。それより君は警察からは解放されたのかい」

「話せば長くなる。入っていい？」

「どうぞ」と僕はいった。

部屋に入ると、彼女のようすが少し変わった。興味しんしんといった顔つきであたりをきょろきょろ眺め、ふうん、とつぶやいた。なかもずいぶん変わってる。でも、すごくひろいんだ。こういうひろいところで育つ人間もいるんだ。

村林の感想とは少しちがう。彼女が育った環境の影響かもしれない。評価とは、たぶん相対性の宿命を逃れられないのだろう。

いつか村林のすわった位置を僕は指さした。うなずいて彼女は新聞をかきわけ、おとなしく腰をおろした。周囲にはもうすっかり興味をなくしたようだった。足を組み、ちゃぶ台のうえに片手で頬杖《ほおづえ》をつく。ちゃぶ台の黒い表面が、細く白い腕をうかびあがらせる。立ったまままたずねた。「なにか飲む？」

「ビール」

「あいにく牛乳しかないんだ」

「そうだと思った。どうせ子どもの飲みものしかないんなら、聞くことないじゃない」

彼女の機嫌はどうやらよろしいとはいいかねる。理由をたずねるのもはばかられる気配がある。黙って、冷蔵庫の紙パックから牛乳を鍋《なべ》に移し温めた。泡をふく寸前に火をとめ、ふたつのカップにそそいだ。湯気の立つカップをちゃぶ台のうえに置いたとき、彼女の指がなにかを宙につまみあげていた。僕が袋を破りかけ残していたドーナツだった。その袋についたプライスタグを彼女はしげしげと見つめている。

「ねえ。なによ、これ。ホイップクリームドーナツって」

「だから、ホイップクリームドーナツ」

「でも、ドーナツなのに穴がない」

「そりゃそうさ。穴があると、ホイップクリームが入らない」

「おぞましい」彼女がいった。「穴のないドーナツなんて、ドーナツじゃない。なのに百円もする」

「カレーハンバーグドーナツというのもあるよ」

「狂ってる」と彼女はいった。

「コンビニにはあまりいかないのかい」

「いかない。スーパーより高いから。最近のコンビニって、こういうジャンクしか売ってないの」

「たしかにハイブリッド商品は多いね」

「ハイブリッドなんて、アイデンティティー放棄の言い訳じゃない。いったいドーナツのアイデンティティーはどこへいっちゃったのよ。こんなゴミなんかのどこに価値があるわけ？」

「別にきみにすすめてるわけじゃないさ」

袋をとりあげ僕もタグにちらと目をやった。中身をとりだした。ひとりでドーナツをかじりはじめた僕を見て、彼女がいった。

「ねえ。思うんだけど、あなた、自分の将来に展望を持ったこと一度もないんじゃない？」

「どうかな。ないかもしれないな」

「じゃあ、このさい私が教えといてあげる」

「僕の将来の展望？」

「そう」

「どういう展望があるんだろう」

「かんたんよ。ひどい糖尿病になって、死ぬほど苦しむの」

「なるほどね。考えてもみなかった」

「ところで」彼女はカップに口をつけ、僕を上目づかいに見あげた。「あなた、将来どころか、目のまえの現実にだって気づいちゃいないでしょ」

「たとえば？」

「たとえば、監視されてるってこと」

「ふうん。だれから」

「知らない」

「じゃ、なぜそんなことをきみが知っている？　どこから監視されてるんだ」

「ここの向かいにマンションがあるじゃない。メゾンドール銀座ってマンション。あの三階の部屋からよ。あなた、全然気づかなかったの」

「気づかなかった。あれはメゾンドール銀座っていうのか」

「あのマンションはいつごろ建ったのよ」

「さあ、半年くらいまえじゃなかったかな。たしかそのまた一年ほどまえ、工事の建設会社があいさつにきた」

「なのに、その名前さえ覚えちゃいないの」

「興味がなかった」

彼女は僕をまじまじと見つめた。「あなた、幼稚なだけかと思ってたけど、人間的にどこか問題があるわね。そんなにふわふわ生きてて、反省することないわけ？」

「そうかな。ふわふわしてるかな」

「してるわよ。そのホイップクリームみたいに軟弱に。ねえ、口のそばにクリームがついてるわよ」

ドーナツの最後のひとかけらをほおばると、僕はそばにあったティッシュで口のまわりをぬぐった。

「もう一度聞くけれど、なんでそんなことをきみは知ってるんだ」

「私はこの家のまえで三十分、あなたを待ってたのよ。鍵《かぎ》なんかないから、なかに入って待ってもよかったんだけど、私はどちらかというと礼儀正しいほうなの」

あたりさわりのないよう、そうだろうね、と僕はいった。

彼女は僕の顔をのぞきこんだ。「いい？　私は待ってるあいだ、こんなマンションに住めたらいいなって、あそこを眺めてたの。もし住むならどの部屋がいいかなって思いながら。あれは五階建てでしょ。ワンフロアはこちらからもみえる三室だけど、土地のひろさを考えれば、小ぶりになるのはまあしかたがないかって、そんなことを考えながら眺めているうち、ふと気づいたのよ。きょうはお天気がすごくいいじゃない。なのに、あの三階のまん中の部屋だけ、分厚いカーテンが閉まってた。もうお昼だけど、場所柄、夜の勤めの女性がまだ眠っているのかもしれない。最初はそう思った。でもわずかにカーテンが揺れたような気がしたの。だれかに見つめられている。そんな気がしたの。それで手持ち無沙汰《ぶさた》のふりして、ここの隣の駐車場に入ってって、とまってたフィアットを見物する格好で、フロントグラスに注意してたの。鏡みたいに背景がはっきり映ってたから。するとそのうちカーテンの隙間が少し開いて、だれかが私をじっと見つめたのよ。あれはたぶん、男ね。それから私がふりかえろうとすると、すぐカーテンは閉じて、またもとにもどった。あなた、これをどう思うのよ。秋山くん」

「きみが超美人だから、男が見つめたくなるのかもしれない」

「可能性はあるわね」彼女はそっけなくいった。「でも、あなたのほうに心あたりはないの」

「あるかもしれない」

僕はカップの牛乳を飲みほした。それから口を開きかけようとした彼女をさえぎった。

「ところで、発砲事件での警察の件はどうなったんだい。こっちの事情はあとでまとめて話すことにするよ。僕がきみに借りている分も、いまの話の感想もふくめて。だからそっちを先に答えてくれれば、ありがたい」

彼女は哀れむようにゆっくり首をふった。「あなた、やはりどうしようもなく子どもっぽいのね。要求することしか知らない」

「駆け引きしか知らないですむ、おとなの世界よりましかもしれない」

「あなたのずうずうしさって、そうとう徹底してるわね。その性格ってもう矯正しようがないわけ？」答えないでいると、彼女はあきらめたように吐息をもらした。「こういうことよ。あの発砲事件はどうやら公には存在しなかったの」

「公には？」

「そう。この国の警察行政は一応、優秀って評判でしょ、世界水準から見て相対的に。でも、完璧《かんぺき》さって相対的なものでもないでしょう」

短いあいだ考えた。「ひょっとしたら、完璧でない彼らは事件をまだ知らない。そういうことなのかな」

彼女はうなずいた。「そうみたい」

「すると仁科氏は、無事だったのかい」

「ううん。けがはした。でも銃弾は腕をかすめただけらしいの。医者の診断じゃ、全治二週間。結局、動くのにも差し支えはない程度のほんの軽傷だっていう話。もちろんジャケットはボロ着になっちゃったでしょうけど」

「だけど医者が診断したんなら、負傷の原因はわかる。警察へ通報の必要は感じなかったんだろうか」

「すべての医者がそうとはいえないんじゃないかしら」

「ははあ」と僕はいった。「そういう例外的な医者も連中は知っている？」

「らしいわね」と彼女はいった。

「しかし、そのとき客も大勢いたんだろう」

「あなたも知ってるとおり、あの店は合法的な存在じゃないじゃない。そういうところに出入りしているって、自発的に名乗りでるお客がいると思う？　発砲した男も逃げちゃったんだし。結局、あの出来事は闇のなかに沈んじゃったのよ。そういうこと」

「発砲した男ってどういう男だったんだ」

「ご、ふサラリーマンみたいな男だったらしいの。やくざとかって、そういう雰囲気は全然ったって」

「する連中はそういう事情を全部、きみに説明してくれたのかい」

「ま、ほんの一部だとは思うけれど、話してはくれた。だけどこれも、あなたへのメッセージじゃないのかしら」

「メッセージ？」

「きょう私が部屋にもどったとき、ちょうどあのマネージャー、原田っていうんだけど、彼から電話があって呼びだしを受けたのよ。じつはさっきまで彼と銀座の喫茶店で会ってたの。そのとき、これをもらった」

彼女はバッグから封筒をとりだし、ちゃぶ台のうえにおいた。銀行の封筒だった。かなり分厚い。

「なんだい、これは」

「退職金」

「退職金？」

「どうやら私はもう用済みらしいわね。そのなかには百万円が入ってるって。そういってた」

「百万円？」

「あなた、単語だけのおうむ返しでしかしゃべ
返りとしちゃ、少なくはない額かもしれないけれど」
「少なくないというより、このご時世に金銭感覚がずれてる
トラされた会社員が聞いたら怒るんじゃないか。こんなに経営感覚の
いったいなにものなんだ」
「いまもって、彼らがなにものかはわからない。なにを考えているかもわからない
「きみはいま、メッセージといったな」
彼女はうなずいた。「もしきみが万いち、秋山秋二氏に会うようなことがあったら、その場合はこれをわたしてほしい。そう頼まれた。ちなみにこれは彼がじっさいいったせりふそのままよ。でもこれで少なくとも彼らがあなたを知っていて、興味を持ってることだけははっきりしたわけね」
白く細い指がちゃぶ台のうえをすべった。彼女がさしだしたのは名刺だった。以前に見たもとまったくおなじ活字、おなじレイアウト。仁科忠道事務所・秘書、原田邦彦。名前がちうだけだ。ただ、ちがった点はもうひとつある。名前のわきに一行、メモのように書きこある。
〈われわれ兄の記憶に関心を持つことをお許しください〉
その書きこを眺めていると、彼女の声が聞こえた。

「そこに書いてある記憶ってなんなのよ」

黙っていると、彼女が注釈するようにつけ加えた。

「いっとくけれど、強制する感じじゃなかったわよ。だから彼がどういう意図を持っているのか、私に聞いたって無駄よ。その名刺をわたされたこともなにを意味しているのか、私にはさっぱりわからないんだから。たずねても、退職してもらったんだから、すでにきみとは縁がない。そういって教えちゃくれなかった。あなたにもし会うようなことがあったらとくりかえしただけ。ただ、なんていったらいいのかな。すごく微妙なんだけど、暗に私にこの仕事を託したような感じはするの。つまりこの使いっぱしりみたいな仕事を、私がきっと果たす。そんなふうに予想していたフシはあるわね。彼は優秀な心理学者になれたかもしれない」

話を聞きながら、名刺を長いあいだ見つめていた。それから顔をあげた。

「あのカジノは当然、一時的にいまは休業してるはずだ。すると、きみはこの二、三日のあいだ、なにをしてたんだ」

するとなぜか彼女は視線をそらした。いくぶんためらう気配をみせたあと、さりげない口調でいった。

「話してもいいけど、条件がある」

「どんな条件？」

「私、帰るところがなくなっちゃったの。だから、ここにしばらくいさせてほしいの」

「そういう条件なら、話してもらわなくていい」

「その百万円を全部あげるといったら？」

「いらない」

彼女は僕の顔を見て、冷やかな笑いをうかべた。

「そういうんじゃないかと思った。じゃあ、どこか安いホテルでも探すことにする」

銀行の封筒をまたバッグにしまいこんだ。突然、彼女は両手をちゃぶ台のうえにおき、僕を見つめた。僕も見つめかえした。それから彼女の顔からいっさいの表情が消えた。血のいろも消えた。能面みたいな顔のまま彼女はひと言、ぽつりとつぶやいた。吐きすてるような声だった。

「人でなし」

直後に彼女は立ちあがっていた。

「ちょっと待ってほしい」

「なによ。あなたには金輪際もう用なんかないわよ」

「そうじゃない。僕のほうがきみに借りをかえしちゃいない。このまえ、きみは僕の話をまだじゅうぶんに聞いてはいない。そういったはずだ。人に借りを残したままでいると、なんだかおちつかないんだ」

「人でなしのバカがおちつこうがおちつくまいが、そんなことは私に関係ないの。もうたくさん。なにもかも全部、チャラにしてあげる。幼稚な男なんかあてにしたのがまちがいだった。さよなら」

彼女は玄関に向かった。プライドを傷つけられた貴婦人さながらまっすぐ背をのばし、憤然と歩みさろうとする。あっけにとられ、その後ろ姿を眺めていた。するとそのとき、ふいに彼女の動きがとまった。両手がなぜか頬の位置まで移動した。そのまま硬直し、呼吸さえ忘れたように動かない。足を踏みだそうとする瞬間を定着させた彫像みたいだった。ぴくりとも動かず静止している。大きな目がみひらかれている。

彼女の横顔を見つめ、声をかけた。

「どうしたんだ」

「ネズミ」彼女は喘《あえ》ぐような声をあげた。「大きなネズミがいる……」

視線のさきに目をやった。流しの下、きょとんとわれわれを眺める同居人がいた。

「おい」僕は彼に声をかけた。「どっかへ消えてくれ」

彼は首をかしげたようにみえた。気のせいかもしれない。だが一瞬のち、その姿は要求どおりどこかに去った。

彼女の身体が崩れるように畳におちた。立ちあがってそばにまわり、肩を抱きおこした。ひどく細い肩だ。それがいまは小刻みに上下動している。顔面にうっすら汗がういている。

「どうしたんだ。大丈夫か」

彼女は、ふう、とためていた息を吐きだした。横隔膜を絞るような吐息だった。それからようやく、大丈夫、と細い声をかえした。

「ネズミが苦手なのか」

つぶやくような声が聞こえた。「あんな醜悪なものはいない」

「なにかネズミにいやな思い出でもあるのかい」

「殺されそうになったの」

「殺されそうになった？」

彼女はまたひとつ小さな息を吐き、うなずいた。もうだいじょうぶ。そういって身体を起こした。

私がまだ幼いとき、いいかけて彼女は背筋を立て、すわりなおした。安定感はもどりつつある。彼女はカップの把手《とって》をいじりはじめた。それから視線をおとしたまま話しはじめた。

こういうことだった。彼女が二、三歳のころだ。ある夜、眠っていると、頬にひどい痛みがあった。顔面が崩壊したのではないかと思うくらい、それは恐ろしい痛みだった。もちろん彼女は目を覚ました。そして泣き叫んだ。そのとき泣きながら、彼女はふいに気づいた。枕の横、ほんの数センチの距離に大きなネズミがいたのだ。彼女は息をとめ、クローズアップされたそのネズミの顔をまじまじと見た。ネズミも彼女を見かえした。ネズミの口の周りは血でぬれていた。泣くのも忘れ、彼女はそれを呆然《ぼうぜん》と見つめていたという。すると、ふいにそのネズミが笑った。血まみれの口をゆがめ、すさまじい表情で笑った。彼女は声をあげることもできなかった。ネズミを追いはらう父親の大声が届いてきたのはようやくそのときだった。ネズミは背を向けた。やっと安堵《あんど》が訪れた。そう考えたときだ。ふいにネズミがふりかえった。そして父親の威嚇にもかかわらず、もう一度、顔をゆがめ笑った。どこか嘲笑《ちょうしょう》に似た笑い方だった。そのとき彼女はネズミの声をはっきり聞いた。今度会ったときは、必ずおまえを殺す。

「あんな幼いころだったのに」彼女は顔をあげた。「いまでもあの光景ははっきり覚えてるのよ。ネズミの声も覚えてる。あとで大きくなってから聞いたんだけど、父の話では私の顔は血まみれだったらしいの。つまり私はネズミに齧《かじ》り殺される被害者になるところだったわけ。父がいなきゃ、じっさいそうなっていたかもしれない」

ふうん、と僕はいった。すると彼女は、まだその傷は残ってるわよ、ほら。そういって片頰を僕に向けた。間近で見るその皮膚は滑らかだった。ほのかな光を照りかえし、損傷などどこにも見あたらない。

「傷なんか残っちゃいないみたいだけど」

「残ってるわよ」

いきなり彼女は僕の手をとり、自分の頬に導いた。手の動きが、傷痕《きずあと》をたどるように皮膚のうえに僕の指をすべらせた。わずかに汗ばみ、ぬれて熱っぽい。だがその頬は若い女性の肌が持つやわらかな弾力しか伝えてはこなかった。ほかにはなんの感触もかえしてはこない。傷はたぶん皮膚の内側にあるのだろう。そのことを告げるかわりに僕はいった。

「ネズミのトラウマ」

彼女がいった。「そう。ネズミのトラウマ」

「まあ、だれもが多かれ少なかれトラウマは持っているのかもしれない。でもネズミのケースは、はじめて聞いたな」

彼女が小声でたずねた。「あのネズミはもうでてこない?」

「でてこない」嘘をついた。「あのネズミの習慣なんだ。いったん顔をみせたら、まる三日間はあらわれないことになっている」

彼女は胸に手をあて、まだドキドキしてる、そういった。それから小声をあげた。もう一杯、牛乳をくれない?

彼女からはなれ、立ちあがった。鍋《なべ》で牛乳を沸かし、湯気のあがるカップを運んだ。もどったとき、ふたたび彼女のようすがおかしかった。さっきとはまたちがう変化をとげている。今度は放心のなかにいる。視線が遠くにある。どこか見えない場所を眺めている。向かいの畳に腰をおろすと、その視線がゆっくり移動して僕に移った。牛乳のカップを両手でつかむと、彼女は低い声でつぶやいた。

「ほんとは私、けさまで実家にいたの。あれからずっともどってたの。大昔、ネズミのあらわれたアパートにもどってたのよ」

「実家ってどこなんだ」

「都心から一時間半かかるけれど、大きなある町。かろうじて通勤圏にあるところ。町の名前はいいたくない」

「なんで実家に帰ってたんだ」

「父が死んじゃったの。自殺したのよ。部屋で首をつって」

黙って彼女を見かえした。

「彼の場合は、理由は想像がつかないでもないの」彼女がつぶやいた。笑い声をあげようとしたが失敗におわった。そんなようすの声でつぶやいた。「ねえ。聞いてくれる？」

返事はしなかった。意味がない。彼女はいま、僕になんの関心も払ってはいない。彼女がしゃべりかけている対象は彼女自身だ。

「架空の話をするんだけど、聞いてくれる？」

今度はうなずいた。その動作が目に入ったかどうかはわからなかった。

「こういうことだってあるかもしれない」そういって彼女はちゃぶ台に目をおとし、黙りこんだ。沈黙がおりてきた。うつむいたままの彼女の髪を眺めながら僕も黙っていた。

「たとえばの話だけれど……、架空の話なんだけれど」伏せていた顔をあげ、彼女が僕を見た。いまはまっすぐな視線が僕にそそがれている。それでも黙ったままでいると、彼女はゆっくり話しはじめた。うす笑いするような調子の声だった。「たとえば、ひどい疾患を持った五十代の中年男がいたとするでしょう。三日に一回は透析を受けなきゃいけないんだけれど、ふだんはふつうの人と変わらない、ただ貧しいだけの中年男。この世間のマイナスばかり集めて人生をおくってきたみたいなそんな中年男。でも、そういう運の悪い彼にだって、まだ残っているものはある。たとえば、性欲というようなものの残りかすはある。だけどもしそうだとしても、それはだれにも非難できないことだと思うの。そんな男がある日の夕暮れ、あるヘルスを訪れたとする。女の子を写真で選ぶ、その町にいくつかある平凡なヘルスのひとつ。でも彼はそんな写真なんか見ない。だれだっていいという。はじめてそんなところにやってきたわけだから勝手がわからない。きっと彼の手には汗ばんだ一万円札が握りしめられていたと思う。なぜって、それは大学生の娘がデパートのアルバイトで稼いだはずのお金だから。そんな彼が待つところへ女の子がやってくる。そして彼は愕然《がくぜん》とする。女の子も愕然とする。ふたりはどういう会話を交わしていいかわからない。なにをしゃべっていいのかわからない。沈黙がつづく。黙ったまま、早く時間がすぎてくれ、そんなふうにしか考えられないでいる。そのうち中年男はなんにもいわず、店をでてくの。そうするしかないもの。うなだれて帰っていくしかないもの。女の子のほうだって、そのとき表にでて彼を見送るしかない。そうするしかないじゃない。西陽がそのしおたれた中年男の長い影をおとしてた。彼女はそんな夕暮れの光景を、一生忘れないと思う。そんな光景があるかもしれない。世間にはそういう光景だってあるかもしれないじゃない」

牛乳の入ったカップを持つ彼女の手がゆれた。牛乳の表面が波だった。ちゃぶ台の黒い表面に白いしずくがふたつ、みっつおちる。

「あの人には雑誌を買うお金なんてなかった。人づきあいもなかった。だから週刊誌にでても、噂が耳に入ることなんかないと思ってた。それなのに直接、顔をあわせる偶然がある」

時間がすぎた。

またぽつりと彼女がつぶやいた。「カビのはえた古い頭の男。バカな中年男……」

僕は口を開いた。「そういう話は信用できないな。架空の話だとしても、偶然の要素が過剰にすぎる。話を聞かせてくれるんなら、もっとリアリティーのある話をしてくれないか」

静かな部屋に、ささやくような声が聞こえた。「ありがとう」

ふたたび静寂がもどってきた。

結局、彼女があのマネージャーの話を受けた理由は別にあったのだ。少なくともひとつではなかった。華やかな世界にひかれたというわけではないだろう。ラクな仕事を選択できるという理由だけでもない。父親と別の部屋に住むことができる。そちらのほうに重点があったのかもしれない。あのレストランにいたとき、携帯電話が鳴った。最初、彼女にあったのは不安げな表情だった。いまは想像がつく。カビのはえた古い頭の男。彼女はそういった。それなら、なにかしらこういう事態に似たものを彼女は予想していたのかもしれない。口にはしなかったが、その出来事は彼女が以前の店をやめるまえ、ごく最近のことだったのかもしれない。

「でも世間ってひどいものね」彼女の低い声が聞こえた。「父の葬儀をだしたあと、大家とやりとりがあったの。そのとき彼がなんていったと思う？　しょっちゅう家賃を溜《た》めてたのに、自殺までされて踏んだり蹴《け》ったりだって。二十年以上も住んだアパートなのに。私、そのジジイをぶん殴っちゃった」

思わず笑いがもれた。「それは賢明な選択だったと思う。少なくとも僕は支持する」

「ありがとう」もう一度、彼女はそういった。それから、その表情にようやくやわらかさがもどってきた。

帰るところがない。さっき彼女がいったのは、そういう意味か。新しい仕事からもすでに退職して、あの連中が用意した部屋にももどれない。そういうことか。

しばらく黙りこみ、ふたりで牛乳をすすった。

やがて彼女が顔をあげ、僕の目を見つめた。

「ねえ、やはりあなたのトラウマの話を聞きたくなった」

「僕には、そんなものはないさ」

「だれもが多かれ少なかれトラウマを持っている。そういったあなただって例外じゃない」

「なぜ、例外じゃない？」

「亡くなったあなたの奥さんがいる」

彼女の顔を見かえした。トラウマ。そうかもしれない。そうでないかもしれない。だが、どういうふうに名づけるかは問題ではない。ときおりかえってくる記憶は僕のなかにもたしかにある。借りを残したままでいるとおちつかない。そういったのは僕だ。あるいは一部は話さなくていいのかもしれないが、それはどちらだっていい。沈黙によって守られるものなど、もうなにもありはしない。それに時間だけはある。たぶん彼女にも。

「どうやら、架空じゃない話の番みたいだな」

彼女は微笑をうかべた。

英子の記憶。高校時代。春の出会い。それからのいきさつ。結婚。死。一連の過去を僕は素直に話した。彼女は僕の話に耳をかたむけていた。なにもいわず聞きいっていた。だが監察医の話にさしかかったときだ。はじめて彼女が口をはさんだ。

「奥さんが自殺したときは、妊娠してたの」

うなずいた。「そう。だけど僕は美大にいたころ、ムンプスにかかったことがある」

「ムンプス？　なんなのそれ」

「ちょっと気どってみたかっただけなんだ、医者みたいにさ。俗にいう、おたふく風。ただ十代の半ばを超えてから、おたふく風にかかるとある種の疾病を併発することがある」

「どんな病気？」

「睾丸炎《こうがん》」

「ふうん。睾丸炎にかかると、睾丸をとっちゃうの」

「まさか」僕はいった。「消炎剤の注射とステロイドで完全になおる。性的な問題もまったく残らない。ただ、睾丸炎患者の百人にひとりかふたり、ごく低い割あいだけど、隠れた後遺症を残す場合があるんだよ。僕はその数少ないひとりだった。英子は知っていたけどね」

「どんな後遺症？」

「無精子症」と僕はいった。「だから、英子の妊娠は僕によるものじゃない」

8

玄関で音がした。

目をやると、新聞配達の青年が毛布を開き、顔をのぞかせていた。

「夕刊だよ」

「ありがとう。そこにおいといてくれないか」

麻里に気づいたのかもしれない。おじゃまさま。大声をあげるとすぐ彼は頭をひっこめた。

部屋の温度がいくらかあがっている。立ちあがり、窓を開けた。駐車場がみえる。彼女が入ったというのは、コンクリートで整地された反対側のほうだろう。車種に注意を払ったことはないが、フィアットはこんな未整備のスペースに似あわない。閑散とした空き地には、まだ目に痛いほどの光がふっている。暮れていく五月最後のおそい光だ。僕が話すあいだ、ずいぶん時間はすぎたらしい。ちょっとした疲労があった。平板なプラスチックの生活には異質の長い会話が訪れたのだ。

部屋のなかをふりかえると、うす暗かった。そういえば蛍光灯をつけていなかった。その光になじんだ目に、麻里の黒いジャケットがうす闇に溶けこんでいた。ほの白い顔だちだけがぼんやりうかびあがっている。

そのうす闇から彼女の声が届いてきた。英子の死にはふれないよう注意しているのかもしれない。いくぶん慎重な声音だった。

「それから、あなたは仕事をやめたわけね」

「そう。事務所をたたんだ」

「で、どうしたの」

「この国から、はなれたかった。それまでの忙しさが異常だったことに気づいた。それで留学ビザをとってアメリカにいったんだ。しばらく帰るつもりはなかったけれど、一年後、ここにひとりで住んでた親父が急性心不全でぽっくり死んじまった」

彼女は、ふたたび沈黙にもどった。人の死について話しすぎたせいだろう。短い時間をおいたあと、やがてまたその話題をさけるように、なぜアメリカを選んだの。たずねる声が聞こえた。

「一度、仕事でいった辺鄙《へんぴ》なところがあるんだ。アメリカ中西部。あのころは広告の仕事も海外ロケがずいぶん多かった。それもいままでつかわれたことのない目新しいロケ地を探すのに業界は躍起になっていた。この国のCMクルーがいってない場所は、たぶん地球にもうほとんど残っちゃいないよ。イースター島のモアイまで撮りにいってるくらいだから。その点、なにもないアメリカの片田舎は盲点で、案外、新鮮ではあったんだ。ハワイやロスとちがってね」

「でも、あなたはアートディレクターだったんでしょ。新聞とか雑誌広告の。テレビといっしょにロケなんかにもいくの」

「グラフィックはふつう、テレビCMにも連動するんだよ。だからスチール用にモデルやカメラマンに指示をだすのも、アートディレクターの仕事になる。何ヵ国かいったことはあるけれど、僕のいったなかでいちばん静かなところがそこだった」

「ふうん」彼女がつぶやいた。「アメリカなんて騒々しいイメージしかないけれど」

「あの国はひろいさ。僕が住んでたあたりには、古いアメリカがまだそっくりむかしのまま残っている。最初、仕事でいったとき、空いた時間に散歩した大学のキャンパスと周辺にそんな印象があった。記憶に残っていた。サライナというところだ。カンザス州にある小さな大学町。今度はそこで部屋を借りて、大学で美術の実技講座を受講した」

サライナ。その名を口にすると、ふいに目のまえにすぎた光景がよみがえった。中古のカローラで走ったルート70。地平線の果てまで不揃いに散らばる小さな小麦畑の群れ。その平坦な大地の向こうに沈む夕陽。早い春にはコットンツリーがまっ白な綿毛をかぶった。五月になると、その木々はいつもタンポポみたいな綿帽子をまきちらした。夜には町なかで聞こえるコヨーテの遠吠《とおぼ》えがあった。そしてくっきりした季節の輪郭。風がプレーリーをわたる。いち日ふつか、ひどい強風が吹いたと思えば、もう季節は次の季節に変わっていた。それは移ろいというより、季節の転換だった。夏は四十度を超え、冬には零下三十度を下まわることがあった。そうした朝に唾《つば》を吐くと、それは路面ですぐ小さな氷のかたまりに変わった。典型的な大陸性気候だ。周辺の産業といえば、ミートパッキング以外はグリーティングカードのメーカーがひとつあるきり。そんな田舎の大学町。

「その静かな町であなたは一年間、静かな生活をおくったわけね」

「まあね。毎日聞いていた銃声を除くんなら」

「銃声？」

「そう。趣味で射撃に熱中したことがある」

立ちあがり蛍光灯のスイッチをいれた。それから席にもどり、ちゃぶ台に置かれたままの名刺を眺めた。

「その趣味は、この名刺にあるメッセージと関係があるかもしれない」

大学の美術講座は予想どおり、レベルがひどく低かった。期待してもいなかったからそれはそれでいい。高校時代の名残りももう失《う》せていた。だが学期がはじまった最初の秋、ふたたび絵を描く習慣だけはもどってきた。むかしとはちがうスタイルでもどった。ひとり町はずれの野原で写生した。イーゼルに小さなキャンバスを立てかけ風景を描く。絵筆を持つより、ぼんやりしている時間のほうが長かった。ひどく歳をとった気持ちで、ときおり小さな白い麻地に目をやった。

そんなとき、声をかけてきた男がいる。東洋人がめずらしかったのかもしれない。大学にさえほとんどいなかった。もちろん日本人はひとりもいない。

どうだい、この町は、芸術家の目からみて。声がして僕はふりかえった。はじめて顔を見る男だった。通りすがりに僕を見かけ、わざわざクルマからおりてきたらしい。なかなかいい環境だね、静かで悪くない。そっけなく答えると、彼はキャンバスをのぞきこんだ。たぶん彼の目には抽象的な線しか映らなかったと思う。静かな町はアンドリュー・ワイエスみたいな画家が描くもんだと思っていたが……。男がつぶやいたので僕はおどろいた。国境を越えるとポピュラーな画家も一変する。こんなところにもやはりワイエスを知る人間がいる。静けさと刺激は相反するものじゃないかもしれない。そういうと彼はほほえんだ。アンドリュー・ハーシュだ、ワイエスと同じアンドリュー。アンディーと呼んでくれ。

彼が手を差しだし、僕は握りかえした。

彼の金いろの頭髪は薄かった。最初は四十代かと思ったが、何度か話すうち、僕と同年齢であることを知った。職業は精神科医だった。あるときうんざりした調子で彼がぼやいたことがある。なんでこんなに忙しいんだろう。どういう理由で、こんな静かな田舎で壊れっちまう人間がどんどん増えてくんだろう。まるでゴキブリみたいに増殖していく。なあ、きみはどう思う。この世界はおかしくなりはじめてるのかな。いや、静けさと壊れることにも深い関係があるようにも思う。つぶやくと、彼は怪訝《けげん》な表情をかえした。だってすっかり壊れちまった人間はみな、世界でいちばん静かなところにいるじゃないか。どこだい、それは。墓場。僕が答えると、彼は大声をあげて笑った。

自宅へ夕食に誘われたことがある。太った奥さんのマーサがいた。子どものいないのが僕には気楽だった。だが、彼女が料理したミートローフはすさまじかった。豚の餌にでもしてくれ。そういいたかったものの、黙って食べた。あたたかい女性だったからである。僕のたどたどしい英語を聞くと、さり気なくゆっくりしたテンポの口調に変えるのがわかった。しかし、デザートにでたパンプキンパイはなかなかのものだった。丸ごと豆腐一丁ほどのカットだ。日本の女の子なら、その巨大さに目をそむけたかもしれない。口にすれば、甘ったるさにもまず閉口したはずだ。だが僕はひと切れ齧《かじ》ったあと、とてもおいしい、といった。三切れめのおかわりを頼んだとき、彼女の表情は喜色満面といった趣きに変わっていた。

アンディーがニヤリと笑った。きみはご婦人を喜ばせるのがうまいな。いや、ほんとうにおいしいんだ。すると彼は、あとでちょっとしたカードの賭《か》けをやらないかと提案した。なにを賭けるんだい。そうだな、僕が負けたらマーサのパイ十日分。きみが負けたら彼女の肖像画を描く。これでどうだい。いいよ、と僕はいった。で、ゲームは？　スタッドポーカー、と彼はいった。

二時間後、アンディーは大声をあげていた。ねえ、マーサ。許してくれ。きみは今後十年間、彼のためにパイを焼きつづけなくちゃならなくなった。あらあら。マーサはおおげさに肩をすくめ笑った。

そのあと彼は僕の顔を見ていった。なあ、今度、いっしょに射撃にいかないか。射撃？　そう、あれだってポーカーとおなじさ。必要なのはリズムと集中力だ。きみはきっと射撃にも才能があるよ。

カルバークリーク・ガンクラブへいく道路は、僕がいつも写生している場所のそばをとおっていた。射撃マニアのアンディーは、そのクラブへの途中、僕を見かけたという。

ライフル射撃が中心の屋外レンジはひどくだだっぴろい。野球場ふたつ分以上のひろさがある。そして二チームの野球選手をうわまわる程度の人出があった。アンディーは申しわけなさそうに弁解した。こんなに混んでるのは週末だけなんだよ。それより僕がおどろいたのは、家族連れの多いことだった。十歳くらいの少年に射撃指導している父親らしい男がなん人かいる。大型ライフルをなれた手つきでかまえている高校生くらいの少女もいる。

空いたスペースに入ると彼がいった。クルマのなかで話した注意は覚えているね。うなずいた。銃の手渡しには、チェンバーの空を確認するため、ボルトを必ずオープンにすること。この射撃場は管理人がいないため、標的の張り替え、命中弾痕《だんこん》の確認にレンジ内に入る場合は必ずころあいを見はからって柱のボタンでベルを鳴らすこと。入らない場合でも、ベルが鳴っているあいだはけっして銃に手をふれないこと。復唱すると、お利口さんだ、と彼はいった。

十組を超える射手の射撃が一段落した。そばの柱に赤いランプがともる。同時に大きなベルの音が場内に響きわたる。みんながいっせいに標的板へ移動をはじめた。近いほう、百ヤードの標的板には弾痕のある標的シートが何枚も重なっていた。そのうえに新しいシートを彼は重ねた。これはNRAのオフィシャルターゲットだ。NRA？　全米ライフル協会さ、僕だって会員だぜ。ほら、黒いキャップの連中はみんなそうだよ。周囲を見わたすと、たしかになん人かがそんな帽子をかぶっている。ふうん、一般人でもきみみたいな会員は多いのかい。そりゃそうさ、三百万人は超えているんじゃないのかな。いまも一日に千人くらいずつ増えてはいるらしいね。

射撃ポジションにもどると、お手本だ、そういって彼が銃をかまえた。スタンディングのまま、軽く三発連射した。ボルトアクションだから、薬莢《やっきょう》の排出に二、三秒かかる。それでもまたたくあいだという感じを受けるほど素早い連射だった。彼は双眼鏡を手にとり標的を眺めた。手わたされ僕も目をあてた。標的のまん中に黒丸がある。三インチ、七、八センチほどの黒い円だ。そこにふたつの穴が開いている。だが彼は、くそ、百ヤードなのにブルズアイを一発はずしちまった。悔しそうにつぶやいた。でも、たいしたもんじゃないか。声をかけると彼は胸を張った。会員どうしのマンスリーマッチじゃ二回に一回は優勝するよ。さあ、今度はきみの番だ。

ルガー・モデル77／22ＲＭＰ。二十二口径で初心者には向いている。マーサの銃だよ。バレルがステンレスだから、季節の温度差による狂いが少ない。そう教えられた銃を手にとった。

手はじめに比較的かんたんなニーリングでいこう。彼の指示どおり、右ひざを地面につき、左ひざに肘《ひじ》をのせ銃をかまえる。彼の大声が聞こえた。リズムと集中力だ。狙いをさだめた。百ヤード先の標的は、スコープのなかでもハエの卵みたいにかすんでみえた。

帰りのクルマのなかで彼がいった。前言撤回。カードと射撃の腕は比例しない。どうだい。もうこりたかい。いや、と僕は首をふった。自分でも意外だった。射撃があんなにおもしろいとは思わなかった。クセになりそうだ。

カルバークリークには会員同伴以外、入れないことになっている。僕は絵を描くのをやめた。かわりにアンディーが射撃場にいくとき、いつもついていくようになった。ほかの日は、彼の拳銃《けんじゅう》を借りてサライナにはない室内のガンクラブにかよった。カンザスシティーのクラブだ。ルート70を片道三時間かけて走った。ついでに夜は市内にいくつもあるジャズクラブに立ちよるようになった。そのとき、ビバップがカンザスシティーで誕生したことをはじめて知ったのだ。

そして半年後、距離二百ヤードで僕ははじめてアンディーを超えるスコアをマークした。その夜、マーサはお祝いに特大のパイを焼き、僕にキスした。

「あなたがあの帽子にめざとく反応した理由がわかった」彼女がいった。「でも射撃自体がおもしろかったの」

「そう。おもしろかった」

「それだけ?」

「それだけって?」

「ううん、なんでもない」彼女はいった。「じゃあ、この名刺にある記憶って、あなたのそのアメリカでの生活をさすのかしら」

「そうかもしれない。だけどそんなことに関心を持ったって、なんの意味がある? ずいぶん妙な話じゃないか」

「でも、あの帽子のことを考えれば、あなたがアメリカで暮らしてて、そのとき射撃なんかにうつつをぬかしていたことを知っている。そうとしか思えないじゃない」

彼女の顔を見かえした。思わず笑いがもれた。手控えていたあの攻撃的な口調がいつのまにかもどっている。

「なんで笑うのよ。そう思わない？」

「まあ、そうだね」と僕はいった。

「だったら、なんでそんな小さな町のことまでわかるのかしら」

「もちろん、町の名前までは知らないだろう。だけど、僕がアメリカ中西部にいたことを知る手段ならひとつはあったんだ」

彼女が問うような目を向けたので、午前中に訪問したむかしの勤務先でのことを話した。井上とのやりとり、その内容を話した。彼に手紙を書いたことがあるんだ、と僕はいった。毎日の生活を書いておくった。商業美術でないアートをもう一度勉強しようと思っていたが、気分が変わった。どうやらご当地の影響を受けたようだ。いまは射撃が趣味になり毎日、銃を撃っている。ライフル協会の会員に指導してもらっている。そんなふうに書いた覚えがある。住所は記さなかった。だが、あの周辺からエアメールをだせば、切手にはすべてカンザスシティーの消印がスタンプされる。だから井上宛ての手紙を彼らが見たとしか思えない。射撃のことを手紙に書いたのは社長宛てのものだけなんだ。

「断言できるの？」

「できる」と僕はいった。それから名刺を指さした。「ただこの原田氏はなかなか知識豊富な人物のようではあるね。あのあたりじゃ東海岸や西海岸とちがって、銃器にかんする住民意識は道具感覚に近いんだ。アンディーみたいな射撃マニアでライフル協会の会員なんかめずらしくもない。ごくふつうの平均的市民さ。彼らは協会の公式キャップをかぶることにもとくに抵抗感なんて感じない。原田氏は、そういう事情も知ってはいるんだろう。それを承知でボールを投げたのかもしれない。はずれてもいいが、当たればそれに越したことはない。まあ、そういった程度の可能性だとは思うけどね」

彼女は名刺に目をおとした。

〈われわれが貴兄の記憶に関心を持つことをお許しください〉

「でも、なんのために……。彼らはあなたのことをよく知っているって、それをアピールしたかったのかしら。もしそうだとしたら、どういう理由があるのかしら」

「わからない。ただ記憶は過去といいかえることもできないこともない。あるいはもっと広範囲な過去をさしている可能性もある」

彼女は首をかしげた。「じゃあ、彼らの目的についちゃおいとくとしても、そうとう手間をかけたあなたの事前調査がおこなわれた。そのことだけはいえるんじゃない?」

「そうみたいだね」

「あなた、自分がそんな重要人物だなんて心あたりはあるの」

「ないさ」僕はいった。「僕にもわけがわからない。こんなVIP待遇ははじめての経験だ」

「監視されてもいるみたいだし」彼女がいった。「あなたはむかしの社長と銀座でばったり会ったのは、偶然じゃないようだといったわよね。もしそうなら、そのときもあなたの行動が観察されていて、逐一その社長に連絡がいった。そう考えるしかないんじゃないの――」

「たぶん」と僕はいった。「だけど、四六時中、僕の行動を見張っていたとも思えない。いくらなんでもそれなら僕だって気がつくと思う。まあ、一週間もこの家の玄関を見物してれば、僕のライフパターンは想像がつくさ。コンビニに出かけるか、二、三日に一度、夜に銀座を散歩するくらいしか外出しないんだから。だからポイントだけ知ってりゃ、監視の手間もそんなにはかかりはしないんじゃないのかな」

「じゃあ、彼らの目的だけど、それについてはどう思うのよ。これはいったいどういうことなのよ」

「こっちのほうが聞きたいよ」

彼女は呆《あき》れたように首をふり、名刺を手にとった。

「あなた、奥さんが自殺した前後の記憶があいまいになってた。そういったわよね。それをハーシュという精神科医に分析されたともいった」

「いった」

「彼らのとった行動とこのメッセージからは、彼らがあなたの症状、症状といっていいかどうかはわからないけれど、その一種の疾患を知っていたとも考えられるじゃない」

「そうだね」と僕はいった。

「私を臨時雇用したという問題もある」

「そう。その問題もある」

「するとこういうことだって考えられる。彼らはあなたの奥さんによく似た私をスカウトして、あなたと出会う機会をつくった。いきさつは別にしても、事実そういう結果にはなった。つまり、私を起用して、あなたになんらかのショックを与えようとした」

黙っていた。そんな僕を彼女はしばらく見つめていた。だが、沈黙が長すぎたせいだろう。やがて不満げに口を開いた。

「なにを考えてるのよ」

「いや、きみは頭がいいなと思ってさ」

「あなた、お世辞をいいたいわけ？」

「そうじゃない。いまきみがいったことは、僕がけさから考えていたことそのままなんだ。いまごろになって気づくのは、僕がたんに鈍いためかもしれないけどね。だけどじっさい、それが目的だとしたら成功したようではある。だがその先がわからない。彼らの思惑、なんの目的でそんなことをやる必要があるのか考えてたんだ」

「で、なにかわかったの」

「いや、見当もつかない。もしなにか聞きたいことがあれば、僕のところまでやってくればいいわけだろう？　ちょっと立ちいったことをおたずねしたいんですが。そういうふうに聞けばいいんだ。舞台づくりにやたら手間ひまをかけている。芝居っけが多すぎる」

「ねえ、医者にかかったのは、その射撃マニアの彼だけなの」

うなずいた。「かかったとまではいえないけど、親しくなってからは昔話をした。そのとき、そういう診断をしてくれたんだ。彼はカルテまで書いてくれたよ。国内で精神科医に診てもらったことはないな」

また記憶がかえっていった。あれはどういうことだったろう。あのとき、なぜああいう気分になったのだろう。英語だから抵抗感がなかったのだろうか。英子の死と遠い場所にあったせいだろうか。それとも時間が癒《いや》したためか。いや、たぶんどれもちがう。この国で友人のいなかった僕にはじめて、あの夫妻が親しみという感情を教えてくれたからだ。請求書は遠慮しとくよ。この国じゃ、無料奉仕は医者として失格の証明なんだがね。アンディーはそういって笑った。かわりに僕はマーサの肖像を描いておくった。あのときも彼女は僕にキスしたのだ。大きな音たて頬にキスした。あのすさまじいミートローフでさえいまは懐かしい。

彼女の声が聞こえた。

「だったら、マネージャーはなんでそんなことを知ってるのかしら。わざわざアメリカの田舎町まで彼をたずねていったとも思えない。見つける手がかりもない」

「そう。むずかしいだろうね」

「あなた、なぜそんなにのほほんとかまえてるのよ。なによ。さっきから気のぬけた返事ばっかりじゃない。ちょっとは真剣に考えてみたらどうなのよ」

また笑いがもれた。すっかり彼女は調子をとりもどしている。

彼女がむくれたように口をとがらせた。「なんで笑うのよ。なにがおかしいのよ」

「いや」と僕はいった。「これでも考えてはいたんだ。たしかに僕は抜けていたな。あとふたり手紙をだした人間のことを忘れてた」

「だれよ、それ」

「ひとりは親父だよ。だけど彼に書いた手紙はこっちにもどってから処分した」

「もうひとりは？」

「英子の弟。宏というんだ。畑間宏」

そうだ。彼にも手紙をおくった。しかし井上に話したことは嘘ではない。宏への手紙では、日常の子細など書いてはいない。その周辺は省略したごくかんたんなものだった。英子の死による相続の事務的な問題が残っていたからだ。だから父以外にもただひとり、住所を書く必要があったのは彼宛てのものだけだ。そして父にも知らせなかったアンディーの診断も、その手紙に記した記憶がある。あれはなぜだったろう。ほとんど話す機会もなかった彼になぜ書いたのだろう。手紙を書いたちょうどそのころ、アンディーの話を聞かされたためかもしれない。

一度だけ、この国から国際電話がかかった。宏からだった。あとで知ったのだが、海外でも住所がわかれば電話のつながるサービスがあるという。宏はそれを利用したらしい。その電話で、僕は父親の死の報《しら》せを受けとったのだ。

「なら、彼に連絡をとってみてもいいんじゃない？」

少しのあいだ考えてから答えた。「いや、やめとこう。いずれはそうするかもしれないが、長いあいだ話したことがないんだ。こんなあいまいな話のままで連絡をとれば、彼は面くらうかもしれない」

「じゃ、マネージャーのほうは？　彼がこのメッセージをくれたのよ。この文面じゃ、あなたのほうから問いあわせしたっておかしくはないし、それを望んでいるとさえ思えるじゃないの」

手をさしだすと、彼女はおとなしく僕に名刺を手わたした。目をおとし、しばらく眺めていた。仁科忠道事務所・秘書、原田邦彦。

顔をあげた。「いや、たぶんその必要はないと思う。まあ、待ってりゃいいさ。いずれ、向こうからやってくる」

「なぜ？」

「なんだかこれはバクチに似てる」

「どういうことなのよ」

「きみにメッセージを託したくせに、自分からは姿をみせない。これは第一段階にすぎないんじゃないか。だいたいバクチってそういうものなんだ。三枚めからカードを開くスタッドポーカーみたいなもんさ。まだ一枚しかカードをみせちゃいない段階だ。もう一枚開いたとき、彼はやってくる。カードは相手の顔いろをみないと勝負できないんだ」

「ずいぶん自信たっぷりな言い方じゃない」

「いつかきみがいった。僕は現実のやりとりには弱いかもしれないが、カードのほうはそうでもない」

彼女は呆れたようにゆっくり首をふった。「じゃあ、もう一枚開くカードってなんなのよ」

「なにが賭《か》けられているのか、僕が探しあてること」

「賭けられているもの？」

「そう。ずいぶんたいそうなものではあるらしいね、いままでのいきさつを考えれば。ただバクチなら、ややこしいゲームにはなるかもしれないな。別のプレイヤーがいる可能性もあるから」

「なによ。別のプレイヤーって」

「仁科氏は発砲されたんだろう。つまり彼らにも敵の存在がある。第三者がいる。そちらの個人、あるいは組織のことも考慮にいれておく必要があるかもしれない」

「たしかにああいう商売をやってれば、敵は多いでしょうけれど……。だけど、あの店で大損しただれかが腹いせにオーナーを傷つけようとしたんじゃないの。ああいう事件って、たいていはそうじゃない」

「仁科氏があの店のオーナーであることはだれにも知られていない。そのことを教えてくれたのは、きみだった」

彼女は唇をかみしめた。「じゃ、その発砲した個人、あるいはその背後にあるかもしれない組織がこのことになにか関係してると思うわけ？」

「わからない」

立ちあがり窓を開けた。首都高と昭和通りのクルマの騒音が遠い潮騒《しおさい》のように届いてくる。窓から入る光は淡かった。だがそれはもう自然光ではない。都会の夕暮れが持つ人工的なものに変わっている。麻里というひとりの女の子、彼女との会話だけで半日がすぎたのだ。驚異のいち日だった。彼女に声をかけた。

「しばらくここで待っててくれないか」

おどろいたように彼女は僕を見た。「どこへいくの」

「ここが監視されているという話をきみから聞かされた。だから、向かいのマンションまでちょっとあいさつにいってくる」

彼女の目がふたたび丸くなった。「なにバカいってんのよ。やめなさいよ。もしそれが事実なら友好的な人物がいるとは思えないじゃない。そうでないなら恥をかくだけでしょ。それに私の勘ちがいかもしれないじゃない」

「勘ちがいじゃないほうが望ましくはあるね。辻《つじ》つまがあう。どちらにせよ、たしかめること自体に問題はないだろう」

「そのために、わざわざあいさつにいくわけ？」

「そう。あのマンションがオートロックじゃないことくらいは知っている。だからドアまでいってノックして、こんにちはってあいさつできる。それから、そちらでは僕を監視されてるんでしょうかって、そうたずねるんだ。いやもうこんな時間だから、こんばんは、なのかな。きみはどちらだと思う」

彼女は僕を見たままゆっくり首をふった。「ほんとうにあなたの幼稚さかげんには呆《あき》れるしかないわね。子ども以下のレベルじゃない。発砲するような危険な人物がいる可能性を考えないの」

「平凡な市民の生活を見物しているだけで、そんなものを準備しているとは思えない。まあ、危険なことなんかないさ」

僕は彼女に笑いかけた。だが彼女は怒ったように、ぷいと横を向いた。

「じゃあ、勝手にいってくれれば。秋山くん」

9

毛布をくぐって表にでた。周囲に人の気配はないようだった。そのまま路地を歩いていった。昭和通りにつながる道路までは数十メートルもない。だが信号までやってきたとき、背後でクルマのドアの閉まる音がかすかに聞こえた。駐車場のあたりから届いてきた。苦笑がもれた。やはり彼女の観察の一端は当たっている。ただ問題はもうひとつ生まれた。マンションと別のところにも見物人がいるという新しい事実だ。あるいは観衆が増えた。そういうことだろうか。

信号を横目に見ながら、ゆっくり歩いた。昭和通りにでて歩道を曲がり、早足になってすぐそばの雑居ビルに入った。

退勤時間だ。なん人もの会社員がエレベーターからおりてくる。コーラの自販機があった。その向こうにまわり、タバコを吸いながら表通りに目をやった。勤めから解放された人ごみが流れている。その群れのなか、ひとりの男が目に入った。まるでファッションショーにまぎれこんだゴリラだった。携帯電話を片手にした革ジャンパーのその男だけが周囲からうかがっている。あたりをきょろきょろ見まわしながらひどくあわてたようすがある。外光は暗く、顔は判然としないが、お定まりのスタイルだった。ビルの斜めまえには歩道橋がある。姿の消えた目標を確認するため、次の信号まで進むか歩道橋をわたるか、悩むところだろう。五分ほど待ち、ビルのそとにでた。

ブロックをひとまわりすると、もとの路地の反対側にでる。死角になるマンションの側にそって歩いた。

マンションにエレベーターはなく、階段をのぼった。三階のまん中のドアのまえに立つまで時間はかからなかった。ドアわきのプレートには佐藤とある。一階の郵便受けとおなじマジックで書かれたへたくそな字だった。ただ、麻里に告げたノックの必要はない。呼び鈴のボタンがある。あたりまえの話だった。築五十年の僕の家でさえチャイムはあるのだ。他人の家を訪問することが絶えてひさしければ、こういう常識でさえどこかに消えてしまうらしい。

ボタンを押してから、ドアの覗《のぞ》き穴をてのひらでふさいだ。ややあって声が聞こえた。

「だれだい」

こんにちは、か、こんばんは。迷うのをよすことにした。かわりのあいさつには事務的なトーンを持たせるよう努力した。

「新聞の集金です」

また短い間があった。ノブがまわり、ドアが開いた。新聞なんかとっちゃ……。いいかけた男が声をのんだ。閉まりかかったドアのあいだに、すばやく靴をはさんだ。

「こういうやり方もワイルドっていうんじゃないか。新聞勧誘員の奥の手らしいな。きみは配達以外に勧誘もやってるのか」

ピアスが光り、金いろの頭が横にふられた。いたずらを見つけられた子どもみたいに彼は舌をだした。「あんなダサイこと、おれ、やんないさ」

「だけど職業意識は旺盛《おうせい》みたいだぜ。新聞と聞いただけでドアを開けちまうんだから。入っていいかい」

肩をすくめ彼はうなずいた。

1DKだが、ひろく感じられる。家具がなにもないからだった。奥の部屋まで見わたせるが、敷きっぱなしの布団と電話のほかはなにもない。こういう部屋で暮らせば、よほどストイックな生活をおくるしかないだろう。断りもせず、まっすぐ窓まで進んだ。カーテンを開けはなつと、僕の住居がすぐ目のまえにみえた。たしかに観察にはこれ以上のポジションは望むべくもない。リングサイドみたいな優良席だ。

そしていま、その二階に明かりがともっていた。僕自身でさえほとんどあがることはないのに、カーテンと窓が開かれている。そこには上半身を乗りだしている黒い影があった。麻里だ。会話しようと思えば、ふだん以上の声を張りあげる必要さえない距離だった。それを証明するように、彼女はいつもどおりの声をかけてきた。

「もうあいさつはすんだわけ？」

「いや、これからだ」

するとと彼女は舌をだした。あかんべえの表情である。ため息をついてカーテンを閉じた。

ふと目をおとすと文庫本が一冊、汚れた枕のそばにころがっていた。岩波文庫「荘子」第二冊外篇。この部屋の住人は僕よりストイックなだけでなく、知的でもあるらしい。

彼はいま畳のうえにあぐらをかき、両腕のうえにのんびり顎《あご》をのせている。僕は文庫をとりあげ、そのまえにすわりこんだ。

「荘子って、おもしろいのかい」

「おもしろいさ。ファンキーじゃん。そう思わない？」

「さあ。読んだことがないからわからない。きみはこういう本が趣味なのか」

「ねえ。そういう偏見って、よくないんじゃない？　格好がチャラチャラしてるからって、人の中身までおなじだって決めちまうの、やっぱ、よくないんじゃないの」

「きみのことはどんなふうにも決めてはないさ。いつも、すれちがいに話すだけだったから。たまにはゆっくり話をしよう」

「まあ、いいけどさ」彼がつぶやいた。「けど、なんかまずいよなあ」

「まずくはないさ。世間話をしちゃいけないって、ここの就業規則にはないだろう。きみはここでバイトやってるんじゃないのか。それともここはきみの部屋なのか」

「んなわけないじゃないさ。なんか飲む？」

客への応対には、僕と似たところがあるらしい。麻里の言葉を思いうかべて僕はいった。

「なにがあるんだい」

「だいたいなんでも。ただ牛乳はないね」

「じゃあ、いらない。だけど、なんで僕が牛乳しか飲まないことを知ってるんだ」

「だってあんた、いつもあれしか買わないじゃない。コンビニで二、三度、会ったときそうだったじゃない。あんた、牛乳なんかで健康に気をつかってるわけ？」

「つかってたら、糖分ばかりの食料は買わないさ」

「ああ、そういやそうだった。あんたの食生活、そうとうひどいみたいね。炸裂《さくれつ》的に悲惨ね。ちょっとは考えたほうがいいんじゃない？　人の道にはずれてるとしか思えない。ねえ、現代人に欠けてるものって、なにか知ってんの」

「知らない」

「バランス」

「バランス？」

「うん。荘子読むとよくわかるよ。頭んなかがきれいに整理されてよくわかる。あんた、センスいいけど、バランス感覚はゼロじゃないさ」

ため息をついた。僕はよほど説教されやすい体質なのだろうか。

「そうかもしれないな。じゃあ、そのバランス感覚で教えてほしいんだ」

「なにをさ」

「きみのバイトの内容」

彼は立ちあがり、冷蔵庫から缶ビールをとりだした。麻里をここに同伴すべきだったかもしれない。流しに腰をおろし、派手な音をたてて缶ビールのタブを開けると「そうだね」と彼はつぶやいた。「たしかにあんたとしゃべっちゃいけないという規則はないね」

ビールを喉《のど》に流しこみながら僕のまえにすわり、あっさりと彼はいった。「だいたい想像くらいつくんじゃない？　配達以外んときはここにいて、あんたの家に変化があると、おれは電話する。そんだけ。変化ってわかるよね。たとえば、あんたの外出とかさ」

「うん。わかる。どこに電話するんだ」

彼はなにもいわずポケットからクシャクシャになったメモ用紙を引っ張りだした。03 0からはじまる十桁《けた》の数字がならんでいた。携帯電話だ。メモ用紙の片隅をひきちぎり、周囲に目をやったとき、目のまえにボールペンがさしだされた。礼をいって番号を書きうつしたあと、たずねるまえに彼が機先を制した。

「だれの携帯かって聞きたいんだろ」

彼は今度は名刺をさしだした。その白いカードはもう見あきている。仁科忠道事務所・

秘書、原田邦彦。うなずくと、悟ったように彼は名刺をポケットにしまいこんだ。

「ついでにいっとくと、この名刺の番号じゃなくて携帯に電話するよういわれてんのよ」

「じゃあ、いつからこのバイトをやってる?」

「この三月から」

「すると丸々三ヵ月か」

井上と銀座で会う少しまえのことになる。たずねようとしたとき、また彼がさきにいった。

「あんたの次の質問もわかるような気がするんだけど」

「ふうん。どういう質問?」

「どういうきっかけでこのバイトをやるようになったか。だろ?」

「そのとおりだ。もう質問するのはめんどうになってきた。きみが自由にしゃべってくれないか」

自己紹介から彼ははじめた。佐藤ってのは、偽名だと思ったんじゃない? だけどあいにく本名なの。佐藤和也。おれにコナかけてきたのもこの原田って男だよ。彼はそういった。ある早朝、彼が朝刊の配達を終えるころ、路上で声をかけられた。その男は名刺をさしだして原田邦彦と名乗った。だけど、ありゃモーホーだね。モーホーってなんだい。たずねると、ホモのこと、と彼は答えた。まあ、個人の趣味に文句をつける筋あいもないけどさ。そういって彼はつづけた。

彼の話では、その男は丁重に、ぜひ協力してほしいと切りだしたという。仕事の内容は、僕の生活を観察し彼に報告すること、ただそれだけだといった。顧客への仁義があるので断ろうとすると、予期していたように条件が提示された。そして、それは苦学生にとっては炸裂的にナイスな条件――この言葉をそのまま彼はつかった。大学を聞くと都内の有名私大の名をあげた――というほかなかった。それで誘惑に負けた、というより合理的かつ妥当な判断を彼はくだした。この男の態度を考えれば、いずれだれかがこの仕事を引き受けるだろう。それなら、そのだれかより少なくとも自分のほうが適任というほかない。この世界でバランスをいちじるしく欠く経済資源再配分の観点から見てもそれはフェアのように思われる。そこで、ひとりでは二十四時間態勢をとれるわけもないがそれでいいならと返答したところ、それでいいと原田はいった。新聞配達の仕事と睡眠以外の時間を妥当な範囲でつかってくれるだけでいい。そういう寛容かつナイスな条件だった。じっさい、原田以外にどんな人物との接触もなかった。この部屋も彼から鍵《かぎ》をわたされただけで、だれひとり訪れたことがない。電話して原田自身がでない場合、伝言メッセージを使用すれば必ず一時間以内に折りかえしての連絡があるという。そうした事実を彼は客観的にたんたんと話した。

「ちょっと待ってくれ」僕はいった。「するとさっき僕が家をでたときも、もちろんきみは原田に連絡をとったわけだな」

彼はうなずいた。「あんた、わかってるみたいね。そう。第三の男の登場ね。駐車場のクルマから、あのおっさんでてきたとき、原田は電話にでなかったの。それで、伝言メッセージに連絡くれって吹きこんでるときだったのよ。だからあの男は、おれや原田とゼン関係ない。そういや、またそろそろ電話がかかってくるころじゃないのかな」

ふうん、と僕はいった。

「でもさ、あのクルマのおっさんパーペキ・アナクロじゃん。あんな死角のあるクルマんなかなんかで張るなんてさ。それにあのパンチパーマ見た？」

「見たよ。でもなんだい。パーペキって」

「パーフェクトに完璧《かんぺき》。情けないよね。ヤー公だって、もっと時代性考えてほしいじゃないの」

「やくざのアイデンティティーというのもあるぜ」

「そっか。節操あるともいえるか。右代表、バカの節操」

僕は首をふった。荘子の影響はこんなふうにあらわれるのだろうか。世界にはまだまだ未知の領域が少なくない。

「節操といえば、きみは職務には忠実なんだろう」

「もち。ここであんたとしゃべってんのも、おれの仕事があんたの変化を報告することに限られてるからだもん。あんたと話しちゃいけないってのは、あんたのいうとおりたしかに仕事のカテゴリーに入っちゃいない。ただ、ここであった話はやっぱ、報告しなくちゃいけない変化だかんね。まあ、そんだけはあきらめてよね」

「僕のほうはいいけどさ。きみはクビになるかもしれないぜ」

「そんなら、そりゃクビにするほうが悪いのさ。それが正義ってもんじゃない」

「きみのいうことは、いちいちもっともだな。きみが配ってる新聞の社説なんかよりはるかに正論だ。すると僕の家を若い女性が訪問したことも当然、彼の耳に入ってるわけだ」

「あったりまえじゃん。あんたの生活んなかであれを変化といわずして、なにを変化っていうのよ。ずいぶんきれいな子じゃない。あの子……」

そのとき、さえぎるように電話が鳴った。

彼は僕にウィンクして受話器をとりあげた。あんたの注目してるダンナがいま目のまえにいるよ。あいさつも交わさず、いきなり彼はそういった。それから事実経過を話しはじめた。それは彼の目に映った出来事の正確な再現だった。客観的事実の描写としては申し分ない。駐車場のクルマからあらわれた男についても、主観をまじえず彼は見事な描写で語った。僕と彼の会話の再現も、簡にして要を得ていた。言葉づかいは、彼の言い方を借りればファンキーなところはあるが、じつに的確な報告だった。訂正すべき傷がひとつとしてない。感心しながら聞いていた。彼は、直接話するかい、そうたずねたが相手が断ったらしい。しばらく話しつづけたが、じゃあね。そういって電話を切った。

彼は僕を見てニヤッと笑った。「クビにはなんなかったみたい」

「いまの話を聞いてれば、僕だっておなじ判断をすると思うね。きみみたいな有能な青年は最近見かけたことがない。あの原田って男は、どうやら人を見る目があるらしい」

「このあとのあんたとの話も報告してくれっていわれたよ。ついでにここ二、三日は大きな動きがありそうだから、より細心の注意を払ってほしいってさ」

「ふうん。だけど聞きたいことはもうあまりないんだよ。あとふたつだけかな」

「なにさ」

「三日まえだ。雨のふった夜のことを覚えてるだろう。夜中の三時まえころ、僕がもうひとりの男といっしょに外出するのも見て報告したのか」

彼はうなずいた。「見たよ。仕事、本職のほうだけど、そっちにいくまえだったからね。もちろん原田には電話した」

「彼にだけ？」

「もち」

「わかった。あとひとつ。僕の家の格子戸が壊されてたろう。これは一度聞いたことの確認なんだが、あの日、きみが気づいた経過を話してほしいんだ」

「気づいたっていったって、あんたに話したとおりだよ。おれ、そんなことでウソつくほど下衆《げす》じゃないもん。五時ころ朝刊配るとき、あの戸はゼンゼン正常だった。配りおわってこの部屋にもどったとき、八時ころかな。あの戸はもう壊されてたの。で、夕刊配るときカッコよくリフォームされてた……。あ、そっか。第三の男はもうそのとき登場してたんだ。原田なら、もうちょいスマートなやり方やるし、時間の点でおかしいもんね」

「そうらしいな」僕はいった。たしかにこの青年のいうとおりなのだ。もし原田が僕の留守に照準をあわせるなら、もっと余裕のある外出した直後を考えるだろう。あの戸が故意に壊されたのなら、それは以後に僕の居場所を知った人物のしわざということになる。

立ちあがった。「じゃまをしてわるかった。これでもう僕は退散する」

「ねえ、ひとつ頼みがあるんだけどさ」

「なんだい」

「あの玄関のこと。もし、も一度修理することあってもさ。アルミドアだけはよしてくんない？」

「できればね」僕はいった。「きみとは趣味に似たところがあるようだな。だけど、むずかしいかもしれない」

「時代が炸裂《さくれつ》的に堕落してるから？」

「たぶん」

ドアまで彼はおくってくれた。靴をはいているとき彼がいった。

「おれはまだこの仕事をつづけるよ。でもさ、おれとあんたは敵と味方じゃない。それはわかってくれるよね。つまりビジネスの論理ってあるじゃない」

「わかってる」と僕はいった。「炸裂的に長くこの仕事がつづくといいな」

「うん。そう祈ってるよ。そんじゃ、またね」

背中にその声を聞きながら、静かな廊下にでた。

たしかにわれわれはジェットコースターの時代に生きている。ただ、それぞれの世代が乗るコースターに加速のちがいはあるようだ。

10

「呆《あ》っきれた。あなた、そんなふうにプライバシーを侵害されてるのがわかって、それでも文句もいわず、のこのこ帰ってきたの」

いきさつを話すと、彼女は無能社員を叱責《しっせき》する女社長のような声をあげた。予想しなかったわけではない。だが、新聞青年とのやりとりをニュアンスまで正確に再現するのは、僕には荷が勝ちすぎた。あのファンキーな彼にまかせれば、僕よりはるかにワイルドかつ説得力あるやり方で描写してくれたかもしれない。あるいは缶ビールを一本、彼の部屋から失敬してくるべきだったのだろうか。

「説明するのはむずかしいんだが、彼の言い分はなんとなくわかるような気がしないでもないんだ」

彼女はため息をついた。「ほんと、子どものおつかいだってもうちょっとはマシじゃないの」

「あいさつにいくなって制止したのは、きみだってことを忘れないでほしいな。少なくとも、監視されてることの確認はできたじゃないか」

「でもこれからも、あなたの一挙手一投足の報告が残らず、あのマネージャーにいっちゃうのよ」

「ただ、あの新聞青年は僕ともひどく素直に話をしてくれた。おなじ事態が今後も想定できるんなら、コミュニケーションはないよりあったほうがいい。原田氏も容認してくれているようだし」

彼女は首をかしげた。「それがふしぎなのよ。なぜなのかな」

「なんだか、あのマネージャーは僕を誘導してるフシがあるね」

「誘導？」

「今度のいろんないきさつから見て、そう考えれば説明のつくことの多いような気がしないでもない。彼には確信を持てないことがあるのかもしれないし、あるいはなにかのお膳《ぜん》立《だ》てをしているのかもしれない」

「じゃあ仁科氏の立場は？　マネージャーは彼の手足なのよ。独自に動いているようにみえて、あのふたりは一体化してるんだから。最初、私のスカウトにきたときもボスの意向だって明言したのよ」

「そうだろうね。仁科氏も歳が歳だから」そのとき、あの鋼のような光沢をたたえた目を思いだした。「そういえば、彼はいったい何歳なんだ」

彼女は首をふった。「正確には知らない。でも七十は超えてるんじゃないかしら」

ふうん、と僕はいった。それからしばらく考えた。彼女のほうも自分の思いのなかに沈んでいたが、やがて顔をあげた。

「じゃあ、その第三の男というのは、なにものなの。いまはどうしてるのよ」

「よくわからないが、少なくとも仁科氏たちと友好的な関係にあるとは思えない。彼に発砲したグループのひとりかもしれない。そういう無謀な事態を引きおこしそうな団体の構成員といったふうだった。ただ、発砲した人間自身じゃない。きみは、その男が一見サラリーマンふうといったが、とてもそんなにはみえない。いまはまた、クルマのなかにもどってるだろう」

「だれかの命令で？」

「たぶん。はっきり見たわけじゃないが、末端から出世できる人物のようではなかった。判断能力にも疑問がある男だよ。いまごろは空腹に腹をたてているかもしれないな」いってから気づいた。「そういえば、きみは昼ごはんは食べたのか」

彼女は首をふった。「私もお腹がへった。でもさっき、ここの台所を探したら料理道具がなんにもないんだもの。冷蔵庫にも牛乳以外なにもない。あなた、いったいどうやって生きてるのよ」

「加工済みで完成された食品の存在がある。コンビニで手に入る。あの流通形態は、現代を評価できる大きなポイントのひとつなんじゃないか。二十四時間、それなりの生活を保証してくれるんだから」

「人間の生活じゃない生活の保証をね」

「そういや、さっきの青年からも説教された。僕の食生活は、人の道にはずれてるってさ」

「その点だけは彼と意見が一致するわね。それで食事はどうするの。いっとくけど、私、コンビニの食品だけはごめんこうむるわよ。お金をかけなくても、それなりの料理をつくったほうがいい。おかずが野菜の煮物だけでも、ご飯を食べるほうがいい」

このあたりにスーパーはない。むかしからの古い食料品店はいくらか残ってはいるが、それももう閉店の時間だ。だいいち、料理道具までそろえる気にはならない。

「たまには外食という手も悪くはないよ。もうホテルの贅沢《ぜいたく》はできないけれど」

「ドーナツじゃない？」

「ドーナツじゃない」

彼女は妥協するように「じゃあ、どこへいくの」そういった。

「この隣町、銀座の反対側は新富町というんだ。サラリーマン向けの店がたくさんある」

「ここを観察してる連中はどうするの」

「もし、くっついてくるようなら、こちらからも観察するいい機会じゃないか」

表にでると、向かいのマンションの部屋はさきほどと趣きがちがっていた。カーテンが開かれ、明るかった。さらに異なる点は、もうひとつある。新聞青年が腕を窓枠にのせ頬《ほお》杖《づえ》をつきながら、われわれを見おろしていたのだ。水面下での観察はもう放棄したのだろう。合理的な判断だ。彼がふいに白い歯をみせた。横を見ると麻里が、あっかんべえ、を彼にかえしていた。ため息をついた。いま、僕はなんだかひどくややこしい環境にいる。どうしてこういう事態が訪れたのだろう。静かな時間。平板なプラスチックの生活。それはもう、手の届かない遠くへ去ったのだろうか。もどってくることはもう二度とないのだろうか。

駐車場のまえをとおった。麻里が僕に話しかける姿勢で、視線を向けた気配がした。信号までやってきたとき、さっきとおなじかすかな音が聞こえた。ドアの閉まる音。今度は逆に昭和通りを背にした方向に曲がる。そのとき、彼女がささやいた。さっきの駐車場、昼間からクルマが三台増えてた。奥にあった地味なグレーのワゴンがそうみたい。

「ふうん。たいしたもんだな」

「なにが」

「きみの観察眼」

「あなたが抜けてるだけ」

そのまま歩いた。少しさきには、ずっと歩道ぞいにつづく長い金網があった。内側には金網に接するほど近く、建物の壁がある。風雪にさらされたコンクリートは都会の汚れを吸いこみ、もうけっして人の気配をよみがえらせることはない。そんなたたずまいをみせている。その古い壁と金網との狭いすき間には、枯れかかったなん本もの樹木が植わっている。その巨大な廃屋は、この盛り場のはずれにあるにぎわいからも完全に見捨てられた存在だった。ちょっとした都心のブラックホールといえなくもない。

麻里が不審げな声でたずねた。

「なによ、ここ。なんの跡地？」

「小学校」と僕はいった。「正確には元小学校。就学児童がへって、三年まえ、近くにあるもうひとつの学校と合併になった。子どもたちはそっちに吸収されたらしい。まあ、都心の宿命だね。僕が大昔にかよっていたのは、この小学校だった」

ふぅん。つぶやいた彼女が白い表示板のまえで立ちどまった。建築計画のお知らせとある。うしろにいるかもしれない人物に彼女はもう注意を払ってはいない。

「建築主は、住都公団か。公団住宅になるのね。この十二月から工事がはじまるって、そう書いてある」

「そうらしいね」と僕はいった。

また歩きはじめた。

「ところでなにを食べたい？」

「なんでもいい」

中華料理屋に入った。はじめて入る店だが、こぎれいなテーブルが並んでいる。それほどひろくはない。その店を選んだのは彼女のアドバイスに従ったからだった。向かいに喫茶店があるでしょう。あとにくっついてる男はきっとあの喫茶店に入ると思うの。この程度のひろさなら、彼はここでの同席は避けるでしょう。それならめんどうが起きることもないし、こちらから観察するにもちょうどいい。じっさい、そのとおりだった。男は喫茶店の窓辺の席にすわっていた。その影がわずかに映っている。新聞青年がいったとおりのヘアスタイルがちらちらこちらをのぞいているのがみえる。

彼女はいったんその方向を眺め、うなずいた。たしかに典型的にパターン化された人種ね、風体も行動も。そういったあとはもう、すっかり興味をなくしたようだった。そちらには目もくれず、長いあいだメニューを眺め検討していた。結局、彼女は生ビールと五目焼きそば、僕は酢豚定食を注文した。

料理を待っているあいだに彼女がいった。

「ねえ。あなた、けんかに自信はある？」

「どうして」

「ああいう単細胞タイプって、だいたいすぐ暴力に頼りたがるじゃない。帰り道でちょっかいをだしてくるかもしれない」

「たぶんそういうことはないだろう。きみはそう思うのか」

「思わない。でも今後、万がいち悶着《もんちゃく》が起きたときのことを考えたの」

「肉体的衝突なら、まあ、降参だね。けんかなんかに自信はないんだ。むかしっから僕は虚弱だった。いちばん成績の悪かったのは体育だし、かけっこもたいていはビリだった。いまもスポーツなんかまるでやらない」

なにもいわず、彼女は僕を見つめた。微妙な目つきだった。いろんな角度からの感想が読みとれる目つきだ。だが、少なくとも好ましい評価がうかがえる目つきではない。

一杯めのビールが運ばれてくると、彼女はほとんどひと息でそれを空にした。追加した二杯めが運ばれてきたとき、彼女が唐突にたずねた。

「あなたの奥さん、美術館の学芸員をやっていた。そういったわね」

うなずいた。

「どこの美術館？」

「喜多内美術館。私立というか、喜多内芸術財団っていう財団法人の運営している美術館。多摩にある。三千平方メートルくらいのひろさで、行政管轄でない美術館としちゃかなり大きいところらしい。学芸員も三十人くらいいるといってた」

「彼女、勉強家だったのね」

「どうして」

「二階にたくさん本があった。ほとんどが美術関係の本だった。原書もそろってた。あとであれを読んでいい？」

「いいけどさ。ほとんどがフランス語の原書じゃなかったっけ」

「フランス語くらい読めるわよ。あなた、読めないの」

首をふり、彼女の表情をうかがった。どうやら僕の評価はいっそう低下したらしい。

「そういえば、きみはいつごろ大学をやめたんだ」

するとと彼女はひっそりつぶやいた。「バカな中年男が、私の勤め先にやってきてから……。ごく最近の話」

返答につまった。そのとき、運よく酢豚定食が運ばれてきた。


住居にもどるまで、うしろをついてくる人物の気配は消えなかった。だが結局はなにごとも起こらなかった。男はクルマに舞いもどったようだ。いずれは交代要員がやってくるのだろう。それを待つのかもしれない。

新聞青年はまだ窓辺にいて今度はなにかを手にしていた。文庫本だった。荘子はこういう状況での読書に向いた書物なのかもしれない。われわれに気づいた彼はニヤリと笑い、手をふった。手をあげてあいさつをかえすと、とがめるような声が聞こえた。

「なに考えてんのよ、バカ」

部屋に入った。時計は九時を指している。さて、とつぶやいたあと僕は周囲をぼんやり眺めわたした。彼女は腕を組み、そばに立ったままだ。僕の言葉を待っている。

彼女に声をかけた。「きみは二階をつかってくれ。眠るんなら、押し入れに布団が入っている。女性用のパジャマはないが、僕のTシャツを着るといい。それも押し入れにあるよ。二階は当面、きみ専用ということにしよう。ただし……」

「ただし、なに？」

「二、三日以内にアパートかなにか、賃貸の部屋を探してほしいんだ。保証人には僕がなってもいい」

「わかった。そうする」彼女がいった。「あなたはいつも一階だけで暮らしてる。なのに二階はデッドスペースにしておきたい。そういうことね」

「ひとり暮らしにも適当なデッドスペースは必要なんだ。歯車にだって遊びは必要だと小学校で習った」

彼女はなにかをいいたそうに僕を見た。それからやがて「まだ九時よ」そういった。

「彼らのことや周囲の状況をもう少し考えたほうがいいような気もするけれど」

「きょうはバーグマンの日なんだよ。それが終わってからゆっくり考えるさ」

「バーグマン？」

「イングリッド・バーグマン。毎日、ビデオを二本見るのが習慣なんだ。月の終わりはバーグマンの日にしている。きょうは『カサブランカ』と『ガス燈《とう》』を見ることになっている」

彼女の顔にかすかな微笑がうかんだ。

「じゃあ、じゃまはしない。習慣を壊すってよくないから。私は二階で本を読んでる。終わって、気が向いたら呼んで」

うなずいた。それから彼女が階段をのぼる足音が聞こえた。この家の階段は、どんなに注意深く足を踏みだしてもギシギシ音をたてる。

『ガス燈』はひさしぶりだった。このへんてこな駄作をあまり見ないのは、バーグマンが気の毒になってくるからだ。結婚相手のシャルル・ボワイエにまったく悪役の魅力がない。見おわったあとインターバルにスポーツニュースを見た。イチローは無安打だが、野田が完封した。オリックスの四連勝だ。腰をあげ、流しのまえに立った。鍋《なべ》をコンロにおき、牛乳が温まるのを待った。そのとき気配に気づいた。同居人が足もとにまた姿をみせている。

「おい」僕は呼びかけた。「二階にはあがらないでくれよな。ウソがばれちまう。もし今度、彼女のまえに姿をみせたらもう二度と食料は手にはいらないと思ってくれ」

ネズミは首をかしげながら、しばらく僕を見あげていた。それからふいに身をひるがえすとどこかへ姿を消した。家主の言い分を理解したかどうかはわからない。

片手にカップを持ちながら『カサブランカ』をデッキにセットした。こちらは何十回めかになる。夜の酒場が映った。ハンフリー・ボガートが、ルーレットで負けのこんだ若い男のそばに立ったところだ。彼の新妻から、カサブランカ脱出の通行証を手にいれる手段について相談を受けたあとの場面だった。ボガートが若い男に「22だ」とささやきかける。ディーラーに目配せする。直後、22の目がでた。もう一度、とボガートがいった。また22。このシーン以降、プロは出目《でめ》を自由にコントロールできるというギャンブルの真理があまねく世界に知れわたったのだった。このあと、くだんの若妻に目をつけていた警察署長が登場するが、ボガートは彼に「純愛の勝利さ」と応じることになっている。

ギャンブルか。つぶやくと、気分が画面からはなれていった。いま僕のおかれた環境では、なにかが賭《か》けられている。そんな気がする。ビデオに集中できなくなった。そのとき、階段が鳴った。

ふりむくと僕のTシャツを着た麻里が立っていた。だが、着衣は上半身のほうだけだ。すらりとした足がダボダボのシャツの下からのびている。彼女は僕のまえにすわりこみ、あぐらをかいた。大胆な姿勢だった。Tシャツの下から下着がみえそうな微妙な角度だ。

ちらと目をやってから僕はいった。

「そういう刺激的な格好はやめてくれないか」

彼女は口をとがらせた。「Tシャツを着ろといったのは、あなたなのよ。パンツについてはアドバイスがなかった。それに私、店じゃもっと刺激的な格好してるわよ。なんならみせてあげようか」

「ここはきみの勤務先じゃない。僕はお金を払っちゃいない」

いった直後に後悔したが、すでにおそかった。彼女は傷つけられたように、横を向いた。僕は牛乳のカップをかかげた。

「きみの瞳《ひとみ》に乾杯」

その場しのぎのセリフにも効果がないではないらしい。彼女の視線が僕にもどってきた。怪訝《けげん》な顔で彼女がたずねた。

「なによ、それ」

「この映画でいちばん頻度の多いセリフ。きみは『カサブランカ』を見たことがないのか」

「なんでいまごろ、こんなモノクロ映画なんて見なくちゃいけないのよ。時代感覚とはちょっとずれてるんじゃない？」

「そうかな。バーグマンはもう若い世代には受けないのかな」

「あなたは刺激的な現代女性より、バーグマンがいいわけ？」

「いい。圧倒的にいい」

「そんなに彼女って魅力的なの」

うなずいた。「きみとはいい勝負だけどね。ただ、もうひとりいる。きみはその次だ」

「だれ？」

「オードリー・ヘプバーン」

「死んじゃった人ばかりじゃない」彼女はそっけなくいった。「そういえば、死んじゃった人でもうひとりいるんじゃなかったっけ」

答えないでいると、彼女がいい足した。

「その人が残した本に書きこみがあったんだけど、それがちょっと気になったの。それでおりてきたの」

「書きこみ？」

「あなた、奥さんの本は開いたことがないの」

「あまりないね」

商業デザインに進んでからは、ファインアートにかんする本を読んだことはほとんどない。いつも英子から話を聞くだけだった。それでじゅうぶんだった。彼女は勉強家だった。作品を見る目もあった。知識がどんどん増えていくその話を聞くのが好きだった。企画展を実施する際、その作家にかんする批評のあれこれを聞くのも好きだった。彼女はよく本を片手に僕に講義したものだ。それが絶えてからは興味をなくした。美術史や絵画論は縁遠いものとなった。以後、彼女の本を開いたことはない。残った多くが僕には読めない原書だったということもある。ただ彼女が残したその書籍を捨てる気にだけはならなかった。

気がつくと、彼女は分厚い原書らしい本を一冊、手に抱えていた。さしだしながら「これは、ファン・ゴッホ」彼女はそういった。

ファン・ゴッホ。その響きを耳にしたとき、ふいに記憶がよみがえった。

英子から聞かされたことがよくある。この国では、だれもがその画家をゴッホという。僕も同様だった。そのたび、彼女はいちいち訂正したのだ。彼女はこういった。「ゴッホ」から「ファン」を切りはなすのはまちがいなの。私も高校生のころは誤解していたけれど、ファン・ゴッホ自体で一体化した苗字《みょうじ》なの。ダ・ヴィンチのダのようにファンは家格をあらわすらしくて、海外の文献でもゴッホだけの表記はけっして見あたらない。この国でも、関係文献が洪水みたいに出版されているのに、まだまちがった表記はずいぶん多い。きっと小林秀雄《ひでお》の『ゴッホの手紙』の影響が大きかったんでしょうね。彼が意識的だったのか、知らないでいたのか、とても興味がある……。

麻里の声が聞こえた。

「奥さんはこの画家を好きだったのね。ほかにもずいぶんいろんな種類の本があった」

僕は顔をあげた。「好きだった。高校時代からずっとゴッホの話を聞かされていた。それは彼の伝記なのか」

「書簡集」彼女がいった。「ガリマールとグラッセからでたフランス版のファン・ゴッホ書簡全集の第三巻。かなり古いわね。書きこみがあったのはこの本なの」

「どんなことが書いてあった？」

彼女はページを開いて、僕にさしだした。

余白にボールペンで記されたメモのような数行がある。アルファベットだ。だが英語ではない。彼女を見あげた。

「フランス語？」

彼女はうなずいた。

「訳してくれないか。ついでにその書きこみがあるページの内容も教えてほしい」

彼女はゆっくりささやくような声で、書きこみをなぞるように訳した。短いセンテンスだ。それからゴッホ自身の手紙の訳に移った。内容は記憶にある。それがよみがえってきた。その書簡集は英子の蔵書のなかで僕の読んだただひとつの全集だった。

「ふうん」と僕はいった。そのとき、ふいにまた虫歯が痛んだ。だが、昨夜経験した種類の痛みではない。訪れたかと思うと一瞬のち、それは去っていた。目のまえをかすめる鳥の影のように瞬時にすぎた。同時にこめかみで静かに音がひとつ鳴った。ひっそりした音。風に吹かれた一枚の葉が枝からはなれ地面に舞いおりる、そんな風景にも似たかすかな音。英子が話していたゴッホにまつわるエピソードの数々がよみがえる。うっすらかかっていた靄《もや》が記憶のまわりから吹きはらわれ消えていく。

　つぶやきがもれた。「もしかしたらそれなのかもしれない」

「なにが？」

「探しもの。きみがもう一枚のカードを開いちまった」

「あなた、今度のいろんないきさつがバクチに似てるといった。それに関連することなの？」

「そう。もしそうなら、きみの百万円の退職金だってたいした金額とはいえないかもしれない」

「どういうことなの」

「どうってことはないさ。バクチで賭けられるのはほぼ百パーセント、カネだっていう事実だ。まれにそうでないケースもあるけどね。名誉とかプライドのため、むかしの貴族たちが命をかけたばかげた決闘みたいに。だけど、もうそういう時代は終わった。このケースも例外じゃない。ただ、カネに換算するなら数十億って賭け金にはなる。その種のバクチにはなる」

　彼女の目が僕を見た。

「数十億？」

「ひょっとしたら百億円を超えるかもしれない。もう一度、読みあげてくれないか」

彼女はそのアルファベットをこの国の言葉にかえ、今度はなめらかな口調で読みあげた。

『見つかった。ようやく私はたどりついた。ひまわり。アルルの八枚めのひまわり』

僕は牛乳をひと口飲んだ。

「もし、それが事実なら世界の美術界が震撼《しんかん》する。伝説が修正される。神話がもうひとつ誕生することになる」

11

静かな声が聞こえた。

「説明してくれない？」

「ゴッホのことを、きみはどれくらい知ってる？」

「ごく一般的なレベルだと思う。ゴッホは自分で自分の耳を切りおとしたことがあるんでしょ、ゴーガンと暮らしていたときに。そんな有名なエピソードくらいしか知らない。絵も教科書とか画集で見たことがあるくらい。糸杉のある風景、『星月夜』っていったっけ。ああいうのとか自画像は覚えてる。そういえば『ひまわり』もなん年かまえ、話題になったわよね。ずいぶん高い値段がついたってことで」

うなずいて僕は立ちあがった。彼女が怪訝《けげん》な表情をうかべた。

「どうしたの」

「ちょっと二階にいってくる。説明を聞きたいんだろう」

そのまま階段をのぼった。部屋はがらんとしていた。きちんと折りたたまれた衣類とバッグが片隅にぽつんとおかれてある。

本棚を眺めた。日本語の伝記があった。それと書簡集の翻訳もある。英子の蔵書で読んだのは、その六冊の全集だけだ。読みとおすのに半年かかった。ろくに本も読まなかった僕に英子がすすめた数少ない書物だ。耳のおくに彼女の声がよみがえった。読書に関心がなくても、秋二さんならこの本は好きになる。きっと好きになると思うの。しばらくその透明な声の記憶に耳をかたむけていた。

伝記といっしょに全集の五巻めを抜きだし、階下にもどった。

僕が手にした書簡集を見て彼女がいった。「それは英語版からの訳でしょ。このフランス語版も参照したと凡例にあった。こっちを開いて見くらべてたら気がついたの」

「きみは日本語よりフランス語のほうが得意なのか」

彼女は首をふった。「そんなことはないけど、最初、こっちのほうに興味がいったの。だって、私がフランス語を勉強する機会なんてもうないんだもの」

伝記と書簡集をパラパラめくった。伝記のほうの末尾にはゴッホの年譜がついている。

僕は顔をあげた。それから「おさらいしてみよう」そういった。

ゴッホの正式な名は、フィンセント・ウィレム・ファン・ゴッホ。一八五三年三月オランダに生まれ、一八九〇年七月、パリ郊外のオーヴェルで死んだ。三十七歳。ピストル自殺をはかり、その二日後に死亡した。

彼の生涯は、当時の美術界で顧みられることがなかったわりにはかなり詳しく知られている。それというのも膨大な手紙が残されたためだった。その中心は四歳下の弟、画商のテオにおくられたものだが、彼宛てのものだけで六百六十八通を数える。どの手紙もかなり長い。これをまとめた書簡集は文学的にもきわめて高い評価を受けている。そのあたりの事情にあまり詳しくはないが、本をほとんど読まない僕でさえ半年のあいだ読みふけった。そんな魅力があった。英子の話では、すべてといっていいほどゴッホの伝記はこの書簡集にもとづくものだという。そして、この手紙を受けとった弟テオは、兄フィンセントの寛容な精神的かつ経済的バックグラウンドというだけでなく、分かちがたい運命の星のもとにあった。じっさい兄の死後、半年たってその弟もあとを追った。このふたりの関係は、書簡集冒頭の献辞からもわかるだろう。

この書は　フィンセントとテオへの

思い出にささげられる

〈二人は生くるにも死ぬるにも離れざりき〉

サムエル後書一・二三

彼が生涯の芸術的ピークを迎えたのは、南仏のアルル時代からその死までの二年半だった。アルルを訪れたのは八八年二月、三十四歳のとき。若い晩年。アルルは、浮世絵に熱狂した彼の憧憬《しょうけい》の地、日本に似ていると書きのこされたところだ。この小さな町で、彼は印象派画家たちのコロニーを夢想した。そのため「黄色い家」と呼ばれる住居を用意するが、ここに待ち望んだゴーガンがやってきたのは、おなじ年の十月だった。しかしふたつの際立った個性がおくる共同生活は、必然的にトラブルを招来することになる。有名な「耳切り事件」が起きたのは、たった二ヵ月後だ。これについてはゴーガンの自己弁護めいた記録が残っている。それを借りるなら、十二月のある日の夕暮れ、ふたりのあいだで口論があり、ゴーガンは黄色い家をでる。町の広場を歩いていると、小刻みな足どりの近づく気配が背後にあった。ゴーガンはふりかえった。するとそこには剃刀《かみそり》を持つゴッホが立っていた。だが、ゴーガンの鋭い目ににらみつけられた彼は立ちすくみ、すぐ身をひるがえすと家のほうに走りさったという。結局、ゴーガンが帰宅するのは翌朝になる。だが、事件が起きたのはその夜だった。ゴッホはゴーガンと別れたあとしばらくたって、町の娼《しょう》館《かん》を訪れる。そして、なじみの女性を呼びだし、短い言葉とともに彼女に封筒をひとつ手わたしもどっていく。あとで彼女が開いてみたところ、封筒に入っていたのは、つけ根からそぎおとされ血のにじんだ耳の切れはしだった。その日から町の騒動がはじまり、つづくこととなる。

ゴーガンはかの地を去った。一方、ゴッホも翌八九年五月、町から追われるようにアルル近郊、サン・レミの精神病院にみずから望んで収容される。さらにその翌九〇年五月、オーヴェルに移動。ここで有名な医者ガシェと出会う。そして、おなじ年の七月に死んだ。何度かこころみた果て、はじめてみた自殺の成功だった。


彼女がいった。「それがゴッホの生涯の要約？」

「生涯というものが要約可能ならね」

「そういえば、ゴッホの絵は彼が生きてるあいだには、一枚しか売れなかったと聞いたことがある。あれは事実なの」

「定説ではそうなっている。友人の姉が買ったという。だけど、そうでなかったという説もあるし、二枚売れたという説もある。例の耳切り事件が起きた日も、主流説は十二月二十三日だが、クリスマスイブの二十四日だと主張するものもいる。結局のところ、知られているようでわからないこともずいぶん多いんだ」

「じゃあ、彼が有名になりはじめたのはいつごろから？」

「この二十世紀に入って。いろんな美術展で彼の絵が展示されるようになって、ようやくその名が知られはじめた。この書簡集は弟テオの妻、ヨハンナが日付けのないものまで丹念に整理してまとめたんだが、オランダではじめて出版されたのは一九一四年だった。だからそのころ、もう画家としての名は確立してたんだろう」

「ふうん。ずいぶん詳しいんだ」

「全部、英子の受け売りだよ」

彼女の目が僕を見た。静かな光をたたえた目だった。その目から逃れるように目をそらした。だがそのとおりなのだ。英子が話したことはすべて覚えている。細大もらさず覚えている。本で読んだことも彼女の声をとおせば、いっそう確実に記憶に刻まれた。そういう時代があった。

視線をもどして僕はいった。「こういう話もある。アルルでゴッホの耳を治療した医者はフェリックス・レーというんだが、彼は自分の描かれた肖像画を患者から贈られた。レーという医者は絵が好きだ。ゴッホは好意的にそう書きのこしている。なのに医者自身は、その肖像画を自宅にある鶏舎の破れの穴ふさぎに長いあいだつかっていたそうだ」

彼女はかすかに笑って玄関を指さした。「あの毛布みたいに?」

「そう、あの毛布みたいに。ただ、この国での紹介はかなり早かったらしいね。書簡集の出版まえの一九一〇年、森鷗外《おうがい》がはじめてゴッホにふれている。一九年には白樺《しらかば》派の開いた美術展で『ひまわり』が展示されたっていう」

「ひまわり? それもこの本の書きこみにあるひまわりと関係があるの」

「あるともいえるし、ないともいえる。ゴッホは十二点のひまわりを描いた。これが定説だ。うち五点はアルルへいくまえ、パリで弟のテオといっしょにいた二年のあいだに制作された。この五点のサイズはほぼアルル時代より小さい。アルルでは七点が描かれたという話だが、一九年に日本で展示されたと話したのは、そのなかの一点なんだ。山本顧弥太《こやた》という実業家が所有していた。ただ、この絵は第二次大戦中、空襲で彼の芦屋《あしや》の屋敷といっしょに焼失した」

ふうん、と彼女はいった。

「残りのうちのひとつは、きみも知ってるだろう」

「日本企業が買った。たしか安田火災が買ったんじゃなかったっけ。そのひまわり」

うなずいた。「ロンドンのオークションで手に入ったんだ。それまでの絵画では、史上最高価格での落札だった。手数料をいれて、当時のレートで五十八億円だった」

よく覚えている。あれは八七年だった。英子の死の二年まえ。その四月だ。記事を夕刊で見たあの夜、彼女はめずらしく興奮した。オークションに先だち、クリスティーズが開いたコレクターやディーラー向けの内見会が、東京、ニューヨーク、チューリヒであった。東京では、二月に銀座で開かれた。その内見会で彼女は、例のひまわりを見ていたのだった。ファン・ゴッホの作品のなかでは、ひまわりの連作を最良だと評価はしない。それでも快挙にはちがいないと思うの。そう断言した彼女は、それにつづく大蔵省の安田火災へのクレームやさまざまな記事にずいぶん憤慨したものだった。大蔵省は海外金融摩擦を気にするばかりだし、名画を買いあさるジャパンマネーというこの国のマスコミの報道姿勢は、土地やブランド品の購入とおなじパターンで絵画を考えているとしか思えない。美術品の絶対価値を考えてもいない。たしかに絵画が経済に組みこまれるのは時代の宿命かもしれない。だけど、けっして経済に隷属はしない。だって絵画の命はひとつしかないんだもの。それを別のものとおきかえることは、絶対にできないんだもの。

麻里の声が聞こえた。

「じゃあ、あとのひまわりは、どこにあるの？」

「パリで制作された五点は全部、欧米の美術館が所有している。アルル時代の七点のうち、焼失分と安田火災の買ったものを除くと残りは五点になる。そのうち四点は、これもみな欧米美術館の所有にある。だからもう動くことはない。だいたい全部が三十号くらいの作品だ。ただ一点だけ、二十号ほどでヨーロッパ在住の個人所有のものがある。これは所有者が絶対手ばなさないといってるらしい」

彼女はボールペンの書きこみを指さした。「じゃあ、この『アルルの八枚めのひまわり』ってどういう意味なの」

「ゴッホはひまわりをもう一枚描いたんじゃないか。英子はそんな空想を楽しんでいたことがあるんだ」

あれは八七年だ。半世紀以上を経て、『ひまわり』が二度めにこの国に運ばれた年の秋だった。

窓から涼しい風が流れこんでいたことを覚えている。空想の細部にわたる詳しい説明。はじめて英子がそれを口にしたのはその夜だった。十一時ころ、おそい夕食の終わったあとだ。学芸員として六年をすごし、彼女は中堅になりつつあった。僕も独立して一年めだった。おたがい仕事に追われていた。三鷹のマンションに帰って顔をあわせるのは、深夜にさしかかる時間帯以外なかったころだ。そんな短い日々があった。

その夜、テレビではニュースが流れていた。画面をぼんやり眺めていた僕はなにげなく英子に視線を移した。彼女は机のうえに開いたなん冊もの分厚い本に集中していた。勤務先の美術館から借りだした画集らしい。その姿をしばらく見つめていた僕は声をかけた。

「なんで、そんな画集なんか見くらべてんだ」

彼女は顔を僕に向けると笑みをうかべた。

「だって楽しいでしょう。ファン・ゴッホがもう一枚、ひまわりを描いたと空想するのは」

「またそれか」僕はいった。「まあ、空想もいいけどさ。空想社会主義だって、もう消滅しつつある時代なんだぜ。ほら、ニュースでもやってる」

テレビには、ペレストロイカの勝利を宣言するゴルバチョフが映っていた。彼女はちらと画面に目をやると画集を閉じた。

「でも社会主義と芸術はちがうもの。私の空想には一応の根拠があるもの」

「根拠がないから空想っていうんじゃないか。このまえ、きみがいってた八枚めのひまわりって、いったいどういう根拠があるんだ」

「たしかに根拠といえるほどのものではないけれど」彼女は笑いながら「じゃあ、説明しましょうか」そういった。

「きみがそうしたいんなら」

「じゃあ、本気で聞く？　笑わない？」

「笑わない」と僕はいった。

すると彼女は本棚にあったゴッホの書簡集をとりだした。翻訳の第五巻だった。

「ほら、ここをご覧なさいな」

彼女が指さすところを見た。弟テオ宛ての、アルル時代の手紙だ。耳切り事件のまえ、九月の一節。日付けなし。

〈ぼくは向日葵《ひまわり》の花をもっと描こうと思っていたが、もう季節が終ってしまった。そう、秋の間に三十号の方形のカンヴァスを十二点ほど仕上げられたらいいがと思っている〉

彼女は別のページを開いた。耳切り事件のあと、一月の一節。二十八日付け。

〈ぼくは頭のなかでこういう画布を向日葵の画布の間においてみる、そうすると向日葵の画布は同じ大きさの大燭台《しょくだい》か脇ぞえの枝付燭台となり、全体はしたがって七ないし九の画布で構成されることになる〉

「この文章からは少なくとも、彼がアルルで七点しか描かなかったことをしめしてはいないと読める。そうでしょう？　当初は十二点制作の希望を持っていたくらいなんだから」

僕は声をあげて笑った。「希望と現実は一致しない。もし一致するんなら、ソ連だってあんなに悩んだりはしない」

彼女は僕をにらんだ。「笑わないっていったくせに。あなたって結局は、リアリストなのね」

「商業美術は、リアリストでなきゃやってられない」

「でも秋二さんだって、この書簡集は読んだでしょう」

「読んだけど、そんな細かいところまで覚えちゃいないさ」

「じゃあ、これは覚えていない？」

彼女がまた別のページを開いた。おなじく一月の一節。三十日付け。

〈ルーランがやって来たとき、ぼくはちょうど向日葵の絵の写しを描き終えたところだったので、この四点の花束の絵の間に「揺籃《ようらん》を揺る女」の二点をおいて彼に見せた。ルーランからきみによろしくとのことだ〉

彼女が問うような目を向けたので、僕は答えた。

「僕の記憶にまちがいがなければ、ルーランはゴッホと……」

「ファン・ゴッホ」

「ルーランはファン・ゴッホと親しい郵便配達夫だった。彼の肖像は六点、制作された。『揺籃を揺る女』は彼の奥さんがモデルで、こちらのほうは五点描かれた」

「よくできました」

「でも、この文章がどうしたんだい」

「これもそうだけれど、彼はモデルがないと描けない画家だった。だから模写も多かった。それはご存じでしょう」

「それくらいは知ってる。ほかの印象派画家たちの作品もずいぶん模写した。ミレーや浮世絵の模写が有名じゃないか」

彼女はうなずいた。「そうね。そして彼は自分の作品自体もモデルにした。さっきの手紙にある秋の十二点制作も自作模写の予定だった。それからもうひとつ。彼は早描きでもあったでしょう。カフェのジヌー夫人の肖像はたった四十五分で描いたって書簡に残っているし、アルルの一年三ヵ月のあいだに描いた油彩は約二百点にものぼる。素描やスケッチのほかに。そういえば、秋二さんも高校時代はそうとうの早描きだったわよね」

「ねえ。結論をいってくれないか」

彼女は微笑をうかべた。「ひまわりは一八八八年夏、八月の一ヵ月間に四点が描かれた。あとの三点は耳切り事件のあと、八九年一月の制作。もちろん冬だから、この三点は自分が前年の夏に描いたひまわりの自作模写、つまりレプリカなのね。『向日葵の絵の写し』

とあるのがそう。バリエーションともいえるけれど、もちろん油彩がイマジネーションとヴィジョンから生まれる以上、原型とレプリカのあいだに作品価値の差はない。安田火災が買った作品も完成度の高いレプリカのひとつだった。でも、おかしくはない？　この文章にあるルーラン夫人の肖像二点は、それぞれ二点のひまわりにかこまれて二対になったわけでしょう。するとこの『四点の花束』のひまわりは、一月制作のレプリカ三点だけじゃ辻《つじ》つまがあわないということになる」

「まえの夏に描いたものが混じってたんだろう」

「そうかもしれない。でもこれを見て」

彼女はなん冊かの分厚い画集をふたたび開いた。色彩があふれた。黄いろのおびただしい花弁が輝いて目のまえにある。秋の虫の声が届いてくる。その音色を聞きながら、鮮やかなひまわりの数々を見るのは妙な気分だった。

彼女は説明をはじめた。自作模写の対象になった作品は、八月制作のうちの二点に限定されるの。だからその原型と一月のレプリカとの関連でアルル時代のひまわりは、はっきり二グループにわかれるわけ。

説明を聞くと、たしかにそうだった。開いたひまわりが最上部にある作品は背景が淡いブルー系統だが、つぼみがうえとなったひまわりは全部イエロー系だ。構図もそれぞれ同一といっていいほどひどく似ている。これをかりに「開花型」と「つぼみ型」と呼ぶとすれば、「開花型」はミュンヘン、ノイエ・ピナコテーク所蔵の八月原型がフィラデルフィア美術館所蔵品として一月に模写されたことになる。「つぼみ型」はロンドン、ナショナル・ギャラリー所蔵の八月原型が安田火災所蔵品と、アムステルダム、国立フィンセント・ファン・ゴッホ美術館所蔵品、その二点として翌年一月に模写されたことになる。

「つまり」と彼女はいった。「『開花型』は一点の模写、『つぼみ型』は二点の模写が存在するわけだけれど、なんだかバランスが悪いでしょう？　もし『開花型』がもう一点模写されていれば、一月に描かれたルーラン夫人の肖像をかこむ四点も、すべてがおなじ一月制作ということで説明がすっきりすると思うの。それにファン・ゴッホはたいへんな早描きだったから、もう一点ひまわりを仕あげるのにそれほど苦労したとも思えない」

「だれかがそんなことをいってるのかい」

彼女は首をふった。「だれもいっていない。どんな文献にも載ってはいない。まったく私の個人的意見。だけど、星の数ほどいるファン・ゴッホの研究家は、なぜこの点に疑問を感じないのかしら」

「きみの知らないだれかが、どこかでもう解答をだしているかもしれない」

「そうかもしれない。私もずいぶん文献は読んだんだけれど」

「きみの考えは空想というより、妄想に近いんじゃないのか」

「でも美術って、妄想を楽しむものでもあるのよ」

「きみも口が達者になったな」

「おとなになったといってくれると、うれしいんだけどな」

そういって、もう議論は放棄したように彼女は身体をよせてきた。窓から流れこむ秋の風がかすかなにおいを放っていた。彼女の髪に残るシャンプーのにおいだった。

気がつくと、麻里がじっと僕を眺めていた。

「なにを考えてるの」

「いや、なにも」

「ねえ、寒くない」

答えないでいると、彼女が立ちあがり窓を閉めた。クルマの騒音が遠ざかり、かわりに静寂が訪れた。

「そういえば」彼女が書簡集の原書をとりあげた。「フランス語で書きこみのあるこのページ。いまあなたのいったのとおなじ記述があるページじゃない。『ルーランがやって来たとき』云々《うんぬん》って」

僕は沈黙を守ったままだった。するとまた、彼女が口を開いた。

「さっきあなたのいった、世界の美術界が震撼《しんかん》して伝説が修正されるって意味がわかった。万がいち、もし八枚めのひまわりが存在したら、たいへんなことになっちゃうんでしょう？　値段もすごいことになるだろうし」

「なるだろうね。万がいち、存在したら」

「どれくらい？」

「作品次第だけれど、安田火災が買った『ひまわり』以上の可能性はないでもない。だいたいあの価格は、いまではしごく妥当なものだと評価されてるんだ。あの作品は安田火災がいま一般にひろく公開してるし、毎年開催されるゴッホにちなんだ企画展の入場者も数多い。まあ、作品にとっちゃ幸運だったといえるんじゃないか。それにいまは経済的に見てさえ、あれはゴッホの作品中、もう三番めの値段になっちまってるんだ。ひまわりの半年後、『アイリス』の油彩が七十二億で落札されたし、二点ある『医者ガシェの肖像』のうち一点もこの国の個人が買ったのは知ってるだろう？　あれはバブルの最中だったが、たしか九〇年で百二十五億だった」

　彼女は、ふうん、とつぶやき、しばらく考えていたが、やがて思いついたように声をあげた。「じゃあ、あのマネージャーもそのひまわりを探してるんじゃないのかしら。なにかのきっかけで八枚めのひまわりの存在の可能性を知って。そう考えられなくはない？」

「そうかもしれない。だけどもしそうだとしたら、彼は突拍子もない妄想狂だということになる」

「でも、奥さんのメモが残ってる」

答えようとしたときだ。電話が鳴った。

受話器をとりあげた。男の声が流れてきた。遠い過去から届いてくるような声だ。だが、それほど懐かしいというわけでもない。

「秋《しゅう》さん、あんた？」

あいかわらず、あいさつ抜きだった。アメリカの片田舎まで電話をかけてきたときとおなじだ。英子の弟、宏の声だった。

「どうしたんだ」と僕はいった。

「用があるんだ」

「用がなきゃ電話してこないだろう」

電話の向こうでくすくす笑う声がした。同時になにかの音がかすかに鳴った。記憶にある音だ。なんだろうと考えた。

「ひさしぶりだってのに、けっこう冷たいじゃない。どんな用かって聞かないの」

「そのまえに聞くが、きみは更生したのか。それとも出世したのか」

「見方によるな」彼が答えた。「ねえ。それよかなんで電話をかけたか、そっちを聞いてほしいんだけど」

「なんで電話をかけてきたんだ」

「こっちにきてほしいんだよ」

「こっちって、新幹線に乗れということなのか」

「そう」

「なんのために」

「いまね。おれのまえにおっさんたちが大勢いるの。怖い顔して怖いもの持ってさ。まあ、だいたいわかるでしょ」

「やくざがやくざに脅されてる。そういうことだな」

「ねえ、秋さん。そういう言い方って、身も蓋《ふた》もないんじゃない？　いまのところ一応、人の命がかかってんだけど」

「やくざの命に興味はないんだ。それより、なんでそっちまで僕がいかなきゃいけないんだ」

「おっさんたちのリクエスト」

「奇妙なリクエストだな」

「おれ、あんたに迷惑だけはかけたくなかったの。これ、ほんとだよ。おれ、あんたの名前はださなかったもの。なのにさ、このおっさんたちはあんたの名前を知ってた。そいで要求してきたの」

「なら、そのおっさんたちを電話にだしてくれないか」

受話器をふさいだのだろう。短い無言をおいて、また彼の声が流れてきた。

「電話じゃ詳しいことは話せないって。そういってる」

「じゃあ、連中に上京するように伝えてくれ。それが礼儀というもんだろう。その程度の常識は、僕にも主張する権利があるはずだ」

「事情があるんだってさ。それにおっさんたちだって、わざわざ東京からこっちきたそうだよ。聞いてくれないと、おれの身の上にとんでもないピンチがあるって。そういってる」

「それにしちゃ余裕のあるしゃべり方だな」

またかすかに音が聞こえた。思いだした。指を鳴らす音だ。宏の癖だった。余裕があるようにみえて、そのくせ内心、葛藤《かっとう》があるときの彼の癖だ。父の死を知らせてくれた彼の国際電話を思いだした。あのときもその音が鳴った。振り込みのつづく毎月二万の数字を思いうかべた。あの屋敷は姉弟《きょうだい》の父親の死後、英子が弟にしかるべき額を払い、彼女ひとりが相続するかたちになった。英子が死んだのは、まだバブルがふくれつつあったころだ。その際は、配偶者として僕が四分の三を受けつぐべきその屋敷の相続税すべてを支払ったうえ、今度は宏に権利をすべて与えた。その返済だった。金利を考えなくても、月二万なら完済に百年かかる。だが振り込みは毎月、律儀につづいている。もう義理の縁もないよね。姉貴やあんたにゃ、ずっと迷惑かけっぱなしだったけど、これですっきりしたろ。東京から移り住んだあと、四、五年まえそういってよこした。そのあと連絡は完全に絶えた。

だが、振り込みだけは毎月、律儀につづいていたのだ。

ため息をついた。「おっさんたちに、いっきてほしいんだと聞いてくれ」

「さっきもう聞いたよ。可及的速やかにだって。でも、きょうはもう無理だから、あしたの午前中がリミットだってさ。でないと、秋さんにとってもめっぽうやばいことが起きるみたいよ。こいつはおっさんたちがいってんだけどさ」

「わかった。あしたの朝、最初の新幹線に乗る。午前中にはつくだろう」

「おおきに」彼はそこだけ関西弁になった。「あ、それからさ」

「わかってる。警察には連絡しない」

そのまま受話器をおいた。

怪訝《けげん》な表情をうかべ、麻里がたずねた。「だれからなの」

「英子の弟だ。あす、ちょっと旅行することになった」

「旅行？　どこへ」

「京都。きみは新幹線に詳しいか」

彼女は首をふった。「新幹線なんか乗ったことがない。京都の修学旅行もパスしたもの」

なぜかぼんやり視線がさまよった。ゴッホの書簡集にある英子の書きこみが目に入った。しばらく眺めていた。それからポケットのメモ用紙をとりだした。さっき新聞青年のところで手にいれたものだ。彼女の視線を感じながら数字をたしかめ、受話器のボタンを押した。

「どこに電話するの」

「きみの元上司」

彼女がなにかいいかけたとき、もう返事があった。

「はい、原田です」

「夜分おそく申しわけない」僕はいった。「ちょっと教えてもらいたいことがあってね」

するとと笑いをふくんだような声がかえってきた。

「まだ十二時ですよ、秋山さん。そろそろ電話のあるころだと思いました。なんのご用でしょう」

上品なあいさつを交わすような調子。そのやわらかく優雅な響きは、あのカジノにいたときと変わらない。

「きみに聞くのは失礼かもしれない。たぶんどこかで教えてくれるんだろうが、あいにくこの時間は無理だと思うんだ」

「いや、結構ですよ。なんでも聞いてください」

「東海道新幹線の時刻は知ってるかい。下りの始発なんだが」

即答があった。「のぞみなら、六時発の新大阪行きですね」

「ありがとう。それだけだ。おやすみ」

「しかし」さえぎるように彼がつけ加えた。「始発は京都に停まりませんよ。京都に停まるのはその次、六時七分発の博多行きのぞみです」

受話器を持ちなおした。「きみは勘がいいんだな。なぜ、京都だってわかるんだ」

「まあ、われわれもそれなりの情報網を用意しておりますから」

おちついた声だった。黙っていると、彼のほうから口を開いた。

「秋山さん。この際、ひとつご提案があるんですが」

「なんだい」

「あすは私もご一緒するということでいかがでしょう」

「なんのために」

「そろそろゆっくりお話していい頃あいだと思うんです。加えて、あなたの誤解も解いておきたい。もちろん京都につけば、私は別行動をとらせていただきます」

「いま僕は、だれかの話し相手になる気分じゃないんだよ。悪いが、申し出はお断りする。ただ、きみの行動を制限する権利は僕にない。いえるのはそれだけだな。あとは好きにするさ」

するとは彼は予期していたように「感謝します。では」そういって電話を切った。

彼女が怪訝な声でいった。「なぜ、マネージャーに電話したの」

「聞いたろう。新幹線の時間を知りたかった」

彼女は僕をまじまじと見つめた。それから呆《あき》れたような顔に翳《かげ》が射した。眉《まゆ》があがっている。突然、彼女が声をあげた。

「わかった。あなたの考えてることがわかった」

「なにがわかった？」

「いまの電話ではっきりした。あなたは、私がまだ彼の支配下にあると思ってる。彼から派遣されて、ここにいるんだと思ってる。あなたの動向を通報するために、彼の指示を受けてると思ってる。そうなんでしょ」

首をふった。「きみの邪推かもしれない」

「いえ、そうよ。あなたは疑った。ことの成りゆき、なにが起きてるのか私が携帯電話で彼に逐一知らせるんじゃないかって、そう疑った。だから先手を打とうとしたんじゃないの」

「そういえば、あの携帯電話はきみのものなのか」

「私のものよ。仕事の連絡は父の耳にいれたくなかった。それが理由で買ったものよ。だけど、いまの質問でもはっきりしたわね。あなたは私に疑いを持ってる。あなたがそんなに猜疑《さいぎ》心《しん》の強い人間だとは思わなかった。そんな臆病《おくびょう》な小心者だとは知らなかった」

「僕は臆病な小心者かもしれないが、そういうわけじゃない。その証拠に京都の名は僕からださなかった。なのに彼は行く先を知っていた。きみの通報を待っていたんじゃないことくらいはわかる」

「あなた、それをたしかめようとしたんじゃない」

僕は沈黙した。

彼女も黙ったまま、僕を見つめていた。その目には、はじめて出会ったときの野性的な光が宿っていた。火に油をそそぐのはわかっていた。だが、いっておくべきことはひとつある。

「それより、さっきの発言を訂正しておきたいんだが」

「なによ」

「二、三日といったが、あす、この家をでってほしいんだ。気分が変わった。アパートを早急に探してほしい」

予期したとおりだった。火のような視線が僕にそそがれた。彼女はゆっくり、ほんとうにゆっくりした動作で首をふった。

「私は百万円、持ってるの。それをつかいきるまでホテルに泊まってもいい。フーゾクの仕事にはいつでももどれるもの」

「そうだな。そういう考え方もある」

言葉が終わるのを、彼女は待たなかった。立ちあがり、そのまま階段に向かった。階段はぎしぎし音高く鳴り、消えた。僕はハイライトに火を点《つ》けた。部屋に煙が流れ、ひっそりたちのぼっていった。

ふたたび階段が鳴ったのは、五分後だった。視線をやると、彼女はもう着替えていた。バッグを肩にかけ、昼間のジャケットを身につけている。腕を組み、部屋の片隅に彫刻のように立っている。彼女は僕を見た。その目を見かえした。そこには鉛の燃えるような暗い光があった。

静かな声が届いてきた。

「さよなら」

「どこへいくんだ」

「あなたの知ったことじゃない」

そのまま背を向けた。玄関までゆっくりした歩調で足を運んだ。靴をはくと、緩慢な動作でふりかえりまた僕を見た。射るような目つきだった。そしてかすかにひと言、吐きすてるようにつぶやいた。

「人でなしの腰抜け」

その姿が毛布の向こうに消えた。

毛布はしばらく揺れていた。目をおとすと、畳のうえに英子の本が数冊残っていた。しばらくぼんやり眺めていた。それから横になった。今度は天井の光が目に入った。夜のなかに去った細い背中を思いうかべた。ちらつく古い蛍光灯を眺めながら考えた。そうだろうか。僕は人でなしの腰抜けだろうか。

12

残された本を持ち、階段をあがった。二階はがらんとしていた。本棚にポッカリ空いた隙間がある。そこに本をもどした。すると二階がもとのかたちにもどった。かつてのすっかり不要な空間にもどった。周囲を見まわしたあと、カーテンを開いた。

向かいの窓辺には、まだ新聞青年がいた。道路をはさんで目があった。彼は僕を見おろす格好で声をかけてきた。

「どうしたの、あの子。さっき血相かえて飛びだしてったじゃない」

「どうやら嫌われたらしい。それより聞きたいことがあるんだ。あの駐車場にいる男はどうした？　彼女を追いかけていったのか」

「追っかけてったけど、すぐあきらめたみたい。クルマにもどった。やっぱ、あんたのほうが気になるみたいね。だいたいあいつら、パーペキ抜けてやんの。見張るんなら、コンビってのは常識じゃん。おれの場合は特殊ケースだけどさ」

「連中も人手不足なんだろう。それで、きみはその件も原田に報告したんだな」

「したさ。そいつが仕事だもの。でも、あんた、ちょい気どりがすぎんじゃない？　説明ぬきで、お姫様を危険から遠ざけようなんざ、中世のおとぎ話じゃないの」

「そういうわけでもないんだが、危険があると思うのか」

「なんとなくね。一種のにおいがすんのよ」

「ふうん。じゃあ、きみにとっていい情報があるのはにおうかい」

「わかんない。なんだい」

「きみはあす、休暇をとっていいぜ」

「へえ、どうすんの。あんた、閉じこもんの。それともどっかいくの」

「あとのほうだ。きみが朝刊の配達をやってるころにちょっと遠出する。少なくとも夜まではもどってこないと思う」

「センチメンタル・ジャーニー」

「そんなロマンチックなものじゃない」

「でも女の子と別れちまった。あの雰囲気ってまるっきしそうじゃない。ねえ。あんた、ヘンリー・ミラー読んだことある？」

「ない。きみはアメリカ文学にまで関心があるのか」

「うん。あれもぐちゃぐちゃファンキー。荘子に似てんの。まあ、そんなこと考えんの、おれくらいのもんだろうけどさ。でさ、『暗い春』って小説のなかにこんな一節があんのよ。『われわれが見る夢は、別れるときの痛みでできている』。どう感想は？」

「感想なら、ないこともない」

「どういうの？」

「夢を見ない人間はどうするんだ」

笑い声が届いてきた。カーテンを閉めようとしたとき、彼がいった。「ねえ。この話は原田に伝えていいのかな」

「それはきみの判断だろう。おやすみ」

カーテンを閉じた。

階下にもどった。ちゃぶ台の下にすべりこみ、また横になって天井を眺めた。たぶん、きょうは眠れないだろう。なら、別れるときの痛みを知らないですむ。そういう別れは七年まえに終わった。その痛み。眠らなければ、夢を見ることもない。

東京駅についたのは六時まえだった。朝の光が構内に射しこんでいる。まだ人けはなく、閑散としていた。考えてみれば土曜日だ。ビジネス客が少ないのかもしれない。

駐車場の男は交代したらしい。おなじようなジャンパーを着ておなじにおいを撒《ま》きちらす人種があとをついてきたが、人物は変わった。その小太りの男はもう姿を隠してもいない。土曜の早朝のせいか、タクシーは少なかった。僕が拾うのに苦労しているあいだ、彼はグレーのワゴンにもどり、そのクルマであとを追ってきたのだ。

緑の窓口に向かおうとしたとき、声がかかった。

「おはようございます。秋山さん」

早朝でも優雅なトーンは変わらない。原田の声だった。ふりむくと彼はやわらかな微笑をうかべ立っていた。その微笑もあのカジノにいたときと変わらない。だが、いまのようすはまるでちがう。カジノのマネージャーにみえず、ホテルの支配人にもみえない。実業家の秘書にさえみえない。蝶《ちょう》ネクタイでなく、地味なネクタイを締めている。さらにいっそう地味なスーツを身につけ、どこにでもいる会社員ふうの身なりだった。だが、どこか異質だ。なにかしら非現実的な印象を帯びている。洗練された雰囲気だけ共通してはいるが、彼はカジノにいたときとまったく異なる人物に変身していた。ただ年齢はいま、朝の光のなかでおおよそ見当がつく。三十二、三といったところだ。

「おはよう」僕は答えた。「きのうはきみを時刻表がわりにして、すまなかった」

彼は大げさに肩をすくめた。「とんでもありません」

うなずいて僕が緑の窓口に向かおうとしたとき、彼はポケットから封をひとつ引きだした。

「チケットなら私のほうで用意させていただきました。六時七分発、京都まで。グリーンの喫煙席ですが」

「なら、そいつは払い戻ししといたほうがいい。グリーンは無理だが、一般席を買う余裕くらいは僕にもある」

「そうおっしゃると思った。では私はちょっとした用事をすませます。またのちほどお会いしましょう」

「縁があればね」

彼は微笑をうかべたまま背を向けた。出口に向かい、足早に歩みさっていく。その背中を見おくっていると、そのさき、柱にもたれた短い頭髪の男がひとり、目に入った。僕をつけてきた男だ。原田が近づいたとき、彼はその顔を見てきょとんとした表情をうかべた。原田はごく自然な歩き方でそばをとおりすぎた。するとその直後、男は柱に背をつけた姿勢のままゆっくり小太りの身体をずりおとしていったのだった。地面まで腰をおとし動かなくなった。奇妙な光景だった。呻《うめ》き声もなにも聞こえなかった。原田の腕が一瞬動くのを見ただけだ。凶器をつかった気配もない。女の子のふたり連れがそばをとおったが、男は無視された。酔っぱらいだと思われたのだろう。

たしかに非現実的だ。原田という男自身もその行動も。頭をふって、僕はチケットのカウンターに向かった。

のぞみの車内は、二、三割がふさがっていた。隣は空席だった。車両が動きだすと扉が開き、原田がその姿をみせた。通路を歩みよってわきに立ち、周囲のまばらな客に目をやった。ごく短いが鋭い一瞥《いちべつ》だった。そのあと、彼は柔和な声をかけてきた。

「ここにおじゃまして、よろしいでしょうか」

「断る必要なんかないだろう。僕は隣の席まで買っちゃいない。忠告できるだけだ」

「どういう忠告ですか」

「グリーン券との差額をJRに奉仕することはない」

彼は愛想のいい笑顔をうかべ、隣の席に腰をおろした。

すぐに車内販売のワゴンがやってきた。彼が僕にたずねた。

「なにか朝食をお食べになりますか」

「いや、いいよ。コンビニで買ってきた」

ミニテーブルを開き、そのうえに白いビニール袋をおいた。

「失礼して僕は朝メシにする」

「どうぞ」

彼が車内販売のコーヒーを注文しているあいだ、僕は袋から中身をとりだした。紙パックの牛乳とグリコのポッキー。そのパッケージに彼はちらと視線を走らせた。

「なかなかユニークな朝食ですね」

「そうかな。なんか僕に話があるのかい」

「あります。あなたのご協力をあおぎたく、ご相談がある」

「なぜ、僕がきみたちに協力しなきゃならない」

「あなたのかつての奥さんに関係するからです」

彼の顔を見かえした。表情からはなにも伺えないが、陽の光がまぶしいらしく彼は目をしばたたかせた。窓のカーテンをさらに大きく開き僕はいった。

「話してくれ」

「そのまえに」と彼がいった。「現在の状況をご理解いただかなければならない」

「どういう状況？」

「非常に複雑な状況です」

「どういう理由でどんなふうに複雑なんだい。かんたんに説明してくれるとありがたい」

「現在、ふたつの力が働いているんですよ」

「なにをめぐって」

「あなたをめぐって」

「ふうん」僕は新しいポッキーを歯で折った。「ふたつの力のひとつはきみたち。もちろん、そう考えていいんだろう」

「そうです。率直に申しあげて、われわれの相手側、敵といっていいかとも思われますが、そちらにはある種の暴力的な存在も絡んでいます。そのあたりの事情は、あなたをつけていたあの男の風体、行動からもおわかりになるんじゃないでしょうか」

「あの男を暴力的にのしたのはきみのほうだったぜ」

彼は微笑した。「あれはちょっとした余興です」

「ふうん」と、また僕はつぶやいた。「だけど、きみたちの相手側の説明より、きみたち自身の自己紹介からはじめるのが礼儀だと思うけどね」

「おっしゃるとおりです。ですが、秋山さん。まことに失礼ですが、いまの段階でその点の詳しい説明はご容赦願えませんでしょうか」

「なるほど。きみのボス、仁科氏がそんなふうに指示している？」

「そうかもしれません」

「画家はそういう傲慢《ごうまん》な発想が得意なのかな。正確には元画家らしいが」

驚愕《きょうがく》が彼の顔をかすめた。

「なぜ、お気づきになられたんでしょう」

「きのう、加納麻里という女の子にきみが託した名刺を見てるうちに思いだしたんだ。いまは現役じゃないようだが、少なくとも二十年以上まえはそうだった。僕がまだ高校生のときだ。美術団体の評議員をつとめていたことがある。新世紀ビエンナーレという公募展の審査員もやっていた。図録の一覧に名前を見たことを覚えている。もっとも画商という話を聞かなきゃ思いあたらなかったかもしれないけどね。ただ、大物じゃないな。彼の作品に記憶はないし、いまはまるで名前を聞かない。たぶん、才能がなかったんだろう」

原田の顔は朝の光を受けている。そのなかにある目がじっと僕を見つめていたが、やがてそこに微笑がうかんだ。どんな美女にも不可能な、優雅きわまりない微笑だった。

「失礼な言い方ですが、秋山さん。あなたは想像以上に興味ある方ですね。記憶力と洞察力に瞠目《どうもく》すべきものがある。いま指摘されたこともじつに的を射ている。ただ、一点だけ誤りを訂正しておく必要はあるかもしれない」

「どこを訂正してくれるんだ」

「彼は大物なんです。おっしゃったように、仁科には画家としての才能には限界があった。いや、いまの私のボスに失礼だから、これはいいかえておきましょう。少なくとも彼は天才ではなかった。仁科はそれを悟ったんですね。天才でなければ、画家たる資格はない。これは彼の持論です。そこで彼は進路を変更したんですよ。あなたは経済界にはあまり詳しくていらっしゃらないようだが、彼は現在、その方面のある一部できわめて高名な存在なんです。この国は企業社会ですが、そういう環境では一種の権力を持つ存在といってもいい」

なにか僕の幼いころの発想に似ていなくもない。だが、出発点も終点もずいぶんかけはなれたところにはあるようだ。

「彼も人生の訂正を考えた。そういうわけだね。だけど彼が持論という結論をだすのは、少々おそかったんじゃないのかな」

「皮肉がお上手ですね。たしかに若くはない決断でした。仁科が画家たることを断念したのは、五十代半ばです。ただ、それが成功したことは申しそえておく必要がある」

「成功にもいろんな種類があるだろう。その方面のある一部。きみはそういった。ということは、きみのいう経済界でも表舞台といえるところじゃない。そんなふうに聞こえないでもないね。そのくせ、たしかにきみたちは権力にさえ一定の影響力を発揮できる立場にもいるようだ。やくざや官憲と無縁に、ああいうカジノをひどくオープンに経営できる。発砲事件を闇に葬りさることができる」

彼は首をかしげながら、あいかわらず僕を見つめていた。興味のいろがその目にいまうかんでいる。やがて苦笑がそれにとってかわった。なにかの問いに結論をくだしたような笑いだった。

「どうやら、あなたには率直な態度をとるしかないようだ。端的にお話ししましょう。たしかに仁科、ひいてはこの私も経済システムの裏面で生活しています。いささか自虐的ですが、暗部といってもいい。しかし、この国のシステム全体がわれわれの存在を抜きには語れないんですよ」

「その暗部がどうして僕に興味を持つんだろう」

「あなたは、その理由をもうご存じなんじゃないでしょうか」

「オーケイ」と僕はいった。座席にすわりなおした。「話を端的にすすめよう。この話に、どうしてアイバが絡んでるんだ。アイバ電機工業のことだが」

「ほう」と彼はつぶやいた。「どうして、そこまでおわかりになった?」

「京美企画の井上社長を知ってるからさ。彼は誠実なタイプの人間だ。もちろん、隅から隅まで百パーセント誠実な人間はいない。だから逆にこういうことがいえなくもない。つまり、誠実であろうと努力する人間は、代替品のより大きな誠実で動かすことができるということだ。彼は立場上、きみの言葉を借りるなら、経済システムに大きく組みこまれている。デザインプロダクション経営というかたちでね。彼が社員全員の生活に誠実であろうとするなら、企業の運命を左右する大手クライアントの意向に従わざるをえない。そういう存在は、京美企画にとっちゃアイバしかないはずなんだ」

「秋山さん。あなたには、じつにおどろかされますね。失礼を承知でいえば、あなたを過小評価していたのかもしれません。ただ、いまおっしゃった点については、私の口からもらすことはお許し願えないでしょうか。私も信義に反することはできるだけ避けたい。かわりといえばなんですが、あなたがもし疑問をいくらかお持ちなら、納得いただけるようできるだけ誠実にお答えします。一部は差し控えさせていただく可能性を前提として。そのあと、私のほうから用件をお話しする。そういうことでいかがでしょう」

原田の表情を眺めた。それまでの余裕は消えてはいない。あるいはこれも予想の範囲内だったのかもしれない。

「わかった」と僕はいった。「じゃあ、井上社長の立場について答えてほしい。僕が想像したことは当たっているのか」

「当たっています。彼は善意の人物です。詳しくは話せませんが、おっしゃるとおりの背景はないでもない」

「きみは佐藤という新聞配達の青年の情報、具体的には僕のこの春先の外出のことなんだが、その情報を流して彼に銀座で僕と接触させた。あのときもだれかが僕のあとを追っかけて、僕の動きを逐一、携帯電話ででも連絡してたんだろう。これは当たっているのかな」

「そのとおりです」

「なるほどね。たしかにきみたちはある種の権力を行使できる立場にいるようだ。だけど、彼経由で村林を動かした手段の詳細がわからないんだ。社長が答えてくれなかった。デザイン盗用問題のことをはっきりさせておきたいんだよ。村林はなんのデザインをどこに持ちこんで仁科氏を提訴することになったんだ。きみたちはどういう目的で彼のデザインを盗用したんだ」

「ごもっともなご質問ですね」彼がいった。「わかりました。順にお答えします。最初のご質問、なんのデザインかということですが、これはつまらんもんです。パソコンと周辺機器の既存製品をアソートしたトータルパッケージデザイン」

「なんだい、それは」

「パソコン市場はこの不況にあって現在、急拡大の一途をたどる商品ジャンルのひとつです。昨年の出荷量は五百七十万台で、前年から約七割ものびている。今年はそうとう鈍化するでしょうが、しかし、インダストリアルデザイナーたる村林氏はこう考えた。パソコン本体、ディスプレイ、キーボード、プリンター。いまのところデザイン面でややクオリティーの劣るこういったパーツを一体化し、かつ外観を全面的に洒落《しゃれ》たものにすれば、ユーザー初心者層の需要開拓に大きく貢献するだろうとね。たしかにかつて同様のケースはあった。ひと昔まえの大型ステレオがミニコンポにかわり、普及に弾みがついたことがある。これには、この国の住宅事情も背景にはなっています」

「きみはずいぶん頭がいいんだね。よくそんな数字とか複雑なマーケット事情を覚えられるな」

「IQは170です」

あっさり彼はそういった。自慢しているようには聞こえない。単純な事実を単純な事実としてしゃべる。そんな口調だった。

「ところで」彼はいった。「村林氏はこのケースをパソコンに応用しようとしたわけです。しかしこの発想の致命的な欠陥に彼は気づかなかった。ステレオは成熟商品ですが、パソコン本体はつねに成長途上にある。日進月歩を宿命として持つ。つまり日常的に買い換え需要が主流で、ある意味では本体が生鮮食料品化しているともいえる。この環境では、周辺機器もふくめたトータルデザインの付加価値はそれほど大きくありません。すぐ一部の機能が陳腐化し、全体のバランスが崩れ、不都合が生じる。もちろんメーカーサイドもこの点は承知しています。ですが、いまお話しした事情からデザインの質については、各商品のライフサイクルに見あったレベルでしか考慮せざるを得ない。結局、村林氏の発想にはさほどの需要が見こめなかったんですね。したがって、彼がアイデアを持ちこんだアイバ電機も私が申しあげたのとおなじ判断をくだしました。却下です」

「アイバ？」

「いや、誤解をまねくといけないので申しそえておきますが、さっきあなたがおっしゃった意味でのアイバ電機の立場ではありません。これはアイバ・パソコン事業部の現場判断です」

「しかし提訴された以上、彼以前にきみたちがおなじデザインをアイバに持ちこんでいたわけだろう。きみは需要が見こめないのがわかっていたといった。なのに、そうしたのはなぜなんだ。どういう手段で彼のデザインを盗んだ」

「じつはわれわれは以前から、工業デザイナーとしての彼の才能といちじるしい成果に注目しておりました。さきほど申しあげたように、われわれはさまざまな企業に一定の影響力を持っています。したがって、いずれ別のかたちで彼の成果を拝借、というか利用する。まあ、そういう予定でいたわけです。各種企業とロイヤリティー契約の締結ということになれば、これは非常に大きな金額が動くことになりますから」

「どうやら、やっと自己紹介してくれたようだね。つまり、きみたちはソフトの窃盗集団というわけだ」

彼の口もとに微笑がうかんだ。いつだって優美であることを忘れない微笑。ふと思った。加納麻里も新聞青年も、彼の性的な趣味にふれたことがある。まちがいはない。僕もかつては彼とおなじ性癖を持つ男たちと接触する機会を何度も持ったことがある。あの国では完全な市民権を得ていた。会話だけで終わったが、それは趣味のちがい以上のものではなかった。より多く好意を残すことさえあった。

彼は余裕のある口ぶりで答えた。

「ご指摘の呼称はあまり愉快とはいえませんが、われわれにそういう部分があることを否定はしません。成りゆき上お話ししたわけですが、それがすべてではない。ごく一部の側面です。しかし、ことの善悪はしばらく横におくことにしませんか」

「そうしよう。つづけてくれ」

「これはあとの質問のお答えになりますが、彼の事務所にはわれわれの派遣したデザイナーがいます。いや、すでに解雇されたので過去形にすべきでしょうね。村林氏の意気ごんでいるプロジェクトがある。その事実を聞きおよんで、われわれは彼に指示しました。MOをコピーさせたわけです。ところがMOのコピーには、個人のIDが記録されるプログラムが組みこまれていた。この件にかんしては、われわれのミスというしかありませんね。おまけにその発想自体に欠陥があったことも、あとになって気づいたわけですから」

「その欠陥を知ったくせに、なんでアイバに提案したんだ」

「そこで最初のご質問にもどります。あえてそういう行動をとった理由ですが、それは村林氏と緊密な関係を持ついい機会だと考えたからです。彼が行動を起こし、提訴であれ、抗議であれ、われわれがそれに対応する。そういう事態にたちいたれば、それもまた一種の緊密な関係にほかなりませんから」

「なんのために彼との緊密な関係をつくりたかった?」

「瓢箪《ひょうたん》から駒がでた。つまり、あなたという存在があの時点で、タイムリーに浮上したからです。あなたと親しい関係にある友人はひとりもいない。彼だけが以前、あなたとそういえる関係を持つ人物だった。まあ、そういう情報を入手したわけです」

ふうん、とつぶやいた。その情報もたぶん井上経由のものだろう。あの温厚で誠実な井上が話したのだろう。さらに僕がアメリカに住んでいた時期、あの田舎町での暮らし。彼らには、たしかにひとつのプロダクションの運命を左右する力があるようだった。

「僕の存在が浮上した。きみはそういったね」

「それは秋山さんへのご相談と関連するので、あとでお話しするということでいかがでしょう」

「じゃあ、ひとつだけ聞いておくが、それはいつの時点なんだ」

「昨年暮れです」

「村林はきみたちの魂胆を知っていたのか」

彼は首をふった。「知らないでしょう。われわれはあなたの存在を知った時点で、あなたと村林氏の関係について考慮を重ねた。そこで彼との関係をああいうかたちで築こうと意図したわけです。彼の機嫌を損ねるやり方ではありましたがね」

「和解案での金銭の支払いを予想してまで？」

「あの五百万は村林氏は不満でしょうが、われわれは彼の陳腐な発想の対価としては過剰にすぎるとさえ判断しています」そこで彼は思いだしたようにまた微笑をうかべた。「しかしあれも結局、回収する結果にはなりましたね。あえていえば、われわれはその段階で彼も登場する一種のシナリオを着想したわけです。もちろんさまざまな事態を想定してはいた。しかし、望外の運びになったとはいえるかもしれません」

「ちっとも望外とは思えないけどね」僕はいった。「きみはシナリオという言葉をつかったが、彼がそのカネを捨てようなんていう素《す》っ頓狂《とんきょう》な考えを持つところまで予想してたのかい」

彼の笑いが苦笑に似たものに変わった。「ああいう突飛な発想は、だれも予想できはしないんじゃないでしょうか。しかし行動パターンは比較的かんたんに予測できた。翌日のイタリア出張まで計算にいれれば、彼はあの夜、おそらくあのカジノを訪れるだろうという点です。村林氏は、彼が考えるところのいわゆるアブク銭はつねに賭博《とばく》で早々に消費してしまう傾向がある。ご存じないかもしれませんが、数年まえから彼のギャンブルへの傾斜は、じつにはなはだしいものがありました。事前調査したわけですが、こういった情報はいずれ役にたつものです。ところでもう想像はついてらっしゃるでしょうが、村林氏があのカジノの常連になったきっかけは、井上社長の案内によるものです」

「社長の意向に反してだろう」

「そうですね。いたしかたなかった。ただ結果は、われわれの希望にそったものにはなりました。そのあと、週に二、三回の頻度で来店する習慣を彼は身につけましたから。あの夜についていえば、井上社長があなたの名前をだすと、彼は非常に喜んだそうです。あいつは天才だった。しみじみそうつぶやいたそうです。念のためつけ加えれば、これはギャンブルでなく、あなたのデザイナーとしての能力についての感想です。井上社長の話では、別の機会にあなたの名前をだしたとしても、必ず彼はあなたに会いにいったはずだ。そういうことでした。で、ああいう事態にいたった」

「感想がひとつあるんだが」

「なんだか、きみは心理学者みたいなところがあるね。別のだれかも指摘してたようだぜ」

「なんでしょう」

「私はたまたま、ちょっとした想像力を働かせたにすぎません。ちなみにわれわれは、私が提言し、仁科が意思決定する。そういうシステムをとっています」

「カネを捨てる件についちゃ、まだ釈然としないところはないでもない」僕はいった。「だけどとりあえず、きみの話を前提にしよう。これからが本題になるわけだが、なぜ僕をあの店に案内したかったんだ。きみたちは僕のところへなぜ直接やってこなかった。どういう結果になったかは別として、なぜ、そういう対応を考えなかったんだろう」

「あなたの人となりを、特異な状況で拝見したかった」

ふうん、と僕はつぶやいた。

「ギャンブルという特異な状況下では、その人物の性格がそうとう程度あきらかになる。これは経験上、あなたもご存じでしょう。われわれはその方面のエキスパートです。あなたのおっしゃった言葉をつかえば、心理学的アプローチにもっともふさわしいフィールドでもある。しかし、これはもちろん一般論にすぎない。じつはわれわれは現在、ある種のさらに特異な状況を想定しています。まあ、それだけのバックグラウンドの存在を前提として、諸事情を把握された際、あなたがどんな思考形態、行動様式をとられるのか。そのシミュレーションをしておきたかった」

「シミュレーションね。で、どんなことがわかったんだい」

「あなたは、金銭にはまったく執着しなかった。この時代にあっては希少といえる存在かもしれません。それと闘争心には欠けるが、いったん没頭すれば、一転してその方向に徹底するタイプ。そういう方だとお見受けしました」

「この歳になってまさかテストされるとは思わなかった。おまけに、とくにありがたくもない品定めまでされちまった」

「たいへん失礼なことを画策し、かつ失礼なことを申しあげているとお思いでしょうね。その点、深くお詫《わ》びいたします」

「すると舞台づくりに手間ひまをかけたわりには、収穫は少なかったわけだ」

彼は首をふった。「いや、そうでもありません。加えてもう一点、考えていたことがあった。こちらもそうとうの収穫があったようです。あなたが井上社長を訪問された点から見ても。つまり、あなたの記憶にかんする目的については非常に効果があった」

「加納麻里。彼女の存在」

彼はうなずいた。「そのとおりです。じっさい、あの娘はわれわれが期待した以上の成果をあげた。そう評価していいんじゃないでしょうか」

「彼女はあの店をでたあと、僕のあとを追ってきた。あれもきみの指示だったのか」

「いや、彼女の自発的な行動です。あれは、われわれにとっては予定外の事態だった。ただ結果的には、歓迎すべき行動とはなりましたね。彼女も善意の第三者にすぎないんですが」

「全米ライフル協会の帽子はどこで手にいれた。あれを僕が知っているとどうしてわかったんだ」

「もう想像されてはいらっしゃるでしょう。あなたがアメリカ中西部に一時在住されていたこと、向こうで身につけられた趣味の件。この話は、もちろん井上社長経由によるものです。あなたが彼におくった手紙の内容を聞きおよびました。正直いって、あなたとの奇遇に似た縁に感慨を覚えたことを告白しておきましょう。じつは私自身もあの協会の会員なんです。私もおなじ趣味を持っていた留学の過去があります。あの帽子は、その時代の私の記念品です。私のこういう思考形態を感傷的だとお思いでしょうか」

「感傷的だね。きみはヘンリー・ミラーを読んだことがあるかい」

怪訝《けげん》な表情で彼は僕を見た。「あの性をテーマにしつづけた作家のことですか」

新聞青年は、昨夜のことをこの男には報告してはいないらしい。「いやなんでもないんだ」と僕はいった。「きみは彼女に名刺を託したが、あれにはメッセージがついてた。さっき、きみは記憶にかんする目的といった。あの名刺にも似た書きこみがあった。その件について、心あたりのある人間は僕にはひとりしかいないんだ。その人物は、きみたちとなにか接点があったのか」

「義理の弟さん」彼はつぶやいた。「関係はありました。彼のあまり芳しくない過去はもちろんご存じでらっしゃいますね。じつは一時期、彼はわれわれと接触がありました」

「じゃあ聞くが、きみたちはなぜ、そんな大がかりで周到な準備をしたんだ。さっき話にでた特異な状況とかたいそうなバックグラウンドってなんなんだ。いったいなんのため、きみはいま僕の横にすわっている」

「もちろん、ファン・ゴッホのためです。これがつまり特異な状況です。もう一点、八枚めの『ひまわり』は実在します」

13

ふいに笑いがもれた。なぜかひどくおかしかった。前世紀から亡霊がたちあらわれたようだった。ひまわりの亡霊。やがて僕は声をあげて笑いはじめた。

笑い声がすっかりおさまるまで、彼はこちらに顔を向けながら静かに待っていた。

「なにかおかしなことを申しあげたでしょうか」

「妄想を笑っておかしいのかな」

「われわれは必ずしも、妄想だとは考えておりません」

彼の目を見かえした。そこにいま微笑は消え、冷静な光がうかんでいる。冷静すぎるといえなくもない。

「きみの教養の範囲には当然、ヤン・フルスカーの知識もあるんだろう」

英子の受け売りにすぎない。だが彼は深くうなずいた。

「ファン・ゴッホの全作品に通しナンバーをつけた研究家ですね。しかし、彼の目かられおちたものもあるし、そもそも彼の全作品カタログ自体、一部に疑問も提起されている。

少なくともモーツァルトにおけるケッヘルほど厳密ではありません」

そのとき気づいた。さっきから彼はゴッホでなく、ファン・ゴッホという言葉をつかっている。英子とおなじだ。

「きみはゴッホをかなり研究したのか」

「大学では美術史を専攻しました。卒論のテーマは、平凡ですが後期印象派です。一応、学芸員の資格も持っています。もっともあれは教員免許よりかんたんな資格ですから、自慢できるものでもない。私もかつて学芸員を志望していた時期があります。だが、有資格者に対して就職の門があまりに狭かった」

「そうらしいね」と僕はいった。ここ数年、地方自治体の新設する美術館や博物館が急増した。それでも学芸員になるためには、政治家や地域の有力者のコネがいまだに幅をきかす場合もあるという。英子も就職までには、そうとう苦労があったらしい。学生時代の一時期、憔悴《しょうすい》した顔をうかべていた。その表情を覚えている。詳細は聞いてはいない。彼女はけっして自分の苦労話は口にしなかった。そういう性格だった。

「万がいち」彼の表情を見ていった。「万がいちだよ。もしきみのいう八点めのひまわりが存在したとして、それが贋作《がんさく》だという可能性については考えないのかい。元キャバレー芸人の描いた贋作が、当時一流といわれた批評家に真作だと鑑定された事件があったそうじゃないか」

「ヴァッカー・スキャンダル」彼はつぶやいた。「一九二〇年代、ベルリンで起きたオットー・ヴァッカーによる三十点以上のファン・ゴッホ贋作事件ですね。ド・ラ・ファーユはじめ、なん人もの権威が自己保身、あるいは無能のために喜劇を演じた。しかしあれは美術史を彩る奇態な歴史のひとコマにすぎません」

「フランスの某美術館の有名作品が贋作だという説もある」

「そのようですね。私もパリで見ましたが、あれについては私にも判断がつきかねます。贋作が美術品につきまとう永遠のテーマである以上、そういう問題はつねに起きる。しかし秋山さん。ファン・ゴッホの贋作は彼のパリ時代、二年間に描かれた作品として集中しているのはご存じでしょう」

「らしいね。弟のテオといっしょに暮らしてたから、書簡が数通しかない。作品への言及がきわめて少ない。それが理由だろう」

　生徒の答えを教師が聞く。いくぶんそんな気配を漂わせ、彼はうなずいた。「おっしゃるとおりです。すると、逆説的にこういうことがいえるとお思いになりませんか。ファン・ゴッホ代表作のひとつと定評のあるアルル時代のひまわり連作を、あえて贋作するような突飛かつ大胆な企てをいったいだれが考えるだろうとね」

「だけど、ゴッホの作品は弟テオとの関係でほとんどが彼におくられ、散逸しないですんだ。ひまわりもふくめて」

また彼はうなずいた。「その点、ほかの著名な画家と比較すれば、彼自身の生涯は別として、彼の作品群は幸福な運命をたどったといえるでしょうね。ただ、さまざまな肖像画がモデルとなった人物に贈られたように例外も少なくはない」

ふたたび笑いがもれた。どうかしている。この原田という男の非現実的な雰囲気に影響されたのだろうか。それとも、ひまわりの亡霊が僕にとりついたのだろうか。

「いちばん基本的な質問を忘れていた」

「なんでしょう」

「きみは、その八枚めのひまわりを見たことがあるのか」

彼はゆっくり首をふった。そして僕をじっと見つめた。

「秋山さん。あなたはリシュレ夫人の名をご存じですね。フレデリックの未亡人。ナタリー・リシュレ」

「聞いたことはあるよ」僕はそう答えた。「それほど一般的じゃないが、フォービズムのコレクションでは一部でよく知られている。そのオーナーらしいな」

だが、それだけではない。それは英子から聞かされた名でもあった。あれは八八年、英子を失う前年の秋だった。

その年、彼女のつとめる美術館で二年後のフォービズム展が企画された。企画展の準備は、早ければ二、三年まえから動きはじめる。中心となる作品選定にはじまり、美術館や個人との借りだしの交渉、保険の設定から展示レイアウト、移送、返済まで学芸員はタッチする。英子も何度かにわたるファックス、電話のやりとりのあと、十月、最終交渉のため彼女に会いにいったのだった。帰国後に短い会話があった。リシュレ夫人はペンシルバニアに住んでいるんだけれど、名前からわかるとおり、彼女、フランス系なの。英子はそういった。名前からといわれたって、僕にとっちゃスワヒリ語と変わんないさ。あのとき、僕はそう答えたのだった。そのころ仕事が多忙をきわめつつあった。いまでは信じられないほど忙しかった時期だ。それ以上、なにもたずねなかったが、彼女はにこやかに笑った。じゃあ今度、あなたが暇なとき、とても興味のある話をきかせてあげる、ゆっくりね。だが結局、ゆっくりする時間は持てず終わった。僕の多忙以外、もうひとつ理由が生まれたからである。そのあと間をおかず、警察から連絡が入ったのだ。彼女の弟、宏について話があるということだった。

原田は僕をうかがうように、まだ静かな視線を向けている。

「リシュレ夫人の話がどうしたんだ」と僕はいった。

「彼女は昨年末、亡くなりました。七十六歳。仁科と同年齢です」

「そうなのかい。老人と子どもの年齢にはあまり興味がなかった。だけど、いま聞いた仁科氏の年齢にはちょっとびっくりしたね」

「みなさん、そうおっしゃいます。ところでリシュレ夫人はもちろん遺書を残しました。

係累のない彼女のプライベート・コレクションはすべて、フィラデルフィア美術館に寄贈すると書きのこされていた。この事実は、この国のマスコミでは無視されましたが、現地の新聞ではかなり大きな話題になった。おっしゃるように点数は少ないものの、コレクションのなかにはヴラマンクやドランの逸品もそうとう混じっていましたから」

「それが、いままでのきみの話とどういう関係があるんだ」

「こちらは故人の意志で公表されてはいませんが、じつはその遺書には、日本人の名前がふたつ登場します。ひとつは秋山英子という女性の名です」

黙って彼の表情を見つめた。窓から射しこむ光は、いまネクタイのあたりにまでおちている。彼の下半身は光のなかにあり、その表情は影のなかに沈んでいた。それでもさきほどから金属のように変わらない冷静さは、はっきりうかがえる。英子はあのとき、彼女とはとても話があったの、すごく仲よくなったのよ、そういった。覚えている。だが、その関係は遺書にまで登場するほどだったのだろうか。短い時間がすぎた。やがて僕は口を開いた。

「公表されていない遺書をどうして、きみが知ってる」

「読んだからです」

「読んだ？」

彼はうなずいた。「たまたま彼女の顧問弁護士ジョージ・プレストンは、仁科の友人でした。彼も青年時は画家を志望しており、仁科とはニューヨークでおたがい画業にはげんでいたころ知りあったそうです。当時は仁科も若かった。一ドル三百六十円の時代ですね。プレストンの経歴はリシュレ夫人の趣味からみても、顧問弁護士としては打ってつけだったようです。その彼から、ちょっとしたニュースがあるので、ぜひ意見を聞きたい。そういう趣旨の電話が仁科にかかってきた。そのニュースは彼女の遺書の内容に関係があるということでした。私も仁科に同行して、クリスマス休暇のペンシルバニアまで飛びました」

「公表しないようにと遺書に残されていたなら、それは弁護士倫理に反するんじゃないか。アメリカなら、なおさらそうだろう」

「公表という言葉を厳密に考えれば、少数個人の場合は問題なかろう。弁護士はそう判断したわけです」

「どこにもいろんな弁護士がいるんだな。蛇《じゃ》の道は蛇《へび》か」

「かもしれません。しかし内容が衝撃的にすぎた。なにしろ、少しでも美術をかじった人間なら、だれであれ驚愕《きょうがく》を与えるしかないものでしたから。どういう内容か、お知りになりたいでしょうか」

「知りたくないといったって、きみは話すんだろう」

「そう。お話ししたい。その遺書はいまとなっては、あなたに残されたメッセージといえなくもありません。かなり長いもので、一種の手記ともいえる。弁護士はさすがにコピーを拒否しましたが、私は記憶するよう努力した。内容の再現には、さほどの過誤、脱落はないかと思われます」

「話したいんなら、勝手にしゃべればいいだろう」

彼はうなずいた。顔からいっさいの表情が消えた。

ただし私の知りえた客観的事実をまじえ、第三者的立場でお話しします。関連事項だけをごく手短かにまとめてみることにします。

そんなふうに前置きし、彼は語りはじめた。

ナタリー・リボーは一九一九年、ペンシルバニアに生まれ、おなじ故郷で九五年、そのおおむね幸福な生涯を閉じた。改姓は、第二次大戦後。結婚相手は、おなじフランス系のフレデリック・リシュレだった。ふたりの結婚生活が、これ以上望むべくもないと羨望《せんぼう》を受けるほど恵まれたのは、まずリシュレ家の経営する鉄鋼会社が大戦中、大きな利益をあげ、その後も多大な発展をみたことによる。だがそれ以上に幸運だったのは、ふたりの芸術全般にわたる趣味の一致が大きい。のちにリシュレ・コレクションと呼ばれた収集もふたりの共同作業によるものだった。

ところでリボー家の米国生活は、彼女の父ロベールの青年時代、今世紀はじめにはじまる。フランス時代の一家の生活は困窮のひと言につき、彼が愛想をつかせた結果の渡米だった。ナタリーの祖父、ガストンの職業は旅芸人だったという。その老夫妻は移住を望まなかった。彼はマルセイユで一九三四年、困窮のうちに他界した。七十五歳という高齢である。一方、ロベールはそのころ大恐慌からの脱出に成功し、富裕階級にまでのぼりつつあった。まだ少女だったナタリーを連れ、彼が故郷フランスの各地をめぐる旅にでたのはガストンの死の前年だ。病床にある父の見舞いもかねてのものだったが、見舞いの際のロベールの態度はひどくおざなりだったらしい。だがナタリーは滞在中、祖父ガストンのベッドのそばをはなれなかった。

そんなあるとき、病床の祖父がある記憶を十四歳の少女に語った。旅芸人時代、前世紀末の思い出である。

ある年、ガストンの属する芸人一座が南仏プロヴァンス地方のアルルまで巡業したことがある。妊娠した妻をブルゴーニュに残しての旅だった。その際、彼は以前一度いったことのある娼館を訪れた。そしていつかとおなじ娼婦が相手した。ガビィという名の女性だった。一夜明けたあと、彼女はこんな秘密を口にした。あなたはあちこち旅しているんだから、ちょうどいい。持っていってもらいたいものがあるの。彼がどんなものだと聞くと、絵なのよ、と彼女は答えた。この町で捨てれば、また噂になるから、あなたが持っていって。ガストンは理由をたずねた。ガビィはふたたび答えた。自分の耳を切るほど気の狂った男がそれをこっそり私にくれたの。その男はあろうことか、切った耳を手わたす相手に私を選んだのよ。そのお詫《わ》びのしるしだって。あのときはどうかしてたんだと言い訳してた。でもあんなものは持っているだけで気持ちが悪いし、場所ふさぎにしかならない。ガストンは男の名をたずねた。フィンセント。彼女はそう答えた。その男の名は噂で聞いていた。彼女の話したとおりの事件が起きたのは三ヵ月まえだが、それでもまだつきない町の噂の種だった。

ガビィはベッドの下から一枚の絵をとりだした。大きな絵だった。花瓶にさした花が描かれてあった。それを見て彼は承諾した。たしかに場所ふさぎだが、この麻布は役にたつ。絵の具をそぎおとせば、荷馬車の幌《ほろ》の破れをつくろうくらいには役だつだろう。

「ふうん」と僕はいった。「ガビィの名はどこかで読んだことがあるね」

「ゴッホ書簡集の翻訳にあります。あれは彼が手紙をおくった土地ごとに時系列で編集されている。編者のほうでかんたんに紹介したアルルでの消息にその名がある」彼がそういってたずねた。「どうお思いになります？」

「続きを聞かないとわからない」

「もちろん、お話しします」

ガストンが旅芸人を廃業したのは、一九一〇年代半ばのことだった。長旅に身体が耐えられなくなったのだ。息子が単身アメリカに去ったあと、彼は妻とともにパリに移り住んだ。安い部屋を借り、パン職人の下働きの仕事を得た。その時期、おなじアパルトマンの隣室に日本人がいた。若い画学生だった。その若者の名は、奇妙な響きでガストンの記憶にくっきり残った。

若者とは行き来が生まれた。ある日、その画学生は部屋の片隅におかれてある一枚の絵に気づいた。屋根裏に放置されたガラクタを捨てるつもりで、大掃除のあと、いったんおいてあったものだ。それを見て若者はガストンに、あれを譲ってくれないか、と持ちかけた。代償は葡萄酒《ぶどうしゅ》ひと瓶。彼はもちろん喜んで承諾した。

若者は数ヵ月後、パリを去った。ガストンが、ひょっとしたら、と思いあたったのは十年ほどあとのことになる。ある画廊の店先に貼りだされたポスターをたまたま見かけたのだった。その絵柄を見たとたん、彼はまざまざと思いだした。それはいつか彼が捨てようとしていたあのガラクタ、大きな布に描かれてあったものとそっくりおなじだった。黄いろい夏の花々。ひまわりだった。

ガストンが少女に話した思い出は、それがすべてである。

少女は数日後、アメリカへ帰国する客船に乗った。

やがて彼女は成長し、美術に関心をしめすようになり、さらには深い興味を持つにいたる。だが、祖父が病床で語った物語はだれにも話すことがなかった。夫にさえ打ちあけてはいない。ナタリーは、フォービズムの世界を愛する性向と裏腹のようでいて、神に忠実な女性だった。祖父を恥じたのだ。妻が妊娠しているあいだに娼館を訪れる。それを背徳といわずしてなにが背徳だろう。なぜ祖父はあんな思い出を幼い私に聞かせたのだろう。おなじ血が自分に流れている事実を周囲に知られるのが怖かった。しかし夫と死別し、時代が移り、七〇年代に入ったころだ。ほんの少し態度が変わりはじめた。日本人と見れば、だれかれとなく祖父から聞いた名をあげ、その画家を知らないかとたずねはじめたのだった。一九一〇年代パリにいた日本人画家。祖父のアルルでの物語は伏せたままである。だが、だれもが首をふった。そしてそんな奇妙な名前は日本にはない。だれもがそうつけ加えるのだった。

ナタリーはほとんど諦《あきら》めていた。その諦めが裏切られたのは、日本の若い学芸員が所有絵画の借りだしのため訪れたときである。

彼女は秋山英子と名乗った。期待もせず、またおなじ質問を彼女にくりかえした。すると彼女は微笑みをうかべ即座に答えた。それは私の祖父だろうと思います。いえ、まちがいありません。

こういうことですの、と彼女はいった。あなたがおたずねになったその名前、アタマイサイコは、たしかに日本人の名前としては奇異に聞こえます。ですが、私の祖父は畑間寿《ひさ》彦《ひこ》という名でした。ご承知のようにフランス人は「H」を発音しません。その結果でしょう。ハタマヒサヒコ。私は祖父が若いころ、パリに遊学したという話を聞いたことがあります。時期的にも該当します。そのころ外遊の余裕を持つ日本人画家は、おそらく百人を超えなかったでしょう。もっとも私の祖父は当時、外遊の経歴を持ったにもかかわらず四十歳ころ画業を断念し、結局、作品も残さず無名で終わったと聞いています。

そのあとナタリーはもう一度驚愕《きょうがく》することになる。興味ある画家の話に移ったとき、その学芸員がファン・ゴッホの名をあげ、さらに彼女が八枚めのひまわりの存在の可能性について言及したからだった。それは実在を語るのではなく、書物と画集、世界各地の美術館で実物を見た批評にもとづく想像力の所産ともいうべきものだった。ナタリーは強い印象を受けた。いつかふたりは仕事の話そっちのけで、ファン・ゴッホの話題に熱中していた。しかしガストンの物語が持ちだされることだけはなかった。ナタリーが彼女の人柄に魅《ひ》かれたからだ。背徳の血の話を持ちだすことがためらわれたからだった。

原田の声が聞こえた。

「リシュレ夫人は最後にこう書きのこしています」

〈私がこの一生を綴《つづ》ってきたのは、ただ思い出のためである。それ以外の目的はなにもない。

あの背徳の『ひまわり』。いまではきっと何千万ドルもすることだろう。そして、それは静かにどこかで眠っている。たぶん日本のどこかに。もしその存在が明らかになれば、そのときは必ず私の耳にはいるはずなのだ。しかしあの花々もいまとなっては、あの時代、祖父の隣人であった画学生の血に連なる秋山英子に所有権が属する。そうである以上、私には語る資格がなにもない。なぜなら、あの絵は葡萄酒ひと瓶とはいえ、正当な対価によって交換されたものにほかならないからだ。いま私も祖父とおなじ病床にあって唯一悔やまれるのは、祖父がアルルで経験した事実を彼女に伝えなかったことだ。なんという偶然だろう。彼女は『ひまわり』のもう一点の存在の可能性を夢としてこの私に語ったのだ。私は自分の生涯に不満はない。許されるかぎりのさいわいを得た。そして彼女は、その私が羨《うらや》む知性と勇気を兼ねそなえた人間にみえる。彼女を私に導いた神は、きっと私とはちがう幸運、『ひまわり』への道筋を彼女にさししめすだろう〉

僕はハイライトに火を点《つ》けた。原田のほうを向いた。

「それで?」といった。

「それで? あまりおどろいてはいらっしゃらないようですね」

「その遺書は信頼できるんだろうか」

「できます。いまお話ししたことはすべて事実です。遺書の内容も寸分たがわず事実です。

われわれが手間ひまをかけたのは、ご存じでしょう。その努力に値する話だとお思いになりませんか」

「どうかな。きみたちのほうが信頼できない」

「信頼していただくしかありません」

「ゴッホは女性関係のことも、弟テオへの手紙にかなり詳しく書いている。だけど、いまの話はどの書簡でもふれられてはいない。リシュレ夫人の話がほんとうだとしても、祖父《じい》さんのほうで話を創作したとも考えられるじゃないか」

「女性関係についていえば」彼は冷静に口をはさんだ。「たしかに彼はそうとう程度打ちあけた話をテオに書いている。しかしすべてでないのはご存じでしょう。それに耳切り事件のあと、書簡もやや途絶えぎみだった一時期がある。さらにガストンの側からみると、彼は一介の旅芸人であり、芸術にはまったく無知でした。あんな物語の創作が可能だったとは、とうてい思えませんね」

「きみは僕に相談があるといった。それといまの話がなにか関係があるのかい」

「もちろん」彼は語調を強めた。「あなたとわれわれが協力して、ファン・ゴッホのもう一点、八枚めの『ひまわり』を見つける。そういうことです」

「なんのために」

「なんのために？　ガストン・リボーが孫娘に話した作品。これは現代に手わたされるかもしれない、おそろしく巨大な芸術遺産ですよ。発見されれば、まちがいなく今世紀最大の美術界の話題になるでしょう。加えて、多大な経済的価値の側面も持つ。保存状況しだいでは、話題性から考えてもおそらく最低限六、七十億円の価格で取り引きされるんじゃないでしょうか。ひょっとしたら百億を超えるかもしれない」

「ひとつ感想をいっていいかな」

「なんでしょう」

「きみは最後の話にいちばん興味を持っているように聞こえる」

「仁科は画家でした。芸術作品の価値を理解し、しかるべき敬意をじゅうぶんに知る人間です」

「芸術作品への理解と敬意が、なにかの目的と必ずしも一致するとは限らないだろう。さっき、きみが話してくれた。彼は自分の人生を経済システムの方向に転換したんじゃなかったのか」

原田は黙って僕を見つめた。それからようやく、しばらく忘れていたらしい微笑が彼の口もとにもどった。

「正直に打ちあければ、たしかにご指摘のような関心を持っていないわけではありません」

「だけど、きみたちにはなんの権利もないぜ」

「しかし、あなたは私の話を聞かなければ、リシュレ夫人の遺書の内容を知ることはなかった。そこに名の記されたあなたの奥さん自身でさえ、この事実はご存じなかった」

「きみたちはどういう条件で契約を結んだんだい」

「契約？」

「その顧問弁護士がなんの見返りも期待しないで、きみたちにリシュレ夫人の遺書をみせたとは思えない」

また僕を見つめた。やがて彼は首をふった。自分を納得させるような動作だった。

「そうですね。やはりお話ししておきましょう。われわれはこの国における彼の代理人になりました。彼とわれわれは、利益が生まれた場合、一定の割合でそれを折半することになっている」

「利益？　なぜ、利益が生まれるんだ。さっきもいったが、きみたちにはなんの権利もないんだ」

「秋山さん。私はあなたを少々見損なっていたようだ。私は貴重な情報をあなたに提供した。なのにあなたはいささか一方的にすぎる。そうお思いになりませんか」

「思わない」

「どうして」

「なんだかバクチをやってる気分になってきたんだ」

「どういうことでしょう」

「きみがカードをもう一枚みせちまった。ミスかどうかは知らないが」

「おっしゃる意味がよくわかりませんが」

「きみの話したことが一応、事実だとしよう。それなら僕が知らないあいだ、きみたちは探しものを見つける余裕はあったはずなんだ。どんな方法をつかってもね。僕には想像もつかないが、たぶん一時は血まなこになったんだろう。つまり、きみたちがその遺書を見たという去年の暮れから今年の三月、井上社長と僕が会うあいだ、時間はそれなりにあった。利益の最大化を考えるんなら、人知れず探すのがいちばん利口なやり方のはずなんだ。所有権がだれにあるのか完全に知られないまま、ゴッホの埋もれた作品を発見した。きみたちは胸を張ってそんなふうに世界に発表できる。いきさつなんか適当に創作すればいいんだ。それができなかったのは、僕に話を聞かせる必要があったからだ。結局、最終手段として僕に頼る判断をくだしたところが、きみたちの致命的な弱点を露呈してる。そういえるんじゃないのか」

彼は首をかしげて僕を見つめていた。やがて苦笑がうかんだ。

「さっきも申しあげましたが、あなたには非常に興味をひかれる。じっさい、事実経過はおっしゃったそのとおりです。われわれは、ひまわりを発見できませんでした。京都をふくめてね」

「いっとくが、僕に話したのは完全に無駄だったぜ」

「いや、あなたはさまざまな記憶をお持ちのはずだ」

「なんの記憶？」

「たとえば、あなたとあなたの奥さんとのあいだにあった会話。とくに係累にまつわる会話。そういうヒントをちょうだいしたい」

答えなかった。タバコの火が消えていた。もう一本、ハイライトをとりだし火を点けた。そのとき気づいた。なにげなく手にしていたのは、あのカジノでもらったライターだった。憂うつな天国。

彼が声をかけてきた。

「われわれに協力される場合、多大な利点があることを保証します。発見の際には妥当な金額、十億単位での譲渡を前提にしていただいても結構です。たとえばですが、もしその遺産が手に入る。すると、あなたと義理の弟さんには膨大な相続税がかかることになる。その点はどんなふうに解決するおつもりですか。国に物納でもされるんでしょうか。われわれはその程度の金額をご用意できますが」

僕はタバコの煙を彼に吐きかけた。原田は眉《まゆ》をしかめた。たぶん禁煙の経験があるのだろう。

「きみたちは窃盗集団であるだけじゃなくて、詐欺集団でもあるのか」

「どういうことでしょう」

「素人を口車にのせようとしてるからさ。相続についちゃ経験がある。弁護士からいろいろ話を聞いたことがあるんだ。動産の相続なんて、故意に隠してでもないかぎり、相続発生時から三年すりゃ時効になっちまう。税金なんか払う必要はないんだ」

彼は苦笑してあっさりいった。「つまらない理由をこじつけたことはお詫《わ》びします。では、おたずねしますが、あなたはひとりで探すおつもりですか」

「そのことなら、きみたちは安心していいさ」

「どんなふうに安心できるのでしょう」

「僕はなにも探しはしない。ゴッホなんかに興味はない」

「どういうことなんでしょうか」

「いった通りだよ。興味はない。それだけだ。さっききみが話したことは、きれいさっぱり忘れちまうことにするよ。そのほうが気分がラクになる」

彼はしばらく微妙な目つきで僕を眺めていた。恋人に愛の告白をしたとき、反応をうかがうような目つきだった。それから深いため息をつき、首をふった。

「どうやらあなたは本心から話してらっしゃるようですね。そう思わざるをえない。われわれには誤算があったのかもしれない」

「どういう誤算?」

「大がかりなシミュレーションが無駄だった。そういうことです。特異な状況下での、あなたの思考形態はわれわれの推測した域をはるかに超えている。私もひとつ感想を申しあげていいでしょうか」

「なんだい」

「あなたは想像以上に子どもっぽいところがある」

彼のほうを見た。いまはさっきと変わらない優雅な笑みがもどっている。そのネクタイを手にとった。緑の地に白い水玉模様が入ったものだった。

「いいネクタイをしてるね」

「いえ、たいしたものじゃありません」

ハイライトの火をネクタイに押しつけた。繊維の燃えるにおいが漂ってきた。数秒間、おなじ姿勢でいた。タバコをはなすと、緑にうかぶ水玉に新しいアクセントが加わった。

彼の微笑は消えなかった。

「なぜ、こういうことをなさるんでしょう」

「きみのいった感想にはうんざりしてるんだ」

そのとき音が鳴った。原田のポケットで鳴っていた。

「携帯電話をつかうんならデッキでつかってくれってさ。車内アナウンスがそういってた」

「そうしましょう」

立ちあがり、彼は通路を去っていった。

車両のスピードがおちた。名古屋駅が近づきつつある。原田はすぐにもどってくると、立ったまま声をかけてきた。

「秋山さん。ちょっとした事態が発生したようですよ」

「なんだい」

「いまはちょうど新聞配達の終了時にあたる。電話をくれたのは、あの佐藤という青年です。あなたのご自宅に侵入者がいる。そういう報告が入ってきました」

「侵入者？」

「数人の男ということです。どうやら家捜しがはじまったらしい。佐藤くんの話では向かいにまで音が聞こえるほど徹底的な家捜しのようです」

「ふうん」と僕はいった。「きみたちのしわざじゃないね」

彼はうなずいた。「そう。バカな連中です」

「きみの話した遺書の内容を知っているのはだれとだれなんだ」

「いま現在、仁科、私、あなた、あとひとりいます。家捜しは彼の指示でしょう」

「あとひとりって、だれなんだい」

「あなたは協力を断られた。これ以上、お話しする義務があるでしょうか」

「ないだろうね」

「ずいぶん、あっさりしてらっしゃいますね」

「気分がラクになったからだよ」

彼は僕を見ながら首をふった。何度もふった。

「あなたが無神論者だとは知らなかった。きわめてめずらしい例というしかない」

「無神論者？」

「そう。現代にあって神の座にのぼっているのは、なにか。この点はご存じでしょうか」

「知らない」

「カネです。それ以外ない唯一神です。その神をあなたは信じてはいないように見受けられる」

「そりゃ申しわけなかった」

名古屋駅に入った。車両が停止しかかったとき彼が窓の外を眺め、ふいに微笑をうかべた。「やはり、あとのひとりのことをお話しすべきだったかもしれませんね。時間がないので、これだけ申しあげておきます。彼はあなたを京都で待つ人物です。これをお話しするのは、あなたにご迷惑をおかけしたお詫びのしるしです。予定外の事態が生まれたようだ」

その視線の先に目をやった。それとわかる男が三人、ホームに立っている。明らかにこの新幹線に乗りこもうとしている。

原田はため息をついた。「どうやら私の不注意でした。東京駅にいた男には、もう少しダメージを与えておくべきだった」

腕時計を眺めた。七時四十分過ぎだ。

「あの男が息を吹きかえして京都に連絡した。そういうことかな。時間的には間にあうのかい」

彼はうなずいた。「京都を六時四十七分にでる上りのひかりに乗れば、じゅうぶんすぎるほど間にあう。私はここで失礼して、ホームの男たちと接触することにします」

問うような視線を向けたので、彼が答えた。

「あなたの場合は待っていても京都まできてくれる。彼らの目当ては当然、余計な存在の私のようです。やはり、ここは私が責任をとるべきでしょう」

「連中とひと悶着《もんちやく》起こすのかい。自信はあるのか」

「心得ならいささか」

いい残し、彼はそのまま後方へ通路を去っていった。その姿がみえなくなった。今度は窓の外の背後を眺めた。かろうじて視界に男たちの姿が入った。ドアが開いたらしい。原田はホームの中央まで進み、彼らになにか声をかけたようだ。男たちは新幹線を無視した。一様に肩をいからせながら、彼のほうにゆっくり移動する。そのとき車両が動きはじめ、ホームは後方に去った。

　またハイライトに火を点《つ》け考えた。あの原田という男は歩く時刻表というだけでない。それなりに紳士といえるところはあるのかもしれない。

14

八条側の出口からタクシーに乗った。

下鴨神社の近くまで。運転手に告げてから、ぼんやり窓の外に目をやった。低い家並みの群れに朝の光がふりそそいでいる。

京都はひさしぶりだった。だがかつて英子といっしょに何度もきたことはある。彼女が生まれたのはこの古い町だ。結婚生活をおくっているあいだ、たまに休暇がとれるたびいつもここにやってきた。最初は英子の希望だったが、やがて僕もその習慣になじみ、そして気にいった。年に二度ほど訪れた。最後にやってきたのは、たしか八年まえの九月だ。彼女がフォービズム展の企画で走りまわっていたちょうどその時期、リシュレ夫人への訪問を控えていたころだった。エアポケットみたいな谷間ができたのである。

滞在した三日のあいだ、ひどい残暑の毎日がつづいた。人出の多い観光地は避け、いつものように裏通りを散歩した。糺《ただす》の森から河原町今出川《かわらまちいまでがわ》を抜け、百万遍《ひゃくまんべん》、岡崎をたどり河原町三条にいたる。そのじぐざぐの長い散歩が英子は好きだった。歩きつかれたころ、河原町に近い三条のぜんざい屋に入る。それが習慣だった。あの暑い日もおなじコースをたどった。午後のおそい散歩。夕暮れになり、そのぜんざい屋でふたりそろって、氷あずきを食べたことを覚えている。

あの日、陽がおちてから鴨川のほとりを歩いた。三条から上流に向かう岸辺には、京都中から集合したように恋人たちが列をなし整然とすわっていた。彼らのあいだには一定のルールがあるらしい。かっきり五メートルほどの間隔をおいている。だがそれ以外、隙間はどこにもない。なにやら壮観な眺めだった。なんとなくそちらに顔を向けていた英子が僕のほうを見た。うす闇のなか、うっすらした微笑がうかんだ。

「どのカップルも計ったみたいに並んでるのね」

「きっと条例で決まってるんだろう」

アベックのひと組が立ちあがった。

「チャンス」小さなつぶやきが聞こえた。「ねえ。私たちもあそこにすわりましょうよ」

「青少年のスペースをとっちゃ気の毒じゃないか」

「私たちだって青少年よ。まだ二十代だもの」

「正確には、きみはまだ二十九歳だが、僕はもう三十代だ」

「そういうのはアバウトでいいの」彼女は僕の腕をとった。

岸辺の石畳はそれほど座り心地がいいとはいえない。だが、気にはならなかった。ここにいる全員がそうなのだろう。両脇からかすかなささやき声が聞こえてくる。左右を眺めた。どちらも学生らしい二十歳前後の二人連れが寄りそい、すわっている。

「なんだか、ここだけシルバーシートみたいだな」

「きょろきょろしちゃだめよ。ほんとうにおじさんになっちゃう」

それからふたりとも黙って川面《かわも》を眺めた。ようやく涼しい夜風があった。ささやき声を除けば、川のせせらぎしか音がない。

やがてポツンと英子がつぶやいた。

「ひさしぶりね、こういう静けさって」

「ああ」僕はうなずいた。「そうだな。ひさしぶりだな」

「ねえ、秋二さん。最近、忙しすぎるんじゃない」

「まあね」僕は答えた。そのとおりだった。この休暇もようやく都合をつけてとったものだ。こういう時間がこの次いつ訪れるのかは見当もつかない。

「私が三十歳になったとき……」

「三十歳になったとき?」

「ううん、なんでもない。おばさんになるのかなって。ねえ、いま思ったんだけど、老後になれば京都で静かに暮らすって、このアイデアはどうかしら。悪くはないと思うんだけど」

「老後か」僕はつぶやいた。「そうだな。悪くはないかもしれないな」

また黙って水面《みなも》を眺めた。向こう岸の灯が映り、ちらちら流れにゆれていた。いまは声もなく、瀬をわたる水のせせらぎしか聞こえない。それからもずっとおなじ音がつづいた。吸いこまれそうな響きで、絶えまなく耳に届いていた。

あの時代、その散歩はいつも鴨川が上流でふたつに別れるところから出発したのだ。ひとつは東の高野川。もうひとつは西をくだる賀茂《かも》川の流れ。呼び名がおなじで合流して字が変わるのは奇異にも思えるが、京都の住人にとってはそれなりの意味があるのだろう。僕らがいつも泊まった英子の実家は、その賀茂川に面したほとり、下鴨神社の西にある。英子がこの故郷をはなれたのは、彼女が小学生のころだった。

古都にある旧家の平凡な歴史なのかもしれない。英子の母親が亡くなったのは、彼女の弟、宏が生まれたすぐあとである。それが彼女の小学生時代だった。数年たち、会社員だった父親が東京へ転勤になった。子どもたちもそれにともない上京した。原田の話にもでた英子の祖父、畑間寿彦が亡くなったのは彼女が就職した年である。九十二歳の大往生だった。会ってはいないが、最後まで狷介《けんかい》な老人だったという。その折り、父親は定年をまえに退職の道を選び、京都にひとり舞いもどったのだった。その父親もいまはない。

その左京区の家にいま僕は向かいつつある。

土曜の朝のせいか、河原町通のクルマの流れは滑らかだった。四条をすぎたころ、見覚えのある光景が目に映りはじめた。まだひとけは少ないが、数あるビルや店のたたずまいはそれほど変わってはいない。時計を見た。九時まえ。運転手に声をかけた。

「悪いけど、ここでおりることにする」

タクシーをおりてから、信号をわたった。東側の歩道を三条までぶらぶら歩いた。途中、見覚えのある細い路地を曲がった。その店はまだ残っていた。英子とよく入ったぜんざい屋だ。ここで僕はぜんざいを三杯おかわりしたことがある。準備中の札がかかっている店構えを立ったまましばらく眺め、それから背を向けた。

河原町通にもどり御池通《おいけどおり》に向かった。そこでまたタクシーを拾っても、下鴨神社まで二十分とかからない。またゆっくりした歩調で歩いた。ふと考えた。あのころ英子と散歩したおそろしく長い行程をいまは歩きとおせるだろうか。たぶん無理だろう。いま思えば、あのころはまだ若かった。どこまでも歩いてゆける、そんな気がした。あのころはふたりとも、いつだってそんな気分でいたのだ。

ぼんやり歩いていると、巨大なホテルのそばにさしかかった。通りに面した壁が全面ガラス貼りだ。その向こう、フロア一面が見わたせるひろいカフェテラスがあった。なにげなく目をやると、目にとまったものがある。ぶらぶら歩きを中断し、ホテルのなかに入っていった。

コーヒーカップを片手に男がひとり新聞を読んでいる。向かいの椅子をひき、腰をおろした。

朝のあいさつは、目上に対する礼儀かもしれない。だがいまは、そんなあいさつを交わす気分になれない。

「いまごろはパスタ食いながら、カンツォーネを聞いてるんじゃなかったんですか。村さん」

顔をあげた村林は、コーヒーを吹きだしそうになった。

「おう、なんだ。なんで、おまえさん、こんなとこにいるんだ」

「それはこっちが聞きたいせりふだ」

「事情があるのさ」

「その事情を聞かせてもらいましょうか」

「予定を変更したんだ」

答えにならない答えをかえすと、村林はカップをおき、新聞をたたんだ。顎《あご》をひき僕を見つめる。僕はハイライトに火を点《つ》けた。彼の事務所に電話したときの応対、女性社員の能率的で丁重な声を思いうかべた。

「予定変更は、村さんの事務所の社員も知らないようですね」

「連絡してないんだ。そいつにもまた事情がある」

「ふうん。事情ばっかりなんだ」

彼はため息をついた。「そうだ。ややこしい事情ばっかりだ。おれは頭が混乱してきたよ。それにしても奇遇だな。おれもおまえさんに電話しようかどうか、迷ってたとこなんだぜ」

「どうして」

「妙な話がある。そいつを伝えるべきかどうかってさ。それよか、なんで京都なんかにきたんだ」

「観光旅行」

「ウソつけ。どんないきさつがあるんだ」

「その話はおたがいさまでしょう。いきさつを切りだすのは、そっちからじゃないですか。じつは僕のほうは村さんのいったとおりになっちまった。どうやらトラブルの真っ最中なんです」

村林は観察するように僕を見た。そのあと、視線を遠くに移した。そうか、と彼はつぶやいた。数日まえの未明の赤坂を思いうかべたらしい。

「そういや、おまえさんにゃ借りがあったな」

「僕に伝えるかどうか迷った。その妙な話ってなんなんですか」

「これまた妙な男を追っかけてたら、こんなとこまできちまったんだ」

「ねえ、村さん。順序だてて話してくれませんか」

村林はまた深いため息をついた。カップのコーヒーを飲みほすと、まあ、これもなにかの因縁か。そうつぶやいてすわりなおした。

「おれのほうは、こういういきさつがある。あの夜、いやもう朝だったか、赤坂で別れたよな。あのとき、おれもすぐタクシーに乗ったんだが、おまえさんのしゃべったことが妙に気になった。それで途中でひきかえしたんだ。不愉快だが、成田にいくまえに仁科ともう一度談判して子細を聞いとこうと思った。ところがあの店の近くまでもどったとき、男がひとり走ってるのがみえた。背広着て、どうってこともない感じの平凡な中年男だった。だが、おれはすぐ気がついた。曽根《そね》って男だ。一見おとなしそうにみえるが、おれの知るかぎり、あんな凶暴なやつはいない。あの顔を忘れたことはないんだ。ところが、そいつのあとを三人ほどが追っかけてた。これがあのカジノの若い連中だった。だが、曽根は一ツ木通りにとめてあったベンツですぐ逃げちまった」

「その曽根ってだれなんですか」

「ちょっとした因縁がむかしあった。いまは、やくざさ。純粋混じりっけなしのやくざになってた」

「村さんは、やくざなんかとつきあいがあるんですか。まあ、似あわなくもないけれど」

「混ぜっかえすなよ」彼は口をとがらせた。「そのとき、赤坂で見かけたときはまだ、やくざ稼業だなんて知らなかったんだ。それにこの話には、まだ続きがある。曽根の乗りこんだベンツの運転席にゃ男がいた。そいつがエンジンかけっぱなしで待ってたんだ。横をとおりすぎたとき気がついたんだが、おどろいたぜ。その運転席の男までおれは知ってたんだ。そいつのほうは、おまえさんも知ってるよ」

「だれだろう」

「アイバの鷺村《さぎむら》修」

ふうん、と僕はいった。知っている。アイバ電機の仕事はよくやった。僕がまだ駆け出しのころから重点的な作業だった。その広告セクションにいた男だ。僕よりいくらか年上で、グラフィック担当の窓口だった。あのころ彼もまだ若かったはずだが、斬新《ざんしん》なデザインには必ずノーをだす男だった。村林がいくら力説しても無駄だった。彼のおかげで、いつもいちばん保守的で無難な案しか採用されなかった。そのあと経理に異動し、なにがあったのかは知らないが、依願退職したと聞いている。僕がまだ京美にいて、なん年もたたないころの話だ。彼が去ったあと、アイバの広報宣伝室はデザインの質やアイデア表現に理解のある環境に変わった。のちの僕のＪＡＤＡの受賞も、アイバのＢ全ポスターシリーズによるものだった。

ウェイターがやってきたので、温かい牛乳を注文した。

「なんで鷺村とその曽根ってやくざが関係あるんですか」

「こいつはあとでわかったんだが、鷺村の再就職先は、曽根んとこだったんだ。広域暴力団の成州連合って知ってるだろ。その傘下に八雲会っていう小さな組がある。曽根はいまそこでけっこうな顔なんだ。あの業界は、おれにはよくわからんが、組長がいま病気でその代理までやってるらしい。鷺村はその下になる。経理時代の経験いかして、経済方面の担当なんだとさ。ああいうとこも、いまは経済に明るくなきゃ出世は無理らしいぜ。しかしまあ、鷺村についていや、ああいう無能にふさわしい末路ではあるな」

「よく調べがつきましたね」

「そうさ。このなん日か、おれはずっとひとりで追っかけてたんだ。この歳でまさか探偵ごっこをやるなんざ思わなかった」

「イタリア行きの予定を変更して、なん日も追っかけた？」

彼はうなずいた。

「そのやくざと村さんは、どういう因縁があるんですか」

「まあ、とりあえずそいつはいいさ」

村林は遠くのどこかを見る目つきになった。午前中の会話にふさわしい内容ではないのかもしれない。やがて彼の視線が僕にもどってきた。

「それよか赤坂じゃ、おもしろいことがもうひとつあったぜ。やつがクルマのドアを開けたとき、座席に放りだしたものがちらとみえたんだ。なんだと思う」

「拳銃《けんじゅう》」

村林は首をかしげ、僕を見つめた。

「なんでわかるんだ」

「赤坂。非合法カジノ。明け方にやくざが男たちに追っかけられてる。そういう状況を考えりゃ、まずだれもが思いうかべる小道具でしょう」

「あいかわらずだな。ステレオタイプで幼稚な発想だ」

「ステレオタイプで幼稚な発想でも、それが正しければ現実のほうがステレオタイプで幼稚ということになる。そのあとは？」

「もちろんおれはあとを追っかけたさ。運ちゃんにチップはずんで」

「クルマが走ってない時間ですよ。気づかれなかったんですか」

「曽根がうしろをきょろきょろ眺めるのはみえたさ。けど、こっちの運ちゃんが優秀だった。絶妙な距離でつけたんだ。それで結局、白金《しろがね》までいった。桜田通りを折れるのを見て、おれはタクシーをおりた。時間をおいてから、道を入ってった。ベンツのナンバーは覚えてたからな。あのへんの屋敷をうろうろしてるうち、そいつは路上で見つかったよ。とまったところにばかでかい屋敷があった。そこの表札を見たとき、おれは本場のパスタをあきらめたんだ。パスタを奢《おご》ってくれる予定の同業者には、あとで延期の電話をいれた」

「自分の事務所にも海外出張にしたまま？」

「そうだ。隠れてる必要があったし、うちの社員連中に知らせて、ウソをつかせるのも可哀相だ。なにしろその屋敷の住人とあの曽根が絡んでるとなりゃ、おれの正体は絶対知られちゃまずかった。そんときはもうこいつらの関係をなんとか調べてやろうって気になってた。曽根と鷺村の居所は、あとで陸運局までいってナンバープレートの番号で調べたんだ。登録されてたのが、八雲会名義だった。八雲会の住所がわかってからは、その地域の防犯協会の会長を探しあてて、いろいろ聞いたんだ。防犯協会は、警察にとっちゃ遠縁の身内みたいなもんだろ。ちょっとした話はでっちあげたが、その会長は警察まで電話して、連中のいまの素性を親切に教えてくれたのさ」

ふうん、と僕はいった。一流で知られたインダストリアルデザイナーの行動としては、常軌を逸している。曽根とはよほどの因縁があるのかもしれない。

「それで、そこはだれの屋敷だったんですか」

「田代誠介」

その名も知っている。アイバ中興の祖といわれ、社長、会長を長期政権でつとめた田代誠太郎の息子だ。僕が京美に入ったころ、三十代半ばで、もう四十人ほどの部下を抱える広報宣伝室長だった。何度か見かけたことはあるが、直接話したことはない。駆け出しデザイナーが口をきける存在ではなかった。雲の上の人物だった。僕が辞めるころには、役員になっていたはずだ。父親の誠太郎が死んだのは、たしかそのあとだった。

村林がつぶやいた。「田代の親父さんは偉かったな。けど、ひとつだけミスはあった。

あの息子を自分がトップをつとめる会社にいれたことだ。クズを入社させちまった」

「だけど、村さんはけっこう親しく口を利いてたじゃないですか」

「おい。この国のおとなはみな、肩書相手に商売やってんだぜ」

「なるほどね。村さんにもおとなの営業センスはあるんだ。だけど僕はそういう世界には結局、縁がなかった」

「おまえさんは永遠に子どもを卒業できんさ。しかしまあ、さすが社員五万人を超える大アイバ電機工業だな。親父さんの死後すぐ、あのクズを放りだした。あれは賢明な判断だったといえるんじゃないか」

「放りだした？」

「そうか」村林は思いあたったようにいった。「あれは、おまえさんが辞めたあとだったよな。子会社のタマイ・ファイナンスに社長でおくりこまれたんだ。アイバとの関係は一般にはあまり知られてない。けどこいつはアイバ家電製品の顧客向けから出発したクレジットカード社会だ。メーカー系のカード会社はめずらしいが、社名はそのむかし、将来のクレジット会社を予想した三代目社長、玉井洋造にちなんでつけられた。ところでこのファイナンスの社長は、それまでアイバ本社平取《ひらとり》の指定席だった。なのに、やつは常務からいっちまった。格落ち人事ってやつさ。まだ社長やってる。いや、やらされてるといったほうが当たってんのかな」

「どういうことなんですか」

「そいつをここなん日か調べてたんだ。拳銃持ったやくざと元部下の現やくざが、一応、名のとおった企業の社長宅を訪問するんだ。なんかねえほうがおかしいだろう。そのへんの事情に詳しい人間はなん人か見つけた。工業デザインの業界もけっこう横のつながりはある。それでアイバ辞めて、ソフト開発やってるような起業家連中をこっそり紹介してもらったんだ。連中は、回路の中身しか頭にない。ハコのほうは全部、デザイン屋に外注してるから、うまくルートが見つかった」

感心していった。「たしかに探偵ごっこですね。村さんも子ども向きの遊びに、けっこう熱心なところはあるんだ。人のことはいえないかもしれない」

「まあな」彼は聞き流してつづけた。「いろいろ噂は聞いたよ。やつがいくまで、タマイ・ファイナンスは規模は小さいが、伝統的に個人向けカードの堅実な経営をやってた。提携カードの効果もあって、安定成長もしてた。ところがやつが社長に就任してから、周りとおんなじ真似をはじめたんだ。どういうことかはわかるだろう」

「不動産投機」

「そうだ。そこで例のバブルの後遺症さ。住専は税金を無駄金にして救済されるらしいが、あとノンバンクの不良債権が大問題で残ってるのは知ってるよな」

うなずいた。「だけどアイバの子会社ならつぶれることはないはずだ。ある程度は本体が保証してくれるでしょう」

「そう、ある程度はな。だがアイバ本体の債務保証なんかカスみたいなもんさ。いろんな銀行から不動産を担保に借りまくった。で、ご多分にもれず、限度をはるかに超えてんのに気づくのがおそかったってわけだ。あそこが公表してる不良債権は一応、五百億ってことになってる。しかし内実はそんなもんじゃない。その十倍を超えるって話だぞ。いまは銀行の屋台骨だってゆるんでる時代なんだぜ。メインバンクの二条とか、いろんな銀行が頭を痛めてんだ。もちろんアイバ本社でもおなじこったろう。こっちは債務保証の額より、まあ、看板の問題だな。債権回収をせっつかれて田代は焦りまくってる」

二条銀行には僕の口座がある。だがその預金額は比喩《ひゆ》でいえば、海水から見たスプーン一杯分だ。そのとき思いだした。僕の家の戸口が壊されていたとき、ただひとつ気にかかった点。開いたとき残ったかもしれない通帳の折り目の癖だった。

「すると田代は当然、二条銀行のトップか役員クラスと面識はあるわけですね」

「そりゃもちろんあるだろう。なぜだ」

「いや」と僕はいった。「さっき村さんは僕に妙な話を伝えるのを迷ったといった。なぜ迷ったんですか」

「おまえさんをこれ以上、トラブルに巻きこみたくない。やくざが絡んでんだぜ」

「もう巻きこまれてますよ。いままで聞いてたのが、その妙な話ですか」

彼は首をふった。「それがまだある。おれはひとりで動くしかなかったろ。だれを追っかけるか、迷うところじゃないか。それで田代関連の情報を集めたあとは、鷺村ひとりに絞った。こいつがいちばんラクだった。八雲会の事務所は上野にあるんだが、向かいにちっちゃなビジネスホテルがあって、そのどの部屋からも出入りが丸見えだった。やつの自宅がこれまた鶯谷《うぐいすだに》だ。やつはまだ素人の癖が残ってる。つけるのもラクだった。で、おといの午後、曽根のお供でなん人かの若い雑魚《ざこ》といっしょに新幹線に乗ったってわけさ。その夜、連中は木屋町《きやまち》のバーに入った。おれもなに食わぬ顔で入った。連中がおれを覚えてる可能性はある。遠くにすわって眺めてるだけにしたんだ。だけどな、あとでその店には田代誠介まであらわれたのには、びっくりしたよ。連中の話はまったく聞こえん席におれはいたんだが、結局、大決心して一度トイレにいったんだ。連中のすぐそばをとおってさ。そのわずかのあいだだけ、話が聞こえた。そのとき、秋山秋二って名前がでたときにゃ、そりゃ腰を抜かしそうになったぜ。田代がどんな字だって聞くと、秋にふたつって答えたのが、あの鷺村だ。どうやら、おまえさん、有名人らしいじゃないか。こいつを知らせるかどうか迷ってたんだ。どうだい、この話。なんか心あたりはあるのか」

しばらく考えていた。それから口を開いた。

「ひとつ聞きたいことがあるんですが」

「なんだ」

「田代誠介がアイバの室長時代、村さんは彼とけっこう親しい口をきいてた。それはさっきいいましたよね。いま思いだしたんですが、あのころ村さんは一度、田代のことを先輩と呼んだことがあった」

「なんだ。おまえ、知らなかったのか。それくらいなら京美の連中はみんな知ってるぜ」

「僕は周りと世間話をあまりしたことがない」

「そうか。そういやそうだった。あの田代誠介は、おれたちがでた美大の先輩なんだ。おれの一年うえで学生時代、顔だけは知ってた。でなきゃ、おれみたいな一介のデザインプロダクションの人間と親しい口をきくわきゃねえだろう。あのころのおれの立場なら、アイバの広報宣伝室が相手にすんのは、まあ、せいぜい課長どまりだ。しかしいまどき美大出で金融会社の社長やってるのは、あのクズくらいのもんじゃないか」

「なるほどね。それでわかった」

「なにがわかった」

「タマイ・ファイナンスの投機は、不動産だけじゃなかったでしょう。動産にも手を染めてた」

「そうだ。もちろんそっちもやってた。知ってんのか」

「絵画」

「そのとおりだ。バブルのころは不動産屋まで、狂ったみたいにあれこれ世界中の絵画を買いあさってたよな。右におなじだ。おまえさんが、経済方面のそのへんの事情を知ってるとは思わなかった」

「それくらいなら知ってますよ。そのむかし、タマイ・ファイナンスの社長がサザビーズとかクリスティーズのオークションにでるのが趣味だと聞いたことがある。いま思えば、田代という名も聞いたけれど、とくにめずらしい名前でもないんで、あの田代誠介だとは思わなかった。タマイ・ファイナンスがアイバの子会社だとも知らなかった。だけど、あのころは村さんがいったようにたしかにみんな狂ってた。不動産屋だけじゃなく、一流商社みたいなところまで絵画部門をつくって投機に走った。絵の価値もわからない金融機関の素人が、有名画家の作品というだけでそいつを担保に莫大《ばくだい》なカネを貸しまくった。印象派が中心だったけど、絵の小口債権を売りだして倒産した企業もあった。ピカソの『ピエレットの婚礼』を七十五億で落札したリゾート開発業者もあった。ここも倒産しましたよね。あのころの絵画はいま全部、担保にさしおさえられて塩づけになってるらしい。それが総額一兆円という説もある。なかでもタマイ・ファイナンスは、絵画部門のウェイトが異常に大きかった」

村林は僕を怪訝《けげん》な表情で見つめた。

「おまえさんもなかなか詳しいじゃないか」

「人から聞いたんです」

そのとおりだった。英子から聞いたのだ。絵画の命はひとつしかない。けっして経済に隷属することはない。彼女はそういった。だがあのころすでに、絵画市場にも変化はあらわれはじめていたのだ。一億総財テク屋の時代だった。この国の投機家が欧米で著名な名画、とくに印象派を落札したという記事を読むたび、彼女の表情がくもるようになった。タマイ・ファイナンスの名が派手にではじめたころ、いっそうひどくなった。彼女が死んだあとも、その種の記事を探し、僕は読みつづけた。あれはどういうことだったろう。英子の死の前後の記憶は濁っていた。なのに、その習慣だけはなぜか残った。どの絵画をどこが手にいれたか。いくらで落札されたか。そんな情報だけはなぜか頭に刻まれたのだ。

「この国のバブル崩壊でいちばん直接的な影響を受けたのは、世界の絵画マーケットだという話もありますね。もちろん、経済への影響という点じゃ不動産とは比べものにはならない。だけど、こういうこともいえる。土地が流通するのは国内だけだけど、絵画市場は当時から世界基準にしたがって動いていた」

僕が黙ると、村林は興味のいろがうかぶ目でしばらく僕を見つめていた。やがてぽつりと問うようにつぶやいた。

「おまえさん、世捨て人みたいな生活おくってるだけと思ってたが、どうもそれだけじゃないみたいだな。やっぱり美術の世界が忘れられないんじゃないのか」

答えなかった。

　また彼がつぶやくようにいった。「田代誠介も、おんなじだったのかもしれんな。あの世界を忘れられなかったのかもしれん。もちろんカネだけが目当てだったのかもしれんし、大金を動かせるようになって、そっち方面の興味がぶりかえしただけなのかもしれん。まあ、そのあたりはわからんな」そこで彼はまた深いため息をついた。「だがな、この間のいきさつは、おれにはもっとわからねえんだ。考えれば考えるほど、頭が痛くなってきた」

「いずれにせよ」僕は口を開いた。「田代誠介が僕の名を口にした。そういうことですね」

「そうだ。ほんとうになんか心あたりはないのか」

　答えないでたずねた。「すると彼はいま、どこにいるんです」

「通りの向こうのホテルに泊まってる。曽根と鷺村もいっしょだ。雑魚は近くの安いビジネスホテルに泊まってる。おんなじとこじゃやばいから、おれはこっちを選んだんだ。向こうまで出張してロビーで遠くから張ってたこともあった。なにをやろうと考えてんのか、見張ってあとをつけてたんだ」

「だけど、いまは暇そうに新聞を読んでる」

「見失っちまったんだよ、きのうの午後。タクシーで連中をつけてたら見失っちまった。どうもおれはこの京都が気にいらん。観光地をはなれると、すぐひとけがなくなって、あとをつけるのがむずかしいんだ。で、連中はきのうからホテルに帰ってないんだ。きのうの真夜中、偽名で電話したが部屋にいなかった。それでいまのところ、お手上げってわけさ」

「彼らを見失ったのは、下鴨あたりじゃないんですか」

「そうだ。そのあたりだ。なんで知ってんだ」

時計を見た。十一時になっている。午前中がリミットという話にはしたがったほうがいいだろう。立ちあがった。

「どうしたんだ」

「約束があるんです」

「だれと」

「たぶん、田代誠介」

村林は目を丸くした。

「あとで事情は話します。部屋にもどって、のんびり眠っててけっこうですよ。僕は村さんに礼をいわなきゃいけないのかもしれない」

声が背中を追いかけてきたが、ふりかえらなかった。足早にホテルをでた。

河原町通に人出は増えていた。土曜の午前。空はよく晴れあがっている。

15

その橋にタクシーがたどりついたのは、予想以上に早かった。まだ十一時十分過ぎだ。葵橋西詰《あおいばしにしづめ》という信号標示がみえたとき、運転手に「ここでいい」と声をかけた。ここからなら徒歩でもさほどかからない。

だが橋はわたらなかった。対岸の川べりをぶらぶら歩いた。五分ほど歩くと、見覚えのあるたたずまいが遠い視界に入ってきた。真向かいになる場所まで歩き、英子がかって生まれた家を賀茂川越しに眺めた。変化はなにもうかがえない。むかし、その家で泊まっていたころとなにも変わらない。ひろい屋敷だ。川に面したこちら側には生け垣が植わっている。なんの植物かは知らない。もし英子にたずねていれば、その名は即座にかえってきたろう。聞いておくべきだったのかもしれない。そのまましばらく眺めていた。対岸までの距離を測った。たぶん百二、三十ヤード。考えたあと、苦笑がもれた。あの片田舎の大学町にいたころ、この癖がついたのだ。ヤード単位で距離を測る癖。この国のこの古い町でその癖のあらわれたことがおかしかった。

腰をおろした。すると彼女といっしょにすわった三条近くの川べりの夜がよみがえった。せせらぎは変わらず、おなじ音をたて流れている。ただ、あのときとちがう点はふたつある。ひとつは背後の通りだった。そこを走るクルマがあると、騒音が瀬音を圧倒しつつすぎてゆく。頻度は夥《おびただ》しかった。もうひとつは、いま午前の太陽が頭上にあることだった。六月はじめ。真昼に向かいつつある陽が、透明な光を川面《かわも》のせせらぎにそそいでいる。その陽光をちらちら反射しながら、水は堰《せき》をわたり流れている。

まぶしかった。目を閉じ、しばらくそのままでいた。なにかの気配を感じた。目を開くと、一匹の子犬が僕をきょとんと眺めていた。手をのばした。だが、彼は反応しなかった。つまらなそうな表情をうかべ、ぷいと横を向き、歩みさった。

立ちあがり、橋までもどった。

門のまえに立った。外観はなにも変わってはいない。旧家の趣きとそのたたずまいは変わらない。呼び鈴をおすべきかどうか考えた。そのとき背後になにかの気配を感じた。ふり向いたが、だれもいなかった。少しはなれた通りの角をしばらく眺めていた。結局、呼び鈴はおさずに門扉を開いた。

玄関の引き戸は軽く動いた。鍵《かぎ》のかかっていないところはおなじだが、僕の住居とはかなり質がちがう。宏ひとりなのに手入れがいきとどいているのだろうか。それともつくりがちがうのだろうか。考えているあいだに断続的な音が聞こえた。指の鳴る音だった。

顔をあげると宏の大柄な身体が廊下に立っていた。ひとりで玄関先に出迎えるのなら、屋敷内では自由に行動できる環境にはいるようだ。

「おそかったじゃないさ。始発に乗るんじゃなかったの」

時計を見た。十二時十分まえ。河原ですごした時間は思いのほか長かったらしい。

「せっかく京都まできたんだ。観光しない手はないだろう。ちょっと寄り道してたんだ」

「あいかわらず、のんきだね、あんた。人の気も知らないでさ」

「きみもわりあい、のんびりしてるようにみえるぜ。それに、おっさんたちの顔をそれほど早く見たいって気分にはならなかった」

「あいつら、待ってるうちにイライラしてきたみたいよ。そうとう機嫌わるくなってる」

「僕の知ったこっちゃない」

板張りの廊下を、彼のひろい背中につづいた。宏の身長は、百八十五はある。僕より十センチほど高い。たしか二十八歳になったはずだ。だがいま、その首筋には吹き出物が、あんがい清潔なシャツの襟もとからのぞいている。かつて人を殺したことで起訴されたことがあるようには、とてもみえない。

声をかけた。「きみはまだ、どっかの組と縁があるのか」

背中を向けたまま、彼は首をふった。「足は抜いたさ。一年ほどまえだけどね。ちょいヤキはいれられちまったけど、うまくいったの。足は抜いた」

「じゃあ、いまはなにをやってるんだ」

「呼び込みやってる」

「呼び込み？」

「うん。四条大橋の近くでやってる。ヘルスの呼び込みだけどさ」

一瞬、麻里の表情が頭をよぎった。

「そういう呼び込みもあるのか。それで成績はどうなんだ」

彼はふりかえり、ニヤリと笑った。「おれが店先に立つと、客の入りが三割増えんの。固定給だからあわないけど、女の子の人気は絶大よ。因業ババアが、もうすぐどっかの店長に出世させてやるってさ」

「因業ババア？」

「チェーン店のオーナー。七十超えてんのに凄腕《すごうで》のババア」

「ふうん。ヘルスにもチェーンがあるとは知らなかったな」

「いまはなんでもチェーンの時代じゃないの」

「なるほど、そういやコンビニもおなじ理屈で繁盛してるんだったな」

宏は立ちどまった。「おっさんたちに会うまえ、おれになんか聞いとくことないの」

「あまりない。いや、そうでもないかな。けさ、連中のうちなん人かがどこかへ、でかけてったんじゃないか」

彼はうなずいた。「六時ころ電話があって、ひょうろく玉が三人ほどでてった。まだもどってこない。ほかには?」

「ひとつある。きのうは、やくざと呼んですまなかった」

彼は笑いをうかべた。どういう笑いなのかはわからなかった。それから彼は僕を見つめた。

「ねえ、秋さん。話があんの。あとでもし時間があったら、ちょっと話をしたいんだ」

「そうしよう」と僕はいった。

「それと、ひとつ忠告しとくけどさ。おっさんたちのなかに、おとなしそうなのがひとりいる。だけど、いちばん気をつけなきゃいけないのは、そいつみたいよ。あれ、ちょっとおかしいんだ」

「気をつける」と僕はいった。

長い廊下だった。ここに漂っていたにおいは覚えている。古い町の古い家だけが持つ特有のにおいだ。だが、いまはいくらか別のにおいが混じっているようにも思える。わきの応接間に入った。ここへの出入りもかつては頻繁にあった。しかし来客は一度も見たことがない。その部屋にはいま、ソファにすわる客たちがいた。視線が僕に集まった。三人の視線だった。

村林は、説明をいくらか手抜きしたようだ。田代誠介と鷺村にはたしかに見覚えがある。ただ変化も少なくはない。縁無し眼鏡をかけた田代の髪はかなり白くなっている。そして鷺村のほうには髪のいろの変化はなかった。ほとんど消えうせていたからだ。あるいは村林は時間の経過を省略しただけなのかもしれない。だが、もうひとりの男の描写はおおむね正確だった。中央にすわった田代の右には、おとなしそうで平凡きわまりない印象の男がいる。眠そうな目つきをしていた。おとなしそうで平凡な中年男を探せといわれた場合、これ以上の典型を見つけるのはむずかしいだろう。そんな雰囲気を漂わせる男だった。ただその手には、この国ではあまり見かけない平凡でないものがにぎられている。拳銃《けんじゅう》だ。それは扇子みたいにさりげないようすで、彼の膝《ひざ》におかれていた。

田代が時計にちらと目をやった。そのあと、視線が僕の頭から足もとまでを往復した。

「到着がおくれたようだな。きみはどうやら礼儀知らずらしい」

「十二時になってない。午前中という話だった」

「始発に乗ると聞いたがね。私は待たされることに、あまり慣れてはいない」

僕は彼の向かいにすわった。「あんたが慣れていようがいまいが、僕には関係ない。文句をいわれる筋あいもない。だいたいここに招待される筋あいもなかったんだ。それより自己紹介したらどうなんだい。この国の習慣を知らないんなら教えようか。ふつうは名刺をだして、よろしくってお辞儀する。それを礼儀っていうんだ」

田代はわきの鷺村を見た。苦笑がうかんだ。反応が予期しないものだったのかもしれない。あるいは、こういう対応に慣れていないだけなのかもしれない。

「秋山くんだったな。きみは自分の態度がわかっているのかな。その歳で目上に対して、少々横柄にすぎると思わんか。それともむかしのことは忘れたのか。まず最初に、きみのほうから当時はお世話になりましたというあいさつがあってしかるべきだろう」

「時代は変わったんだよ。もう、むかしのことなんか忘れちまった。肩書を相手にした話し方もあいにく僕は知らないんだ」

ややあって「わかった」と彼はいった。即断したようだった。経営は知らないが、能率だけは頭にあるらしい。

「話をはじめよう」田代がいった。

「まだ、あいさつがすんでない」

鷺村が口をはさんだ。「秋山。おまえ、そうとう物忘れが激しいな。世話になった人間の記憶がまるでないってか」

「呼び捨てにされるような記憶だけはないね。あんたのほうこそ、社会人のまっとうな話し方の記憶が消えちまったんじゃないのか。それに、ここに同席してるもうひとりを知らない」

鷺村の表情がゆがんだ。彼にも慣れていないことはあるのだろう。無視して、僕は平凡な顔つきの男のほうを眺めた。彼は平凡で眠そうな声をかえしてきた。「曽根」とひと言いった。

「いい銃を持ってるね」

曽根は黙って顔をあげた。

「ブロウニングの三十八口径。マイクロ・バック・マークだ。ニッケル・フィニッシュなら、六百ドルはしたろう」

「ほう」と彼はいった。「あんた、なんで知ってる」

「デザインがいいから覚えてただけだよ」

カンザスシティーのガンクラブで見たことがある。店内売店のショーケースには百丁近くの拳銃が飾られていた。そのなかで、優れたデザインを選べといわれれば、まず五本の指には入る銃だった。

「専門的な話はやめてくれ」田代が口を開いた。「それより、もうひとつの専門的な話に入りたい」

彼のほうに向きなおった。「どういう専門的な話？」

「美術の話だ。きみは新幹線である男といっしょだったと聞いている。それなら、彼が説明の手間を省いてくれたはずだ。あの男の性格は知っている。きみが知っているかぎりの事実を聞きたい」

彼の目が光った。その光をしばらく見つめていた。それから口を開いた。

「なんについて」

「ある一点の絵画についてだ」

頭をふった。原田はバカな連中といったが、それは必ずしも彼の部下たちだけを指したものではないらしい。企業トップみずから動いている。あるいは、探しものはそれだけのたいした理由を持つといえるのかもしれない。村林は、田代は焦りまくってる、そういった。

「ちょっと聞いておきたいんだが、いま僕の家を家捜ししてるのは、そのためなのか。なにも見つからなかった。そういう連絡が入ったはずだが」

鷺村が答えた。「どうして知ってるんだ」

「オーケイ。いまの返事で事実がひとつ確認できた。間抜けを相手にするとラクなこともあるんだな。次。あんたたちのうち、三人ほどが新幹線に乗った。八時まえには名古屋駅で見かけた。いま、ここにその連中はいない。ひかりなら名古屋から京都まで一時間もからない。もうもどってるはずなんだが、彼らはどうしたんだ」

返事はなかった。だれも答えない。それで僕が口を開いた。

「じゃあ、こちらから教えてやるよ。連中は原田にのされてる」

田代がいった。「そういう瑣末《さまつ》な話はやめて本題にもどろう」

「本題ね。その一点の絵画を見つけてどうするんだ」

「もちろん、われわれが手にいれることになっている」

「あんたたちに所有権はないはずなんだが」そこで言葉を切ってたずねた。「それ以上にわからないことがひとつある。質問に答えてくれないか」

「どういう質問だ」

「この国のバブル崩壊以降、世界的に絵画市場は冷えこんでいる。それでも芸術的価値以外に、その一点の絵画の経済的価値はもちろん巨大ではあるんだろう。だが、僕が耳にしているどっかの企業が持つ不良債権の額は数千億って話なんだ。その額に比べりゃ、その絵画の経済価値もよくって数十分の一程度にすぎない。そんな企業にとって、たった一枚の画がいったいどういう意味を持つのか。それがわからないんだ」

「いい着眼点だ」田代がいった。「きみもそこそこの事情は知っているようだな。しかし答える必要があるとは思えない」

「なるほどね」僕はいった。「じゃあ、こういう解答はどうだろう。もしそれが見つかったとなれば、金額の問題だけじゃ終わらない波及効果は期待できる。世界的な話題になって、華々しい打ちあげ花火にはなる。ある企業の存在をアピールできる。つまり信用の問題には関係してくる。芸術分野で多大な貢献を果たしたとひろく認知されれば、銀行からも見はなされようとしている企業にとって、大きな歯止めにはなるかもしれない。まあ、それだけのインパクトはあるだろうね」

田代と鷺村は顔を見あわせた。また沈黙があった。だれも黙りこくったままだ。曽根はあいかわらず眠たげな目で、平凡な表情をうかべている。ようやく田代が口を開いた。

「そういう考え方もあるかもしれないな。きみがいったようにある程度の債務の存在は認めよう。しかし、そうだな。わが社は文化貢献に重点をおく企業でもある。この会合もそういった貢献活動の一環と考えてもらえばいい」

「じゃあ、なぜ僕がそんな借金だらけの無様な企業のために協力しなくちゃいけないんだろう。説明してくれないか」

「ここに銃を持ってる人間がひとりいる」彼は曽根を指さした。

僕は笑った。選択肢はほかにない。笑うしかないから笑ったのだった。

「なにか、おかしいことでもあるのか」

「そりゃ、おかしいさ。あんたは経営者として無能らしいが、それ以前に社会人としても百パーセント無能だ。おかしくないわけがないだろう」

彼の顔が紅潮した。「無礼な言い方は許さん」

「どっちが無礼なんだ。文化貢献が笑わせる。こういう前時代的な脅しの事実を、もし僕が警察に告発したらどうなると思うんだ。もっとも趣味でいえば、僕はマスコミに知らせるほうを選ぶかもしれないけどね。たんなる小さな街金《まちきん》じゃない。一応、名のとおった金融企業の代表者が銃を持ったやくざと同席してた。それも非合法カジノで発砲するようなやくざとだ。これだけで、社会面トップはまず固いとこだろう。だれかがその銃で傷つけられれば、今度は一面トップになる。それも黒ベタに白抜きの見出しだ。大昔であれ、広報に関係してた人間の発想とはとても思えないじゃないか」

田代の顔はさらに紅潮したが、一瞬のち、真顔にもどっていた。気分の変わりやすい性格なのかもしれない。声もおちついたものにもどった。

「きみも、どうやら種々の背景を知悉《ちしつ》してはいるらしいな。しかし、いまのたわけた話をもし実施に移した場合、きみにとってきわめてまずいことが起きるかもしれない」

ふうん、と僕はいった。

彼の表情にいくらか余裕がうかんだ。顎《あご》で鷺村に指図した。

「説明してやってくれ」

鷺村がいった。「こっちも見返りは用意してないことはないんだ。おまえがおれたちの要求に応《こた》えて、沈黙を守るんなら、おまえの弟はムショにぶちこまれないですむ」

宏を見た。彼は僕に向けて肩をすくめた。

「黙っててわるかった。あんたに謝んなくちゃいけないかもね」

「どういうことなんだ」

鷺村が口をはさんだ。「こいつには殺人の前科がある。もしだ。もし、新しくやった悪さがばれて裁判ということになったら、当然、そいつはマイナス勘定にはなるな。けっこう重い犯罪だ。今度は五年から七年の実刑といったところだろう」

指の鳴る音が聞こえた。かわりに僕がいった。

「殺人じゃない。傷害致死だ」

「いずれにしろ、人を殺した」

事実だった。英子がペンシルバニアから帰って、まもないころだ。最後にこの京都を訪れてからひと月後のことだった。ここに滞在していたそのときは思ってもみなかったことが起きたのである。

そのころ宏は大学を中退し、東京で仕事を転々とするフリーター生活をおくっていた。もちろん英子も僕も彼の生活を知らなかったわけではない。ただのモラトリアムだと考えていた。いつかは流れの変わる幼い感覚。だが、あとになってわかった事実では、正式な構成員ではないものの、宏はそのころすでに新宿にある暴力団に出入りしていたらしい。あるとき、彼のいあわせた赤坂のバーでちょっとした騒動があった。宏に絡んできた相手もやくざだった。素手での殴りあいがあり、相手の男の形勢が不利になった。そのとき男はナイフをとりだしたのだ。宏はそれで腕を傷つけられたかわりに、拳《こぶし》を相手の顔面にたたきこんだ。そのあとの成り行きは、両者にとって不幸な結果を招いたといえるかもしれない。男が倒れた床に段差があった。彼はその角で後頭部を打ち、脳挫傷《のうざしょう》で数日後、死亡した。宏の起訴罪状は傷害致死。地裁判決は懲役二年、執行猶予三年だった。被害者の凶器所持が理由で過剰防衛と判断され、情状酌量された結果だった。彼は控訴しなかった。覚えている。判決がでたのは、英子の死の三ヵ月ほどまえだ。しばらくおとなしくしていたが、彼は彼女の死後、京都にもどった。僕が渡米したのは、彼にこの屋敷の権利を与える一応の手配をしたあとのことになる。だが帰国後、彼はまた地元の暴力団と関係していた。もう義理の縁もないよね。これですっきりしたろ。その言葉といっしょにその話を僕に電話で告げてきたのは宏本人だった。

田代の声が聞こえた。

「いま鷺村が話したように、過去の背景に加えて新しい事情がもうひとつあるんだ。だからこれは脅迫というにはあたらない。取り引きなんだよ。さきほど所有権の話がでたが、それなら譲渡の交渉といいかえてもいい。説明しよう。じつはその男は、われわれに損害を与えたんだ。被害額は二十数億円にのぼる。その賠償義務を果たしてもらいたい」

宏がなにかいいかけたのを制した。「彼にそんな才覚があったとは、とうてい思えないな。どういう手段で損害を受けたんだ」

田代は表情をまったく崩さず、わずかに唇だけを動かした。「有価証券偽造および詐欺」

「ふうん」と僕はいった。「どういうことなんだい」

「わが社では、クレジットカードの制作をある印刷会社に委託している。その工場はこの京都市内、山科《やましな》のはずれにある。ところが、その工場で制作されたと思われる偽造カードがでまわりはじめたんだ。われわれは被害に気づくとすぐ内密に調査した。調査結果はこうだ。その工場の現場担当者数人と外部の人間が結託してカード偽造に手を染めていたんだよ。偽造カードは一万枚制作され、香港経由でこの国に逆輸入された。きみの弟は、その外部の人間にあたる。つまり彼は、カード偽造および卸《おろし》販売にタッチしていた。おかげでごく短期間にキャッシング・サービスで現金が引きだされたのをはじめ、加盟登録店でも使用される結果になった。そして二十数億の被害が生じた。したがってきみの弟、もしくはきみが代理でもいいが、公にしたくないのならその損失を穴埋めする責任がある。そういうわけだ。被害のすべてとはいわんが、それでもきみたちに賠償能力はあるのかね」

宏のほうを見た。「事実なのか」

彼は肩をすくめた。「まあね。けど三年まえの話さ。組のうえから話があった。途中であんましばかばかしくなったから、足を抜いたの。ひと悶着《もんちゃく》はあったけど、まあ結局はうまくいったのさ。だからいまごろ、このおっさんたちからこんな因縁つけられるとは思っちゃいなかった」

鷺村が大声をあげた。「その呼び方はやめろといったろう。今度、おっさんと呼んだら、ただではすまさん」

無視して宏にたずねた。「きみはそのカードをつかったことがあるのか」

彼は首をふった。

「わかった」僕は田代に向きなおった。「呆《あき》れたよ。あんた、ほんとうに無能なんだな。無能もそこまでいくと悲惨というしかないね。当世じゃ、炸裂《さくれつ》的に悲惨っていう言葉づかいをする青年だっているんだが、なんだか、そのニュアンスがよくわかるような気がしてきた」

彼の顔がまた紅潮した。「なぜだ。きみの弟は事実を認めている。理由を聞かせてもらおうか」

「素人でもわかる理屈じゃないか。いまのかんたんな話からだけでも、これだけのことがいえる。第一、彼はカードをつかっちゃいない。行使していないかぎり、あんたのいった詐欺にはあたらない。たぶん証拠はないだろう。第二、あんたたちが外部から被害を受けたと考えるのなら、その賠償を一義的に請求できるのは、その印刷会社に対してだ。彼自身じゃない。もし彼への請求の可能性が存在するなら、それはあんたたちの賠償請求を受けたその印刷会社によるものでしかない。第三、賠償請求以前に考えることはあるんじゃないのか。キャッシング・サービスで現金が引きだされるようなら、ホストコンピューターに偽造カードが登録されなきゃいけない。つまり同類があんたの会社内部にもいるってことだ。請求書はその連中につきつけたほうがいいだろう。第四、宏はウソはついちゃいない。なぜなら彼単独で香港の流通ルートまで開拓できるとはとても思えない。組織的対応が大前提になってくる。その場合、請求先は宏のいた団体の代表者ということになるね。第五、いまの話は公表されていない。偽造分の登録はホストコンピューターから抹消したんだろうが、もしマスコミにでれば、それ以前に一般ユーザーから加盟店末端まで周知徹底して被害は最小限にくいとめられたはずなんだ。非公開の理由は、二十数億の損害がでるまで放置されるほど基本的なセキュリティー能力の欠陥とクズ社員があんたの会社のなかに存在する。その話がひろまって、経営能力の欠如と信用不安が増幅されるのを恐れたんだろう。第六、あんたは内密調査といった。なぜ警察に届けでないんだ。それをやってないのは、あんたたちにうしろ暗いところがあるからだ。香港からの逆輸入なら、偽造カードが流れたのはまっとうなユーザーであるはずがない。不良外国人かやくざ絡みだとしか考えられない。あるいはあんたたち自身がその制作、卸販売のバックにいるのかもしれない。有価証券偽造、詐欺どころか特別背任にまで発展するんじゃないのか」

沈黙があった。今度は長いあいだつづいた。かたつむりの歩みを聞くような沈黙だった。

苦虫をかみつぶしたような彼らの顔を見ている気分にはならない。窓のほうを眺めた。窓は半ば開かれている。やわらかな風が流れこみ、レースのカーテンが揺れている。そのカーテン越しにふりそそぐ真昼の陽射しがみえる。きょうも天気がいい。六月にしてはよすぎるくらいだ。今年は空梅雨になるのかもしれない。窓の外を鳥の影みたいなものがよぎったとき、田代の声が聞こえた。

「演説はそれだけかな」

「まだある。こんなくだらない説明をさせるため、わざわざ京都まで僕に足を運ばせた。そんな連中の存在が不愉快になってきた」

田代がなにか、かすかな合図をおくったようにみえた。同時に乾いた短い音が鳴った。ついで腕に鋭い痛みを感じた。火傷《やけど》に似て、鋭利な痛み。焦げ臭いにおいがたちのぼった。僕のジャケット、その二の腕のあたりが一センチほどの幅で、繊維のほつれをみせながらざっくり削《そ》ぎとられている。背後を眺めると、黒々とした点がひとつ、壁に開いていた。その形状はよく知っている。弾痕《だんこん》だ。

「いい腕だね」僕は曽根に向かっていった。

彼は口をきかなかった。銃をひざにおくと、また眠そうで平凡な顔にもどった。

「わるかったな」田代がいった。「無礼な口の利き方には、注意を喚起することになっている」

「なるほどね。すると、仁科にも注意を喚起したかったというわけだ」

田代はじっと僕の顔を見た。

「田代。あんたは仁科とどういう関係があるんだ。いまのやり方でよくわかったよ。赤坂での発砲は仁科の命が目的じゃなかったんだな。弾がはずれたわけじゃない。腕のいい男がわざわざ、相手の身体をかすめる程度の軽傷を与える。その目的はなんだったんだ」

だれも答えなかった。何度めかの沈黙があった。なんの対応も考えてはいない沈黙だ。もうこういう沈黙には飽きている。また最初に僕が口を開くしかないようだった。

「提案がひとつあるんだが」

「提案？」田代と鷺村が同時に返事をかえした。

「あんたたちにヒントを提供してもいい。ある一点の絵画にかんするヒントだ」

秋さん。宏があげた小さな声を僕は無視した。

「条件はなんだ」田代がいった。

「いまいった質問に答えてくれればいい。あんたたちと仁科の関係についてだ。ただし僕が事実だと判断した場合に限る」

「どうやって事実だと判断するんだ」

「それくらいの判断はつくさ。そのために条件をつける。田代社長、あんたは席をはずすんだ。鷺村と曽根のおふたりから話を聞くことにしよう。あんたはこの屋敷のなかをぶらぶらしてていいぜ。もっとも、きのうは一日中、隅から隅までうろついたろうから目新しいものはなにもないとは思うけどね」

「きみはなにか、勘ちがいしているんじゃないのか。われわれになにか要求できる立場にいるとでも思っているのか」

「その程度の判断しかできないようなら、話は御破算だね。僕はもう東京に帰ることにする」

「こちらのほうは武器を持った人間がいるんだ。それを忘れてもらっちゃ困る」

「無能とはいえ一応、金融企業のトップにある人間が傷害か殺人でも犯そうっていうのか。なんで、僕がここに到着するのがおくれたと思うんだ。それなりの理由があるからさ。ここにくる途中で、あるホテルを予約したんだ。封筒をなん通か、そこのフロントに残してきた。もし僕が夕方六時までに帰らなかった場合、投函《とうかん》してくれといってある。宛て先は全部、全国紙と通信社の東京本社社会部長になっている。あんたはさっき、僕が種々の背景を知悉《ちしつ》しているらしいといった。そのとおりなんだよ。だったら、手紙の中身はだいたい想像がつくだろう」

田代の表情に、はじめて動揺が生まれた。「でまかせかもしれない」

「信じる信じないは、あんたの判断にまかせるよ」

「社長」と声が聞こえた。曽根の声だった。彼は田代に呼びかけたにもかかわらず僕を見つめていた。表情は一変していた。眠そうだった目がいまは半眼に開かれている。どんより濁った黄いろい目だった。その目を見たとき気づいた。擬態だ。平凡な風貌《ふうぼう》はこの男の擬態だった。それも天性のものだ。この男はたしかにノーマルな感覚を持ってはいない。

「こいつにはガキっぽいところがある。けど、なかなか抜け目のない男だ。だから、こいつのいうことも一応、考えたっていいんじゃないのかね。ありのまんまをしゃべっても、あんたが失うものはさしてない。それでもし、あんたの探してるもんが手に入るとすりゃあ、めっけもんじゃないだろうかね。どっちみち、こいつのいうことを聞いてみるのもわるくはねえと思うんだがね」

その口調は提案というより、体《てい》のいい命令のように聞こえた。やくざとつきあうとこうなるというい見本かもしれない。

田代はためらう表情をみせた。「無駄に終わった場合はどうするんだ。手紙のこともある」

「無駄かどうかは聞いてみなきゃわからんさ。手紙のことなら、そいつはほんとうかどうか、たしかめりゃいいんだろう。やり方なら知ってる。刻んでいきゃ、だれでもいつかはほんとうのことをしゃべるんだ」

僕が口をはさんだ。「一般人にもわかるように話してくれないか。刻むってなにを刻むんだ」

「身体のどっかさ。希望は聞くぜ、坊や。おまえ、どこがいいんだ」

僕は田代のほうを向いた。「そういうことらしいね。僕が刻まれて悲鳴をあげるのを見物していたいのかい」

彼はまだ躊躇《ちゅうちょ》していた。なにかがひっかかっているのだ。彼がいない場合、残されたふたりがなにを話すかという不安がひっかかっている。鷺村はすでに彼の部下ではない。曽根の支配下にある。

予想どおり鷺村がいった。「こうなったら時間を節約したほうがいいように思いますがね。社長」

田代の表情にはまだ迷いがうかんでいる。だが、残りのふたりと視線をあわせると頭をふった。そして黙ったまま、ふいにひとりで部屋をでていった。肩がおちていた。能力の欠如が理由で、なにかを放棄しなければならない宿命をようやく悟ったのかもしれない。

ただ、ひとつ幸運はあったかもしれない。傷害の現場に同席しないですむのだ。だが僕にとって、その想像はあまり愉快なものとはいえなかった。

16

「さてと」田代の背中を見おくった曽根の視線が僕にもどった。同時に銃口がまっすぐ僕を向いた。「これで、お膳立《ぜんだ》てが整ったな。おまえがしゃべったことで、おれが同感する点はひとつある。あいつが無能ってとこだよ。野郎は消えた。おれたちだけを相手に、いったいなにを聞きてえんだ。あいつとの関係か」

「いや、そちらのほうにはあまり興味がない。あんたが田代と接触を持ったのは、たぶんこの鷺村が仲介したからだろう。無能な人種は、無能な同類を呼ぶらしい」

なにかいいかけた鷺村を曽根が制した。

彼は拳銃《けんじゅう》を僕に向けたまま、黙って左手をポケットにいれた。射線はピクリとも動かない。見事なものだった。その左手が背広のポケットから引きだされた。今度はいっしょにあらわれたものがある。ナイフだった。彼は柄におさめられた中身を歯で器用に開いた。歯ブラシをくわえるようにごく自然な動作だった。薄い鋼が虹《にじ》いろにきらめいた。刃渡りは二十センチ近くある。切れ味はわるくなさそうだが、いまはそういう評価を考える気分にはなれない。

「なんでそういうものを、いまごろ持ちだすんだ」

「おまえのせいだ。不愉快な口の利き方をしたら、すぐ刻むことにしたのさ。念のためいっとくが、おれは正直な人間が好きなんだよ。逆の場合はわかるよな。ウソとかまちがいってのは許さねえ。こいつは覚えといたほうがいい。もう一度聞くが、なんであいつを追っぱらおうとした」

ナイフはさりげなく彼の左手ににぎられている。光を照りかえす刃はちょうど視界の中央にある。目をそらそうとしても存在感を主張する位置だ。ちらと目をやってから僕はいった。

「あんたはさっき、田代にさして失うものがないといったな」

「それがどうした」

「いや、こう思っただけなんだ。その失うものとは、世間体じゃないのかってね」

「どういう世間体なんだ」

「田代の恋人は男なんだろう。原田じゃないのか」

「ほう」曽根が唸《うな》るようにつぶやいた。「どうしてわかった」

「たぶん勘がいいんだよ」

正確には経験というべきなのだろう。ゲイたちには何度も声をかけられたことがある。

カンザスシティーのジャズクラブに通っていたころだ。あの都市でにぎわうそんなクラブには、いつも数多くのゲイがいた。白人もいたし、黒人もいた。客にもいたし、プレイヤーにもいた。いろんなタイプのゲイ。人好きのいいゲイもいたし、そうでないのもいた。その割合はストレートな人間と変わりはしない。なかには極端に心やさしい人物もいた。そのころ彼らの視線の動き、目配り、その目の光を見れば見当はつくようになった。原田と話しているうち、その感覚がよみがえったのかもしれない。彼は、信義に反することはできるだけ避けたいといった。あれは彼なりの倫理基準だったようにも思える。

「おまえの想像どおりだよ」唇が奇妙なかたちにゆがんだ。黄いろい歯がのぞいた。たぶん笑ったのだろう。「田代って野郎は、ありゃ無能ってだけじゃない。うす汚ねえオカマ野郎だ。カネの蛇口じゃなきゃ、とっくに縁は切ってる。いや、刻んでるかもな。おんなじ空気を吸ってるってだけで、胸がわるくなってくる」

おなじせりふを彼にかえすべきだったかもしれない。だが、忍耐も必要なときがある。いまの状況がたぶんそうだった。

「ゲイがうす汚いとは思わないけどね。たんに趣味が少数派に属するってだけにすぎないんじゃないのか」

「おまえさん。オカマの応援演説やるために、あいつを追いだしたのか」

「そうじゃない。彼がいたら、あんたたちもしゃべりにくいだろうと思っただけだよ」

枯れ葉のこすれるような音が届いてきた。どうやら笑い声のようだった。

「けっこうな気の配りようだな」

「カネの蛇口なら、いくらあんたでも遠慮はあるだろう。なんで彼は、あんたに仁科への警告を依頼したんだい」

「世間にゃ、たまげたことがずいぶんある。あの野郎とつきあったおかげか。おれもこの歳でまだ教えられることがあるなんざ夢にも思わなかったさ。とんでもねえ、ぶっとんだ話だがな。ありゃ痴話喧嘩《ちわげんか》の成れの果てさ。信じられるか。原田が田代を見限って仁科にもどった。あの若造がふたりのジジイを手玉にとってんだ。それもひとりは七十の老いぼれときた。おそれいったよ。並みの人間の話とはとうてい思えねえ」

並みの人間でない人間から聞く話とも思えない。その感想を告げるかわり「仁科は七十六歳と聞いた」そういった。

またカサカサした笑い声が聞こえてきた。「あの歳でまだ現役だとさ。つまり世間にゃ、いろんな化け物がいるってこった。それも化け物のなかのチャンピオンクラスだ。おれも、いろんな化け物は知ってるが、あんなジジイの話ははじめて聞いた。長生きはしてみるもんだな。世間がいよいよ奇妙なもんだとわかってくる」

うなずいた。その点は同感だった。老人でいえば、おなじ程度に常識を超えた存在については聞いたことがある。あれもカンザスでの話だ。アンディーが精神科医の集まりで聞いた話題だった。人間便器は数多いけれど、人間灰皿ってのもあるらしいんだ。七十二歳の白人男なんだが、彼は剝《む》きだした自分の腹で、同性の若者がタバコの火を消すのを好むらしい。するとその歳でも元気いっぱい勃起《ぼっき》してくるんだってさ。六十で身についた習慣なのに、彼の腹には火口みたいなゴツゴツした皮膚の隆起があるそうだよ、活火山とおなじでさ。その話を聞いたとき、文字どおり腹をよじって僕は笑った。覚えている。現実はときとして、われわれの想像をはるかに超える。いま聞いた話もそのひとつなのかもしれない。

曽根がつづけた。「おまけによ。仁科と原田の関係は長いくせ、あの仁科ってのは女のほうも苦手じゃなかった。そんな話まで聞いたぜ」

「つまりバイセクシュアルってことか」

「いまどきは、そんな洒落《しゃれ》た呼び名もつかうってな。どっちにしろ、うす汚ねえことに変わりはねえだろう。ゴキブリがサカってんのを見るほうがまだ気分がせいせいする」

「すると、いまのあんたの話からはこうなるな。原田と仁科のつきあいは長い。そこへ田代があらわれて一時的に原田が浮気した。だが結局、原田は仁科にもどっていった。それを嫉妬《しっと》した田代があんたに警告を依頼した。それが銃で軽傷を与える依頼だった」

「まあ、そういうこった。胸クソわるいけったいな話だ。たった一枚の絵のためによ、億単位のカネのために我慢してんだが、胸クソわるい話じゃねえか」

「しかし、あの三人はどういう関係にあったんだ。性的な関係のことじゃない。ほかにもなにかつながりがなきゃ、知りあうこともないだろう」

「仁科と田代は最初、裏金融の世界で知りあった。ああいう連中にゃよくある話だ。そのうち絵のほうでもつきあいがはじまったんだ。おれの聞いてる話じゃこういうこった。当時は、絵が政治家連中への贈賄にいちばん都合よかったってな。いまはマスコミに背中おされて国税も目を光らせてるから、そういうやり方も廃《すた》れたらしい。けど、むかしは流行《はや》ってたってな。そのころ、ふたりの関係はうまくいってたんだ。キャッチボールの仲間だったんだとさ」

その話なら僕も聞いたことがある。絵画は価格があってないようなものだ。ある権力者が百万である絵画をある画商から買うとする。しばらくして今度は別の画商が、値あがりを理由にそれを一千万で買いとっていく。表向きは正常な取り引きにすぎない。だが、ある種のバックを持つそのふたりの画商のあいだでは話がついている。つまりキャッチボールだ。

「するとおなじ趣味の人間が知りあったことになるが、そのふたりのあいだにはなにもなかったんだろうか」

曽根は黄いろい歯をさらに大きく剝きだした。「なんだ。おまえもけっこう話が好きなんじゃねえか。あの野郎どものあいだには、なにもなかった。原田のおかげさ。それまで女にしか興味のなかった仁科のジジイが、原田と知りあって転向したんだ。それがジジイになってからってんだから、たまげるじゃないか。人間はくたばるまえに化け物になっちまうこともあるらしいぜ」

「じゃあ、いつごろから原田と仁科のつきあいがはじまったんだい」

「仁科が七十くらいんときだとさ」

七十歳。六、七年まえのことになる。ずいぶんおそくになってようやく自分を訂正する。それが仁科という人物の性癖らしい。原田がいった。画家であることを断念し、経済システムの裏街道をたどりはじめたのも五十代半ばのころだった。

「死が近づいてくるのを自覚すれば、長い経験になかった未知の世界に興味を持つのかもしれない」

「そうかもしれん。せいいっぱい好意的な見方すると、そうかもしれんな。けどおれにはこの世の話とは思えねえ。結局、化け物の考えることは、おれにはわからん。そういうこった」

「彼らはどうやって知りあったんだろう」

「仁科がスカウトしたんだとさ。なんでも画廊かどっかでたまたま拾ったって話だ」

「ふうん」と僕はいった。「あんたもずいぶん詳しいな。それだけ知ってるんなら、あの田代の信頼もずいぶん厚いようだ」

「バカいえ。こういう話は全部、田代が酔いつぶれたとき、ぶつぶつしゃべってんのを聞かされたんだ。野郎自身、覚えてるかどうかもわからんさ。無能はどこまでいっても所詮《しょせん》、無能なんだ。さあ、手をだしな」

「手？　手をだしてどうするんだ」

「むろん、刻むんじゃねえか」

「僕はまだ聞きたいことを全部、聞いちゃいない」

「いったろう。おれは正直な人間が好きだってな。だから、おれはおまえとの義理は果たした。知ってることは正直な話、いまので全部だ。これからがお楽しみの時間なんだよ」

「あんたが正直な人間であることは認めてもいい。ごく狭いある範囲内に限ればね。だけど僕の話を聞くまえに刻む必要があるのか」

「あたりまえじゃねえか。まず一回刻んでから話を聞くのさ。そいつがいちばん効果的だ。なあ、人間ってのはたいがいウソをつく。本人がそうでないつもりでいたって、どっかでウソをついてる。人間たあ、そんなふうにできてんのさ。だから刻んで保険をかけるんだよ。そいつが人間を正直にするいちばんの方法なんだ。田代を追いだしたのは、おれにも都合よかったんだよ。あのウスラ、血を見たら卒倒しちまうんだ」

彼はニヤリと笑い、拳銃を鷺村にゆっくり手わたした。グリップをにぎる鷺村の手つきを見た。それほど扱い慣れたようすはない。当然だ。元サラリーマンが、拳銃を持つ習慣を速やかに身につけられるとも思えない。この点にかんするかぎり、この国が一種の鎖国状態にあるのは正しい姿なのだろう。

曽根に視線をもどした。ナイフはいま彼の指で軽く支えられている。もう僕に注意を払ってはいない。なぜか自分の袖《そで》をまくりあげていた。肘《ひじ》からさき、皮膚が剝きだしになっている。こういう男でもやはりそのあたりは、ずいぶんいろが白い。彼は突然、ナイフの先端をその部分、腕の内側にあてた。黙って眺めていた。指の音が鳴った。背後の宏から届いてきた。曽根はふたたび僕を見て、うす笑いをうかべた。そして僕に視線を向けたま、ナイフを肘から手首に向けスッと一直線に引いた。鉛筆で軽く線を引くような感じだった。一秒のあいだ、なにごとも起こらなかった。そのあといきなり、真っ赤な線がふくれはじめた。ところどころ丸みを帯び、幅をひろげていく。やがて血のしずくが曽根のほの白い腕からしたたりはじめた。

「よく切れる」曽根はうっとりするようにつぶやいた。それから舌の先端が口もとからちろりとのぞいた。舌は独立した軟体動物みたいに動き、おなじ身体から流れる血をゆっくり舐《な》めあげていった。

また指の音が鳴った。僕は背中に声をあげた。

「手をだすなよ、宏」

曽根がもう一度、ニヤリと笑った。「そうだ。おまえが手をだしゃそれでいいんだ」

「どこにだすんだ」

「テーブルのうえに伏せて、指をひろげろ」

いわれたとおりにした。テーブルにはガラスが敷いてある。体温で表面がてのひらのかたちに曇る。ナイフが接近してきた。刃先がゆっくり近づいた。見ていると、一瞬のきらめきを残しそれは人指し指と中指のあいだにさしこまれていた。ガラスにあたった先端がカツンと音たてた。刃は人指し指を向き、かすかに接触している。痛みはない。だが血がかすかににじんでいた。震えただけでさらに刃が皮膚に食いこむ微妙な位置だった。

曽根がたずねた。「なあ、怖いか」酔ったような声だった。

「そりゃ怖いさ。怖くないわけがないだろう」

「おまえが自分でこうしたいっていったんだぜ」

「しいて希望したわけじゃない」

「まあ、あきらめな。とりあえずは一回、刻まれちまうんだ」

そのときぼんやり思った。唯一のチャンスは失われたのかもしれない。もしあったとすれば、曽根が鷺村に銃を手わたしたあのとき以外なかった。無駄に終わったかもしれない。だが、あの瞬間を逃すべきではなかった。失敗だった。いまの状況、この男の気まぐれを考えれば、あとの予測がまるでつかない。麻里の言葉がふいによみがえった。あなた、自分の将来に展望を持ったこと一度もないんじゃない？　ふわふわ生きてて反省することないわけ？　あの指摘は正しかった。その無反省の報いをいま受けるのかもしれない。このバクチには負けるかもしれない。はじめてそう思った。気づくのがおそすぎたのだ。

「ちょっと待ってよ」背後で声が聞こえた。宏の声だった。「おれが話をしようじゃないの」

曽根の視線が彼のほうに動いた。「おまえのほうは、あとで刻んでやるよ。時間がきたらな。それまで待ってろ」

「そうじゃない。おれだって知ってることはあるんだ」

思わずふりむき、声をあげたのは僕だった。

「知っていることがある？」

「どういうことなんだ」鷺村の声が聞こえた。「きのうからひと晩、おまえはそんな話、なんにもしなかったじゃねえか」

「いま思いだしたんだ。まるっきし忘れてた。こいつは兄貴も知らない話なのさ。けど、ここでおれが話をしてやろうじゃないの。あんたたちは横で聞いてればいい」

「ほう」曽根がつぶやいた。「わかった。ならその話は一回こいつを刻んでから、ゆっくりやんな。そんときはおれたちも聞かせてもらうさ」

「なんでいま兄貴を刻む必要なんかあるのさ」

「こういうのはな、小僧。きちんとしたステップがあるんだ。一回人が刻まれるのを見りゃ、自分が刻まれるとき、もうウソをつけんもんさ。そうだろ。そんなに気にすんなよ。人の指一本、おちるだけじゃねえか」

本気だった。正常ではないが、本気だ。宏は黙りこんだ。僕はテーブルにある自分の左手を見おろした。さっきふりかえったためだろう。裂けた指の皮膚がさらに開き、血が流れはじめている。

手を伏せたまま、顔をあげた。「しかし、なんで手なんだ」

曽根はニヤリと笑った。「習慣なんだ。刻みやすいからさ。それともどっか、ほかんとこを刻んでほしいか」

「耳って場所も考えていいかもしれない」

「耳？」

「天才は耳をそぎおとすケースがある。僕は天才じゃないが、あやかりたいという気分はないでもないな」

「ほう、耳か。なるほどゴッホとおんなじか。そういや鼻を刻んだことはあった。けど、耳はなかったな」

ふいにナイフが指からはなれ遠ざかった。身体をひいた曽根が僕をじっと見つめた。なるほどな。曽根がまたつぶやいた。僕は鷺村に目を移した。頼りなく揺れているが、銃口は一応こちらに向けられている。彼も楽しんでいるふうにみえる。曽根と共通する趣味を持つのかもしれない。銃弾で削がれたジャケットの袖を見た。それから曽根に視線をもどした。また唇のはしが大きなゆがみをみせた。笑ったのだ。いままで見たことのない笑いだった。快楽をまえにして舌なめずりする笑い。彼の意見には同意できるところがある。生きているうち、世間はいよいよ奇妙なものだとわかってくる。快楽の存在するこういう場所を僕は知らなかった。こういう笑いも知らなかった。曽根の表情には、この世のものとも思えない笑いがこびりついている。もう一度見たいという笑いではけっしてない。なるほどな。ふたたびつぶやいた曽根が立ちあがった。

口もとから舌をちろりとのぞかせた彼が、足を一歩踏みだした。

そのとき窓が開いた。黒い影が音もなくおどりこんできた。曽根がふりかえった。その瞬間、彼の首筋に手刀が打ちこまれていた。頸動脈《けいどうみゃく》のあたりだ。直後、ただその一撃だけで床のうえにゆっくり倒れていく曽根の姿が目に入った。流れるような動き、優雅にさえみえる動作で細身の輪郭が動いた。一連の舞踏の延長のように片足が宙を舞う。鷺村の腕が蹴《け》りあげられた。拳銃が床に音たてて転がる。鷺村の身体は反射的に動いたが、もうひとりの反応が優《まさ》っていた。宏だった。気づいたとき、彼の手にはすでに拳銃があった。今度は銃口が鷺村に向けられる。僕は突っ立ったままだった。そのあいだに、すべてがかたづいていた。たぶん十秒はかかっていない。そのあいだに、すべてが終わっていた。

原田は息を切らせてもいなかった。

「これだから困る。秋山さん。あなたは、彼の身体をひきつけてナイフを奪おうとでもしたんじゃないんですか。素人さんがそういう無謀を試みた場合、たいていは失敗に終わるんですがね」

「成功したかもしれないじゃないか」

彼は微笑をうかべた。「さあ、どうでしょう。悲惨な場面が展開されたかもしれない。あなたの運動神経から考えると、そちらの可能性が強かったように思える」

「人を見ただけで運動神経までわかるのかい」

「あなたも男性を見た場合、彼の性的趣味がわかる。さきほどは、そうおっしゃったようだ」

「そうか。きっときみの言い分が正しいんだろうな」僕は認めた。たしかに悲惨な結果にはなっていただろう。床に倒れた曽根の姿を眺めた。まだ息をふきかえす気配はない。鷺村は呆然《ぼうぜん》と立ちつくしたままだ。原田に目をもどした。いまは胸元からネクタイがどこかに消えている。

「さっき鳥の影だと思ったのは、やはりきみの投げたネクタイだったのか」

「そう。あなたのおかげで使いものにならなくなった。あなたの位置からしか、あの窓はみえませんでしたね」

「ともかく礼をいうよ。感謝する」

「いや、たいしたことじゃありません」

「だけどなんで、飛びこんできてくれたんだ。どういう理由で僕を救出しようなんて気になった」

「私もこの連中にはプライバシーを暴露され、きわめて不快な気分になっていた。加えて彼らの差別的表現には目にあまるものがあった。もうひとつ。あなたは少数派に属する趣味を擁護した。この国ではめずらしいタイプといえる。偏見を持たない希少な存在を保護したかったのかもしれませんね」

「なんだかトキみたいだな。だけど、きみだってめずらしい存在みたいだぜ。趣味と特技がずいぶんユニークじゃないか。格闘技でもそうとうのエキスパートらしい」

「我流ですよ。少林寺拳法《けんぽう》、テコンドー、空手そのほか諸々を我流に組みあわせたにすぎません」

「なるほどね。バラエティーが好きなんだ」

「私はなにかひとつの権威に盲従するのは好きではありません」

ふうん、とつぶやいた。この原田という男がいっそうわからなくなった。IQはじめさまざまな能力を考慮しなくても、性向自体がバラエティーに富んでいる。もう一度周囲をみわたした。鷺村はかわらず呆然と立ったままだった。宏はすでにナイフも自分の手にとりあげ、拳銃を頼りなげににぎっている。声をかけた。

彼は自分の手にあるものを見て首をかしげた。

「意外と重いんだね。ハワイで撃った観光客用のはこんなじゃなかった」

「僕もはじめて三十八口径を持ったときはそう思った。みんなおなじ感想を持つんだな」

彼はナイフだけを残し、僕がのばしたてのひらにおとなしく銃をのせた。ブロウニングははじめて手にするが、にぎった感触はわるくない。銃口を鷺村に向けた。

「答えてくれないか。いま聞いてたろう。僕は運動神経が鈍いらしい。急所をはずそうとしても、心臓のまん中に命中するかもしれない」

彼の喉《のど》がゴクリと鳴った。「なにを答えるんだ」

「どうしてこの京都の家がわかった。偽造カードのことじゃない。僕と宏の関係がどうしてわかった」

「こっから毎月、おまえの口座に振り込みがあるじゃねえか」

「僕の通帳をのぞいたのはあんたの仲間か」

「そうだ。ハンディコピーをつかった」

「すると、田代が二条銀行のうえをとおしてこの住所を知った?」

「そういうこった」

「どうせ家捜しするんなら、もっと徹底的にすりゃよかったのに」

「あのときは時間がなかったんだ」

予想どおりだった。たぶん村林と僕があのカジノでバカラをやっているところをどこかで眺めていたのだろう。曽根のうめき声が床であがった。宏の声が聞こえた。

「そろそろ意識が回復するよ、このサディスト。早いとこなんとかしたほうがいいんじゃないの」

原田が答えた。「ガムテープがあれば、持ってきてくれませんか」

宏はうなずくと、すぐ部屋をでていった。僕は鷺村を眺めた。かつて給料生活者だったこの中年男に、もう抵抗する気力はないだろう。銃のラッチをおしてセーフティーをロックした。ポケットにいれると、彼の表情にいくらか安堵《あんど》のいろがうかんだ。田代のほうは心配することはないはずだ。ひとりでなにかできる男ではない。

原田に目を移した。「ところで、きみは宏と接触していた時期があったといった。いまの宏のようすだと彼もきみをよく知ってるようだ。きみたちはどこで知りあったんだ」

「彼は傷害致死事件を七年半まえ、赤坂で起こした。事件の起きたのがバーだったことはご存じでしょう。その場所には、あなたも足を運ばれたことがある」

彼の顔を見かえした。「ひょっとしたら、ブルーヘヴン？　あのカジノの場所にあったのか」

彼はうなずいた。「もちろん名前はちがいましたがね。平凡なバーラウンジでした。当時、そこでフロアマネージャーをつとめていたのが私だった。おなじころ、あなたの弟さんは新宿方面から派遣されて、われわれにちょっかいをだすというか、店内で悪ふざけをする立場にあった。まあ、そういう関係です。友好的な関係ではありませんでしたね」

彼が大学を中退してぶらぶらしはじめたころだ。だが、そのあとにどういういきさつがあったのかはわからない。

「すると当時は、まだきみたちも縄張り争いなんて前近代的な仕組みのなかにいた。そういうことになるんだろうか」

「たしかにそういう側面はなくもなかった。まだご質問はおありでしょうが、それはこの男が消えてからにしませんか」

彼は鷺村を顎《あご》で指した。彼はいま、怯《おび》えているようにもみえる。組織的対応でない場合、弱点を露呈する会社員の習性が残っているのかもしれない。

宏がもどってきた。手わたされたガムテープを見て、原田はうなずいた。繊維の折りこまれた丈夫なテープだ。彼はすぐそれを曽根の身体に巻きつけはじめた。曽根はまだ朦朧《もうろう》としている。黙って眺めていた。原田の手際はひどくいい。足なら靴下を脱がせたうえで、足首の皮膚に直接巻きつける。腕は後ろ手だった。曽根がみずから傷つけた腕も容赦しなかった。コンピューター制御で機能する梱包《こんぽう》用機械を見ている気分になった。鷺村はまったく抵抗しなかった。自分を包むガムテープにおとなしく身をまかせたままでいる。さらに原田は彼らのポケットからすべての携帯品をとりだした。電話、財布、タバコのたぐいまでとりだし、はなれたテーブルのうえにおく。

数分後、半ばミイラになったふたりが壁際に並んだ。

そのときになって、ようやく曽根が意識を回復した。瞼《まぶた》を半分開いた彼が声をかけてきた。喉のかすれはまだ残っていた。

「なあ、こういう真似をすりゃ、あとでどういうことになるかわかってんのか。いったい、おれたちをどうするつもりなんだ」

僕は彼の顔をのぞきこんだ。「もちろん刻むんじゃないか」

原田も無表情な声でいった。「まあ、いたしかたないところでしょうね。成りゆきを考えれば」

曽根はさきほどとおなじように口もとを奇妙にゆがませた。笑ったのだ。たしかに度胸はいい。彼なりのポリシーも持っている。だがやくざであれほかの組織であれ、トップになる資質には欠けている。履歴書に書けない趣味が致命傷になるだろう。

僕は黙って宏に手をのばした。てのひらになにかのおかれる感触があった。ずっしりした重量感がある。そのナイフを手に曽根に近づいた。

光を反射する鋼と曽根の顔を見比べた。

「このナイフはたしかによく切れそうだ」

彼はまたうす笑いをうかべた。「試してみなきゃ、わからんさ」

「じゃあ、お言葉に甘えよう」

そばにあったガムテープを手にとった。ナイフで数十センチを切りとった。切れ味はよくわからなかった。

怪訝《けげん》な表情で曽根は僕を見つめた。その口もとにテープをしっかり巻きつけ、僕はいった。「覚えておいてくれ。あんたの笑うところは、もう二度と見たくないんだ」

彼の返事を聞くことはできない。立ちあがって、宏に声をかけた。

「田代がまだうろついているはずだ。どこにいるか知ってるかい」

「まあ、すぐめっかるさ」

原田に目でたずねると、彼もうなずいた。

「彼も拘束したほうがいいでしょうね。名古屋遠征組との連絡が少々気になる。彼らは駅裏の路地に転がして、愛知県警に電話をいれておきました。東京の暴力団組員と地元の同類のあいだで抗争があったらしいとね。警視庁に照会はいくでしょうが、彼らの粗雑な頭でもそれなりの言い逃れが可能なら、警察も宿泊させる理由を見つけられないかもしれない」

「たしかにきみの頭脳と体力が粗雑でないことだけは認めるよ」

そろって部屋をでたとき、彼が背中に声をかけてきた。ふくみ笑いするような声だった。

「秋山さん。あなたに情報提供の依頼を考えたのは、どうやら私の判断ミスだったようだ」

「なんのことだい」

「あなたのさっきの態度です。あれは見事なブラフだった」

立ちどまり彼の顔を見た。人懐こい微笑がかえってきた。

「手紙の件。ヒントを提供しようという彼らへの提案。両者とも完全なはったりだったでしょう。なかなか見応《みごた》えのあるブラフで感心しましたがね。結局、連中のほうが思惑ちがいになった。みずから設定した場で、あなたに一方的に情報を提供するハメになった。彼らの人物の評価能力の欠如は哀れというしかありませんね。しかし私が見たところ、明白になった事実はひとつある。あなたはある一点の絵画について、その存在する場所のことはなにも知らない。話すべきヒントなどなにひとつ持ってはいない。これは私にもまったく予期できない事態でした」

そのとおりだ。取り引きの提案については、まるで展望のないまま賭《か》けにでたのだった。ブラフとしても無謀にすぎたかもしれない。おかげで指を一本失う寸前までいった。

「わかっていたのか」僕は首をふった。「きみとポーカーをやれば、負けちまうかもしれないな。ところできみには借りができた。だけど、これだけは覚えておいてほしいんだ。それがすべてじゃない。わかってもらえるかな」

「もちろん」と彼はいった。

階段に足をかけた宏が目に入った。

「田代は二階にいるのか」

「あのおっさん、さっきは全然しゃべんなかったけどさ。田代はこの家で気にいったところがひとつだけあるみたいよ。いまはそこにずっといるはずなんだ。おれの勘に狂いがなきゃね」

「どこなんだ」

「二階の大広間」

「なんでそんなところにいるんだ」

「やつの好みのものがあるからさ」

「好みのもの？　なんだ、それは」

「まあ、すぐわかるじゃないの」

原田がニヤリと笑った。その顔を僕は眺めた。「なんだかきみも知っているようだな。そういえば、京都のことをきみは新幹線で口にした。ここへ最後にやってきたのはいつなんだ」

「この一月でした。つまりわれわれが極秘に動き、あなたの言い方を借りれば血まなこになっていたころです。その際、あなたの弟さんと率直な会話を交わすことはできた。しかし、さっきあなたが刻まれようとしていたとき、彼が思いだしたらしい点についてはもちろんなにも教えてはもらえなかった」

宏がフスマを開けた。

田代は部屋のまん中にすわっていた。驚愕《きょうがく》をうかべふりかえったようだった。なにか声をあげたようでもある。だがその姿も声もはっきりと意識できはしなかった。

呆然《ぼうぜん》と立ちつくしていた。むかしこの屋敷には何度もやってきた。そんなとき、英子とふたりでいつも泊まった和室だ。二十畳ほどのひろさがあり、畳と床の間以外なにもない。最初のころは、まるでおちつかなかったことをよく覚えている。それは僕が知るかぎりずっと変わらない旧家の一室だった。その部屋がいまは様変わりしている。変化は壁一面にあった。油彩が架けられていたのだ。ついさっきまで、オランダの十九世紀画家が問題になっていた。だがいま目のまえにあるのは、まるでかけはなれたものだ。計六点。見覚えはある。それはすべて、僕が高校時代に描いた百号の作品だった。

17

田代に語りかける原田の声がぼんやり耳に入った。

「状況が一変しました。あなたのお仲間はいま自由がきかない環境におかれています。いっしょに下におりていただきたい」

田代は吐息をもらした。悟ったような深い吐息だった。「きみはまた、私を裏切ったのか」

「誤解のないよう申しあげておきますが、私は最初からあなたにはなんの感情も持たなかった。魅力などいっさい感じなかった」

「ではなんの理由で私に近づいた」

「近づいたわけではない。ビジネスの話をしたにすぎないでしょう。したがって裏切ったというのは、あなたの錯覚にすぎない」

原田にうながされ、田代の立ちあがる気配があった。

ふたりは部屋をでていった。そのあいだも僕の目はずっと壁に釘《くぎ》づけになっていた。目のまえに長いあいだ忘れていた過去がある。新世紀ビエンナーレで受賞した『ピアノ』Ⅰ、Ⅱ。透流展での『出口』。ほかに学生油絵コンクールで特選になった作品。百号はたしか二、三十点描いた記憶がある。そのなかで比較的満足した仕上げのものが、いまここにすべてそろっている。

壁から目をはなし、宏を見た。

「あとで話があるっていってたのは、このことだったのか」

彼はうなずいた。「これ全部、あんたが高校時代に描いたんだって?」

「そうだ。絵を描くしか能がなかったんだ」

そうか。彼はひっそりつぶやいた。たいしたもんだね、あんた。それからつぶやきが声になった。「けど、おれにはなんもなかった。いまだって絵なんかわかんないしさ。いまおれにわかんのは、ヘルスの女の子が売れっ子になるかどうかってだけだもん」

「僕にはそういう見分けはつかないな。だれにも得意な分野はあるんだろう」

「でもさ。おれもう、すぐに三十なんだぜ。ねえ、こういうのってひどくつまんない人生だと思わない?」

ここ数年の自分の生活を思いうかべた。いっさい労働のない生活。平板なつるつるのプラスチックの生活。少なくとも人になにかを教えるような生活ではない。

「どうかな」僕はいった。「僕も四十近いのに、つまらない人生をおくってるような気がする。つまらなくない人生ってどういうものか、僕にもよくわからない」

「でも、あんたは夢中になることがあった」

「大昔の話さ。いまはなにもない。これを集めたのは、英子なのか」

「うん。あんた、ゼンゼン知らなかったろ。最初、おれがこれを見たときも、秘密なんだからって、姉貴から強力に念をおされたからね」

「なんで黙っておくように彼女はいったんだろう」

「仰天させたかったんだよ、あんたを。姉貴はいつかこの絵が集まったとき、あんたにみせてビックリさせるんだ。うれしそうにそういってた。じっさいあんた、仰天したんじゃない？」

「仰天した」僕はいった。「これは全部、僕らは高校に残したんだ。あのころ部員の制作したおもだった作品は、美術部が保管することになってた。この絵のサイズはみんな百号なんだ。こんなバカでかい絵なんて、どんな家にも飾るどころか収《しま》っておくスペースさえないだろう。一時は美術部の倉庫に眠ってたけど、もう処分されたと思ってた」

「らしいね。でも、姉貴はあんたの描いた絵をどうにか集めてやろうとあとになって考えたみたいよ。で、親父が死んでしばらくたったころ、姉貴は思いついたわけ。あのころ、ここにゃ人が住んでなかったろ。だからこういうでかい絵をおいとくのに、ちょうどいいじゃないさ。そいで卒業した高校までいって、美術部の顧問のオヤジに話をつけたらしいの。あんたには黙ってさ。そんときは、その倉庫がすげえたくさんの絵で埋まってて、むかしのはどんな絵も残ってるかどうか探すのもむずかしかったらしい。でも半年さきくらいに、倉庫をぶっつぶして新校舎を建てる予定が入ってたんだ。そんとき学校のほうじゃ、しまってた絵を洗いざらい処分するつもりだったんだとさ。それで、じゃあ、解体するときにもし見つかれば喜んで引きとりましょう。そういう話になったらしいの。でも結局、残ってたんだよ。そいつを見つけたとき、姉貴はすごく喜んだらしい」

ふうん。つぶやいてまた、壁の絵を眺めた。

アトリエのあった高校の別館を思いうかべた。そこから少しはなれたところにそのプレハブの大きな倉庫はあった。当時、公募展や学生油絵コンクールで入選、入賞した作品はすべて表面が痛まないよう段ボールをはさんで重ね、そこに保管された。三十号から二百号くらいまで、あわせて二百点以上は収納できたはずだが、公平に考えても、あの時代の部の水準ではその数は増えていくばかりだった。だから僕の絵もとっくに処分されていると思っていたのだ。そういえば、僕がはじめて英子に会ったのも、アトリエとあの倉庫のあいだにある芝生のうえだった。透きとおった光のふりそそいでいたあの春の緑の芝生。亜鉛華の白い山にゆっくり流れおちていったワニス。その糖蜜《とうみつ》みたいな輝きが一瞬、目のまえをよぎった。

宏に目をもどした。

「英子が高校に話を持っていったのはいつごろなんだい」

「死ぬまえの年。ちょうどおれが例の事件を起こすまえだったらしいね。あんた、そのころ姉貴といっしょに京都にきたことあったんだろ。そんときはもう学校と話をつけてたみたい」

「その新校舎のために倉庫を壊す予定はいつごろだったんだ」

「次の年の三月。今度はちょうどおれの判決がおりて、ひと月ちょいたったころ。つまり、おれの事件をサンドイッチしちまった」

「八九年の三月か」

「そうなるね。執行猶予がついてのんびりしてたころ、レンタカーでトラック借りて、おれにこの絵の運送やらせたんだぜ、東名走らせてさ。姉貴は頭もよかったけど、人使いも荒かった」

微笑がうかんだ。あのころなら、仕事に奔走していた僕からこの秘密を隠すのは容易だったろう。そのころ判決に安心したので、数日間パリまで海外ロケにでたこともある。それから鴨川のほとりにすわっていた情景、その夕闇の記憶がよみがえった。あのとき彼女は、私が三十歳になったとき、そういいかけた。だがそのあと、すぐ話をそらせた。あれはそういうことだったのだろうか。僕に隠したままでいたのは、この絵がすべて処分されている場合を危惧《きぐ》したためだったろうか。あれは九月だった。三十歳は半年後。三月が英子の誕生月だった。

「だけど、この絵のことをなんで、きみはいままで僕に話さなかったんだ」

「こいつは全部、姉貴が直接あんたにみせてビックリさせるため集めたもんだろ。それくらい、あんたの絵にもほれてた。そういうことなんじゃない？　だったらおれがみせたって意味ないじゃないさ。そうなんじゃないの。だから、おれから話すのはやめとこうと思ってたの。そうこうしてるうち、縁を切るって電話しちまったしさ」

僕は沈黙した。そうかもしれない。宏の話が正しいのかもしれない。短い時間がすぎた。指を鳴らす音が聞こえた。

「ねえ、秋さん。おれを怨《うら》んでんだろ」

「なぜだ。この絵の話をいままで僕にしなかったことでか」

彼は首をふった。「おれがいざこざ起こして、姉貴いろいろ悩んでたじゃない。そいで結局、自殺しちまったじゃない。はっきりいってくれていいぜ。それで怨んでるってさ」

宏を見た。硬い顔をしていたのかもしれない。彼はたじろぐような表情で僕を見かえした。

「いいか。これだけは覚えておいてくれ。二度とそんなことをいうな。英子が死んだのは、きみが理由じゃない。きみに執行猶予がついたことで、彼女はホッとしてたんだ。よかったと心から喜んでたんだ。でなきゃ、この絵の運搬をきみに頼むことなんか絶対なかったろう。だからきみが理由じゃない。二度と僕のまえでそんなことは口にするな」

彼はしばらく黙って僕を見つめていた。やがて「わかった」とひと言いった。

「お利口さんだ」また自分の描いた絵を眺めた。こういう時代があったのだ。油彩だけに熱中していたあの十代。英子とかわした幼い会話があった。あのころからずいぶん時間はすぎた。おそろしく長い時間がすぎていった。

「三十歳になったときか」ポツンとつぶやいた。

「なんで知ってんの」ふいに宏が声をあげた。「そいつをさっき思いだしたんじゃない。あんた、姉貴から聞いたことあんの」

彼のほうを向いた。「なんのことなんだ」

「さっき、おれ、いったじゃない。あんたが刻まれかけたとき。あんとき、そいつが連中のいってることと関係あるんじゃないかってさ。ひょいとそう思ったんだよ」

「連中のいってることって……」

「もちろんゴッホの話じゃないの」

「あれのことを連中はきみに詳しく打ちあけたのか」

「あいつら、ひと晩中話してた。横で聞いてりゃだいたいいきさつはわかるじゃないさ。でも、あんたがあのいかれたおっさんに指をおとされそうになって、血がでてた。それでなんだかむかしのことを思いだしちまったんだ。こいつはさ……」

手をあげて宏を制した。「ちょっと待ってくれないか」フスマのほうに向かって声をあげた。「入ってきたらどうなんだ。立ち聞きしてる姿はみっともよかないぜ。自分でもそう思うだろう」

フスマが開き、原田が顔をのぞかせた。彼はわるびれもせず足を運んであぐらをかくと、われわれの顔を等分に眺め微笑をうかべた。

「話が佳境に入ってきたのに、惜しいことをしましたね」

「きみにも聞きたいことがあったんだ。こっちのほうはちょうどよかった」

「なんでしょう」

「きみは以前、宏といわば敵対関係にあったはずだろう。なのにいまはそういう雰囲気があまりない。なぜなんだい」

宏が口をはさんだ。「このおっさんが、おれに嫌がらせやんなかったからさ、あの裁判で」

「嫌がらせをやらなかった？」

原田が苦笑した。「あなたの弟さんは目上の同性をすべて、おなじ呼称で一括する癖があるようですね。まあ、それはいいとして私はあの裁判ではとくになにかした覚えはありませんがね」

宏が首をふった。「でもあのころのおれたちの因縁を考えりゃ、ありゃなかなかの貫禄《かんろく》だった。あれでちょい見直したんだ、このおっさん」

「そうか」ようやく僕は思いだした。「あれはきみだったのか。さっき、きみは事件現場になったバーのフロアマネージャーだったといった。なのにいままでまるで気づかなかった」

「七年まえのことですからね」微笑をうかべ彼が答えた。

この原田という男の性格にまつわる話は聞いたことがある。

裁判がつづいたあのころ、英子は弟のため奔走していた。休暇をとり、宏の公判は欠かさず傍聴した。被害者の親族のところへも何度も足を運んだ。慰謝料について交渉したのも彼女だ。仕事に忙殺されていた僕は動くことができなかった。独立したデザイナーだけではない。広告スペースがおさえられた時点での納期のおくれは、あらゆる制作者にとって死を意味する。裁判所に足を運んだのは、判決がいいわたされたときだけだった。そのころ、彼女との会話の中身はいつも裁判の行方に向けて流れていった。その間、われわれのあいだで美術関係の話は絶えた。リシュレ夫人の話がそれきりになった背景でもある。あのとき仕事を放棄して積極的に僕が動いていたらどうなっていたろう。いまは思いだせる。彼女の死の直後、考えてみたことはあるのだ。なんの意味もなかったかもしれない。だが彼女の負担の一翼を担うことだけはできたかもしれなかった。

当時、英子から聞いた話がある。ある日の公判で、店側の立場にいた証人の話である。

検察側が一種の暴力団抗争の色彩を強調したとき、彼はきっぱり否定した。もちろんみずからそういう争いの渦中にある当事者だと積極的に認めるものはいない。事実、被害者は店とはいっさいかかわりのない人物だった。だが、その証人の態度は彼女に強い印象を残した。それまで宏から小さな嫌がらせの数々を受けていた当のバーの人間にもかかわらず、彼は一部始終を目撃した人物として、しごく公平に事実を語った。宏に不利な話もあったし、有利な話もあった。ただひとつはっきりしていたのは、私怨《しえん》をまじえず、当時の被告の行動についてはきわめて客観的な立場でたんたんと語ったことである。そんな印象を与える証言だったとその夜、英子から聞かされた。その証人が、当時のフロアマネージャーだった。

これは宏の量刑には影響を与えなかったものの、被告と対峙《たいじ》する側の人間としてはおどろくほど潔癖な態度だった。弁護士もそんなふうに話していたという。

原田のほうを向いた。「思いだしたよ。裁判の際には、きみは非常にフェアだった。そういう話を聞いた」

「恐縮です」彼はいった。「しかし、あれは当然の行為にすぎません。裁判で証人がフィクションを捏造《ねつぞう》するわけにはいかない」

しばらく彼の表情を眺めていた。「だけど、事件についてのそんな話は新幹線のなかじゃ聞かなかったね。きみは僕に協力をあおぎたいといった。ひょっとしたら有利な材料になっていたかもしれない」

「時間がありませんでした」

「けど、相続税なんかのバカな話はしてたようだぜ」

「あれはちょっとした余興です」

「なるほどね。きみは余興が好きなんだ。しかしそれなら、きみは当時の英子のことも知ってたんじゃないか。なぜ、隠した」

「隠したわけじゃありません。話が複雑になるのを避けただけなんです。それに今回の話とあの事件のあいだには直接、因果関係はありませんからね。彼女は法廷では目立つ女性でした。私は傍聴席で何度かお会いして、会釈をかわしたことがある。しかしもちろん当時、リシュレ夫人のことは知る由もない。数年後、遺書の内容を見るにいたったとき、われわれが気づいた際の驚愕《きようがく》は容易に想像がつかれるでしょう。私と仁科のショックは、たしかにたいへんなものがあった。ですが、それでも今回の話とは関係ありません」

「ふうん」と僕はいった。「僭越《せんえつ》な言い方になって申しわけないが、きみにも誠実なところはあるらしい。僕を窮地から救ってくれもした。だが、まだなにかを隠しているような気がしないでもない」

彼は苦笑した。「ギャンブルでの直観に似たようなものでしょうか」

「そうかもしれない」

「私はそんな才覚のある人間じゃありません」

「だけど、きみはいま宏と当時の証人と被告以上の関係を持っている。彼から、僕の友人の精神科医の話を聞きだすくらいにはね。なぜなんだい」

宏が口をはさんだ。「だって、おれがこのおっさんとこに就職を申しこんだんだもの」

「就職を申しこんだ？」

「なかなか見こみのあるおっさんだなって、あの裁判のとき思ったんだよ。店でおれがちょっかいだしてたころのあしらいもそうでさ、なかなかやるなとは思ってたんだ。けどそいつはあの裁判でもっとはっきりした。だからまえにいた組から足を抜こうって考えたとき、このおっさんのことが最初、頭にうかんだの。そいでこっちから一度小当たりの電話をいれたことがあんの。こっちの京都の事情あれこれ話したんだけど、門前払い食わされちまった」

「あれは三年ほどまえになりますね。しかしあのとき、私は彼の将来のためにはならないと考えた。本音をいうと、あとで後悔はしましたがね。あのとき快諾していれば、ことはもっとスムーズに運んだかもしれない」

僕はため息をついた。「なあ、宏。せめて就職情報誌くらい見たらどうなんだい。コンビニじゃ、山ほど売ってるぜ」

「字なんか読むの、めんどうなんだよ」

「じゃあ、きみは仁科という爺《じい》さんのほうに声をかけりゃよかったんだ。彼ならもっと強力な人事権があったのに」

「いや」原田が横で首をふった。「仁科はまったく表にはでておりません。あのころバーに顔をだしたことはないし、公判のほうもいっさい私にまかせきりでした」

「なのにさ。このおっさんがこの冬、いきなりここにやってきたじゃないの。ビックリしたよ。まあ、そんときはもう、やばいとこに就職しようなんざ思ってなかったけど……。おれ、ヘルスの呼びこみのほうがあってるもの」

「すると、わざわざ京都までやってきた彼は、そのときに僕の話をいろいろ聞いたわけだな」

「そう。あんたにゃわるかったかもしんない。昔話してると、なんか気があっていろいろしゃべっちまったよ。あんたの手紙のこととかさ」

原田が口をはさんだ。「ひとつだけを除いてね」

この原田という男はなぜか人をひきつける。たしかにそんなところがある。宏の言い分はわからないでもない。

「きみたちの関係は、いまの話でなんとなくわかったよ」僕は原田のほうを向いた。「だけど、きみたちのビジネスの詳細がまだよくわからない。きみたちというのは、つまり仁科、田代両グループの関係。ある程度想像はつくが、確認したいんだ。よかったらこれを教えてくれないか」

「あなたがさっき耳にされた情報を考えれば、もう隠し立てをする必要もないでしょうね。こちらはいささか複雑ですが、かいつまんでお話ししましょう。仁科と田代社長との共同作業は、ある時期までうまくいっていた。しかし田代社長の経営上の失策は目を覆うものがあった。これは、あなたもよくご存じでしょう。それで仁科は彼とのあいだに徐々に距離をおきはじめた。そこへ今度の件が発生した。この問題については、あなたにお話ししたように京美企画、とくに井上社長に一定のプレッシャーを与えざるをえない状況が生まれた。これはあなたがおっしゃったようにわれわれが独自に動くのを断念して以降、つまりこの三月初旬です。ここでもっとも有効なカードが田代社長でした。子会社に出向したとはいえ、かつて彼はアイバの広報宣伝室長であり、かつ担当役員だった。したがって、いまもアイバの広報宣伝室にはかなり強力な影響力を持っている。その気になれば、京美企画の命運を左右する力もね。そこでわれわれは再度、彼と組まざるをえなくなった。橋渡しの役目は私でした。リシュレ夫人の遺書の内容を彼に率直に打ちあけ、協力を要請したわけです。この接触を彼は個人的問題と混同、あるいは錯覚したようですが、これは本筋からはなれるので省略しましょう。それともお聞きになりたい？」

首をふった。「いや、いいさ。それはきみたちだけのあいだだけにある閉じられた世界の話だ」

「感謝します」彼は事務的にいった。「そのあとは比較的単純なコースをたどった。私は仁科と田代、井上両社長の面談をセッティングし、私なりに周到な計画を考えたつもりだった。ところが、八雲会が介入し、田代社長を無謀な方向へ導いた。鷺村という人物のおかげです。呆《あき》れるほど単純な思考回路ですが、田代社長には受容する素地があったようですね。その結果、彼は性急な独自路線、ご承知のような強引な手段をとりはじめた。つまり探しものの独占です。あげく、われわれと袂《たもと》をわかち、最終的には敵対関係にまでいった。時期でいえば、あなたとの接触が生まれつつあったころにあたる。ただ彼らのエゴが発揮されるそういうリスクは、もちろんわれわれも予想してはいました。したがって畑間寿彦老が帰朝後の生涯をすごしたこの地、京都のことだけは伏せていたんです。ところが、彼らもようやく気づくにいたった。あなたの奥さんと銀座の住居に接点はない。彼女の死後、あなたはあそこにおもどりになられたわけですから。あなた方おふたりが暮らした三鷹のマンションももう引きはらわれている。したがって消去法で考えれば、どこか別の場所を想定するしかない。で、彼らはあなたとつながる人物の調査に着眼し、銀行口座からようやくここを探りあてたわけです。そういうわけで、彼らは弟さんをさきほどの幼稚な方法で脅迫した。この屋敷まであなたを招待する手段をとった。秋山さん。あなたの住居は戸口が壊されましたね。それにともなう住居侵入。クルマからの稚拙な監視。これらはすべて彼らなりのリサーチの努力です。銀座のほうを家捜ししたのは念をいれるためにすぎません。私にいわせれば、これ以上無意味で拙劣な作業はありませんがね。まあ、以上が経過の概要です」

「概要ね」つぶやいたまま、僕は考えていた。

原田の声が聞こえた。「ところで話はまったく変わりますが、さっきその田代社長から、あなたに伝言を伝えるよう依頼された。承諾したので、一応約束は守っておきたいんですが」

「なんだい」

彼は周囲の壁を指さした。「この油彩の作者に、彼は非常に興味を持ったようです。どうやらあなたの弟さんは知らないと答えたらしい。それで私が正直に、あなただと教えると、彼は非常におどろいてこういった。こういう才能を持ちながらなぜ、油絵学科のほうに進まなかったんだ。そういう評価と非難をあわせたメッセージです」

「あとできみのほうから答えておいてくれないか」

「どんなふうに」

「よけいなお世話だ」

彼は微笑した。「伝えましょう。しかし、私も彼とおなじ意見なんです。これはすべて、あなたの高校時代の作品でしょう？　じつは仁科も、あなたのむかしの作品を鮮明に記憶していた。彼から、あなたの才能の話は聞いておりました。率直にいえば、私は半信半疑でしたが、この冬、ここを訪れてようやくその意味がわかった。なぜ、この才能ある方面に進まれなかったんでしょう」

「いっとくけど、僕は干渉されるのがあまり好きじゃないんだ」

「わかります。しかし絵画作品というものは、人の視線に晒《さら》されないかぎり作品として完結しない。これが宿命だ。であれば、若い時期ながら一度でも作家であった以上、作家であろうとしていた以上、あなたも美術愛好家のそういう印象を一概に否定できはしないんじゃないでしょうか。ああいう人物ですが、この作品群を評価した田代社長の名誉のため一点だけつけ加えれば、彼も依然そのひとりではある。美術作品に、経済的観点以外の愛着をいまだ持ってはいる人物です」

「あまりそうはみえないけどね。それにいま、彼の関心事はもっと大物のほうにあるんだろう」

「たしかに。ですがたとえば、まだ金融機関から担保として差しおさえられないでいる絵画の数々。まあ、いまとなっては不良資産ですが、これも愛情を思わせるほどの保護をほどこされている」

「経済価値を低下させないためなら、そういう措置はとるだろうね」

「あるいはそうかもしれません。しかし、私も一度その場所には案内されたことがある。完璧《かんぺき》な保護態勢でした。名品も少なくない収集絵画すべての保管されている倉庫があるんですが、ここの内部は温度十五度、湿度六十パーセントでつねに一定している。消火装置も不活性ガスを発生させるタイプのもので、セキュリティーに万全の注意が払われている。絵画にとっては、下手な美術館よりよほど快適な環境でしたよ。古くからアイバ電機が持っていた倉庫を譲りうけ、改造したらしいんですがね」

「ふうん。どこにそんな倉庫があるんだい」

「晴海《はるみ》通りの突きあたりだったかな。そういえば、あなたの家がある銀座からもそれほど遠くはなかった。江東区の東雲《しののめ》。東京湾そばの古い倉庫群のなかでは異彩を放つ存在です。あれは一見の価値がある」

「バブルの最中なら、そんな倉庫もラクに改造できたろう。だけど結局、誤算に終わった」

「そう。一種の悲劇だった、彼にとっては」原田はうなずき、それからじっと僕の目を見た。「ところで話がそれましたね。田代社長を擁護するつもりではなかったんですが」

「擁護という点では、きみのいった信義の背景があるんじゃないのかい。そういう微妙な部分は僕にわからないけれど」

「そうです。きわめてデリケートな世界。私はそこから抜けられないし、その気になることもけっしてない。ですが、話をもどすことにしませんか」

「どこまでもどすんだい」

「私がこの部屋に入ってくる直前、ふたりが話されていた会話の続きです。三十歳という年齢が話題になっていた」

「ふうん。大幅にもどるんだ。だけどその判断は宏にまかせることにしよう」

宏がおどろいたように僕の顔を見た。「どういうことなのさ」

「彼にも話すかどうか、きみにまかせるといってるんだ。その内容には僕はあまり興味がないんだ。念のためにいっておくが、相続権でいえばきみのお祖父《じい》さんが持っていたなにかが見つかった場合、その権利の半分はきみにある。だから、きみにまかせたい」

「どういうことなのよ」抗議するようにもう一度、彼は声をあげた。「もし、ゴッホの絵が見つかったとしても、あんた、興味ないっていうの」

「そういうことだ」

彼はふしぎそうな面持ちで僕を凝視していた。やがて「なんで」といった。

「万がいちの場合、ひと騒動が起きる。それもたぶんひどい騒動になる。あまりそういう騒動に僕は巻きこまれたくないんだ。めんどうはできるだけ避けたいんだよ」

彼は探るような表情でしばらく僕をうかがったあと、口を開いた。「そいつは、おれだっておんなじさ」

「まったく奇妙な人たちがそろったものだ」原田が苦笑するように横あいから口をはさんだ。「それでは私から提案させていただけませんか。秋山さん。私が新幹線でお話した内容で、田代社長の話と一点、大きな相違点があったのはご存じのはずだ。彼は無償でそれを要求したが、われわれは見返りを用意すると申しあげた。この話はいまも当然有効です。そして、われわれが矢面に立つことを保証する。つまり予想される騒動はすべてわれわれがお引受けします。もちろんこの騒動と一体になる名誉はわれわれのものになるでしょう。ただおふたりにはしかるべき実質、つまり金銭ですが、これを提供し、おふたりのプライバシーを完全に伏せることにする。これをわれわれの誠意として確約しますが、いかがでしょう」

「けど、あいつらどうすんのさ」宏が僕にたずねた。「あのヤー公どもだってその件は知ってる。あのまま放っておくわけにはいかないんじゃないの」

「いずれ、警察には連絡しなきゃいけないだろうな。まあ、引きのばせるのは今日いっぱいが目処《めど》だろう。ただ、さっき連中が話した偽造カードの件がある。あれが事実なら、末端としたってあれにかかわったきみも無関係じゃいられない。ある程度の覚悟はしておく必要はあるぜ」

「まあ、身からでた錆だから、そいつはいいんだけどさ」

原田がいった。「われわれは府警本部にある程度、影響力を行使できるかもしれません」

彼のほうをふり向いた。「誤解しないでくれ。これはきみとの取り引きじゃない。いつかはケリをつけなきゃいけない問題なんだ。でなきゃ、田代とかきみのようなのがこれからも不愉快なかたちで続々あらわれてくる。これは僕と宏のあいだの話なんだ。いまはたまたま、きみがそこにいるってだけなんだ」

「失礼しました」

そういったきり原田は黙りこんだ。宏は考えこむように首をかしげていたが、やがて顔をあげた。

「ねえ。秋さん。思うんだけどさ。あんた、卑怯《ひきよう》じゃないの。おれに全部決めさせようなんてさ。そういうのって責任逃れなんじゃない？　ちょいガキっぽすぎると思わない？」

「僕はずっとガキだったんだ。責任とかめんどうなんかは全部、避けてとおってきたんだ。長いあいだそうだった。卑怯といわれりゃ認めるしかない。たしかにそうなんだろう。そいつをいまさら変えようとは思わない」

「へえ、開きなおっちゃった」なぜかおかしそうに彼は声をあげてクスクス笑った。それからようやく決心したように「わかった」といった。「ケリつけようじゃないさ」

彼は原田に向きなおった。「さっきおれが思いだしたのは、まだおれが幼稚園のころの話なんだ。そんなちっちゃいころ、あるときおれは土をほじくりかえしてた。そしたらガラスの破片がいっぱい埋まってて、おれ、指を切ったの。血がでて大声で泣きわめいた。そしたら小学生だった姉貴が指をなめてくれながら、こういったのを覚えてる。『ここは三十歳になるまで、掘りかえしちゃいけないの。土のなかに防空壕《ぼうくうごう》があるから』

「防空壕？」原田と僕はそろって声をあげた。

「そう、防空壕。でもまださきがある。『お祖父さんがそういってるの。才能は三十歳にならないと決算できない。だからそれまで掘りかえしちゃいけないんだって』姉貴はそういったの。もちろんあんな子どもんころさ。正確じゃないかもしれない。けど、三十歳と決算ってなんだか妙な響きの言葉だけはよく覚えてる。姉貴も意味がわかってたとはとうてい思えない。けど、そいつを似たような光景で、あんたが指おとされそうになったときの光景で、ひょいと思いだしたんだ。そのあと姉貴も忘れちゃったのか、もう二度とその話、聞いたことはないけどね」

「きみが上京したのは、すぐそのあとぐらいだろう」

「そう。だから、おれはそのころまでの祖父さんは、ぼんやりとしか知らないのよ。祖父さんは手伝いの婆さんがめんどうみて、ひとり京都に残った。それから、あとで夏休みなんかにときどきこっち帰るようになったんだけど、おれの高校時代に死んじまった。けど、うちの祖父さんはまるっきり親父なんかと話はしなかったぜ。すげえ偏屈ジジイ。せこいサラリーマンになった息子をあんまし買っちゃいなかったんじゃないのかな。おれはずっとガキ扱いだったしさ。で、いちばん信用されてたのが姉貴だった。おれがここに住んでたちっちゃいころから、姉貴がまだ小学生のころからそんな気がしてたもん。まあ、たしかに家族中でいちばんしっかりしてたからね。だから祖父さんは姉貴だけに話しとこうと思ったんじゃないの。そんな気がすんの」

原田が聞きかえした。「きみが掘りかえした土って、それはどこなんだろう」

「すぐそば。ここの庭だよ」

「庭？」

「あんた、庭にいたんじゃなかったの。だったら、ふしぎに思わなかった？　ここの庭ってけっこうひろいじゃない。なのに、木が一本も植わってないじゃない。京都のほかの庭とはちょっと雰囲気ちがうだろ。だからきっと地面の下に隠されてるもんがあんのさ。防空壕かどうか知んないけどさ。もっとも祖父さんの話を思いだして、姉貴も試したかどうか、そんなものを掘りかえしてみる気になったかどうかなんて、おれ、ゼンゼン知らないけどね」

原田はじっと宏の顔を見つめていた。

「しかしなぜ、三十歳と決算なんでしょう」

「知らない」

三十歳。才能。決算。原田がつぶやき、僕をうかがう気配があった。僕は視線をそらせた。

やがて原田が静かに宏にたずねた。「スコップかなにか、土を掘る用具はないでしょうか」

「そいつも庭の納屋にあるさ」

「共同して作業される気にはならない？」

宏は首をふった。原田が僕に目を移したので答えた。「右におなじ。肉体労働にはもう歳をとりすぎてる」

「やれやれ」ため息をついて彼はいった。「すると私の肉体労働は無視されるんでしょうか。秋山さんが刻まれようとしたとき、けっこう活躍したようには思うんですがね。おまけにおふたりの財産を発掘するための作業です。それでも協力される気にはならない？」

宏が指を鳴らし僕を見た。「どう思う？」

「論理的だな。説得力もあるね」僕はいった。「まあ、協力するしかないのかな」

「感謝します」立ちあがって、原田は宏をふりかえった。「しかしここの庭はひろい。どのあたりだったんですか」

「川側のはじっこ。垣根のあたり。いまも土が少し盛りあがってんで、すぐわかるさ。むかし花壇だったんだ。なのにガラスを埋めこんでたの。いま思うと妙な始末にみえるけど、あれは人がいじくるのを避けるためのものだったかもしんない。おれがちっちゃい子どものころ、あそこには花が咲いてた」

「花壇、ですか？」

宏はうなずいた。「そう。むかしはひまわりが咲いてた」

18

長い沈黙がつづいた。最初にそれを破ったのは、原田の声だった。

「そろそろ座談会は中断しませんか。単純肉体労働に着手したほうがいい」

宏がくすりと笑い、立ちあがった。僕ものろのろ立ちあがった。彼らふたりのあとにつづいた。部屋をでるとき、ふりかえった。ひろい和室だ。その壁に貼りめぐらされた平面の数々をもう一度眺めた。それは僕の十代そのものだった。英子の集めた六点の百号。そのときになって気づいた。若い男が独りで住む屋敷だ。掃除が満足にゆきとどいているはずがない。部屋の周囲、畳の四隅がすべて分厚いほこりをかぶっていた。苦笑がもれた。時はすぎる。僕の十代など、そんなふうに積もったほこりくらいしか似あわないのだろう。忘れていたその時代について語るべきものなど、もうなにもありはしない。語るべき相手もいない。フスマを閉じるとその過去も閉じられ、視界から消えた。

原田が僕らのどちらにともなくいった。「私はあの連中をもう一度チェックしてきます。まあ、おとなしくしているとは思いますが」

廊下を去っていくその背中を見おくったあと、裏の戸口に向かいながら宏にたずねた。

「この一月、きみは原田からどんなことを訊《き》かれたんだ」

宏の返事は予想どおりのものだった。この家の歴史、家族の系譜、とくに僕と英子の周辺事情、家屋の構造。そういったたぐいのものだ。そんなところだろう。たずねたのは念をいれたにすぎない。もちろんその際、ゴッホの話は伏せられていたという。だが、原田は周到な人間だ。彼なら宏が不在の際、痕跡《こんせき》を残さないようこの家屋のあらゆる細部を調べあげたにちがいない。あるいは、むかしの畑間家について周辺の家にさり気ない聞きこみまでおこなったかもしれない。宏自身、いま近所づきあいはないといった。

庭にでた。草いきれが鼻をついた。雑草がおい繁っていた。膝《ひざ》まで埋まるほどの高さで一面を埋めつくしている。そのにおいのなか、せせらぎの音が届いてくる。垣根越しに川の向こう岸を眺めた。川べりには、けさよりよほど人が増えていた。土曜の午後。夏至に近い季節だ。六月の太陽が頭上にある。いくぶん傾いてはいるが、まだ目に痛いほどの陽射しが庭一面にふりそそいでいる。空を見あげ目を細めたあと、今度は宏が僕にたずねてきた。ひとつだけわかんないことがあんの、リシュレってだれだい。僕は新幹線で聞いた原田の話をかいつまんで話した。彼は目を丸くし、指を鳴らした。

「まあ、だいたいのいきさつはあのヤー公どもの話でわかったけどね。でもそういう付録つきなら、もっとリアリティーあんじゃない。そんなら、いまからおれたちがやろうとしてんのは、世紀の発掘かもしんないじゃないさ」

「かもしれない。だけど、そのあとのめんどうも付録にはついてる」

そこへ原田がもどってきた。彼も屋内と陽光の落差に目を細めている。それ以外、優美な顔つきにはなんの変化もない。庭の一隅を眺め、なるほどとつぶやいた。その視線のさきには小さな古い木造小屋があった。その納屋の存在は以前から僕も知っている。入ってよろしいでしょうか。丁重に宏にたずねた。彼がうなずくと原田は建てつけのわるい戸口を開け、なかに入っていった。すぐ表にでてきたが、また光に慣らすよう目をしばたたいた。その両腕が三本のシャベルを抱えていた。おそろしく古めかしい型のものだった。頑丈な樫《かし》の柄と錆《さび》のういた金属部分が時代を感じさせる。

彼は満足そうな笑みをうかべた。

「こういう納屋に、こういうシャベルが存在する。この事実自体、この時代ではあまり一般的ではないとお思いになりませんか。やはり地面の下を意識せざるをえないようだ」

「たしかに一般的じゃないね」答えて宏のほうを向いた。「ところで、きみは防空壕といった。そういう古典的な単語は、僕は英子から聞いたことがない。きみの親父さんが、そういう話をしたことはあったかい」

彼は首をふった。

原田が口をはさんだ。「それなら、防空壕とはいえないかもしれませんね」

「じゃあ、なんなのさ」

「単なる地下室だよ」僕がいった。「防空壕なら、つくられたのは第二次大戦中以外ない。たまたま京都は空襲の対象から除外されたが、その事実を住民が知ったのは戦後になっての話だ。だけど、もしそういう施設があるのなら、きみの親父さんの年代じゃ、少なくとも一度はそれを話題にしたはずだろう」

宏が首をかしげた。「けど、おれはたしかに防空壕って聞いたんだけどね。なんでいいかえる必要なんかあったんだろ」

「カモフラージュの可能性はあるな。庭の片隅にある地下室なんて特殊すぎる。他人が地面を掘りかえさないよう、防御用にガラスの破片まで埋めるくらいじゃないか。明治生まれの老人なら、防空壕のほうが自然に聞こえると考えたかもしれない」

「つまり畑間寿彦老は、第二次大戦のずっと以前、なにか別の意図をもってこの地下に一定のスペースをつくった。そんなふうに考えるのが、ふさわしいということになりませんか」

「もし地下室が存在すればの話だけどね」

口をだした僕に、原田はうなずいた。

「これはもう、じっさいに目で確認するしかないようだ。肉体労働に励むほか手段はないでしょう」

庭を見わたした。「だけど、時間がかかりそうだな」

ふたりがおなじ方向を眺めた。垣根まで一面、丈高い雑草がおい繁っている。地表の真下にはその根が複雑に込みいっていることだろう。それが作業のじゃまになりそうだった。宏の話した花壇の盛りあがりもその背丈に隠れている。雑草をわけ、垣根近くまで歩いていった。足で地面を探った。なだらかなふくらみを足裏に伝えてくるポイントがあった。彼らがやってきた。目でたずねると、宏がうなずいた。

「花壇があったのはここだよ」

「まあ、真夏でなかったのをさいわいと考えましょう」

そういって原田はただちにシャツ一枚の姿になり、シャベルを手にとった。見ていると、彼は錆《さ》びついた巨大なスプーンで土と雑草をいっしょにすくいあげ、背後に放り投げた。はだけた部分の筋肉がたちまち汗で光りはじめる。そういう姿さえ優雅にみえる男だ。なにか美的な構図を見るような気さえする。宏は肩をすくめたが、おなじように作業を開始した。僕は自分の左手に目をおとした。曽根に刻まれかけた指の傷はふさがりつつある。傍観する言い訳にはならないようだった。ジャケットを脱いだ。そのときポケットの重量に気づいた。ブロウニングをつっこんだままでいるのを忘れていた。雑草のうえにジャケットを放りなげた。シャベルの柄をにぎった。先端を地面に打ちこむ。すぐに、ふきでた汗がシャツをぬらし、ちぎれた草の葉と茎がまとわりつきはじめた。

雑草の根をとり払うまで、やはり時間がかかった。だがそのあとは比較的かんたんにすんだ。土がやわらかい。ガラスの破片がいくらか掘りだされてきた。その量は予想したほど多くない。

「おかしいな」宏がつぶやいた。「おれがちっちゃいころは、ガラスが地面いっぱいぎっしり埋まってるような気がしたんだけどな」

「幼いころの記憶と成長してからの印象はかなりちがうもんさ」

「そうかな」彼がいった。「そういや思いだしたけど、三十歳とか決算とか、ありゃなんだい。さっきはあんたたち、なんか見当ついたみたいじゃないさ」

手を休めて僕はつぶやいた。「才能の悲哀かもしれない」

「なんだい、それ」

原田が手を休めず声をかけてきた。「私もそういう印象を受けました」

「どういうことなの」

「詳しいところは結局、わからない。翻訳すれば、そういうことにもなるのかな」

「なんか気楽な答えだね」

「それっぽい答えがほしいなら、ないこともないぜ」

「たとえば？」

「たとえば、佐伯祐三」

原田は僕を眺め、ちらと笑顔をみせたようだった。

「佐伯祐三？」宏が声をあげた。「あのユトリロみたいな絵を描いた画家のこと？」

「ユトリロみたいじゃない。それ以上の作品を描いた画家さ。彼はちょうど三十歳のとき、パリで客死した。たしか一九二八年だ。その佐伯は、ゴッホと親交のあったオーヴェルの医者ガシェにも会ったことがある。彼のゴッホ・コレクションも見たことがある」

「ねえ、もうちょいわかりやすく説明してくんないかな。おれ、あんたたちほど頭よかないんだ。絵のことだって、なんも知らないんだぜ」

「こういうことです」原田が引きとった。その腕はあいかわらず単純な往復運動をくりかえしている。「この国の洋画界の黎明期《れいめい》、画家たちは続々とフランスにわたった。一八八〇年代半ばの黒田清輝が皮切りだった。こういう渡仏では、彼らも本場の絵画に接し、目を開かれる効果はあったでしょう。しかし当時は、外遊が一種のステータスシンボルであったことも否定できない。失礼だが、宏くんのお祖父《じい》さんもそういう権威主義を信奉したひとりだったかもしれない。同時にこういう可能性もある。おなじような経験をつんだにもかかわらず、ある画家の作品と自分のものを比較して、才能の落差に愕然《がくぜん》とすることがありえます」

「じゃあ、かんたんにいうとこういうことなの。祖父さんは、佐伯祐三が三十までに描いた絵を見て自分が勝てる見こみないと思ったわけ？　そいで絵を描くのをやめちまった。

そういうことなの？」

「そうかもしれない」僕はいった。「だけど佐伯は一例にすぎないかもしれない。佐伯はきみのお祖父さんより、十歳くらい若かった。留学時期も二〇年代だった。その点を考えれば、パリでの接点はたぶんなかったろうが、あとになって佐伯の作品にふれる機会はあったはずなんだ。その時点で決算を意識する。決算ってのは、ひとりの画家が生涯に残した作品のすべて、その成果を指すんだと思う。画家の発想じゃ、決算なんて言葉はそういった達成や到達点の評価以外ありえないんだ。それを佐伯祐三で意識させられたのかもしれない。もちろん、そうでないかもしれない。別のだれかかもしれない」

原田が横あいからつけ加えた。「たとえば『海の幸』で有名な青木繁《しげる》が他界したのは二十九歳でした」

「きみのお祖父さんは四十歳ころ、大戦まえに絵を描くのを断念したらしい。年齢的にはゴッホが亡くなった三十七歳に近い。あるいは軍部協力の戦争画を描きたくなかっただけかもしれない。それとは別にゴッホの才能が開花しはじめたころを考えてもいい。彼が最初の傑作『馬鈴薯《ばれいしょ》を食べる人々』を描くきっかけになったヌエネンというところを訪れたのも三十歳のときだった。あるいはもっとかんたんな理由だったかもしれない。いろんな画家とその作品を見た経験から、三十歳くらいにならないと才能を評価する能力は身につかない。そんなふうに考えただけかもしれない。その結果、三十歳という基準を設定して、だれかになにかを託そうとしただけかもしれない。つまるところ、どれが理由であってもおかしくはないし、全部であってもおかしくはない。そういう可能性がある」

「ふうん」宏はつぶやいた。「まだ、よくわかんないけどな」

「だけどきみのいったとおりではあるんだぜ。画家ってのはふつう、ある才能を見た場合、それを超えようと情熱を燃やし、たいがい懸命に努力する。だいたい無駄に終わっちまうケースが多いけどね。無名のまま終わった画家が、後世に作品を残した画家の何倍いるか数えれば、たぶんこいつはもっとはっきりするんだろう。だけど、たまにそうでない少数派がいる。彼らをけっして超えられないだろうと考え、最初からあきらめちまう。描くことを放棄する。そういうタイプがいる。圧倒的な才能を知れば、そういう傾向はもっと強くなるかもしれないな。たとえば、ゴッホその人の才能を間近で知ったような場合だ。まあ、こういうタイプは一種の負け犬といっていいかもしれないけどね」

「すると、あんたもその情けない負け犬だったんじゃない」

「そのとおりだ」と僕はいった。

「じゃあ、祖父さんもあんたとおんなじタイプだったってわけ?」

「わからない。なにも確信があっていってるわけじゃないんだ。だいたい前世紀の人間の気持ちなんてわかるわけがないだろう。人間の行動にはいつだって謎が残る。数学の方程式を解いてるわけじゃないんだ」

原田がはじめて手をやすめ、口を開いた。「才能の限界の自覚には一種、無残なところがあります。それがまだ成熟を控えたずっと以前に訪れたとすれば、これはさらに悲劇というしかない。秋山さんがいわれた才能の悲哀というのは、たぶんそういうことでしょう」

画家であった仁科。その年齢との比較を思いうかべたのかもしれない。無表情なまま、彼はまた作業にもどった。ひとり黙々とシャベルを動かしはじめる。短い時間、その姿を眺めていた。この男はプロだ。目的が明確でありさえすれば、こういう単純作業にもたんたんと集中することができる。われわれもふたたびその単調な仕事に加わった。また汗が顔面からふきでてきた。陽光を照りかえし、したたりおちていく。拭《ぬぐ》っても意味なくおちる。三人とも黙ったまま、作業をつづけた。

時間がたった。

金属のこすれあう音がした。

原田が声をあげた。「異物がありますね」

彼が指さした地面を眺めた。土のあいだに錆びた鉄板がわずかにのぞいていた。へえ、ほんとうにあったんだ、地下室。宏がつぶやいた。たしかにそれはなにかの扉のようだった。ふたりの動きが速度を速めた。周囲に土砂が堆《うずたか》くつまれてゆく。だんだん鉄の表面があらわになっていく。逆に僕のピッチはおちた。ぼんやりシャベルをにぎりながら、土くれのあいだから姿をみせはじめた鉄の板を眺めていた。痛みを感じた。目をおとすと、左手の傷が開いている。いつのまにかシャベルの柄に血が流れ、ひろがっていた。

作業はすすんだ。やがて、平らな金属がその全貌《ぜんぼう》をみせた。一メートル半ほどの正方形だ。その赤錆《さ》びた鉄板は、周囲の雑草と鮮やかなコントラストをなしている。むっとする草いきれのなか、そこだけはるかな時代の静謐《せいひつ》を漂わせている。そんな気配がある。傾いた六月の陽射しが、でこぼこした表面の錆《さび》をうきあがらせていた。

原田が鉄板のはしにシャベルをさしこんだ。かんたんに動いた。それほど分厚いものではない。彼が片端を持ちあげ移動させると、あとにはくっきりした輪郭で地面に黒々とした穴が開いた。光のさしこむ部分に階段がみえる。古い木組みでできた階段だった。そのさきには真っ暗な闇がひそんでいる。

「六十号くらいまでならラクに入る入り口だ」つぶやいて原田が僕を見た。「そうお思いになりませんか」

「きみたちでたしかめてくれ」

原田が怪訝《けげん》な表情をうかべた。「秋山さんは、入るおつもりじゃない？」

「資格がない。僕はあんまり働いちゃいないからね」

そう。意味はちがうが、資格はない。方形の闇を見ているうち、そんな気分が訪れた。

宏の話の道筋をたどれば、ここでなにがあったのか明らかになるかもしれない。いまは宏と僕の所有になるもの。あるいはそれが見つかるかもしれない。だが、そんな気にはならなかった。だれかが才能の限界を知る理由となったかもしれないものの存在する場所。そこをのぞくことになる。希望の残骸《ざんがい》であり、情熱の朽ち果てるところ。それはだれかの夢の墓場だった。

「わかりました」悟ったように原田がいった。「しかし懐中電灯がいりますね」

「おれがとってくるよ」

「僕がとってこよう」宏をさえぎった。「指の傷口がまた開いてきた。ついでにバンドエイドでふさいでおきたいんだ。どこにある？」

「台所」宏がいった。「両方とも台所の戸棚に入ってる」

「わかった。すぐもどる」

雑草をかきわけ、屋敷に向かった。

懐中電灯もバンドエイドもすぐ見つかった。傷口に巻きつけてから、廊下のさきにある応接間をのぞいてみた。三人の男が壁際にいた。インテリアみたいな感じですわっていた。ふたりは僕が最後に見たときのままだが、田代はもう少しミイラから遠かった。肘《ひじ》からさきの手首と両足にしかテープを巻かれていない。原田が手かげんしたのだろう。ただテープの粘着力には信頼がおけるようだった。曽根は口をきける状態にない。濁った目をうすく開き、ぼんやり僕を見ただけだ。鷺村も黙って僕を見あげた。

声をかけてきたのは田代だった。

「きみたちはいま、なにをやっているんだ」

「きょうは天気がいいから、外でちょっとした仕事をやってる」

「なんの仕事だ」

口調の横柄さは意識にないのだろう。ふだん、そういう口調になじむ立場にあると、自分のおかれた環境も考えないですむらしい。

「あんたには想像もつかない単調な肉体労働だよ。だけどおかげで、もうすぐあんたたちの探しものが見つかるかもしれない」

今度は静かな声がかえってきた。「どうやって見つけた？」

「その曽根のおかげだ。彼がヒントをくれた」

「ヒント？　なんのヒントだ」

「僕の指を刻もうとした」

「それがなんのヒントになる」

「それ以上は企業秘密だな。これはマスコミにも伏せられることになっている」

「そういえば、さっきのあの話はほんとうなのか」

なんのことか気づくのに、いくらか時間がかかった。僕がブラフをかけたマスコミ宛の手紙の話だった。笑いがもれた。「もちろんウソに決まってる。だけど、事実上おなじ結果にはなるよ。区切りがついたら、警察に連絡することにしたんだ。全会一致でね」

彼は僕が手にした懐中電灯に目をやった。それから短い時間をおいていった。「きみに話があるんだが」

「あまり聞きたくない。僕はもうもどることにする」

背を向けたとき、田代が声をあげた。「監察医がきみに教えなかったことがある。そういっても、聞きたくないのか」

ふりかえった。「なんのことだ」

「きみの奥さんは自殺した。ほんとうにそう思っているのか」

しばらく考えてから周囲を見まわした。そういえば曽根の持っていたナイフが見あたらない。あれはどういうふうに処分したのだったろう。記憶から抜けおちている。台所にもどり、出刃包丁をとりだした。その包丁を持って応接間にもどると、田代の顔に脅《おび》えのいろがうかんだ。それを近づけると、顔面がさらに恐怖でこわばった。包丁を床までおろした。彼の足に巻きついたガムテープを切断したとき、あからさまな安堵《あんど》がその表情にうかんだ。吐息も聞こえた。

「別の部屋で聞くことにしよう」

田代を立たせ、廊下にでた。あとのふたりには聞かせたくない話だった。ドアをでる際、そばにあったガムテープのかたまりを手にとった。なにかの際には役立つかもしれない。

今度はどこに移るべきか考えた。ここにもどってからは、ふたつの部屋にしか入っていない。結局、彼をうながし二階の大広間に移動した。

広間のたたずまいは変わらない。僕の描いた油彩がかわらず壁にあるだけだ。立ったまま向かいあい、田代を見た。彼の手首から指先までは褐色のひとかたまりになっている。巻かれたテープのいろだ。腕が祈るようなかたちで固定されている。その腕越し、胸に包丁をつきつけた。

「さっきのつづきを話してくれ」

彼は眉《まゆ》に皺《しわ》をよせた。「ちょっと聞きたいんだが、この百号は全部ほんとうにきみが描いたのか」

「そうだ。だけど、よけいな話は聞きたくない。あんたの口から感想はいっさい聞きたくない。僕の絵についてなにかひと言でもしゃべったら、たぶんどっかから血が流れるよ。どうやら曽根の趣味が伝染したらしい。もう一度だけいうぜ。さっきは、あんたのほうから話があるといいだした。なんの話なんだい」

「わかった」田代はゴクリと唾《つば》を飲みこんでから口を開いた。「ある筋からこういう話を聞いている。監察記録には、きみの奥さんの死因は自殺だとされ残っている。妊娠もしていた。ただその自殺の動機が、きみにもまったくわからないそうだ」

「それで?」と僕はいった。

「他殺だったんだよ、あれは。あるいは他殺に近い事故といっていいかもしれない」

「理由は？」

「事実経過を直接知る当人から聞いた。つまり犯人だ」

「だれが犯人なんだ」

「原田だよ」

「彼の動機は？」

「もちろん、ファン・ゴッホのもう一点の作品だ。彼女がその『ひまわり』の存在する場所を当然知っていると彼は考えた。それで問いつめようと迫ったあげく、奥さんがベランダから転落することになった。ついでに、きみの子どもも同時に死亡した。そういうことだ」

「原田はゴッホの件についちゃ、七年まえにはまったく知らなかったはずなんだが」

田代の顔に狼狽《ろうばい》がうかんだ。

包丁を左手に持ちかえた。懐中電灯が畳におちた。右の拳《こぶし》が自然に動いた。まっすぐのびた。意識しない力で動いた。直後、それが田代の顔面に打撃を与え、静かにとまっているのを目のまえにぼんやりと見た。田代の身体は宙にうくような勢いで背後の壁に激突した。正確には壁ではなかった。壁に架けられた僕の百号だった。その表面から絵の具がボロボロこぼれた。気にはならなかった。倒れた田代は、横たわったまま呻《うめ》いている。唇から血を流し、頭が畳の隅に積もった分厚いほこりに埋もれている。
かがんで彼の耳にささやいた。「覚えておいてくれ。僕が人を殴ったのは、いまのが生まれてはじめてなんだ。それも抵抗できない人間を殴った。だけどまったく後悔しちゃいない。じっさい、あんたは無能以下だ。僕と原田のあいだに不和を起こさせようとしたんだろうが、論外だったな。あんたは無能であるだけじゃ満足できないようだ。愚劣でもあるらしい。おそろしく貧弱な話をでっちあげることしかできない。あんたほど低劣な人間は見たことがない。最低のろくでなしだ。美術愛好家を気どるバカは数多いが、あんたみたいなチンパンジーもいることをはじめて知った」

足もとにもう一度、ガムテープを巻いた。テープが切れるまで黙って巻きつづけた。それ以上なにか会話をかわせば、反吐《へど》がでそうだった。

懐中電灯を拾って立ちあがり、そのまま部屋をでた。

戸外にでたとき、陽射しのもとで深呼吸した。いくらか気分がおちついた。太陽の光がありがたいと思ったのは、ここ数年ではじめての経験だった。

原田と宏は庭に開いた方形の穴のそば、雑草のうえにのんびり腰をおろしていた。近づくと、ふたりは僕を見あげた。

宏のほうが声をかけてきた。「おそかったじゃないさ」

ため息をついた。「無能を相手にしてたんだ。まったく世間はひろい。ああいう人間もいるんだな」

「田代社長がなにか?」察したように原田がたずねた。

「きみが英子を殺した。そういってたよ」

彼は無言のまま、首をゆっくり左右にふった。

「きみはあの男に接近したんだろう。よくそんな気分になれたもんだな」

「それがビジネスです」達観したようないろが彼の目にあった。「仕事を遂行する際には、自分が気にいった人間ばかりと接触するわけにはいかない。それがビジネスの法則です」

宏が声をあげた。「さあ、地下を探検しようじゃないの」

「あなたは、ほんとうにお入りにならない? どうせ、それほどひろいとは思えない。結果はすぐわかりますよ」

首をふった。原田はうなずいて懐中電灯を受けとった。原田が地下への入り口にある階段に足をかけた。宏がつづいた。ふたりの姿はすぐ狭い闇に沈んでいった。

太陽を見あげた。最初この庭にでたときより、陽はかなり傾いている。時計を見た。午後五時過ぎ。この季節はいつ暗くなるのだろうと考えた。日中、戸外にでない生活をおくっていると、こういう感覚が失われる。

賀茂川からは依然おなじせせらぎの音が届いていた。向こう岸に目をやった。はるかな川べりに、ジョギング姿で走るなん人かの姿があった。自転車が走っている。子どもたちが駆けまわっている。所在なげにすわっている老人もなん人かいる。しばらく眺めたあと、そばにある脱いだジャケットを手にとった。銃弾で削られた袖《そで》を眺めた。これはもう使いものにならないだろう。ポケットに手をいれ、ブロウニングの感触をたしかめた。はじめて人を殴った拳の感触がよみがえった。あのとき、これがあったならひょっとして使用さえしていたかもしれない。屋敷のなかなら銃声は外へ届かない。じっさい、曽根が銃を発射したときだれも気づきはしなかった。そのはずだ。聞こえたとしても、この国では、それとすぐわかる人間はごく少ない。ぼんやりそんなことを考えた。

時間がすぎた。陽のいろがようやく変わりはじめた。

原田の頭が穴からあらわれた。目があうと、彼がいった。

「『ひまわり』は、ここにはないようですね」

「そうなのかい」

「なんだか、うれしそうな言い方に聞こえますが」

「これでもう、めんどうに巻きこまれないですむじゃないか」

「いや、いっそうめんどうになった。そういえるんじゃないでしょうか」

「どうして」

「私は、ないといっただけだ。ここから消えたんです」

宏があらわれた。彼はかさばるふくらみを抱えていた。ひと目でわかった。古い油紙だ。

折りたたまれ、なん枚も重ねられている。

彼はげっそりしたような声でいった。「この地下ってひどく狭いぜ。石づくりで三畳くらいしかないいんだもの。閉所恐怖症にかかっちまいそうだった」

時計を見た。もう六時だ。数十分がすぎている。「そのわりに時間がかかったな」

「痕跡《こんせき》を探していたんです」

「痕跡？」

原田は宏から油紙を受けとると、地下をふさいでいた鉄板のうえにひろげた。全部で五枚あった。分厚いもので、ほとんど変色していない。そのすべてに規則正しい間隔で折り目がついている。

顔をあげて原田を見た。彼が答えた。「湿気を防ぐための当時の用具はこういう油紙しかなかったでしょうね。しかしこの折り目は、みなサイズがまったく一定している」

「三十号の折り目」と僕はいった。

彼はうなずいた。「ファン・ゴッホがアルルで一八八九年一月に描いたレプリカとしての『ひまわり』。あれはほぼすべてが三十号前後だった」

「だけど三十号なんて、ごく一般的じゃないか」

「当時のこの国の美術界ではかなり大型でしたよ。畑間老のころには一般的ではなかった。それにこういうものも残っていました。時間がかかったのは、地下の隅々まで探していたからなんです。ルーペがほしかったくらいだ」

原田はポケットからハンカチを取りだした。まっ白なハンカチだった。きれいに折りたたまれている。彼はそれをていねいに開いていった。開かれた中央にふたつのかけらがのっていた。ともに二、三ミリ大。色褪《いろあ》せてはいるが、わかる。絵の具のかけらだった。見つめたまま、つぶやきがもれた。

「クローム・イエローにジンク・ホワイトが混じってる」

「そのとおり」原田がいった。「ファン・ゴッホは、弟テオへの手紙でよく送金を要求しましたね。同時に大量の絵の具を要請してもいた。なかで、クローム黄一番シトロンと亜鉛白とあったものにこれは相当する。ついでにいえば、その色彩を指定していた時期も特定できます。アルルからの書簡にあった色彩だ」

「て、ことはさ」宏がいった。「一回はあそこに『ひまわり』があったって、そういうわけ?」

「それ以外、考えられませんね。つまりここに一度『ひまわり』が存在し、だれかがもちだした。そういうことになる。『ひまわり』は依然どこかに存在する。その可能性がきわめて濃くなったといわざるをえない」

原田が立ちあがった。

そのとき銃声が鳴った。

弾《はじ》かれたように倒れる原田の姿が視界の片隅に入った。

19

身体を伏せると同時に叫んだ。

「宏、地下に入れ！」

反応は素早かった。彼の姿が地下に飛びこむのを横目でたしかめたあと、前方を眺めた。人影はない。屋敷の二階を眺めた。窓が開いている。撃ち手はそこで銃を発射した直後身を隠したか、前方の雑草に身を伏せているか、そのどちらかしかない。銃声の聞こえた方向から判断するかぎり、たぶん前者だ。放りだしていたジャケットが目に入った。ほぼ一メートルさきにある。はったまま草をかきわけ、たどりついた。ブロウニングをポケットからとりだした。セーフティーを引きながら、小声で呼びかけた。

「大丈夫か、原田」

「大丈夫です。腕を貫通しただけで、骨にも損傷はない。これは二十二口径ですね」

かすかな呻《うめ》きがにじむものの、冷静な声だった。その程度の判断ができるようなら、まず心配することはないだろう。

「きみも地下に入れ」

「そうしましょう。あなたは？」

今度は大声で叫んだ。「こちらにも武器がある。曽根の三十八口径だ」だれかに聞こえるようなら、効果はあるかもしれない。

屋敷のほうから反応はなかった。かわりに、ゆっくり移動する原田の声が聞こえてきた。

「こんな住宅街での撃ちあいは、いささか派手といわざるを得ませんよ。運動会にしちゃ殺風景だし、参加者が物騒にすぎる。だれかが一一〇番するでしょうね。ファン・ゴッホのため、この時点であまり警察を歓迎したくはないんだが」

考えてはいた。両隣の屋敷に目をやった。あいだには石塀がある。この庭の光景をのぞきこめるのは、そちらでも二階からしかない。その気配はなかった。原田のいうとおり、あれはたしかに二十二口径の音だった。乾いて短い。慣れていなければ、ちょっとした花火かクルマのバックファイアと区別はつかないだろう。川の向こう岸からも、なにが起きているかわかることはない。覗《のぞ》きの愛好家が双眼鏡でも持っていないかぎり見分けはつかないはずだ。それにもう、うす闇がしのびよっている。ただ連続音がつづけば、このままというわけにはいかない。

なにもないまま、十秒ほどすぎた。視線をめぐらせると原田の上着が目に入った。ようやく思いいたった。また匍匐《ほふく》し移動した。上着をつかむと、身をひるがえして地下の入り口にとびこんだ。

階段に足をかけ、外を眺めた。こちらは動けないが、撃ちあいになれば有利な点はないこともない。掘りかえした土砂がちょうど砂嚢《さのう》のようになっている。

階段の下にいる原田をのぞきこんだ。「けがはどうだい」

「二の腕から出血しているが、止血さえすれば問題ない。その程度のものです」

「さっきのハンカチをつかえばいい」

下を向くとかすかな光のなか、絵の具のかけらを大事そうにシャツのポケットにしまう原田の姿が目に入った。宏がハンカチで彼の左腕をしばりあげる。もうさほど懸念することもないだろう。それにしても、たいした男だった。しっかりした声音にはおどろくほかない。蜂に刺された程度といった調子の声でいる。貫通しているとはいえ、ふつうなら激痛にのたうちまわってもおかしくはないはずだった。

屋敷の二階に視線をもどしながら、彼に上着を手わたした。

「聞いておきたいことがあるんだ。きみは名古屋駅にいた連中の所持品はチェックしたんだろう」

「しました。彼らは銃など持ってはいなかった。コインロッカーにでも隠していたのかな」

「じゃあ、そっちより可能性はあるな。その上着に携帯電話が入ってるんだろう。そいつで銀座の新聞青年から伝言がないかどうか聞いてくれないか」

「まいったな」原田の声が苦笑を帯びた。「すっかり忘れていた。あの応接間の窓で待機していたときから、電源を切ってチェックしていない。あなたといっしょにいたので情報については、まるで油断していた。なるほどね。東京組まで出張してきたのか」

電波が入る位置まで彼も階段をのぼってきた。丈夫なほうの右手で携帯を操作する。ボタンをおすのと受話器に耳をあてる動作を何度かくりかえしたあと、彼がいった。

「やはりそうだった。メッセージがみっつ入っていました。佐藤くんの最後の伝言では、あなたの家を家捜ししていた連中は二時ころに去った。連絡がつかないので一応、京都へ向かう。路上でしゃべった彼らのそんな会話の断片が耳に入ったようですね」

「ちょっと、そいつを貸してくれないか」

原田が怪訝《けげん》な顔つきで、僕に携帯電話を手わたした。

「宏。きみの家の電話は何番だ」

地の底から届く声にしたがい、ボタンをおしていった。向こうの受話器はすぐとりあげられた。もしもし、とだけ低い声が答えた。

「責任者をだしてくれ。あの無能社長だ」

返事はなかったが、しばらくして別の声がかえってきた。「秋山くんかな」田代本人の声だった。彼らのあいだでも、無能で意味がつうじるのかもしれない。

「東京の補欠まで参加したようだな」僕はいった。「この不況なのに、人手不足で苦労してるのはあんたたちくらいのもんだろう」

「そういう大口をたたいていいのかね。きみの気づくのがおそかっただけじゃないのかな」

「あんた、いよいよ無能がはっきり露顕してくるな。いや、今度は無謀か。こんな閑静な住宅街で銃撃戦をやろうってのか」

「できれば、そういう無謀はさけたいね。ただ、きみたちが頭をだしたり、へたに動けば、けがをする。今度はたいそうなけがになるかもしれない」

余裕ある口ぶりだった。その悠然と構えた態度が気になった。田代は僕に殴りたおされた。彼にとっては、あまり遭遇したことのない経験だろう。この男の性格を考えれば、わめきちらしているほうが似つかわしい。

「こっちはいま、一一〇番しようかと思ってるんだけどね」

「それはきみの自由だ。ただ、きみたちがきわめてまずい立場におかれることは覚悟しておくことだな。きみの弟はまず実刑になる」

「特別背任と銃刀法違反、ついでに殺人未遂の併合罪。そっちより重くはないだろう」

「忠告しておくが、きみたちはいましがた発生したもっと単純な事件に気を配ったほうがいいように思う」

「単純な事件？」

「この家の何箇所かで、覚醒剤《かくせいざい》の包みが発見されたらしい。販売できる程度の分量がある。だれがおいたのかは知らんがね」

「ふうん。ずいぶんクラシックな手段だ。ハリウッドのB級映画を見すぎじゃないのか。宏から尿反応はでないぜ」

「それなら、前科者に対する警察の対応を試してみたらどうかね」

「いったい条件はなんなんだ」

「なにもない。きみたちはなにも発見できなかった。それはこの二階からずっと眺めていて確認した。どうやらこの屋敷に探しものはないようだ。われわれは後日を期することにするよ。したがって、もうそろそろここを引きあげる。きみとは、いつかどこかでまた会えるかもしれんな」

「そういう不運がないよう祈ってる」

笑い声が聞こえた。「きみは不愉快きわまりない人間だな。しかし、かつてのきみの才能だけは認めておこう。芸術家というのは、おおむね不愉快な存在であることは知っている。では、これで」

電話が切れた。手のなかにある携帯電話をしばらく眺め、考えていた。雲行きが妙な方向に向かっている。

「どういう電話だったの」宏の声がいった。

田代がしゃべった話の内容を聞かせた。すると彼は憤激の声をあげた。アッタマくるなあ。おれがシャブの売人だって？

原田がいった。「彼らは、ほんとうに引きあげるんでしょうか。なにか目処がついたとも思えないが」

また考えてからいった。「きみが撃たれたのは、家の二階からのようだった」

「私もそう思いますね」

「だいたい二十五ヤード。二十二、三メートルだ。拳銃ならそこそこの距離になる。撃ったのは、あの曽根だろう」

「たぶん」彼が答えた。「しかし彼なら、その気になれば射殺できる距離ですよ。腕をかすめる狙いまでは、むずかしいでしょうがね。だから腕の中央を狙うしかなかった。そう思いますね。結局、中心からはそれたが、あれも一種の警告のようだった」

「たしかにそうとしか思えないな。いまの状況じゃ、いくらなんでも射殺体をつくるのは、田代が許可しないだろう。それに二十二口径だ。急所に命中しないかぎり、相手が死ぬことはない。だけどなんできみを狙ったんだ？　なんで警告する必要がある」

「私が狙われたのは、ひとつに格闘能力の削減が考えられますね」

宏が口をはさんだ。「最初に立ちあがったのは、あんただった」

「そうかもしれません」うなずいて原田がいった。「この三人のうち、だれでもよかったのかもしれないな」

「もしそうだとしたら、考えられる彼らの目的は多くない。ここにわれわれを足どめする。一時的に屋敷から遠ざけておく。そのあたりしか考えられない」

「可能性はありますね。しかし、なんの目的があるんだろう」

手で彼を制した。川のせせらぎとは別に、かすかな音がわいていた。それは屋敷の向こう、ふだんあまりひとけもない表通りから届いてくるようだった。エンジン音。それも複数だ。

耳を傾けていた原田がつぶやいた。「三台ですね。やはり引きあげるというのは、ほんとうらしい。あきらめたのかな。いや、それにしても妙だな。一台はトラックのエンジン音のようだ」

「トラック？」反射的に声をかえしてから、僕を見あげる原田を見おろした。腕に巻かれたハンカチの白さがぼんやり目に入った。つぶやきがもれた。

「なるほどね」

宏がたずねてきた。「なにが、なるほどなんだい」

「そいつをこれからたしかめる」

携帯電話で一〇四をおした。やわらかい女性の声で担当氏名とともに返事があった。方言のにじむ声だ。NTTの京都の番号案内が気にいって僕はたずねた。

「タマイ・ファイナンスの京都支店。区はわからない」

しばらくして「京都営業所ならございますが」

「そう。京都営業所」

聞いたばかりの番号、そのボタンをおした。はい、タマイ・ファイナンスです、とまた女性の返事がかえってきた。ごく事務的な口調で僕はいった。

「本社融資審査部の田中です。所長をお願いします」

「融資審査部？　融資審議室、ですか」

「今度、名称変更したんです。大至急、所長をお願いしたい」

小世帯なのだろう。松本所長、本社から至急だそうです。声が受話器に入った。

男の声がでた。たずねられるまえに早口でいった。

「本社の田中です。緊急の用件です。田代社長の業務命令がそちらにいってるかと思うんですが、進捗《しんちょく》状況を把握するために電話しました。現在の状況は、どうなっているでしょうか」

「いや、びっくりしますな」男がほんとうにびっくりしたような声でいった。「なにしろ社長から直々、電話があったのがついさいぜんでっしゃろ。いきなりクルマ二台。それに大型トラックも一台といわれたら、そら難儀しますで。トラックは幌《ほろ》付きの四トンしか用意できませなんだが、あれでよろしおまっしゃろか」

「うちのトラックですか。担保動産回収用の」

「そうです」

「結構です。社長から電話があったのは何時ころでした」

「五十分まえころですかな。ふつうやったら、この烏丸《からすま》三条から三十分くらいで下鴨につくと思うんやけど、なにしろ板状の発泡スチロールも大量にといわれたもんやから。融資先の電気店まわっていきますんで、十分から二十分くらいよけいにかかると思います」

「わかりました。万事、順調ですね。また追って連絡します。おおきに」

電話を切った。

「どういうことなの」宏がいった。「あんた、詐欺のほうにも進出するつもりなの」

しっ、と彼を制した。アイドリングしていたらしい複数のエンジン音がふいに高まった。それがすべてどこかへ遠ざかっていく。静寂がもどってきた。耳をすませてから僕はいった。

「もう、大丈夫だ。だれも残ってはいないと思う。家のなかにもどろう。念のため、僕がさきにいって合図する」

答えを待たず、地下をとびだした。庭をじぐざぐに走りながら、屋敷の壁に到達した。庭の戸口は避け、応接の窓からなかをたしかめたあと、室内に入った。ゆっくりうかがいながら廊下をすすんだ。人の気配はない。内側から庭に面したドアを開けた。暮れていく古都の空がひろがった。川向こうの家並みに陽が沈みつつある。

その方向に声をあげた。「もうもどっていい。連中は消えた」

ふたりの立ちあがる姿がみえた。淡い夕焼けを背景にふたつの影が近づいてくる。戸口までたどりつくと、宏がいった。

「いったい、なにが起きたんだい」

「二階へいけばわかる。たぶんね」

「二階?」

さきに立って階段をのぼった。二階の大広間。そのフスマが開けっ放しになっている。原田の息をのむ気配があった。彼のおどろく姿を見たのは、新幹線以来はじめてのような気がする。広間の正面の壁には空白があった。周囲の壁とわずかにいろのちがう方形が、百号の大きさで残っていた。ようやく原田が声をあげた。

「秋山さん。あなたの作品が一点、消えていますね」

「どういうことなんだい」宏がいった。「田代のやつ、あんたの絵がそんなに気にいったのかな」

「ちがう。連中は探しものの隠された場所を見つけたんだ。彼らが持ってったのは、ゴッホの『ひまわり』だ」

ふたりが僕を見つめかえした。

短い時間がすぎた。ゆっくり原田が壁に近づいた。壁には百号の重量を支えていた細いチェーンだけが二本、たれさがっている。

「ここにあったのは、ブリキも素材にした作品だったはずですが。あれはドアをレリーフふうにしたひどく斬新《ざんしん》なものだった。たしか大胆にペンキまで、色材につかわれていたでしょう」

「そのとおり」

「失礼ですが、私はここにある作品はすべて裏面まで調べさせてもらったことがある。その際はなにもなかった。キャンバスのベニヤ地が裸でみえただけだった」

「絵のなかにあったんだ」

「なか？」

うなずいた。「あれは僕が高校時代に描いて、透流展に応募した。審査員特別賞をもらった。タイトルは『出口』っていうんだ。評価のひとつにアイデアがユニークというのもあった。きみがいったように、ドアがモチーフだ。ブリキでレリーフふうにドアをつくって、蝶番《ちょうつがい》でキャンバスにとりつけた。つまり二重構造になっている。これは審査員も展示会の入場者も、だれも気づかなかったと思うけれど、じつはあのドアはブリキを上下に数センチ移動させれば開くんだ。なかに空間をつくった。ブリキのドアとキャンバスのあいだには一センチほどの隙間がある。その下のベースになったキャンバスにもじっさい、室内をモチーフに絵が描いてある。いたずら気分で描いたんだが、これはだれも知らない。例外のひとりを除いてね。その制作過程を見ていた人物はひとりだけいた。英子だけが僕が描く作業をずっと眺めてた」

原田は僕の表情を呆然《ぼうぜん》と見つめた。「空間一センチというと、木枠は入らない。すると、木枠からキャンバス釘《くぎ》を抜きとった？　木枠をはずした『ひまわり』のキャンバス。その麻布だけをあの作品の内部に収納した。そういうことですか」

「そういうことになるね。あのサイズなら、フラットになった三十号のキャンバスは、釘打ち用にはみでた麻の部分もふくめてじゅうぶんに収納できるスペースがある。いくら厚塗りのゴッホでも、一センチも隙間があればラクに収まる。確認したいんなら、そのほこりのなかを調べてみるといいさ。絵の具の破片がおちてるはずだ。あの地下室にあったもののとたぶん一致するよ」

原田がかがみこんだ。絵の具の破片はずいぶんおちている。田代が激突したとき、こぼれおちたものだった。そのほとんどは僕の百号のものだろう。だが、たぶんそうでないものもあるはずだ。

気がつくと、原田はナイフをつかんでいた。曽根のナイフだった。彼が持っていたのかと思った。鋭い先端が、ほこりのなかでかけらを選びながら繊細な動きをみせる。原田が微妙な動作でそれを引きだすたび、光る刃のうえに小さなかけらがのっていた。畳のうえに細心の注意を払いながら並べていく。十数個を回収すると、今度は自分のポケットにしまっておいたものをとりだした。同様に、畳のうえにそろえ一列においた。目を凝らしながら、しばらく見くらべていた。

やがて彼は顔をあげた。「一致しますね。かけらのうち三点は、地下室で見つけたものとまったく一致する」

「あの油彩で僕がおもにつかったのは、きみがいったようにペンキだ。色彩の単調さは熱で変化をもたせた。絵の具はブリキと相性がわるいんだ。バーント・アンバー系の褐色か、ビリジャン系のグリーンの絵の具を最小限にしかつかわなかったことは覚えている。そういうイエローとかジンク・ホワイトは使用しなかった」

「どうやら、やはり『ひまわり』ですね」彼がつぶやいた。「ずっと、われわれの目のまえにあったのに気づかなかった。そういうわけか。しかし田代はなぜ、そのことに気づいたんだろう」

「無能な人間にしろ、彼にだって油彩の経験はあるんだろう。数センチの距離でそのかけらを見たとしたら、気づくチャンスだけはあったんじゃないのかな」

「数センチ？」

いきさつを話した。僕がここに懐中電灯をとりにもどってきたときのこと。田代を殴ったときのこと。僕がこの部屋をでるとき、彼がほこりのなかに顔を埋めていたその光景。

原田は、ため息をついて頭をふった。「なるほどね」

「うかつだった。きみがハンカチをみせたとき、あの絵の具のかけらをみせたときに、僕が気づくべきだったんだ」

「でもさ」宏が口をはさんだ。「なんで、あんたの絵まで持ってったの。ゴッホだけ抜きとって持ってきゃいいじゃない。あんたの絵を包装紙にしたのかな」

「なあ、宏。僕だって傷つくことはあるんだぜ。包装紙ってのは、ちょっとひどかないか。この隠し場所を考えた英子は、英子しかありえないと思うが、彼女はたぶん『ひまわり』を僕の絵の内側に密着させてたんだと思う。彩色されてない余分なキャンバス部分を接着剤かなにかで。一世紀以上を経た絵なんだ。すごくデリケートなんだ。へたに剝《は》がしてキャンバスによじれでもつくったりすると傷つく恐れがある。それで田代はいっしょに持ってったんだ。あとでゆっくりそれなりの処置をしてひっぺがすんだろう」

「じゃあ、あの絵はどこへ向かったの」

「タマイ・ファイナンスの倉庫でしょうね」原田がいった。「絵画の保全、それも作品価値を勘案すれば、それしか考えられない」

「江東区の東雲といったな。晴海通りの突きあたり」

彼はうなずいた。「倉庫団地と呼ばれる埠頭《ふとう》がある。その名のとおり、埠頭全体が古い倉庫の群れになっている。夜はごく少数の警備員くらいしか人はいない。その一角にある黄いろい建物です」

僕は時計を見た。六時四十分。

「連中はいつごろ、倉庫に到着するんだろう」

「京都南インターまでは、時間がかかりますね。いくら早くても四十分以上はかかる。まあ、一時間くらいでしょう。ただ阪神《はんしん》高速に乗って、混んでさえいなければ、あとは早い。東名から首都高に入る。どの出口でおりるにせよ、そのあともけっして遠いとはいえない」

「つまり何時くらいに着くんだい」

「彼らの出発したのが、二十分ほどまえですから、早ければ夜十二時ころには着くでしょうね」

「連中の乗ったひとつは、四トントラックだ。幌《ほろ》付きということだから、古い年式のものらしい。たぶんそれほど速く走れない。おまけに貴重な貨物まで載せてる。それを勘定にいれれば？」

彼はうなずいた。「そう。たぶん慎重に走るでしょう。それなら夜中の二時から三時くらいの可能性がもっとも強い」

「新幹線の時刻は？」

彼は微笑した。「私は鉄道マニアじゃない。いくらなんでもすべての時間を覚えてはいませんよ。ただ十九時台の京都駅なら、上りのひかりは最低十五分に一本くらいは走っている」

「じゃあ、七時半くらいのに乗れば、十時過ぎには着くわけだ」

「そうですね。そろそろ出発したほうがいいようだ」

「そうだな。出発しよう。ただ出発するのは、僕ひとりになる」

原田は首をかしげた。「私の傷はそれほどたいしたものじゃありません。ほら、もう出血もとまりかけている」

彼の指さした腕を眺めた。それからぼんやり自分の両手に目を移した。左手に携帯電話がある。右手にはまだ、ブロウニングがあった。右手をあげた。銃口がまっすぐ原田のほうを向いた。

彼は眉《まゆ》をひそめた。「どういうことでしょう」

「きみに頼みがある。強制的な頼みだと考えてくれていい。この銃を見ればわかるはずだ」

携帯電話を投げた。原田は傷ついていないほうの片手で受けとめた。

「きみは仁科の秘書だろう。僕のために彼とアポイントをとってくれないか」

「アポイント？　いつですか」

「きょうの午後十一時。場所は大手町の仁科忠道事務所」

彼は首をふった。「用件を聞かないかぎり、無理ですね」

「きみには、あまり話したくないんだ」

「それなら、お断りするしかない。それが秘書の務めです」

銃把《じゅうは》をにぎりしめた。なぜかそのときになって、ようやく思いだした。こうして拳銃のグリップをにぎるのは、六年ぶりだ。そのあいだ一度も銃を撃ったことはない。それでもできる。曽根が警告したような撃ち方はできる。銃弾で腕をかすめることくらいはたぶんできるだろう。だが無駄に終わることもわかっていた。原田のこれまでの行動からは、そう考えるしかない。

宏の声が聞こえた。「秋さん、それ、ちょいひどいんじゃない？　あんたが刻まれようとしてんのを助けてくれたのは、このおっさんだろ」

僕は答えなかった。

原田が宏に顔を向けた。「あなたは席をはずしてもらえないでしょうか」

「なんで、おれが……」いいかけた宏が僕を見た。僕がうなずくと、彼は肩をすくめた。指を鳴らしながら部屋をでていった。階段をおりる足音が遠ざかっていった。

原田が静かにたずねた。

「理由をお聞かせ願えませんか」

まだ黙ったままでいた。

「思うに、あなたはファン・ゴッホにあまり興味をお持ちじゃないようですね。あなたの関心はそれ以上にもっと別のところにある。なんだか、そういう気がしてしかたがない」

ぼんやり声がでた。「別のところって、どこなんだい」

「究明」と彼はいった。「奥さんが死にいたった原因についての究明」

「あれは自殺だった。自殺の原因は、死者にしかわからない」

「しかし、たしかな事実がひとつある。彼女のお腹にいたのは、あなたのお子さんではなかった」

彼の顔を見つめかえした。「なぜ、知ってるんだ。田代は知らなかった」口にしてから思いだした。あのとき彼は、きみの子どもといった。それも思わず彼を殴った理由のひとつだったかもしれない。

「申しあげたように、われわれはそれなりの力をさまざまな方面に持っている。監察医の検視記録を見る機会があったんです。きわめて古典的な視点ですが、血液型からは、あなたの子どもとは考えられない。これは監察医でさえ見逃したようですね。あまりに単純すぎたせいかもしれません。あなたの奥さんはA型だった。最初にあなたのほうから、胎児のO型という血液型を医者に聞いて、それにあわせるよう、あなたもO型だと答えた。だが、あなたはじっさいにはAB型のはずだ。もちろんこれは監察医のミスではない。事実、死因は自殺だったわけですから。心理的事由については、彼らは関知しない」

感心していった。「ずいぶん周到に調べたもんだな」

「癖というか、徹底するのは私の性格なんです。もちろん田代社長には、この事実を話してはいません。弟さんも知らないようですね。私が知る範囲で、この事実についての知識があるのは、仁科、私、それにあなただけです。しかし、この件については私以上のことを仁科は知らない。彼になにかたずねても、あまり意味があるとは思えませんね」

「きみ以上のことを知っているかもしれない」

「なぜ」

「英子がその七年まえ当時、きみの知らないところで仁科と面識があったからさ」

彼は首をふった。「いや、そんなことはけっしてない。弟さんの公判の際、いっさい彼は表にはでなかった。この部屋でそうお話したでしょう」

「きみにも、そんなふうに隠すくらいだからよけいに興味がわく。そういう人物の話を聞いてみたいんだ」

「私にも隠していた？　どういう根拠でそんなことをおっしゃる」

「きみの記憶力はたいしたもんだよ。それは、リシュレ夫人の遺書の再現からよく知っている。意図しなければ、表現が瑕疵《かし》なく正確無比であることも知っている。その前提で考えたんだ。この部屋でその公判の際の話をしたあと、きみはこうもいった。リシュレ夫人の遺書を見たとき、私と仁科のショックはたいへんなものがあった。そういった。きみの場合はわかるさ。傍聴席で会釈をかわすくらいの関係はあったわけだから。だがなんで、彼女の顔も知らない仁科がそんなショックを受けるんだ」

驚愕《きょうがく》のいろが彼の目にあった。それから、なにかを思いだそうとつとめる表情に変化した。はるかな過去を追う表情だった。彼はいったん顔を伏せ、またあげた。僕をまっすぐに見た。

「たしかに私も知らない事実があったのかもしれませんね。しかし、あなたはその話をなぜいままで私に明かさなかったんでしょう」

「きみをもう少し観察していたかった」

「で、なにがわかりました?」

「きみはプロだが、人間的には弱いところがあるね」

「たとえば?」

「たとえば、無名画家の才能の悲哀がわかる」

彼は微笑した。「人間的な弱さとは関係ないかもしれませんよ。わかりました。いずれにせよ、あなたは仁科本人から話を聞きたい。そういうことですね」

うなずいた。

「一応、連絡をとってみましょう。断られるかもしれませんが、それでよろしいですか」

「それでいい」

「ただし、条件がひとつある。拳銃を私によこしていただきたい」

「なぜだい」

「会話をかわすだけのために、拳銃は必要ない」

手にある銃に目をやった。そのとき気づいた。原田との距離だった。あの応接間での彼の動きを思えば、いつでも僕の銃を蹴《け》りあげられる近さだった。ただ、その意志を彼は持つことがなかった。あえてそうすることはなかったのだ。彼の腕に巻かれたハンカチを眺めた。にじんだ血が、錆《さ》びたいろに変わっている。おとなしく銃を彼に手わたした。彼は傷ついた左腕のほうで脇に抱えた。一瞬、顔をしかめたが、それだけだった。平然と受話器を操作しはじめた。


相手がでたらしい。彼は、この家で田代が『ひまわり』を発見し、現在、東京に向かっている可能性がきわめて高い。いや、まずまちがいない。そんなふうにかんたんに事実経過を報告したあと、さらに簡潔につけ加えた。「それから秋山秋二氏が、お会いしたいそうです。きょうの午後十一時、事務所で。私は同席できません」

三秒後、電話が切れた。

原田は事務的にいった。「承知した。そういう返事がありました」

ないとしたら、かなりハードな数週間になる。


「感謝する。だけど、きみは同席できないといった。なぜだい」

「もちろんファン・ゴッホ作品の回収に専念するからです。やはり私も東京にもどりたい。ただ、ここからは別行動になりますね。いまのアポイントを考えれば、あなたは『ひまわり』の到着に間にあわないかもしれない。いったんあの倉庫に収納されると、以後、回収は不可能になるかもしれません。それでもいいんですか」

答えなかった。畳に目をおとすと、僕のジャケットがあった。原田が運んだのかもしれない。それを拾いあげ、部屋をでた。彼は部屋の中央に立ったままだった。静かに見おくる視線が背中にあった。

階下におりると宏がたずねてきた。「結局、どういうことだったんだい」

「近いうちに連絡する。いまは時間がないんだ。東京で急用ができちまった」

表にでて時計を眺めた。七時。陽はおちたばかりだ。ちょうど昼夜の境めにある空のいろがひろがっている。これから夜がはじまる。どういう夜になるのかはわからない。それでも夜のはじまりにはちがいない。その夜に向けて僕は駆けはじめた。

20

JR京都駅までどれくらいかかるかな。息を切らせながらタクシーの運転手にたずねた。混んでなかったら、三十分くらいでっしゃろな。急いでほしいと僕はいった。

自動車電話が目に入った。とりあげてまた、一〇四をおした。ホテルの名をあげ、番号をたずねた。今度はそのホテルに電話した。幸か不幸か、村林は部屋にいた。

彼はいきなり怒鳴り声をあげた。「おい。何時間待たせたか、わかってんのか。昼メシもルームサービスとって、ずっとおまえさんの連絡を待ってたんだぜ。いったいなにがどうしたんだ」

受話器を耳から少しはなして答えた。「そういや、いま気がついた。僕のほうは、その昼メシを食う暇さえなかったんです」

「なにしてたんだ」

「いろいろ」

「で、田代には会ったのか」

「会いました。ほかに曽根、鷺村。オールスターキャストですね」

「いったい、なにがあったんだ」

「連中は京都をはなれた。もし詳しい話が聞きたいんなら、すぐチェックアウトしてください。そちらからのほうが京都駅は近い」

一瞬の沈黙のあと、声がかえってきた。とりあえず怒鳴るのはあとまわしにしたらしい。

「何時の新幹線だ」

時計を見た。「七時四十分をすぎてからの、いちばん早いひかり。十五号車あたりでおちあいましょう」

やはり怒鳴り声が聞こえてきたが、かまわず電話を切った。

河原町通を走るタクシーは、葵橋をすぎていた。もう鴨川は視界にない。あの川べりには、またいつかのように京都中の恋人たちが集合をはじめているだろう。

京都駅には七時三十分過ぎに着いた。穴のあいたジャケットを抱え、キオスクで買いものをしてから走った。十九時四十一分のひかりがある。それを逃せば、二十時十四分。東京への到着は十一時まぎわになる。原田も時刻表としては全面的に信頼するわけにはいかないらしい。入場券で改札をくぐりぬけ、ホームまで駆けた。車両にとびこんだ直後、背後でドアが閉まった。

息切れがおさまるのを待ってから、十五号車まで通路を歩いていった。指定席はどの車両もほぼ満席だった。

村林は十四号車と十五号車のあいだのデッキに立っていた。憮然《ぶぜん》とした表情をうかべている。僕の顔を見ると声をあげた。

「おまえさん。判断が甘いんだよ。こっちは自由席と反対側じゃないか」

「土曜のこんな時間、すわれるわけないでしょう。僕は最初から、あきらめてましたよ」

「まあ、そりゃそうだな」彼は認めた。「指定席もけっこう混んでる。もしグリーンが空いてるなら、そっちに移ろう。差額は、おれがだしてやるよ」

「いや、あえてこっちにしたんです。自由席に近いほうなら、デッキにも立ってる客がいるかもしれない。東京まで、このままがいい。ご老体にはきついですかね」

村林はいぶかしげに僕を見た。「人に聞かせたくない話なのか」

うなずいた。それから売店で買ってきた包みを開きはじめた。

「なんだ。そりゃ」

「いったでしょう。昼メシを食ってないんです」

「中身はなんだ」

「京都名物、イチゴ八ッ橋。食べますか」

いらん。村林はそっけなくいって、八ッ橋を食べはじめた僕に目をすえた。

「さあ、話を聞かせてもらおうか」

た。

「長い話です。適当に端折《はしょ》りますよ」

東京駅で原田に会ったところからはじめた。なんだ、あいつ原田ってのか。村林は最初にそういった。やはり情報量では、僕が圧倒的に優位な立場になったようだ。その感想は省略した。だが、彼の説明したパソコンハードのデザイン問題になると顔が真っ赤になった。

「なにィ、盗用はあいつの差し金なのか」

「そう。おまけに村さんのデザインはまったく無意味で価値がない。いや、これは原田の指摘ですよ。僕の意見じゃない」

一瞬、声をあげそうになったが、なんとか自制したらしい。「つづけてくれ」村林はそういった。

要求どおり話した。車掌が精算にきたとき以外、話しつづけた。適当に間引きしても、ひどく時間がかかった。最初、いくつか質問がさしはさまれたが、やがてそれもなくなった。彼にしてはめずらしい態度だった。おとなしく僕の話に耳を傾けていた。そのあいだ彼の表情には、驚愕《きょうがく》と懐疑が交互にうかび、消えた。ほかにも種類のわからない影が何度も交錯した。話はいくらでもつづきそうだったが、適当に切りあげる必要がある。田代たちがトラックで去ったところまでいきさつを語り、そこで終えた。そういうことです、と僕はいった。英子の件にはふれなかった。

「それにしても……」腕を組んで考えこんだあと、村林は吐息とともにつぶやいた。「仰天するような話だな」

「たしかに」と僕はいった。

「すると田代や曽根といっしょに、いまゴッホが東京目指して走ってるってか」

「たぶん」と僕はいった。

「で、おまえはどうすんだ」

「この件から、おりようかという気分になっている」

彼はふしぎそうな顔で僕を見た。「なんだ。つまり、ゴッホをあきらめるってことか。おまえと弟に所有権があるのに、数十億をあきらめんのか」

うなずいた。「田代はいずれにせよ、身の破滅が近い。ファイナンスの破産をゴッホの『ひまわり』出現でおくらせることはできても、偽造カードの件でいずれ刑事被告人にはなるでしょう。だけど、ゴッホの強奪にかんしちゃ刑事事件としては、かなりめんどうなことになる。ことの経緯をわれわれが説明し、検察が証明しなくちゃいけない。いまのところ、警察は介入していない。国内には状況証拠と当事者間の証言しかないんです。リシュレ夫人の遺書が決め手にはなるとしても、国際間の問題だ。時間がかかる。あるいは彼女の弁護士は、遺書の提出さえ拒否するかもしれない。民事になっても同様でしょう。どちらにせよ、オープンになれば、世界中のマスコミが特集を組むくらいの事件にはなりますね。世間の好奇心が集中する。そんな渦中にだけはいたくないんだ」

「ふぅん。欲のない話だな」

「バクチとおんなじですよ。降りどきというものがある。ただもう一度だけ賭《か》けるんなら、チャンスはひとつだけないこともない。だけど、勝ち目はひどくうすい」

「チャンスってなんだ」

原田の言葉を思いうかべた。「ゴッホがタマイ・ファイナンスの倉庫に運びこまれるまえに回収する。それしかないでしょうね」

「けど、いまの話を聞いてたら、原田がなにか企《たくら》んでそうじゃないか」

「そう。彼ならひとりでなんとかするかもしれないな。なんだか現実ばなれした能力が、あの男にはある」

「おまえさんの話にでたあの優男の活劇自体、おれの想像を超えてる。だがまあ、その件にかんするかぎり、おれが原田にいうこたないさ。しかし、むずかしいぜ。八雲会まで絡んでんだ。防犯協会の会長から聞いた話じゃ、あそこは武闘派で有名なんだとさ。だいたい人数がちがうだろう」

「それで思いだした。ひとつ聞きたいことがあったんです」

「なんだ」

「村さんは、あのやくざとずいぶん因縁があるらしい。曽根って男。彼とのあいだに、いったいなにがあったんですか」

村林は苦い顔になった。それから、いかにも気乗りしないふうに口を開いた。

「そいつは、おれと井上のあいだの話だよ。大昔のことさ」

「井上社長？」

「あいつ、身体の一部があんまり自由きかねえだろう。あれは、曽根のおかげなんだ。いや、もともとはおれに原因があるんだけどな。あえていや、こいつはおれの恥でもある」

「ふうん。はじめて聞く話だな。恥をさらしたくない？」

「そりゃそうさ。この話はだれも知らん。おれは個人的な話をするのは、好みじゃないんだ」

「僕のほうは個人的な話をしましたよ」

彼はいっそう苦い顔になった。そういえば、むかし勤めていたころ、京美企画の社員は井上、村林、このトップふたりの私生活をほとんど知らなかった。ふたりとも、個人的な過去にはけっしてふれることがなかった。世間話から距離をおいていた僕でさえ、そういう雰囲気があったことをよく覚えている。

長いあいだ黙りこんだあと、村林はようやく「わかった。昔話をしてやるよ」そういった。「これは京美の歴史でもあるんだ。いま、あそこは中堅ながらもずいぶん立派にはなってる。だがな、どんな企業にだって草創期の苦労ってのはあるんだぜ。若い連中にゃ想像もつかんだろうが」

「僕はもう若くない」

「そういやそうだな」彼は苦笑をうかべた。「つい、そいつを忘れちまう。いまだに、おまえさんは若造にしかみえないんだよ」

「このまえは未熟な子どもといった。若造に出世しましたね。京美の草創期になにがあったんですか」

「ありゃ、知ってのとおり、おれと井上がはじめた。最初は、美大でて就職もしなかったおれと井上がふたりだけでスタートさせたプロダクションだ。そのころは、荻窪《おぎくぼ》でチラシのデザインを細々とやってた。そんときのスポンサーのひとつを曽根が経営してた」

「曽根がスポンサー？」

「あいつ、そのころは中古車ディーラーやってたんだ。おれたちよか、ふたつほど年上でさ。といったって、三十年近くむかしの話だ。せこいクルマを何台か、空き地においてあるだけのちっぽけな中古屋さ。おれたちゃ、そこのチラシをつくってた。あいつも、そのころは一応まともなところがあったんだ。ところが、おれがミスして正体をあらわした」

「村さんがミスを白状するのは、ギャンブルのときだけかと思ってた」

彼は僕を無視した。「そのころデザイン業界で、いちばんよくあったミスだ。それも、そいつのいちばん致命的なやつだ。どういうことかはだいたいわかるだろう」

「誤植。チラシでいちばん致命的なミスなら、値段の誤植」

彼はうなずいた。「そのとおりだ。おまえも写植世代だもんな。そのころ、まだ若いながらも曽根は手をひろげようとしてた。あんなやつでも、ちっぽけな中古屋から大手チェーンになることを夢見てたころがあったんだ。ちょうどこの国で自家用車が普及しはじめたころだ。だいたいチェーン自体、めずらしかった。目のつけどころはわるくない。そこで借金しまくって、でかい二番店を青梅《おうめ》街道ぞいの中野につくった。その開店記念に大バーゲンで目を引こうとしたんだよ。ごていねいに二十三区内までチラシを配った。やつにとっちゃ一種の賭だった。で、目玉が外車限定五台の五万円販売だったのさ。もちろんガタガタの外車だが、赤字覚悟だ。そのチラシの制作担当が、おれだった。井上がおれにまかせたんだ。おれと曽根、ふたりだけでやりとりした作業だ。あれは二色のチラシだったな」

「その五万円をまちがえたんですか」

彼はうなずいた。

「いくらとまちがえた？」

「五百円」

首をふった。「いくらなんでもゼロの数がちがうでしょう」

「そこがおれたちとおまえさんのちがうところだ。当時は漢字混じりの表記だった。『5

万円』と表示してたんだ。それが『5百円』になっちまった。センターに赤ベタでドカンとだしたんだ。文字がでかけりゃでかいほど、まちがいが起きやすいことは、もちろん知ってるよな」

うなずいた。いまだに、そのとおりなのだ。ボディコピーや細かいスペック表示は、まちがいがないかどうか入念にチェックする。だが、もっとも大きな文字部分、たとえばヘッドコピーにまちがいがあるとは、まずだれも考えない。制作したデザイナーなら、レイアウトのほうにどうしても目がいってしまう。当時のチラシ程度なら、コピーライターのチェックもなかったろう。

「で、どうなったんですか」

「すごい人だかりになったさ。おれたちも店先にでたよ。素人には、まちがいを説明して、詫《わ》びをいれて帰ってもらった。けど、やくざが目をつけたんだ。結局、連中にゃ五台全部、五百円で売らざるをえなかった。まあ、当時でもただみたいなもんだ」

その顔を見ていると、間をおいてまた村林がつづけた。

「二十五万の損害だ。もちろんおれたちにカネはなかったが、それでも曽根には弁償すると謝ったんだ。ところが、やつはおれたちを許さなかった。信用の問題だと怒りまくった。まあ、そのとおりなんだがな。五時間、正座させられたよ。だが最後になって、おれはキレたんだ。あんたも何度も見たでしょう。そういっちまった。じっさい、やつも版下から刷り上がりまで見て満足してたんだぜ。で、帰ろうぜって井上に声をかけて、おれはそのまんま店をでちまった。ところが井上は残った。土下座して、おれのことを謝ったらしい。けど、今度はやつが頭にきた。持ちだしてきたバットで、井上をめちゃめちゃに殴った。殴ってるうちに、興奮が興奮を呼んだんだろうな。それでも井上はまったく抵抗しなかった。で、井上のことがやはり気になって、あとでおれがもどってみると、ひとり残された井上は虫の息だった。命は助かったが、後遺症は残った」

ふうん、と僕はいった。井上は社員のミスに異常にきびしかった。背景になった理由はそういうことだったのかと思った。曽根のうす笑いと彼の言葉もぼんやり思いだした。ウソとかまちがいってのは許さねえ。彼はそういった。

村林がポツンとつぶやいた。「曽根んとこの作業は、おれがひとりで全部やったんだ。井上はおれにまかせっきりだった。なのに身代わりに残った。おれひとり、やつの店から逃げたってのにな」

「曽根は結局、やくざになっちまった。その中古屋がチラシの一件でつぶれたんですか」

彼は首をふった。「ああいう性格だ。所詮《しょせん》、商売に向いちゃいなかった。もちろん店は傾いたが、あの誤植なんか理由になりゃしない。井上の払った賠償金が逆に引き金になったのかもしれんな」

「賠償金？　そんな負傷を受けてまで支払ったんですか」

「そうだ。曽根が強引に法外なカネを吹っかけてきた。そいつをまともに井上が承諾しちまった。おれは一銭もカネがなかったし、おまえとおんなじことといったさ。あいつのやり口は告訴してもいいくらいだ。必要ないってな。けど、あとで知ったんだが、いつのまにか井上は独断で支払ってたんだ。要求どおり、五百万も払ってた」

「五百万？」

「そうだ。当時で五百万だ。あんなけがさせられてまだ、そんなカネを弁償した。われわれのミスだからってな。スポンサーの信用を傷つけたからってな。あいつはそういう男なんだ」

「社長はどこから、そんなカネをつごうつけたんだろう」

「井上の実家にゃカネがある。そっちから借りたそうだ。ただ、あいつはそのころ、実家と縁切り宣言してた。美大にすすむってんで反対された結果さ。まあ、当時はよくあった話だ。なのに頭さげて五百万借りた。あいつの屈辱はわかるような気がするよ。ところが、曽根はそいつをバクチで、あっというまにすっちまった。アブク銭と思ったんだろうな。バクチにいれあげて商売のほうはオジャンだ。あとで、やつの噂はいろいろ聞いたよ。そういういきさつがあった。だから、おれはいつまでたっても井上には頭があがらないんだ」

「だけど、村さんは京美から独立した」

「あいつのそばにいると辛《つら》いんだよ。それで似てはいるが、別の業界に移った。一応、京美がアイバに食いこんで、軌道に乗ったのを見届けたからな。井上は結局、おれの独立も笑って許した。そういうこった」

「なるほどね。村さんがそこまで酔狂だとは知らなかった」

「なにがだ。独立のことか」

「いや、なん日かまえの話。あの夜、僕とカジノにいくまえ、井上社長に連絡したのは覚えてるでしょう。すると、かつて彼が屈辱を覚えながら金策して曽根に支払ったのとまったくの同額、そいつをバクチで捨てると告げたことになる。村さんはそんなふうに井上社長に宣言したわけになる。どう考えたって穏当じゃない。よく社長ががまんしたもんだ」

彼は怪訝《けげん》な顔で僕を見た。「なんで知ってんだ」

そういえば、京美を訪れたのはまだきのうの午前のことだった。おそろしく長い時間がすぎたような気がする。車両のスピードがおちた。新横浜のガランとしたホームが窓の外を通過していった。駅の灯が村林の顔をまだらに染めてすぎた。その目はまだ僕を見ていた。

「井上社長に会ったんです」

「なんだ。きょう、おれが電話で話したときにゃ、そんなこといってなかったぞ」

「きょう、電話で話した？」

「そうだ。やっぱり気が咎《とが》めたんだ。おまえがいったようなことは、そりゃ頭にあったさ。というか頭にありすぎた。けど、いわせてもらや、あれはあえてやったんだ。偶然、おんなじ五百万だ。それも不愉快さのつきまとうとこが共通してる五百万だ。あのとき話したカジノ行きを、もしおれが平気でやれるようなら、おれは井上への引け目から解放されることになる。四半世紀以上まえのことに、おれはまだ拘束されてんだ。そういう意識がどっかに残ってる。不人情といわれようと、人でなしといわれようと、もしなんの痛痒《つうよう》も感じないでやれるんなら、ようやくあの時代を忘れられるんじゃないか。そう考えた」

ようやくわかった。あの夜、村林は二度も、頼む、といった。ああいう彼は見たことがない。五百万というカネ。その処理にいたる経過については、原田の説明だけでは完結しなかった。あれは曽根にまつわる過去の後遺症の清算だったのだ。

ため息がもれた。「こっちもいわせてもらや、村さんはバカさかげんがすぎる。そういうのを幼稚な発想っていうんだ」

彼もため息をついた。「おまえさんにいわれりゃ世話ないが、そうかもしれんな。ずっと京都にいたから、そいつを思いだした。そうかもしれんな」

「京都にいたから？」

村林は首をふった。「いや、もういいさ。井上のことは、あれこれしゃべりすぎた。まあ、いずれにせよ、電話しちまったんだ。ここんとこの事情をかいつまんで話した。もちろん、おまえさんの話もした。ただ、おまえの電話があるかもしれないんで手短かにした。これからまた会うことになってる。話をもっと詳しく聞きたいんだとさ。やっぱり曽根のその後に興味あるんだろう。あいつ、京美で待ってんだ。例の件、五百万をバクチで処分した件についちゃ、そのときおれは頭さげるかもしれん。さげないかもしれん。それはわからんな」

客がなん人か、デッキにあらわれた。気がつくと車両のスピードがかなりおちていた。窓の外を見た。アナウンスが東京駅が近いといった。もう品川あたりを走っている。村林はぼんやりガラス越しに流れる東京の灯を眺めていた。ほかの乗客をもう気にしてはいない。

「けどな。あの夜のことは、おれもふしぎな気はしたんだ。井上とは電話で話しただけだが、あいつ、あのカジノのことにゃ、なんかバックがあるかもしれんとほんとうに頼みこむような感じはあったんだぜ。もちろんこの話にゃ、なんかバックがあるかもしれんと疑問は持った。おれはハメられたのかもしれん。そういったよな。あれは、そのバックのほうを想像していったんだ。おまえの話を聞きゃ、じっさいそうだったろ。けどな。うまくいえんが、あいつ自身も、おれがやろうとしてることを本心から望んでる。そんな気がした。そいつは、おれがむかしの清算を考えてんのがわかったのかもしれんし、別のなにかかもしれん。よくわからんが、なんかそんな妙な気がしたんだ」

ふうん、と僕はいった。ドアが開いた。乗客の集団が流れ、ホームにおしだされた。彼らは急ぎ足で階段のほうへ去っていった。ふたりともゆっくり歩きはじめた。

疲労を感じた。新幹線の往復から穴掘り、銃撃まであった。疲れないほうがおかしい一日だった。するとそのとき唐突に、穴掘りしていた原田の姿がよみがえった。ああいう作業をしていてさえ、その姿から優美さは失われてはいなかった。なぜあんなに美しかったのだろう。彼が同性愛者であるためとも思えない。ふいに気づいた。ふつうの構図、それが壊れていたからだ。あの庭で彼のにぎるシャベルの柄には、先端のほうに右腕がそえられていた。彼は左利きだ。ハンカチの結ばれた腕を思いうかべた。彼が射ぬかれたのは、利き腕のほうだった。それでも彼はさり気ないようすを崩すことがなかった。二階の広間で対面していたあのとき。今度は村林の身代わりに残った井上の若い姿を思いうかべようとした。うまく焦点があわない。だがやがて、不明瞭《ふめいりょう》ながらもそれはぼんやりうかび、そして消えていった。

立ちどまると、つぶやきがもれた。

「なんだか、気分が変わっちまったな」

村林が僕を怪訝な表情で見た。「なにが変わった」

「ゴッホの『ひまわり』。きょうタマイ・ファイナンスの倉庫まで僕もあれを回収しにいく」

「おい、待てよ。そりゃ、数十億のもんだろうさ。けど、命の保証はないかもしれねえんじゃないのか」

「これはバクチですね。だけど、カネを賭《か》けるわけじゃない」

「じゃあ、なにを賭けるんだ」

　答えなかった。そのまま背を向け、ホームを走りはじめた。村林がなにか大声をあげたようだが、ふりかえらなかった。十時二十分をすぎてはいない。大手町までいくのには寄り道する余裕はある。じゅうぶんにある。


　昭和通りでタクシーをおりた。八重洲《やえす》からは五分しかかからなかった。細い路地に入った。家のある方向への角を曲がらず、まっすぐ歩いた。小さな暗い公園がある。街灯はふたつしかない。横切って金網のフェンスのそばに立ち、周囲を眺めた。ひとけはなかった。フェンスの向こうには、さらに暗いコンクリートの小さなグラウンドがひろがっている。盛り場のはずれに残されたブラックホールみたいな廃屋。この小学校の反対側を麻里と歩いたときのことを思いうかべた。住都公団が解体工事に着手するのはこの十二月からだ。あのとき思いだしたのだった。工事がはじまれば、それはそれでいい。カードは伏せたまま終わる。そういうことだ。これは一種の賭けだったのだ。こういうことがなければ、別のなにかに変質したのかもしれない。だが冬がくるまえ、ここを訪れることにはなった。

カードはこれで、一枚めが開かれたことになる。期限のカードだ。

フェンスをよじのぼった。頂上には鉄条網が三本、水平に走っていた。だが乗りこえるのに、それほど困難はなかった。コンクリートのグラウンドにおりたち、校舎まで駆けていった。講堂の扉の鍵《かぎ》は三年まえ、壊したことがある。そのまま放置されていた。なかに入り扉を閉めると、完璧《かんぺき》に近い暗闇が訪れた。天井に近い小さな窓から射しこむ都会の夜の光しかない。抱えたジャケットのポケットからライターをとりだした。点火すると、うす暗い視界が闇のなかに小さくひろがった。講堂は室内コート兼用でもあるらしい。床に白いラインが引かれている。正面の演壇をまわり、側面の羽目板を数枚はずした。身をかがめ、いつかのようにもぐりこんだ。まっすぐ数メートルすすむと、なにかにぶつかった。ライターの明かりに、黒いゴルフバッグがひとつうかびあがった。

バッグのふたを開き、なかに手をいれた。何重にもつつまれたビニール越しに懐かしい感触がふれてきた。カンザスをはなれるとき、マーサが僕にくれたものだ。

ルガー・モデル77／22RMP。

三年のあいだ、だれにもこれは見つからなかった。ホームレスにも区役所の役人にも見つかることはなかった。これでまた一枚、カードが開かれた。そういうことになる。

21

肖像画のお礼にこれを贈りたい。僕が帰国する際、笑みとともに彼女のさしだしたのが、このライフルだった。断ってもよかったが、なぜかそうすることはなかった。彼女の焼いたパイ、ヴォリウムのあるその甘さが鋼鉄の好意にかたちを変えただけだ。日本の銃器規制の実情はあの国の人間、とくに中西部の住人にとっては常識の圏外にある。説明にも手間がかかる。感謝しつつ、ルガーを受けとった。帰国の数日まえだった。あるいはあの瞬間、漠然とした予感が生まれたのかもしれない。

翌日、ひさしぶりに大学の美術講座に顔をだした。アトリエをのぞくと、バーナーを片手に身長ほどの金属のかたまりと格闘する学生が見つかった。スクラップを素材にしたオブジェだ。このアトリエで制作されるにしては、なかなかの大作だった。ただその作品に唯一欠点があるとすれば、鉄とステンレスの集合体が、依然スクラップ以上にみえないところにあった。しばらく眺めたあと、横あいから声をあげた。すばらしい。すると顎《あご》ヒゲをたくわえた顔がこちらを向き、おもむろにうなずいた。僕はさらに感嘆の声をあげた。

すごい傑作だ。ヘンリー・ムーア以来の立体作品かもしれないな。ぜひ譲ってほしい。百ドルでどうだろう。彼は首をかしげた。まだ未完成なんだよ。それに素材費がずいぶんかかってるからね。いずれ材料はどこかで拾ってきたものにちがいない。同意するように僕はうなずいた。いや、これはもうすでに完璧にしあがっている。未完という完成の域にまで達しているように思う。やはり二百ドルかな。つぶやくと、彼は重々しく手をさしのべてきた。

カローラに、なんとか積める大きさだった。作業をはじめたのは、部屋にもどってからだ。トースターを分解し、表面を短冊に切り刻んで金属ベルトをなん枚もつくった。そのベルトに瞬間接着剤を塗り、スクラップ作品の内部にライフルを固定した。こちらは銃器店に頼んで、本体以上に高価なニコンのスコープが装着してある。同時に、銃弾用マガジンにリムファイア——市販用普及タイプの弾丸である。バーゲンで五百発が九ドル九十九セントだった——をリミットの二十発まで装塡《そうてん》し固定した。残りの弾丸は捨てた。三日かけると、ライフルと二十発の弾丸を内蔵するオブジェが完成した。

翌朝、中古のカローラでサライナを出発した。シカゴまでは七百数十マイルある。モーテルの一泊経由で次の朝、市内に入った。近くの都市になかった日本の運送会社のシカゴ支店に出向き、美術品専用の梱包《こんぽう》発送を自宅宛に依頼した。そのあと中古車ディーラーで、カローラを売りはらった。オヘア空港から成田への便に搭乗したのは、その夜だった。

オブジェは帰国後、一週間もたたず銀座まで運ばれてきた。拍子抜けするほどあっけない到着だった。通関で発覚すれば、それはそれでいい。覚悟していたのに、おそろしくかんたんだった。あれも一種、投げやりな賭けだったかもしれない。美術品、工芸品が続々、この国に入荷されていたバブルのころである。少しでも美術に目のきく税官吏なら、円の浪費に嘆息したことだろう。

分解したあと、立体芸術の大作は粗大ゴミで捨てた。だが、ライフルはその後三年間、家の押し入れで眠ることになった。この小学校に移したのは廃校になった校舎を見たあとだ。放棄する期限がくるのは、住都公団が工事をはじめる三年半さきの十二月。看板の表示でたしかめはした。あれはどういうことだったのだろう。よくわからない。あのころは、いろんな記憶が濁っていた。アンディーが宣告したように、サライナでの記憶もうすれつつあった。なのに夜中に忍びこみ、隠し場所をいずれ消えていく公共施設に移動した。無意識の行動だったようにも思う。行動と思考の流れ。その細部はよく覚えていない。だが、ひとつだけいえることはある。消滅の可能性を前提としたにせよ、あのときなにかを賭ける気分だけは、まだたしかにどこかに残っていたのだ。

ライターの明かりで時計を見た。十時三十五分。土曜のこの時間なら、大手町までタクシーで十分程度しかかからない。いったん帰宅する余裕はある。真夜中とはいえ、銃弾で袖《そで》をそがれたジャケットが、ビジネス街に似あうとは思えなかった。

　家にもどり、蛍光灯のスイッチをいれた。朝の外出時とは変化があった。室内の乱雑さが、廃墟《はいきょ》の混沌《こんとん》にとって代わっている。畳がすべてひっくりかえされ、板敷きが剝《む》きだしになっている。ちゃぶ台、テレビ、ステレオから電話にいたるまで徹底的に破壊されていた。ビデオテープとLPも壊され、傷ついて一面に散らばっていた。当面、オードリー・ヘプバーンとイングリッド・バーグマンを見ることは不可能になった。頭をふり、二階にあがった。明かりを点けると、おなじ惨状が目に入った。わずかな家具と英子の本棚が解体され、整然と収められていた本が放りだされている。その一冊一冊までばらばらにされている。ゴッホの書簡集もそのなかにあるはずだ。はじめて怒りがこみあげてきた。命令に対する必要以上の忠実さが、やくざのアイデンティティーらしい。

　開かれた押し入れを眺め、ジャケットの着替えはあきらめた。まともな衣類の残っている気配はない。ゴルフバッグからルガーを引きだし、覆っていた何重ものビニールをガムテープごと破りとった。そのときガムテープに紙がくっついた。なにげなく手にとって表紙を見た。書物ではなかった。パンフレットだ。喜多内美術館のしおり。英子が勤務した美術館。ガムテープの開いたページをしばらく眺めていた。そのあと、裸のライフルをふたたびバッグに収納した。

　立ちあがり、窓を開けた。新聞青年が窓に腰をかけていた。二階の明かりに気づいたのかもしれない。いや、彼のことだ。僕がこの家に入るところから、たぶん目撃してはいただろう。

「お帰り」目があうと、彼はにやりと笑った。「どうだった？　センチメンタル・ジャーニーは」

「さんざんだった」と僕はいった。「炸裂的にひどかった」

「まあ、たまにゃ、アクセントもあっていいじゃないさ。あんたの生活眺めてて、おれ、そういう感想持ってんの」

「外野席だから、そんな気楽なことがいえるんだ。いきなりアクセントばかりやってくると、どれがアクセントだかわからなくなる。原田の連絡はあれからあったかい」

「一度あったよ。連絡を忘れてて申しわけなかった。そういってた。うん。原田はあれで、礼儀はナイスに心得てる」

「そのようだな」僕はうなずいた。「ところで頼みがあるんだが、断ってもらってもいい。一応、聞いてくれないか」

「なんだい。あんたにしちゃ、ずいぶん遠慮がちじゃないさ」

「じつはレンタカーを借りたいんだ。僕は一時、アメリカでとった国際免許を持っていたが更新していない。時間もない。どこか二十四時間営業の店で、きみ名義でクルマを借りてくれないだろうか」

彼は目を丸くした。「無免許者用にクルマを借りろっての。それってそこそこ犯罪的じゃないの」

「犯罪的じゃない。犯罪そのものを頼んでるんだ。道交法違反か詐欺になるのか。それは知らない。だけどほかに方法が見あたらないんだ。費用は十倍払ってもいい」

「ふうん。でも、ちょっとしたネックはないこともないんだよね。もちろん倫理的な問題じゃない。カネの問題でもなくってさ」

「どういうネックなんだ」

「おれ自身が免許を持ってないのさ」

呆れて彼の顔を見た。「いまどき、そんな青年がいるのか」

「あったりまえじゃん。世間にゃいろんなタイプのアホな現象があふれてる。そんなかの親玉に、アホな行政ってのがあるじゃない。でさ。そのアホやってる官からなにかお許しをもらうって、それ以上の屈辱、ほかにないと思わない？」

「そうかもしれないな」短いあいだ考え、返事をかえした。「いや、そのとおりだ。僕が軽率だった。いまいったことは忘れてくれ」

そのときなにかが足もとを走りぬけていった。例の同居人だ。二階で見たのははじめてだった。彼も廃墟のなか、居場所を求めて困惑しているのかもしれない。潮時だろう。窓を閉めた。ジャケットを抱え、ゴルフバッグをかついで表にでると、彼がまた窓辺から声をかけてきた。

「もう一度、お出かけかい。どこいくのさ」

バッグを指さした。「見りゃわかるだろう。深夜ゴルフの練習」

彼はゆっくり首をふった。「おれがそういうナンセンスを信用すると思ってんの」

「どうしてナンセンスなんだ」

「浮世もそこまで堕落しちゃ、節操も夢もまるでないじゃないさ」

「この時代にまだそういうものが残っているとは知らなかった」口にしてから思いだした。

「そういえば、きみはヘンリー・ミラーの話は原田に報告しなかったようだな」

「情報の提供基準をおれにまかせるといったのは、あんたじゃないの。覚えてない？」

「覚えてる。それにしても僕が古いのかな。きみの価値基準がいったいどこにあるのかわからない」

「青年の主張、世紀末バージョンってのがあるかもしんない」

頭をふった。「じゃあ、もうでかける。断っておくが、しばらくは会えないかもしれない」

歩きはじめた背中を声が追いかけてきた。

「レンタカーなら、なんとかしとくよ。あんた、あとでも一度ここに寄ったほうがいい」

ふりかえった。「どうするんだ」

「生活の知恵、世紀末バージョン」

「わかった。あとでもう一度寄ってみる」

また頭をふって昭和通りにでた。タクシーの運転手に、原田の名刺を見ながら住所を告げた。大手町のそのビルにはすぐ着いた。十一時ちょうどだった。

深夜用の警備員室では、手荷物をチェックしなかった。仁科忠道事務所。その名をあげただけで、五階です、と守衛はいった。

古いが格式を感じさせるビルだ。プレートのはめこまれたドアのまえに立ち、ノックした。「入りたまえ」老人のものとは思えないがっしりした声がかえってきた。

ひろい部屋だった。向こう正面にどっしりしたデスクがある。電話が一台、そのうえにあった。ほかにはなにもない。デスクのまえには、こちらはそれほどどっしりしていない事務用の椅子が一脚だけポツンとあった。だが室内には、そのほかになにもない。ソファセットもなく、書棚のたぐいも家具もいっさいない。聞いているこの部屋の主、その経歴をうかがわせるような美術品も、壁にはなにひとつ架かってはいない。シンプルきわまりない部屋だった。仁科の仕事は、たぶん数少ない会話だけで足りるのだろう。

彼はデスクの向こうにすわっていた。いつか見た、磨きあげた鋼のように冷やかな目がじっと僕を見つめていた。

「すわりたまえ」彼はデスクのまえにある事務用の椅子を顎《あご》で指ししめした。ここを訪問する客は、みなおなじ扱いを受けるのかもしれない。僕がすわると、彼はおもむろに口を開いた。

「きみは私に話があるらしい。説明したまえ。ただし簡潔にだ。私にとって時間以上に貴重なものはないんだ」

「少し待ってもらえますか。そのまえに別件がある」

「別件？」

答えずゴルフバッグのふたを開け、ルガーを引きだした。ボルトにはふれず銃口を天井に向けて胴体を抱え、彼のほうを見た。

「貴重な時間でしょう。別件は二十秒ほどですませましたよ」

彼の表情にまったく変化はなかった。ゴルフのパターをとりだしてもおなじ効果しか期待できなかったろう。

冷静な声で彼がいった。「きみの面会の要望をなぜ私が受諾したか、きみにはわかるかね」

「わかりませんね」と僕はいった。

「きみの高校時代の作品は覚えている。新世紀ビエンナーレの受賞作品だ。あれは鮮明に覚えている。かつて、非凡な才能をみせた少年がその後、どうなったかをもう一度この目で見たかった。あのカジノでさらにその感を強くした。だが、きみはどうやら愚か者の仲間入りをしたらしい。ろくでもない道具を手にするほど、おちぶれた。そういうものを会話に介在させるひどい愚か者に成りさがったようだ」

「たぶん、そうなんでしょう。僕は愚か者です。あなたにとって時間が貴重だということもよくわかる。だけど愚かな僕にも、正直に話をしていただければ、時間は節約できるでしょう。人を正直にするためには、ナイフが必要だと考える人間がいる。相手によっては、妥当な手段かもしれない。じつはきょう、ある人物から教わったんです。その真似をしたくなった。これはナイフの替わりですね」

「愚か者に堕落した人間が、より愚かな人間の真似をする。悪循環だな。そういう悪習が猖獗《しょうけつ》をきわめるようになった。まったくひどい世の中になったものだ。この世界の未来は、あまり明るくはないのかもしれないな」

「じゃあ、あなたは明るい未来を望んでいる？　あなたたち、権力を持った老人ばかりにつごうのいい明るい超高齢化社会ですか。だけどいまはまだ、この世界にはそこら中に暴力がはびこってるとしか僕には思えない。いまの僕の家を見れば、そのあたりの事情はすぐわかるはずなんだ。とりあえず、理想からは遠いこの現実のなかで、お話ししませんか」

彼の表情は変わらなかった。

「話を聞こう」

「僕の話はほぼ、単純な事実にかんする質問に限定されます。お聞きしたいんですが、あなたが秋山英子と知りあったのは、いつごろなんでしょう。ご存じでしょうが、彼女はかつて僕の妻でした」

「きみの奥さんは自殺したとき、妊娠していたと聞いている」

僕は答えなかった。続きを待った。彼がふたたび口を開いた。

「あのあと、原田から詳細な報告があった。私の趣味やおおよその事態をきみが把握しているとも聞いている。あの娘が亡くなったとき、たしかに私の趣味はいまのようではなかった。そこで懸念がある。まさか、父親が私であると誤解しているのではないだろうね」

「誤解かどうかはこれからわかる。だけどなぜ、そんなふうに考えるんですか」

「きみがそんな殺傷用のくだらない道具を持っているからだ」

「理由はさっき申しあげた。僕は愚か者なんです。あなたにとって時間は貴重なんでしょう。僕の質問を思いだしてくれませんか」

「そう。私が彼女に最初に会った時期の話だったな。あれは彼女の弟が殺人を犯したあとだったよ」

「傷害致死です」

「どちらもさほどの相違はない」彼は自分の考えに沈みこむように低い声でいった。「人間というものはきわめて脆《もろ》い存在なんだ。ささいな暴力の行使で、あっけなく死にいたる。

じつに脆い。風船を針で突くようなものだよ。暴力のなかにあって死にいたることがなければ、それは幸運という名の偶然の所産にすぎん。戦争という経験を積めば、そういう真理は身に沁《し》みてわかる」

「時間の価値を強調しておきながら、寄り道しているようだ」

「きみは単純な事実といった。だがこの歳になると、単純な事実を単純に語るのがいかに困難か、わかるようになってくる。事実とはそういうものなんだよ。雑多で煩雑な要素が、時を経て事実の単純さを癌細胞のように肥大させ、より複雑な方向に増殖させる。そのうちいかなる単純さもそれだけを抽出するには、ひどい手間がかかるようになる。これが単純な事実のたどる経路なんだ」

この老人は単純な過去を数かぎりなく積み重ねたのだろう。その結果、単純な過去から単純さを見失うという複雑な知識を身につけたにちがいない。あるいは複雑に変質したのは彼自身かもしれない。僕は待った。ようやくその単純さを抽出したように突然、彼が口を開いた。

「きみの奥さんは美しかったな。あれは夢幻的な美だった。そこにすわっていたときの姿は、まだ記憶に鮮やかに残っている」

思わず彼の顔を見かえした。「ここにすわっていた？」

「ほんの十分足らずだがね。そう。その椅子にいたことがある」

「なんのために？　なんの用で、彼女はここにいたんですか」

「あれは彼女の弟の裁判がはじまるまえだ。私の店のマネージャー、つまり原田をたずねてきた。あの店の経営者である私がここにいることをなにかで知ったのだろう。ただ原田はそのとき、たまたまここにはいなかった。したがって私が応対した。オーナーとしてだ」

「どんな目的があって、彼女は原田をたずねてきたんでしょう」

「依頼のためだった」

「依頼？」

「いや」彼は首をふった。「依頼という言い方は誤解を招く。あの娘の態度を語るには、不当にすぎるだろうな。彼女はこういった。公判の際、弟の行為について有利な証言をお願いにきたわけではない。ただ目撃者には、事実だけをありのままに話してほしい。私はそれを信頼するしかない。そう伝えていただきたい。彼女の話はそれだけだった。それ以外なにもない。その椅子で静かにそういった。宣言するようでもあった。そして、そのまま帰っていった。あれは依頼とか懇願という態度ではなかった。いっそ毅然とした立派な態度だったよ。そういう印象を私は受けた。ただ個人的な感想を素直にいえば、彼女には錯覚があったようにも思う。この時代に信頼などというイデアは失われてひさしいのだ。絶えてひさしい。しかし、その古風な錯覚に懐かしい印象を受けたことは、よく覚えている」

しばらく考えていた。英子はあのころ、宏の件に集中していた。被害者の遺族に慰謝料の交渉で、ひとり出向いていった話くらいは聞いている。だが、この老人のところにまで面会にきていたとは思わなかった。その事実に無知でいた責任はすべて僕にある。あの時期の多忙が、僕と彼女とのあいだにあったかもしれない密度のある会話を遮断していたのだ。少なくとも制限は設けていた。

「だけど」ようやく僕はいった。「あなたは、彼女がここにきた話は原田に伝えなかったようですね」

「その必要があったと思うかね。あれにそういう話は必要ないんだ。彼は愚劣な人間ではない。事実、そうじゃなかったかね」

「そのようですね」僕はいった。「しかし、あなたにはまだ隠している事実があるようだ」

彼の目が光った。「無礼な言い方を私は好まんのだが」

しばらく彼を眺めていた。七十六歳という年齢は知っている。だがいま目のまえにしていても信じがたい。態度にも口調にも精悍さがみなぎっている。ただ弱点はあるかもしれない。この老人は、原田から詳細な報告を受けたといった。しかし、僕が原田に話した疑問については報告がなかったようだ。あるいは原田はその点については、僕にまかせることにしたのかもしれない。男どうしの愛情というのはよくわからない。だが、微妙な感情の起伏の反映はあるようだった。原田に話したことを僕はくりかえした。

「あなたはリシュレ夫人の遺書を見た際、秋山英子の名を見てたいへんな驚愕をみせたらしい。それなら、あなたの記憶力は人間ばなれしたものということになる。七年まえに十分間だけの面識がある程度の人物の名を見て、なぜそんなにおどろくんですか。あなたは英子のことは、ずっと以前から知っていたはずだ」

彼は沈黙した。ただ僕をじっと見ていた。

僕が口を開いた。「じつは、それに加えてさっき疑問を持ったことがある。その傍証がある」

「どういうことだろう」

「喜多内美術館は、財閥系の実業家、喜多内佐多郎が個人的な趣味で収集したプライベート・コレクションを起点に、喜多内芸術財団が設立したことは知っている。ただ偶然、もうひとつ大きなバックグラウンドも途中から助成に加わったためずらしい美術館であることを、ついさきほど知ったんです。吉祥財団という財団法人。パンフレットの年譜にその名があった。あなたの名前もそこにありました。財団理事長としてね。喜多内美術館の学芸員は三十人くらいにすぎない。その程度の数の学芸員を知らないままでいるとは思えない。たまたま僕のかつての妻はそのひとりでした」

老人は鼻を鳴らした。「きみは財団法人という組織の仕組みに、さほど詳しくはないようだね。理事長という職責は多くの場合、名誉職にすぎんのだよ。実務は専務理事がとりしきっている。したがって、学芸員ひとりひとりの名まで、私はいちいち覚えてはいない。だが正直にいおう。彼女の名前だけは、たしかに以前から知っていたよ。名前だけはよく知っていた」

「なぜ」

「理由はふたつある。ひとつは、才能の鮮明な記憶を残した青年と結婚したと知ったからだ。もうひとつは、彼女の就職の世話をしたのが、この私だったからだ。その際、一度も会うことはなかったがね」

「就職？」まじまじと彼の顔を見た。「その件はまるで知らなかった。どういう経緯で彼女は、あなたに就職の依頼をしたんだろう」

「私が直接、依頼を受けたわけではない。ある人物を介してだよ」

「たしかに美術館の学芸員として就職するのは、いま門が狭いらしいですね。だけど彼女は、就職をコネに頼る人間じゃない」

「だが、事実そういう結果になった」

「結果になった？　ある人物とは、だれですか」

「それはいえない。話すことはできない。きみにはわかりにくいかもしれないが、私の仕事の主体は情報を収集し、しかるべきルートで流通させることにある。だとすれば、その形態には情報を伏せることまで当然ふくまれることくらいは理解できるだろう。これが大原則だ。きみが疑問を持った点、あえて教えはしたが、きみの奥さんの名を私が知っていた事実さえそのひとつだ。ひどくささいなことのように思うだろうが、私はアナウンス係ではない。信用が私の生きる基盤のすべてなんだよ」

銃のボルトに手をかけた。そのままの姿勢でしばらく彼を見つめていた。その表情にはいささかの変化もない。時間がすぎた。やがて手をはなし、ゆっくり肘かけまでおろした。ため息がもれた。この老人に銃を向けるのは、まるで無意味な行為だ。引き金を引く寸前になっても、彼の態度は変わりはしないだろう。口を開くことはない。世間の常識とは、そうとう距離があるかもしれない。だが、それが彼の生きる基準だった。その枠組みからはずれることだけは、けっしてないのだ。たしかに彼のいうとおり、この老人のまえで僕は愚か者なのかもしれない。かわりに僕はいった。

「年老いて才能の限界を自覚し、ある種の夢をあきらめる。そういう人物のゆきついた基盤があるとする。そこで瑣末な世間話にさえ細心の注意を払い、みずからその基盤を囲う不自由な柵を設けざるをえない。つまり、あなたは自分でつくりあげた檻のなかで生きているのかもしれない。そういう見方ができるかもしれない」

彼はじっと僕を見ていた。やがて、なぜかふいに彼の口もとがゆがんだ。笑いにもみえるゆがみだった。

「秋山くん。きみは奇妙な人間だな」

「どういうふうに」

「いろんな点においてだ。それはさきほどから、きみがファン・ゴッホの話にいっさいふれていないことからもわかる。きみの頭にあるのは、どうやらただひとつでしかないらしい」

「なんでしょう」

「復讐」と彼はいった。「きみには、その思いこみしか頭にないようだ。なにに対してか、それは私にはさだかではない。知ろうとも思わない。だが私の目から見てさえ、そういう古色蒼然とした目的がなければ、殺傷用の道具を用意することもない。ちがうかね」

僕はまた沈黙にもどった。原田は、究明といった。いまこの老人は、復讐という。いったいどちらだろう。あるいは別のなにかなのだろうか。まだよくわからないのだ。彼の声がつづいた。

「ところで疑問がある。きみの奥さんの周囲にはかつて、異性もずいぶん大勢いたことだろう。なぜ、当時の同僚とか美術界の人間にあたってはみないのかね。なぜ、ここにやってきて、そういう過去を知りたがるのだろう。それがわからないんだが」

「失礼ですが、仁科さん。僕はあなたより、自分の妻のことはよく知っている。その周辺でいろいろ聞きたいことはあったが、もうめんどうになった。檻のなかの動物に語りかける無意味さを学んだような気がする。ただ、ひとつだけお聞きします。これは、あなたが伏せておくべきことでもなんでもない。あす、電話で問いあわせればすぐわかる。いま話しても、あなたの信用はいっさい傷つかない」

「なんのことを指して、いっているのかな」

「財団という存在には、だいたい母体がある。それくらいは知っている。吉祥財団の場合、それはどこになるんでしょう」

彼は少し考えこんだ。なぜ考えこむのか、よくわからなかった。時間をおいて彼は口を開いた。

「きみは、吉祥製菓を知っているだろうか。老舗《しにせ》の和菓子店から出発し、いまは全国的に展開している中堅の菓子メーカーだ。あそこが母体になっている」

聞いたことのあるような気がした。ただ広告露出は見たことがない。それならすぐ思いだせるはずだ。そのうち、ようやく気づいた。思わず笑いがもれた。なんだかひどくおかしくなった。いつのまにか声をあげ、僕は笑いはじめていた。

老人の憮然とした声が聞こえた。

「なにがおかしいのかね。たしかに菓子メーカーのイメージは、美術界にはそぐわないかもしれない。しかし、それほど意外なことだろうか」

ようやく笑いがおさまった。「いや、しょっちゅう僕がそのメーカーの製品を食べているからです。あそこがコンビニルートで販売しているホイップクリームドーナツはわるくない。僕の好物なんだ」

時計を見た。日が変わっている。零時五分。新たなカードは開かれたのだろうか。わからないまま、ライフルをゴルフバッグにもどし立ちあがった。

老人は静かに僕を見あげた。「もういくのかね」

「時間がないんです。僕にはまだ用がある」

「それは原田のことだろうか。あるいはファン・ゴッホにかんして、きみがなにか行動を起こすのだろうか」

「そうかもしれない。そうでないかもしれない。まだよくわからない」

老人は探るような目で僕を見た。

「で、私に会って収穫はあったのかね」

「わかりません。ただ、的はふたつもはずれましたね。ひとつは銃が入り用になるかもしれないと思ったことだった。だけど、これは完全に僕のまちがいだった。あなたの周りに張りめぐらされた檻には弾丸が入りこむ余地さえないらしい」

「もうひとつは？」

「あなたは英子のことを以前からもっと親密に知っている。そう考えていた。原田にもそれに近いことを話したかもしれない。だけど、あなたの話した範囲内に虚構だけはないようだ。いまは、あなたのいった単純な事実の複雑さがわかる気がしないでもない」

「そうだ。単純な事実こそが複雑な様相を帯びる。しかし真理のほうは、より単純な方向に向かうかもしれない。最近、私はそんなふうに考えるようにもなった」

「たとえば？」

「たとえば、人間を動かす要素になにがあるか。きみは、それを知っているだろうか」

「知りませんね」

「私が知るかぎり、およそみっつある。カネ、権力、それに加えて、美だ」

「なるほどね。ようやく話が具体的になったようだ」

「なにが具体的になったんだ」

「あなたのゴッホの『ひまわり』への執着。その理由。いまの要素のうち『ひまわり』はふたつを完璧に兼ねそなえている。もうひとつについては、発掘者という名誉がいずれ権力というかたちで、あなた自身にはねかえってくる。ある世界での敗残者が、別の世界で築いた基盤を強化するのには、ずいぶん役にたつでしょう」

そのままドアまで歩いた。立ちどまりふりかえった。「そういえば、もうひとつあるかもしれませんね」

「なにがもうひとつある？」

「人間を動かす要素。それがもうひとつあるかもしれない」

「どういう要素かね」

「話す必要はない。あなたに話しても意味がない。なぜなら、あなたには永遠にわかることがないからなんです。その要素はおそらく特定の人間にしか通用しない。そういう人間は、この時代ではごく少なくなっちまった」

ドアを開けたとき、声がかかった。「きみは私に聞きたいことを一方的にたずねた。私も最後にひとつだけ質問しておきたい」

「どういうことを？」

「きみには才能があった。なぜあんなに若くして、きみは油彩を放棄してしまったんだ」

「たぶん、あなたより才能があったからでしょう。少なくとも、自分が天才でないことに気づく時期だけは、あなたより早くにやってきた。そんな才能はあった」

返事はかえってこなかった。ドアを閉めた。その一瞬、デスクの向こうに老醜を見たような気がした。

22

クルマが家のまえにとまっていた。一五〇〇CCくらいの小型車だった。「わ」ナンバー。レンタカーだ。向かいの窓を見あげた。新聞青年は、暇をもてあます貴族がのんびり俗世間を見おろすといったふうに、窓辺で頬杖をついていた。

目があった。僕が口を開くまえに、彼はにやりと笑った。

「そいつのことなら、おれに礼をいう必要ないさ。仕切りはまるっきり、お姫様だったんだからさ」

「お姫様？」

クルマのドアが開いた。ほっそりした黒い影が街灯の淡い光のなかに立った。いきなり刺のある声が届いてきた。

「どうして、こんな時間にレンタカーなんかが必要なのよ」

「ちょっと待ってほしい。なぜ、きみがいまここにいるんだ」

新聞青年の声が答えた。「じつはさっきからそのお姫様、ずっとこの部屋にいたのさ。

おれたちの話、全部聞いてた。そしたら、あんたがいっちまったあとレンタカー屋のチェーンに電話して、二十四時間営業んとこをたった三分で突きとめた。そいで即、調達してきたの。おれ自身は見物してただけなのにさ。彼女、おれよか、はるかに生活の知恵はあるみたいよ。世紀末にゃ世紀末タイプのお姫様が登場するのかもしんない」

「なるほどね」つぶやいて、麻里のほうを向いた。「しかしどうして、きみはまたここへやってくる気になったんだ」

「好奇心」腰に手をあて、彼女がいった。「人でなしの腰抜けがどうなってるか、ちょっと見物したくなったのよ。それで夕方やってきたら、このありさまじゃない。いったいどうなってるの。彼からもいろいろ話は聞いたけど、京都見物はその後、どうなったのよ。レンタカーを手配した恩人には、それくらいのこと話してみたっていいんじゃない？　この点についてはどう思うのよ、秋山くん」

「くんづけは、よしてくれといったろう」僕はため息をついた。「わるいが、時間がないんだ。あとで報告するよ。レポートを百枚、書いてもいい。とりあえず、クルマのキイを貸してくれないか」

「キイ？　あなた、まだ自分で運転するつもりなの。無免許のくせして、どこへいくつもりなのよ」

「歩くには遠すぎるところ」

すると、躊躇《ちゅうちょ》なく命令口調がかえってきた。「じゃあ、助手席に乗んなさい」

「残念だけど、遠慮しとく。あまりムードのないところなんだ。アベックに向いた場所じゃない」

「そんなことわかってるわよ。タクシーはつかわないようだし、そんな中身のバッグをかついでるんだから見当くらいつくじゃない」

「バッグの中身がわかるのかい」

彼女は首をふった。「あなた、ほんとうに抜けてるわね。いまの返事で、ゴルフクラブなんか入ってないことを白状しちゃった。どうせ、ろくでもないものが入ってるんでしょ。スポーツなんかまるでやらないって、自分でいったことさえ覚えてないの」

観念して、考えた。目的地にはタクシーで近くまでいくとしても、たぶん運転手に不審を残す。まさか深夜のゴルフ練習場はないだろう。おそらく、いまもそういうロケーションだ。幼いころ、あのあたりまで自転車で遠出したはるかな記憶はある。それ以上に万いち検問でもあれば、無免許運転はそこで終わりになる。

「わかった」と僕はいった。「ただし、これだけは約束してくれないか。僕がおりるといえば、そこでクルマをおりることになる。そのあと、きみはすぐにここまでもどってくる。それから今夜のドライブの件を全部、忘れるんだ。この条件を守るんなら、きみに運転をまかせてもいい」

彼女は呆れたように僕を見た。「ドライバーつきのクルマをチャーターするのに、そんなあつかましい条件をつけるわけ？　そこまでずうずうしいとは思わなかった」それから短いあいだ考え、なぜか笑いをうかべた。「でもまあ、いいわ。幼稚で哀れな子どもの保護はがまんしてもいい。そのまえに、ひとつだけ質問に答えて」

「なんだい」

「そのバッグの中身はなんなのよ」

「金属バット」と僕は答えた。「これからちょっとした交渉がある。相手自体は紳士的な人物なんだ。ただ行き先が、もしかしたら暴走族がいるかもしれないところなんだよ。だから万いちの用心に持っている。いったろう。僕は臆病だし、けんかにあまり自信がない」

「わかった」彼女は簡潔に僕の口真似をした。「時間がないんでしょ。じゃあ、早く乗んなさいよ。ただしクルマのなかできちんと詳しい事情を話して聞かせるのよ」

「そうする」

そう答えはしたが、詳しい事情を説明する時間はないだろう。土曜の深夜だ。目的地まではでは、おそらく十五分くらいしかかからない。助手席のドアを開けた。新聞青年の声が聞こえた。

「お似合いだね」

どういう感想をかえしていいのか悩むところだ。手をふったまま、僕はクルマにもぐりこんだ。

シートベルトを締めると、ルートは？　と彼女が顔をこちらに向けた。佃大橋《つくだおおはし》をわたって、晴海通りに入る。その突きあたりにある埠頭。そう答えると、彼女が問いかえしてきた。あのへんは倉庫くらいしかないんじゃなかった？　いったい、あんなところでだれとなにを交渉するつもりなのよ。返答を考えているとき、運よく最初の四つ角で信号にひっかかった。立ちよろうと考えていた場所だ。真横にコンビニの明かりがある。

「ちょっと待っててくれないか。買いものがあるんだ」

「買いもの？」

「夜食が必要になるかもしれない」

「また、ドーナツ？」

「ずっとまえから、きみには感心してたことがある。教えようか」

「なによ」

「きみはおそろしく勘がいい」

コンビニの明るい店内で、そのドーナツをしばらく眺めていた。ホイップクリームドーナツ。二個をとりあげ、レジに持っていった。片方の袋を破り、ひとつをかじりながらクルマにもどった。助手席にふたたびすわったあと、彼女にたずねた。「きみも食べる？」

いるわけないじゃない、そんなもの。彼女は無愛想にそう答えた。残りのひとつを僕は膝《ひざ》に抱えたジャケットのポケットにいれた。それから仁科に会って以降の思いにかえっていった。おなじ堂々巡りの考えにずっとふけっていた。そのうち気づいた。詳しい事情を聞かせろといった彼女が、なぜか黙りこくったままクルマを走らせている。佃大橋にさしかかったころだ。ポツンとつぶやきが聞こえた。

「銃なんか持って、なにするつもりなの」

思わず運転席のほうを見た。彼女の視線はまっすぐまえを向いている。大型トラックのライトが、その横顔の硬い輪郭をくっきりうかべ、すぎていった。思いあたった。僕がコンビニに入っているあいだ、彼女はバッグをのぞいたにちがいない。ため息がもれた。

「プライバシーの侵害じゃないか」

「金属バットだなんてチャチなウソをだれが信用すると思うのよ。それより、いま私が聞いたこと、耳に入らなかった？　いったい、あなた、なにを考えてるのよ」

「じつは僕にもよくわからないんだ」

また赤信号があった。停車と同時に、彼女がいきなり真っ正面から僕を見た。そのまま、黙ったまま僕を凝視している。ダッシュボードのほのかな明かりのなか、彼女の目に何度か見たあの光が宿っていた。その野性の光をしばらく見つめかえしていた。

「ウソじゃない。ほんとうにわからないんだ。これからなにが起きるのか、僕にも予測がつかない」

彼女が自分のバッグに腕をいれた。開いたそのてのひらにあるものを、彼女はほんのわずかのあいだ眺めた。携帯電話だ。

「どこに電話するんだ」

「一一〇番」

ボタンをおそうとしたとき、手をのばして受話器をとりあげた。抵抗する細い手首をつかむと、彼女は鋭い声をあげた。

「なにするのよ」

「青になった。運転しながらの携帯電話は安全によろしくない」

うしろからのクラクションでスタートを余儀なくされた彼女は、憮然とした声をあげた。

「公衆電話からだって一一〇番はできるのよ」

「お上に頼るのは、僕の好みじゃないんだ。最終手段としちゃ適当かもしれないが、いまはさけたい。あとであの新聞青年にも聞くといい。彼もきっとおなじ意見だと思う」

「あなたは殺人を犯そうとしてるの。それとも、殺されようとしてるの。いったいどっちなの」

「さあ、わからない」

静かなつぶやきが聞こえた。「むかしの奥さんのためね」

「率直にいって、それもよくわからない。ゴッホという存在もある」

「ゴッホ?」

「その件は詳しく話している時間がないんだが、例のゴッホの『ひまわり』。あれをこれから回収できるかもしれない。そのためかもしれないし、そうでないかもしれない。よくわからないが、僕はいま一種のバクチをやっているような気分でいるんだ。ただ、ほかにもなにかが賭けられてる。おぼろげだけど、そんな気がする。その影がみえているような気がしてならない。警官がやってくると、その影が消えちまうことになる。できれば、いまはおとなしく僕を放っておいてくれないか」

「じゃあ、私にはなにもわからないまま、ドライバーだけやってろっていうの」

「そのとおりだ」

彼女は沈黙した。ちらと目をやった。唇をかみしめていた。

通りの両側に深夜の町並みがすぎていく。週末のこの時間でも、ほかにまだいくらかクルマは走っている。ほとんどがトラックかタクシーだ。やがて光の集まる繁華街がすぎた。地下鉄の豊洲駅だった。幼いころ自転車で走った場所とは、ずいぶん趣きがちがう。あのころはたしか、原っぱしかなかった。そのうち、頭上に巨大な陸橋のある信号にさしかかった。幅のある道路がその手前で交差している。周囲のクルマのすべてがその信号で左右に別れ、流れていった。彼女だけがまっすぐクルマを進めた。埠頭に入った。依然として明るく幅ひろい道路がつづく。まだ晴海通りの一部なのかどうか。よくわからない。その道路からクルマはほぼ姿を消していた。ウィークデイの昼間なら、おそらく印象はひどくちがうのだろう。だがいまは前方、対向車線をこちらに向かうトラックが一台しかみえない。やがてすれちがうと、視界からそれも消え、空っぽの路面だけが残った。

突きあたりに大きな倉庫がみえたとき、僕はいった。

「ここでいい」

かえってきたのは、冷静な声だった。「あなた、このあたりを偵察しときたいんじゃないの。こういう辺鄙《へんぴ》なところは、クルマのなかからのほうがラクに見物できるわよ」

「見物？」

「事前調査ともいうわね。はじめて経験する賭けには、ルールと環境を観察しておくのがいちばん重要な要素じゃなかった？」

僕は黙りこんだ。そのとおりだ。考えているうち、彼女はスピードをゆるめながらも、まっすぐ進んでいた。突きあたって三叉路《さんさろ》を右折する。道路はあいかわらず幅ひろいが、急に暗くなった。街灯の光度がおち、その間隔もひどく間遠になっている。周りの光景は原田の言葉どおりだった。古い倉庫の群れしかない。人の気配もまったくない。また突きあたりがあった。埠頭のゆきどまりだろう。都心にもどる方向へ右折しかできない。うかがうように彼女が僕を見た。こっちじゃないな。つぶやくと、彼女はUターンし、もときた道をもどりはじめた。さっきの三叉路をすぎると、今度はその建物がすぐ目に入った。埠頭の先端にある道路の反対側、外壁が鮮やかな黄いろの倉庫だ。暗い倉庫群のなか、それだけが異質ないろでうかびあがっている。ただ周囲と異なる気配はない。管理事務所らしい小さなプレハブに灯がともっているだけだ。時計を見た。零時四十分。『ひまわり』も田代たちもまだ到着していないらしい。用心のため連絡をいれていないか、いれているとしてもごくかんたんなものだろう。その倉庫のまえをとおりすぎてしばらくすると、道が終わった。左折してくれないか。彼女はふたたび僕の言葉におとなしくしたがった。

晴海通り近くまで埠頭をもどったとき、彼女に声をかけた。

「ここでおりることにするよ」

クルマが歩道のわきにゆっくりとまった。

「ありがとう」と僕はいった。「きみはこのまま帰ってくれ」

彼女は動かず、おなじ姿勢のまま前方をまっすぐ見つめていた。なにかを考えているふうだった。その顔がゆっくりこちらを向いた。

「これからなにが起こるのか知らないけれど、私、後悔していることがひとつあるの。あなたに話しておかなきゃいけないことがあるの。もっと早くに話すべきだった」

「あのメモのことかい。ゴッホの書簡集に、きみがフランス語で書いたメモ」

彼女の表情が凍りついた。唇を半ば開いたまま、僕をじっと見ていた。やがてかすれたような声が聞こえた。

「わかっていたの？」

うなずいた。「あれは、ほんとうに英子の筆跡によく似ていた。だけど美術界には、こういう歴史がある。僕が高校時代のころだ。そのころでもまだ、美術展にでかければ、よく壁面に注意書きがあったものなんだ。カメラと万年筆の使用はご遠慮くださいってね。当時は入場者がメモするとき、インクの詰まった万年筆を手でふることがあった。その飛びちるインクで展示物の汚れる恐れがあった。いまじゃそういう習慣は絶えたけどさ。だから英子も、仕事ではボールペンか鉛筆をつかってた。でも彼女は家へ帰ると、いつも筆記用具には万年筆をつかってたんだ。必ずそうだった。古風だったんだ。なのにあのメモは、ボールペンで書かれていた」

ひっそりした彼女の声が聞こえた。「そういうことだったのか」

ドアに手をかけた。「約束だ。もう、いってくれ。きみは銀座にもどるって約束したはずだ」

だが彼女の視線はまだ、僕のうえに残っていた。

「だれが私に指示したか、それは聞かないの」

「だいたいわかる。仁科から直接、頼まれたんだろう」

またかぼそい声がかえってきた。「なぜ、わかるの」

「英子のアルファベットの筆跡を手にいれられるものは多くない。原田は、英子と職場での接点はない。それなら、今度の件でああいう操作を考える人間はほかにない。きみは仁科の事務所にいったことがあるんだろう。絵の売買の話を聞いたと教えてくれた。あそこに入ることのできる人間も多くないはずなんだ。じつはさっきまでそこにいたんだが、そんな印象を受ける部屋だった。たぶん、きみは彼から筆跡の練習を直接指示された。その際、原田から別途、退職金のかたちで百万が支払われる。そんなふうに仁科から聞いていたんじゃなかったのか」

「そう。そのとおり」弱々しいが濁りのない声で彼女はつぶやいた。「あれはマネージャーも純粋に退職金としてわたすよう指示を受けた。そういってた。彼もそれを信じていたと思う」

仁科と会ったときの彼の対応を思いうかべた。あのとき、銃のボルトに手をかけ彼の姿を眺めていたあのときに、いちばん問いただしたかったその質問をあきらめたのだ。その答えは彼がみずから周囲につくりあげた檻の内側にあったはずだ。返答のかえってくることは、けっしてなかったろう。

彼女の声が思いを中断した。

「ねえ、百万円って魅力的だと思わない？」

「魅力的だな。でも、きみは一千万のチップを無造作に負けたことがある」

「あんなの、お金じゃない」彼女がいった。「話したでしょう。私、高校時代に宝くじで百万円が当たったことがあるって。一千万円のチップなんてあんなもの、おもちゃとしか思えない。けれど百万円なら知ってる。せいいっぱい手の届く場所にあって、私が知っているいちばん大きなお金。きっとあるはずのフランス語の原書にメモを書きこむだけで、そのお金が手に入る。それなら、私だってそこに手をのばしたっていいじゃない。それくらいは許されたっていいじゃない。そう思わない？」

「思う」と僕はいった。

彼女は微笑した。

「じゃあ、私はもういくことにする」今度ははっきり区切るような調子の声が聞こえた。ある決断の響きがあった。「あとなにか、私に聞いておくことはないの」

「そういえば、ひとつだけある。いつかたずねて、答えを聞かないままだった。きみのかつての勤務先にやってきて、きみが英子に似ているといった客のことだ。どこといって特徴のない中年男だったときみはいった。その男のことを思いだしてくれないか」

彼女はむかしを思いだそうとつとめる顔つきになった。人は過去を追うとき、いつもおなじ表情をうかべる。彼女の横顔を見ながら、なぜかそんなことを考えた。

彼女は首をふった。「やはり、どこといって特徴のない中年男だった。ただ、ずいぶん陽気で声が大きかったかな。あなたと歳は近いかもしれない。それくらい。でもこんな話、なんの役にもたたないでしょう」

少し考えてから口を開いた。「いや、そうでもないかもしれない。とにかく感謝するよ。さあ、きみはもういってくれ」

「感謝する？　あなた、そういった？」

「いったさ。それがどうかしたかい」

「私はウソをついたのに、あなたをだましてたことがあったのに、それでも感謝するっていうの」

「そう、ここまで案内してくれたからね」

「運転のこと？」

彼女に笑いかけた。「そうじゃない。僕には七年のあいだ、濁っていた記憶があった。その濃い霧のなかを案内してくれたのが、きみだったんだ。それがどういう結果になるのかはわからない。だけど、きみ以外、だれも僕を案内できはしなかった。感謝する」

彼女は長いあいだ黙っていた。やがて静かな声が聞こえた。

「ねえ。これだけは信じてくれる？　私はあのメモのこと以外、あなたにウソはつかなかった。なにひとつウソはつかなかった」

「信じるよ」

「ありがとう」と彼女はいった。

ジャケットを抱え、ゴルフバッグをかついでクルマをおりた。彼女はなにもいわなかった。背を向け、僕は歩きはじめた。しばらくすると、急発進するクルマの音が背中に届いてきた。

海側の先端にある道路にもどった。クルマで横切ったとき見当をつけた場所がある。倉庫の真向かいには、飲料水の自販機がふたつ並んでいる。だが、そこは明るすぎる。少しはなれたところに空き地があった。崩れかけてはいるものの、道路に面した低い石塀もある。斜め向かいに倉庫のみえる位置だ。そこに移動するまで、だれにも出会わなかった。

倉庫の黄いろい壁を眺めた。その鮮やかないろは、ゴッホがアルルで夢見た画家たちのコロニー「黄色い家」を思わせないでもない。さまざまな名画がそこに眠っている。原田はそういった。だが、壁にあるタマイ・ファイナンスの派手なロゴがその雰囲気を見事に破壊していた。

あの原田がなにを考えているのか、なにをしようとしているのかは、わからない。武器はおそらく、曽根が持っていた拳銃とナイフしかないはずだ。だが先着しているはずの彼は、この埠頭のどこかで待機するしかないことだけはたしかだった。ここに入る道路は、晴海通りからつづくあの通り一本しかない。どこにいるのかはわからないが、僕がいる場所は考慮さえせずにいるだろう。そもそも僕がこの埠頭にいることさえ念頭にないかもしれない。ここから奥まった倉庫の入り口までは、道路を斜めに横切って、そうとう距離がある。ほぼ六十ヤード。五十数メートル。ライフルなら風の計算さえ必要のない距離だ。だが、拳銃の射程には遠すぎる。道路を横断するあいだに発見される可能性もある。

静かだった。潮のにおいをほんのわずか、冷たい微風が運んでくる。袖に穴の開いたジャケットを身につけた。ポケットの重量が気になった。かさばってもいる。忘れていた。麻里からとりあげた携帯電話とドーナツが入っている。ドーナツの袋を破りながら、ひと口かじった。それから携帯電話を眺めているとき、ふと思いついた。期待できないが、試す価値はあるかもしれない。ボタンをおしてみた。予想は裏切られた。まさか返事がかえってくるとは思わなかった。用件はごく短時間で終わった。もうそれ以上、ドーナツを食べる気にはならない。ビニール袋にもどし、時計を見た。一時十分。彼らがここに到着するのは、たぶん二時から三時のあいだになる。原田のその推測が正しいことを祈るしかない。それまで、一定の時間が必要になる可能性がある。

石塀の陰にしゃがみこみ、ゴルフバッグからルガーをとりだした。バレルを石塀においた。ベンチレストの体勢だ。立射とちがい、命中精度は格段にあがる。それにスコープまで装備している。そのスコープをのぞきこみながら、三叉路の方向に銃口を移動した。その中央まで、ほぼ百五十ヤードと踏んだ。六年まえなら、この距離で名刺サイズを確実に射ぬく自信はあった。だがいま、腕はそうとうおちているはずだ。

じっと待った。時間がすぎた。静寂のなか、いきなり音が鳴った。一瞬、心臓がはねたあと気づいた。いまつかったばかりの携帯電話がポケットで鳴っている。

耳にあてると原田の声が流れてきた。

「彼女からその電話を奪ったと聞きましたよ、秋山さん」

「人聞きのわるいことはいわないでくれ。一時的に借りてるだけだ。僕が移動したって、新聞青年から連絡があったのかい」

「そう。それで私の居場所も判断がついたようですね。で、いったん銀座にもどった彼女の伝言を伝えてくれということでした。だから、こうして電話している」

「どういう伝言なんだ」

「子どもっぽい性格の男がいる。幼稚にすぎるその哀れな人物をできれば保護してほしい。これは彼女の言葉ですが、そういう依頼を受けました。その伝言を伝えたかった」

「それはきみへの伝言だろう」

ふくみ笑いの混じる声が聞こえた。「私の趣味はさほど一般的ではない。ですが、女性の心理はあなたよりわかる気がしないでもない。それに質問があるんです」

「なんだい」

「あなたは、私との共同作業を考えていらっしゃるんでしょうか。それとも独自に動く？どちらでしょう」

「まだわからない。ただ、きみのじゃまをするつもりはないよ。それとこの際、ついでだから聞いておくが、僕にも質問があるんだ」

「なんでしょう」

「あの仁科という老人に、なぜきみがひかれるのかわからない」

「愛情の対象は、なにも人格者である必要はありません。たとえば、私はあなたにいま一種、親密な感情を持っている。だが、これは性的な問題とはいっさい関係がない。まあ、人間関係にはそういった不可解な要素があるんでしょうね」

「人ごとみたいに分析するんだな。仁科がきみに隠していることがあってもかい」

「当然です」答えた直後、ふいに彼が声をあげた。「いまタクシーが一台、橋をわたった。だれだろう」

暗い街頭に目をやった。それから受話器に向け、小声で叫んだ。

「バクチの結果がわかるのかもしれない。これで失礼する。交信はもう終わりにしよう」

「バクチ?」

「そうだ」

携帯電話の電源を切った。いまの電話でわかったことがひとつある。原田の位置だ。晴海通りからまっすぐ埠頭に入ったところで交差する道路。そこにとめたクルマのなかで彼は待機しているにちがいない。あの場所からなら、この埠頭への出入りはすべて見わたせる。新幹線で帰京したはずの彼も、どこかでレンタカーを借りたのかもしれない。

ライフルのスコープに目をもどした。スコープの視界は明るかった。暗視用ではないが性能はいい。輝度がある。やがて、覚えのある感覚がよみがえってきた。体温が、落下するような感覚ですっとおちていく。血がいったん、しんと静まりかえる。それからふたたびざわざわとつぶやきはじめる。冷たく暗い炎が血管を舐め、ゆるやかに流れはじめる。リズムと集中力だ。遠い国の片田舎で聞いた声が、耳の奥で鳴った。

長さのわからない時間がすぎた。

影がスコープの視界を横切った。

ライフルから顔をあげた。三叉路でタクシーがとまり、だれかがおりたった。タクシーが去ったあと、その人影は首をかしげながら周囲を眺めまわした。

銃を手にして立ちあがり、石塀のうえに姿をみせた。人影は僕を認めたようだった。暗い道路を横切り、こちらに近づいてくる。カードがまた一枚、開かれた。足を引きずりながら歩き、それでも井上はまっすぐ僕に近づいてくる。

23

道路に数歩、歩みでた。街灯がぼんやりした明かりの輪を路面におとしている。そのなかに立った。ライフルを脇に抱え、立ちつくしていた。そのままの姿勢で井上がゆっくり近づくのを待った。

足を引きずる井上の歩みには、不自然なところがまったくない。最初に会ったときから、その姿を見なれているせいかもしれない。僕の位置をたしかめるように、一歩一歩前進してくる。やがて彼も明かりの輪に入ると、立ちどまった。数メートルの距離だった。

ライフルの銃床に手を移しかえた。銃口が路面を向いた。

「めずらしいところで、お会いしますね。社長」

彼はうなずいた。「村林からきみの話を聞いたよ。さっきまでずっと聞いていた。聞きおわったあと、すぐタクシーをつかまえたんだ。しかし週末の深夜とはいえ、東京にもまだこういうひとけのないところが残っていたんだね」

「僕もはじめて知った。なぜ、ここへやってきたんですか」

「僕の義務だった」

「なぜ、義務なんでしょう」

「きみはもうそのわけを知っているんじゃないのかな。僕がここにくるのを予想していたようにも思える」

「予想じゃない。賭けだった」

「なにを賭けたんだい」

「じつはきょう、ある人物からこんな話を聞いた。彼によれば、人間を動かす要素はみっつあるそうです。カネ、権力、それに加えて、美。つまり欲望の要素ですね。だけど、僕はその逆もあるんじゃないかと考えた。彼には見当がつかなかったらしい」

「逆？　欲望の逆ってなんだろう。僕にも見当がつかないが」

「誠実」と僕はいった。「この時代、人はまだ誠実によって動かされることがあるかもしれない。そっちのほうに賭けた」

彼は微笑した。「じゃあ、きみはその賭けに勝ったんだろうか。僕がここへやってきたということで」

「どうかな。まだ、よくわからない」

「賭けのほうはおくとしても」彼は僕の手にある銃にちらと目を走らせた。「いま僕は義務といった。そのなかには、きみを犯罪者にさせないこともふくまれるように思う。さいわい海は近い。その銃は東京湾に放棄してもらえないだろうか」

「あなたをこれで撃つ。それが僕の義務かもしれない。そういったとしても？」

「それならそれでいい。しかし、ここは都心に近い。こういう人目につく可能性のあるところは避けたほうがいいんじゃないのかね。ふたりでどこか遠くへいってもいい。きみがだれかのためになにか義務を果たすんなら、だれにも知られないですむ方法を考えようじゃないか。いまこの瞬間も、その銃を見とがめる通行人があらわれるかもしれない」

「そんなことはいま、あまり気にはならないんです。それより、ひとつたずねたいことがあるんですが」

「なんだろう」

「そんなふうに他人のことばかり考えている誠実な人間が、なぜ人の家庭を破壊し、ある人物を自殺に追いつめることができるのか。それがわからない」

彼は静かな目のいろで僕を見つめていた。やがて口を開いた。

「もちろん、その事実を否定する気はない。そのためにここにやってきたんだ。だがそのまえに僕にも質問させてくれないだろうか。きみはどうしてその事実を知ったのかな」

ポケットからビニール袋のかたまりをとりだした。「これはさっき、僕がコンビニで買ったドーナツなんです。ご存じですか」

彼は首をかしげた。「広告作業の発生していない製品には、あまり興味がなくてね。そのドーナツがどうかしたのかい」

「コンビニで売ってる商品で、一般消費者が気にするのはまず値段とブランド、あとは食品の賞味期限くらいだ。そのほかのことは、だれもまるで気にしやしない。おまけにこういう袋ものになると、ブランドやメーカーさえ意味を失う。ナショナルブランドかコンビニのPB商品かってことさえ無視される。そのだれも気にしないことのひとつに、プライスタグもある。こんなものの値段以外の部分をしげしげと眺めてみるのは、同業他社かデザイナーくらいのもんでしょう。僕だってもう現役じゃない。それほど気にはしなかった。だけど、こういうものからわかることもある。これの製造元は吉祥製菓です」

「そうか」彼はつぶやいた。「じゃあ、そのメーカーの実態と背景を当然、きみは把握しているわけだ」

「ほんの少しですけどね。ただ社長自身、自分の実家で製造しているそのすべてに商品知識のあるわけがないことくらいはわかる」

一種のブラフだった。だがまったく根拠のないブラフでもない。村林から、京都にいて過去の因縁を思いだしたという話を聞いてもいる。

彼は問いかえしもせず、ただうなずいた。「そうだ。たしかにその吉祥製菓は僕の実家の経営にある。同族経営だが一応、全国チェーンのコンビニに納品する程度の中堅企業にもなっている。だが、そうだとしても、そこにいったいどういう意味があるんだろう」

「こういう意味はありますね。この吉祥製菓は社長の生まれた商家、老舗《しにせ》の和菓子屋が発展した菓子メーカーであると同時に、英子の弟、宏が過剰防衛で殺害した被害者の奥さんの実家でもある」

彼の表情は変わらなかった。僕が口を開いた。

「彼女は社長の係累、たぶん妹さんじゃなかったんですか」

彼の表情は依然、変わらなかった。「察しがいいね」その口調から余裕と冷静さはいささかも失われてはいない。

「電話しただけなんです」

「電話？」

「そう。このプライスタグには、本社所在地と電話番号が記載されている。番号のほうは、お客様相談室。さっき試しにその番号に電話したら、相手がでたんです。まさかこんな時間に勤務している人間がいるとは思わなかった。おたくの製品についてクレームがあるんで、井上社長をお願いしたい。そういった。返事は、こんな時間に社長を呼びだすのは非常識だというものだった。当然の反応ですね。僕だっておなじ返事をかえすと思う。ただ社長の名前の訂正はなかった」

彼はかすかに微笑した。「いま、吉祥製菓の代表は長兄がつとめている。僕自身は縁がなくて詳しくはないが、菓子パン製造はひどく朝が早いらしい。夜勤で働いている事務職の社員もいるんだろうね。しかし、きみは妹の件については知らないと思っていた」

「英子からこういうことを聞いたことがあるんです。彼女は、宏の傷害致死事件で被害者となった遺族に慰謝料を支払う話で奔走していたことがある。刑事事件でも慰謝料の額しだいで、判決の軽くなるケースが多い。そういう話は弁護士から教えられて、はじめて僕も知った。彼女も一応、その理屈は理性で納得してはいた。ただそれ以上に、宏にかわっての家族への謝罪の意味あいは強かったと思う。ところで、被害者は松田啓介というやくざだったが、その遺族には奥さんしかいなかった。松田知恵。当時、たしか四十歳だった。社長よりみっつほど下になりますね。だけど、彼女はけっして慰謝料を受けとろうとしなかったらしい。宏の罪を許さないというわけじゃない。慰謝料という金銭の意味を嫌悪したようです。英子も、その感情はとてもよくわかる。やくざの奥さんに似あわない自尊心を感じるのは差別だろうか。そんな疑問を持っていたくらいだ。ただ彼女が足しげく通ううち、それなりに親密な関係はできたようです。あの夫といっしょになったときから、いずれこれに似たことの起きる予感はあった。そういう話まで聞いたという。英子はプライバシーを詮索するタイプじゃない。それでも妹さんに今後をたずねた際、もう疲れたのでずっと以前に若くしてはなれた実家にもどるしかない。気はすすまないがそうするしかない。妹さんは、そう答えたらしい。その実家は京都の新京極《しんきょうごく》にある和菓子屋だという。そんなかんたんな身の上話だけは聞いたそうです」

僕はなにをしゃべっているんだろう。なぜ、こんな無意味な説明をしているのだろう。話しているうち、ふとそんな疑問が訪れた。ぼんやりうかんだものがある。それは過去が投影し、やがて消していく淡い影のようだった。あのころ、僕と彼女のあいだにあった時間。そこに刻まれたもの。その短い時間で僕が教えられたのは、いま口にしたばかりの事実がほぼすべてだった。そんなわずかなものでしかない。だが時間があったとしても、僕らの会話の世界は、それ以上にひろがったのだろうか。わからない。いま残るのは、あいまいさでしかない。それが消えることはもうないだろう。この井上と話してさえ、たぶんおなじ結果に終わるにちがいない。はじめてその予感と後悔が生まれた。潮をふくんだ微風が頬をなでた。それがさざ波のような悔恨を運んでくるようにも思えた。

彼の声が聞こえた。

「すると、奥さんは僕の妹から旧姓を聞いたわけだね」

「そう。井上です」僕は答えた。「もちろん当時は、そんな名前だけで社長に結びつくとは思わなかった」

「それはそうだろう。どんな土地にも、井上姓など数えきれないほどある。だがどうして、僕と結びついたんだろう。僕は裁判にはいっさいタッチしなかった。公判にも顔をだしてはいない。じつはあのころ、妹は実家から勘当されていたんだよ。やくざというような種族の男といっしょになったということでね。村林から聞いていると思うが、僕と似たケースかもしれない」

「さすが老舗ですね。勘当だとか縁切りまでが伝統になってるんだ。おかげでこんなかんたんな事実を知るまで、ずいぶん時間がかかっちまった」

「皮肉はよしてもらえないだろうか。まだ質問の返事がないようだ。なぜ、僕と妹が結びついたのかね」

彼のほうも答える借りがあることを忘れているようだった。だが、礼儀というものはある。

「このプライスタグにある吉祥製菓本社所在地は、京都市中京区《なかぎょうく》新京極です。僕もあのあたりのにぎわいは知っている。だけど、井上という店名の和菓子屋がそれほどびっしり軒を並べているとも思えない。おまけに、吉祥製菓の代表者は井上姓だ。それなら吉祥製菓という菓子メーカーはその商家の発展したものであることくらい想像がつく。だから、勘当されたという妹さんの身の上話は、きっと遠い過去の記憶が影を落としたものだったんでしょう。つけくわえれば、英子と社長の接点があの時期になかったほうがおかしいということもわかるんです。彼女が僕に話さなかった理由はとりあえずおくとして、社長もなぜ、そんなにかんたんにわかる事実を僕に伝えなかったんでしょう」

彼は首をかしげ、じっと僕を見ていた。やがておちついた声がかえってきた。

「妹の亭主の件については、僕に遺恨はまったくないよ。あれは起こるべくして起こったことだ。それにしても、秋山くん。きみは、いつか僕がきみに話したことを覚えているだろうか」

「なんでしょう」

「きみの洞察力には感心する。ギャンブル能力に秀でているという村林の話もようやく納得した。場ちがいな言い方だったら許してほしい。だがやはり、そう思わざるをえない」

「その感想は、まだ早いようです。まだわからないことがずいぶんある。仁科と社長はどういう関係にあるのか。これがわからない。このまえ会ったとき、たずねたでしょう。だけど教えちゃもらえなかった」

「伯父だよ」予想外にあっさり井上は答えた。「母方の伯父にあたる。僕がこういう後遺症を残した原因については、村林から聞いたと思う。じつは僕の美大進学に両親が反対した理由には、伯父の存在が大きかったんだ。そのころ、彼はまだ満足な生活能力がないとみなされていた。事実、そのとおりだったんだがね。だが僕が自分の意志をとおし、父の援助を断った結果、村林がきみに話したような、まあ、一種の事故に遭遇した。そのとき、まだ健在だった父が財団設立を思いついたんだ。もちろん財団法人なんて、老舗とはいえ一介の菓子メーカーにとっては、分不相応な目論見《もくろみ》さ。だが父は、僕が借りたあの曽根に弁済する金額を放棄する以外にも、なにか僕への贖罪《しょくざい》が必要だと考え、その計画を温めていたようだ。おそらく彼は僕が憧憬《しょうけい》を持っていた世界、美術界への貢献で僕が受けた障害の穴埋めをしたかったんだと思う。そのうち吉祥製菓も成長した。具体的余裕のできたのが、ようやく十年ほどまえのことだ。その際、父は伯父のアドバイスを受けたんだよ。そしてささやかだが美術界の一部を助成する吉祥財団が生まれることになった。母体の貧弱さにもかかわらず、すぐ認可がおりた背景は、きみにも想像がつくだろう。そのころすでに伯父はある種の権力を手にしていた」

仁科と会ったときの彼の反応を思いだした。彼が躊躇したのは、吉祥財団の話にふれたときだけだった。そういうことだったのかと思った。だが井上のほうは、このまえ会ったときと態度がまるでちがう。仁科との関係をなんのこだわりもなく答えた。ふいに潮のにおいが強く鼻をついた。また妙な気分が訪れた。なぜ、僕はいまこんな時間、こんなところでこんな話をしているのだろう。なにかが賭けられていたのではなかったか。なのにひどく無意味な時間が流れている。不毛な時間がすぎている。そんな気がする。なぜだろう。考えながら、それでも口を開いていた。

「だけど社長が英子と知りあったのは、義理の弟さんの事件があってからじゃありませんね」

彼はうなずいた。「そう。きみの学生時代だ。きみは知らないだろうが、そのころ一度だけ会ったことがある」

「僕の学生時代？」

彼は微笑をうかべた。「きみがまだうちにアルバイトでいたころさ。あのころ、彼女も京美へ何度かやってきたことがあったろう。きみはその際、彼女の訪問をひどくいやがったらしい。まあ、ああいう美少女が殺風景な事務所に登場するんだ。当然、周囲に冷やかされるハメにはなったようだね」

そのとおりだった。あのころ、噂話の対象になるのが苦痛だった。当時、その話を彼女にしたことはある。すると英子は笑いながらも、ごめんなさい。もういかない。そういった。それ以後、彼女を勤務先で見かけたことはない。

「あれは彼女が最後に京美を訪問したときじゃないかと思う」井上がいった。「そのとき、きみは外出していたようだ。雨の日だった。ビルの入り口で、帰ろうとしていた彼女と僕がぶつかったんだよ。僕の抱えていた版下が泥水のなかにおちた。もちろん、ポジからなにからすべて台なしだ。おまけに僕はこういう身体だ。彼女はひどく丁重に詫びてくれた。恐縮するくらい丁重にね。彼女は僕が京美の代表だと知ってはいたようだ。しかし、そういうことじゃない。本質的にこころ優しい女性だったね。ひどく新鮮な印象を受けた。まあ、それはそれとして、アルバイトとはいえ社員の身内をもてなすのは僕の習慣だ。そのあと向かいの喫茶店で、お茶をごちそうしたんだよ。話題はおもに、きみのことだった。ただ彼女自身の話も聞いた。学芸員としての就職を考えているが、都内の美術館は門が狭くて困難な状況にある。そんな話も聞いた。その際、喜多内美術館の名もでたんだ。あとで、その話を伯父の仁科に僕は伝えた。強力に頼みこんだといってもいい。断っておくが、これはもちろん僕の独断だ。彼女はこの事実をいっさい知らない。以後、伯父との関係はほぼ絶えた。いまは連絡もない。奥さんの就職の件も同様さ。そんなことさえ必要ないんだ。彼には、それだけの力がある。結果は知ってのとおりだ。つけ加えておくと、あの雨の日、僕に会った事実も伏せておいてほしいと彼女から念をおされたよ。京美にやってきたことを知られたら、またきみの不興を招くからってね。いまはじめて、その約束を破ったことになるのかな。だがもちろん、そのときはそれきりになった。きみたちは、ほほえましいカップルだった」

黙って彼の顔を眺めていた。冷静と余裕は、消えてはいない。いつも彼はそうだった。なぜかタバコを吸いたくなった。ポケットを探ると、よれよれになったハイライトのパッケージがでてきた。空に近い。その一本に火を点けた。ライターはあのカジノでもらったものだ。潮風にのり、煙が斜めに流れていった。

「話をもどしませんか」と僕はいった。

「どこにまで？」

「あなたが英子を妊娠させたところまで」

彼は静かに僕を見つめた。時間がすぎた。僕の指さきでは、タバコの火がゆっくり息づく呼吸のテンポで明滅をくりかえしている。目を移すとその向こう、街灯の明かりが井上の表情に翳《かげ》りをつくっている。やがてつぶやくような声が届いてきた。

「わかった」と彼はいった。「すると話は、もどるというより、それ以降のことになるね。そう。再会したのは、七年まえだ。偶然、僕の立ちよった妹の自宅でだった。あれは早い春だった。彼女の弟の判決がくだったあと、三月はじめじゃなかったろうか。そのころ妹は、実家への仲介を僕に頼っていたんだ。そこへ彼女がたずねてきた。あいにく妹は外出中だった。夕暮れだった。僕には酒が入っていた。そのせいで大胆になっていたのかもしれない。妹の家にはもう何度か訪問して、植木に玄関の鍵を隠してあるのは知っていた。それで家の応接に誘い、話しこむ成りゆきになった。会話は弾んだよ。絵画、デザイン、きみのこと、学芸員の生活……。僕たちは話した。じつに長い時間、会話をかわした。そのうち、そういう雰囲気が生まれた。どちらのせいでもない。あれは一種、儀式のようだった」

黙って聞いていた。井上は首をかしげていた。回想にふける表情にもみえる。麻里がクルマのなかで、あのメモを自分で書きこんだ事実を打ちあけたときの顔つき、なぜかその類似と相違を思った。

「そう。儀式だ」間をおいてふたたび彼がいった。「修辞的な言い方に聞こえるかもしれないが、その言葉がいちばん適当なように思う。あれはまちがいなく儀式だったんだ。会話がつづくうち、彼女はある種の感想をもらした。僕がこの時代にはめずらしいタイプだとね。きみのいった誠実。おなじ言葉が彼女の口からもでた。もちろん、これは自慢しているわけではない。事実の報告にすぎない。買いかぶりだと僕は答えたさ。それからは、どちらが誘ったのでもない。風の流れのようなものだった。きみにこういう言い方が許してもらえるとは思えないが、あれは恋だったようにも思う。ただし一瞬に生まれ、一瞬に去った恋だ。あとで彼女はひと言、こういった。きょうのことはすべて忘れてくださいとね。それから二度と会うことはなかった。そう。あれは儀式だった。異次元で起きた幻だったんだよ。いまはそんな気がする。これは信じてくれるだろうか」

「どうでしょう。誠実な人間にだって、過去は修飾できる」

彼はうなずいた。「彼女には結局、きみしかいなかった。きみも同様だったろう。そういう指摘は当然、僕も覚悟してはいた」

誠実か。僕はつぶやいた。一度だけ、僕は英子から不誠実だといわれたことがある。いまここに向かいつつあるかもしれないゴッホ。あれは、その『ひまわり』を彼女が内部に収める結果になった作品を描いているときだった。ブリキの扉の内側にあるキャンバス。そこに描いた室内をモチーフとした油彩。その制作中に、彼女ははじめて非難めいた口調で声をかけてきたのだ。だれにも見せずにおく作品をそんなふうに一生懸命描くのは、不誠実なんじゃないでしょうか。だって、この作品自体、傑作だもの。傑作を人の目から隠すなんて、誠実とはいえないでしょう?

『出口』。ゴッホをあの作品に閉じこめたのは、彼女の皮肉なのかもしれない。そして、彼女もこの現実を自殺という出口からでていった。

井上の声が聞こえた。

「つまり、彼女がみずから死を選んだ理由。その原因は僕にある。僕が殺人者だ。そう考えてもらっていい。たしかにきみが伯父にいったように欲望以外のものが人を動かすことはあるかもしれない。ただ、僕が誠実だというのは、彼女の錯覚だったような気もする」

黙って立っていた。また彼がいった。

「ただ、僕には勇気がなかった。彼女が自殺したとき、その件をきみに打ちあけるべきだった。もちろん七年まえ、僕ときみは縁が切れていた。だが連絡をとろうと思えば、できはしたんだ。きみはこのまえ、僕のところへやってきたね。あるいはあのときも、そのチャンスだったかもしれない。なぜ、そうしなかったのか。その点は、いまも悔いが残る。きっと僕にはきみの奥さんとの件で負い目があったからなんだろう。やはり、僕には勇気がなかったんだ。それが、さっきのきみの質問の答えになる。妹にかかわる事件が起きたとき、きみに話さなかったこと。その答えになる」

「だけど、ここへはやってきた」

「そう。きみがこういう手立てを講じなければ、僕は姿をあらわさなかったかもしれない」

タバコを深く吸いこみ、煙を吐きだした。うす闇のなかで、小さな炎が真っ赤に燃えあがり、また闇にもどっていった。

「どうやら、僕は賭けには負けたらしいですね」

「どういうことだろう」

「僕が、誠実のほうに賭けたこと」

「そう。僕は自分を誠実な人間だなどとはまるで思ってはいない」

「そうじゃない。あなたがまっとうな事実を話すという、その誠実の一点です。自分がこんなにおめでたい人間だとは知らなかった。どうやら僕は、誠実を装う不誠実な人間に賭けちまったようだ」

彼は首をかしげた。「よく意味がわからないんだが」

「僕はあなたがここへやってくる手立てなんか、なにも講じちゃいない。どうしてそんなふうに考えるんですか」

「村林が京美にやってきた。きみが新幹線で話した内容を、ついさっきまで彼から聞いていたんだ」

「村さんにきょう話した際、英子の件にいっさいふれてはいない」

一瞬、間をおいて彼がいった。

「僕が真実を語っていない。そういいたいのかね」

「そのとおり。この時代にだって、多くはないだろうけど少数の人間はたしかに誠実によって動く。あるいは動かされる。だけどいま、はじめてこう思った。そんなものにはもうカビがはえている。ひとり誠実であろうとするだけなら、はた迷惑なだけかもしれない。人をうんざりさせるだけかもしれない。そういう質《たち》のわるい、始末におえない誠実さというのもある。うさんくさくて、気分がわるくなってくる。いまは独立を考えた村さんの気分がわかるような気がする」

彼はしばらく考えていたが、やがて深いため息をついた。

「酷な言い方をするね」

「とくに酷だとは思いませんね。ある人間への信頼を裏切ることのほうが酷じゃないんですか。もっともそれ以上に、時間が人を変える事実自体が残酷な現実なのかもしれない」

「どういうことだろう」

「かつて、社長はだれもが認める誠実な人間だった。だけど、もうそれは過去の歴史になっちまった。そういうことです」

「きみのいっている意味がまだよくわからないんだが」

「その意味の根拠はいくつかある。社長の気にいらないかもしれませんがね。加納麻里という女の子を知ってますか」

「あのファッションヘルスに勤めていた娘のことだろうか」

「彼女がファッションヘルスに勤めていたことを、どうして知っているんです。それ以上に、なぜ名前まで知っているんだろう」

はじめて、彼の表情になにかのいろがうかんだ。かすかな動揺にもみえた。無視してつづけた。

「社長はさっき、自分が話したこういう部分に気づいたでしょうか。きみが伯父にいったように欲望以外のものが人を動かすことがあるかもしれない。そういった。僕はいままで仁科との会話の内容は話したが、その件にかんするかぎり彼の名はいっさいださなかった。ある人物といっただけだ。彼と会った事実さえ話さなかった。また社長はこうもいった。英子の就職の件を依頼して以降、伯父との関係はほぼ絶えた、いまは連絡もないとね。したがって、それは事実ではありえない。つまり、僕が仁科と話したあと、すぐ彼から連絡はそっちにもいったということです。その程度の関係はいまも密接にあるらしい」

咳払いする音が聞こえた。「なにをいいたいのかね」

「もうひとつ。この点はどうでしょう。加納麻里。彼女の登場の背景にあったのは、仁科だ。だけど英子との面識があり、なおかつ仁科と密接に結びついている人間はひとりしかいない。井上社長。あなたしかいないんです」

「彼女の写真が、雑誌のグラビアに載った。そういう話を聞いたようにも思うんだが」

「それならこういうことがいえる。ヘルスに勤務する無名の若い女の子。そのなかの特定のひとりの写真が雑誌に載っているなんて、だれが社長に教えるんでしょう。社長が自分で見て英子に似た印象を受けたというならわからないでもない。だがいま、聞いたといった。僕は、彼女に注目したのが仁科で、その指示を受けたのが原田だと聞いている。それに彼女自身に向けて、英子にそっくりだといった客の存在がある」

彼は一瞬、僕をしげしげと見つめた。それからようやく抗議するように低い声をあげた。

「僕がああいう場所に好んでいくタイプだと思うかね」

「わかりませんね。時間は人を変えるんだ。ただ僕が聞いた話じゃ、たしかに社長自身ではないらしい。あなたなら、特徴はすぐあげることができる。陽気で声が大きい、僕とおなじ年ごろの男だという話だった。善意の人物でしょう。年齢的には、北島あたりが適当かもしれない。英子が学生時代、京美にきていたころ、僕はよく彼から冷やかされたことがあったんです。当時、英子は現在の麻里とおなじくらいの歳だった。おまけにその客は英子の旧姓にふれたという。社長は彼から、英子によく似たヘルスの女の子の話を聞いたのかもしれない。さらに北島が雑誌に見つけた彼女の話も聞いたのかもしれない。デザイン事務所には広告掲載見本でたいがいの雑誌がそろってる。それを確認したあと、仁科に中継したのかもしれない。そうとしか考えられない。それを彼らに教える第三者は社長しかいなかったはずでしょう。なぜなら、仁科も原田もいまは女性にまったく興味がないんだ」

「きみは邪推しているかもしれない」

「ならあした、北島にたしかめてもいい」

彼は答えなかった。ただ僕を見ていた。

「社長その目的はなんだったんですか。仁科からリシュレ夫人の話を聞いて、英子との過去を思いだしたんですか。たまたま彼女の死のいきさつを知っていた。それを僥倖《ぎようこう》だと考えたんですか。それで僕の記憶に目をつけたんでしょうか。いままでの話と、仁科との面談でよくわかった。これは原田さえ知らない。つまり黒幕は、あなたと仁科のふたりだったんだ。社長もそんなにゴッホに興味があるとは知らなかった。あるいはゴッホ作品の経済価値に興味があるとは知らなかった。いま、ようやくわかる。仁科がいった人を動かす要素というのはまちがいだった。あれは人を狂わせる要素というべきだったんだ」

また無言。

「こういう見方もできる」僕はいった。「原田も知らされていないか、誤解している部分がけっこうある。京都に向かう新幹線の車中で、彼は当然、僕が『ひまわり』の存在の可能性を知っていると考えていた。そういう喋《しやべ》り方をしてた。あのメモを麻里が書いた事実を知らないでいたのにね。たぶん仁科――いや、あなたたちというべきかもしれない――は、彼女が英子の残したなにかの痕跡《こんせき》を発見するか、英子から教えられた僕の記憶がよみがえったはずだとでも、もっともらしいことを彼に示唆《しさ》していたんでしょう。原田はその意図を知らず、彼女が僕のところにやってくるよう、自分が巧妙に誘導したつもりでいた。さらにこういうこともいえる。京美企画がアイバに食いこめたのは、仁科の力が背景にあったからだ。もちろん確証はない。ただ一介のデザイン事務所があんな大企業になぜ、直で扱いが持てるのか。それがずっとふしぎだった。だけど、いま話した事情を考えれば、答えはひどく明快になる。それから長い時間をかけて、社長は権力というものの魅力を学んでいったのかもしれない。ただ、経済システムの暗部との関係は表向き、伏せつづけなきゃいけなかった。その結果、社長がアイバの圧力に屈したという見せかけさえ演出せざるをえなくなった。だけどいったんその環境を整えておけば、なにかがあった場合、それなりに言い訳の理由ができる。たとえば業界や村さん、現在あなたの下で働いている社員といったような存在に対してね。さらにつけ加えれば、あの田代を結局、敵にまわしたのは、僕なんかが知らないその力の世界で、曽根が彼の側にいることを知ったのが大きな理由のひとつでもあった。そんな想像くらいはできるんです」

沈黙の長い時間がすぎた。どこかで遠い汽笛が鳴った。いつのまにか空気に重さがあった。やがて雨がふりだすにちがいない。僕は根元まで燃えつきたタバコを路上に捨てた。

彼が口を開いた。

「きみの言い方にならって、話をもどそうじゃないか。きみは肝心なことを忘れているのじゃないのかね。僕がここへやってきた理由だ。あえて僕がここまでやってきた理由はどこにあると思うんだい。きみの奥さんの死の責任は僕にあるとわざわざきみに告白するため、ここにやってきた。その誠意をきみはどう考えているんだろう」

「告白によって、一種の免責を考えた。そうじゃないんですか。一定の事実を少々織りまぜるだけで、単純な事実は複雑な様相を帯びてみえる。これは仁科の発言の脚色ですがね。そういう粉飾した話を僕に打ちあけておけば、少しは残っている良心と折りあいがつくかもしれない。それに社長は僕の動きを、京美への訪問と仁科からの連絡で知っている。だから、いずれ英子の子どもの父親がだれであるか発覚した場合、あいかわらず誠実の仮面をかぶったままでいられるよう保険をかけた」

「…………」

「儀式。異次元の幻。一瞬の恋……。美しい物語だ。だけど、あなたが話すと、田舎芝居以上の通俗にしか聞こえない。そういう話を信用するために、ここまできたわけじゃない」

　彼は大きく呼吸した。「どうやら僕はきみを買いかぶりすぎていたようだね。きみは、どうにも狡猾《こうかつ》な人間らしい」

「それを洞察力というんじゃなかったんですか。いったでしょう。これは賭《か》けだって。自分を狡猾でないと錯覚している人間にはわかりにくいかもしれない。だけどバクチというのは、カードの組みあわせを判断する以上に、一種の心理戦争なんだ。人間の弱点、これを醜悪さということもあるが、そのポイントを突くゲームでもある。もうバクチなんかやるつもりはなかったのに、おかげでまた手をだすハメになっちまった」

井上は顔をあげ、空を見あげた。その視線を追った。星はみえなかった。彼は背広の襟をたてた。

「この季節にしては冷えるね。場所のせいかもしれない」

僕は彼の顔を眺めていた。四半世紀まえ、友人のミスをひとりでかぶった男。そのため片手片足の自由を失った男。デザイナーにとってはひどいハンディキャップだ。それでも五十人の社員の生活を保証しつづけてきた男。かつて彼は男のなかの男だったかもしれない。そういう人間が、こういうふうに変化する。誠実の反転。たぶん、と思った。たぶん、こういう変化を成熟と呼ぶのかもしれない。

「きみとは長く話しすぎたね、秋山くん。それも無意味に長く話した。僕は、きみに誠実であろうとつとめはした。しかし結果は思わしくなかったようだ。僕はもうこれで帰ることにするよ」

彼が背を向けた。僕は銃のボルトをスライドさせ、チェンバーに弾丸をおくりこんだ。その一連の金属音が彼をふりかえらせた。視線が凝縮し、銃にそそがれた。直後、腰だめのまま引き金を引いていた。尾を引く銃声と同時に、井上の背広の袖《そで》が吹きとんだ。彼は狼狽《ろうばい》した目で自分の腕を眺めた。

「心配することはない。まったく傷つけてはいないはずだ。これは、曽根のやり方です。あなたを痛めつけた男が好む手段です。ただこの姿勢なら、拳銃《けんじゅう》よりライフルのほうがはるかにむずかしい」

するとと彼はふしぎそうな目で僕を見た。いっそあどけない表情にもみえる。その無邪気さが僕をおどろかせた。

「なぜ、こんなことをするんだろう」

「真相を聞きたいからです。もちろん英子は独立したおとなの女性だった。それでも彼女のことは僕がいちばんよく知っている。あなたの話がまっとうでないとわかるくらいにはね。ある人物は究明といった。だけど、そんなたいしたもんじゃない。その真相も、あまり詳しいことまで知りたくはないんだ。ただひとつの事実だけを知りたい。だから簡潔に答えてもらうだけでいい。たったひとつ。社長が暴力的であったのか、なかったのか。それだけでいい」

短い躊躇《ちゅうちょ》のあと、決心したような表情がうかんだ。「彼女は」かすれた声で彼はいった。

「彼女は、たしかに彼女それ自体で純粋な美だった。その美を目のまえにして魔がさしたのかもしれない。妹の家で、たしかに僕も少しは暴力的だったかもしれない。だが、そんなことで彼女の自殺まで想像できるだろうか。たかが妊娠したくらいで自殺するなんて、だれが……」

「それでけっこう」井上をさえぎった。「いまの言い方だけでじゅうぶんわかる。そこで提案があるんですが、社長もこれから、ちょっとしたバクチをやりませんか」

「バクチ?」

「そう。ここへあらわれたとき、社長は自信満々だった。その場しのぎの適当なことをいっちまうと、あとでツケがまわってくるんです」

「その場しのぎの適当なこと? なにを指しているのかね。ギャンブルなどと結びつくようなことをいった覚えはないが」

「僕が社長を撃つのが義務かもしれないといったときです。誠実かつ平然と、それならそれでいい、あなたはそう答えたはずだ。いまその返事の誠実さをたしかめたくなった。僕が射撃に熱中していたのは、手紙で知らせたでしょう。ただ、あれは六年以上まえの話だ。僕の腕はいま、きっとずいぶんおちていると思う。ところであそこの三叉路、あの角にタバコの自販機がある。社長がタクシーをおりた場所です。ここからだいたい百五十ヤード、百三、四十メートルくらいはある。そうとうな距離ですね。あなたがあそこまでいったとき、このライフルで僕はあなたを一度だけ撃つ。以後、あなたと僕はいっさい縁がない。そういうバクチです」

彼の顔からそれまでの余裕が消えた。はじめて見るいろがそのうえにあった。それは脅えだった。この男は村林のミスをひとりでかぶった際にも、その種の恐れを感じはしなかったはずだ。なのに、いまはちがう。まるで異なる人間に変質している。残酷なのは、時間の経過なのかもしれない。だがいまは、だれかがうかべたかもしれないおなじ脅えの表情しか僕には思いうかばなかった。

「安心できるかどうかわからないけれど、ルールと事実だけは伝えておきます。まず、僕はこの場所を動かない。社長が三叉路の中央までたどりついたとき、一発しか撃たない。それもスタンディング、立ったまま支えなしに構えて撃つんです。射撃ではいちばんむずかしい姿勢だ。これを約束します。だから、あの三叉路の角を曲がれば、あるいははずれた銃声を一度聞けば、それだけで社長の安全は保証されたことになる。それにこれは二十二口径です。ダメージは大きくない。急所さえはずれたら、けががだけですむ。あるいはまったく当たらないかもしれない。僕のアメリカ中西部での経験からこういうことはいえますね。この距離で動くものを対象にした立射なら、ほんのひと握り、一パーセントにもみたない上級者くらいしか急所に命中させることはない。それ以下なら必ずはずれる。初級者なら、まず弾丸は身体をかすりさえしないでしょう」

「きみは気が狂っている」

「たぶん、そうなんでしょう。あなたの安全が確保される可能性は大きいが、僕は確実に犯罪を犯すことになる。殺人、あるいは殺人未遂。ご存じでしょうが、僕には幼児性の名残りがあるらしい」

「僕がそういうくだらない賭けを断ったら、どうするんだ」

「この距離なら、初心者でも額か心臓のまん中をはずしませんよ。五秒以内に動きださなければ、このままここで撃つ。あなたとちがって、僕はいいかげんで適当なことはいわない。信用してもらっていい」

彼は食いいるように僕を見つめていた。銃口を下にしたまま、ボルトを引き、さっきの薬莢《やっきょう》を排出した。また新たな弾丸の装塡《そうてん》される音がしじまのなかに響きわたった。その瞬間、彼の顔が硬直した。脅えが恐怖に変わった。あからさまな恐怖のいろだった。その顔を眺めた。彼はかつて感情を剝《む》きだしにすることだけは、けっしてなかったはずだ。やがて彼はこちらを向いた姿勢のまま、徐々にあとずさりをはじめた。視線が、僕と僕の持つ銃を交互に行き来する。

時間がすぎた。ゆっくりした流れの時間がすぎた。

三十ヤードほどはなれたとき、彼は背を向けた。足をひきずりながら、ときおりこちらに顔を向ける。歩調が早くなった。僕は銃床をにぎったまま銃口を地面に向け、ぼんやり立っていた。五十ヤード、六十ヤード。井上の歩調は速度を加えた。その背中を見送りながらようやく理解した。そう。英子は独立したおとなだった。そして自殺した。疑いなく自殺だ。その理由は僕しか知らない。だれの子どもでもよかったのだ。ただ、その事実が自発的な意志によるものかどうか。それだけを知りたかった。そうではなかった。彼女の自由意志によるものではなかった。

　彼が百ヤードまで達したころ、銃をかまえた。英子の表情がまたうかび、そして消えていった。リズムと集中力。静かだった。周囲には静寂しかない。血管に流れる血の音。暗い血が燃える炎のつぶやき。それだけに耳を傾けていた。いま井上は、ほとんど駆け足になっている。百三十ヤード。スコープに目をあてた。自販機の光を背景にした彼の後頭部が視界に入った。銀髪がゆれている。かつて僕が尊敬していた男。いつだって、みずからを誇示することのけっしてなかったひとりの男。その銀髪と肩が、光と闇のなかで上下にゆれている。

　彼のすぐそばにもう自販機があった。その角を曲がろうとしている。残り一、二秒。直後、銃口を水平に移動した。タバコの自販機、その明るい照明のなか、パッケージ見本が並んでいる。ショートホープ、とつぶやいた。引き金を絞った。銃声が尾を引いた。一瞬のち、透明なプラスチックカバーに穴がひとつ開いた。その周囲にひびの波紋がひろがる。その向こう、ショートホープのまん中に残る小さな黒点がみえた。ひどく空虚な気分が訪れた。なんの満足もない。いったい僕はなにをしたのだろう。ライフルの銃身がそのまま力なくたれさがった。

　井上がたちどまり、こちらを向いた。表情はわからない。長い距離の向こうにある。唯一の弾丸がそれ、安堵《あんど》の訪れがあったのかもしれない。ふぬけたようによろよろした姿で、彼は道路の中央に歩みでた。そのとき、どこか遠くで爆発的に高鳴るエンジン音があった。タイヤの悲鳴が届いてきた。三叉路にクルマが姿をあらわした。

井上の身体が宙を舞っていた。

24

三叉路におどりでたクルマは、ヘッドライトをつけてはいなかった。黒いセダンだ。同時にその方向に向かい、爆音をあげ走ってくるもうひとつの車体が反対側、右の視界に入った。がっしりした4WDだった。近づいてくるとき原田らしい姿が一瞬、運転席にみえた。またたく間もなく目のまえをとおりすぎた。そのとき、彼の意図するところをようやく理解した。トラックごとの奪取だ。それしかない。相手にする人数を考えれば、『ひまわり』だけをトラックから持ちだすのは不可能といっていい。そして彼の目的地はあの三叉路のはずだった。クルマが徐行するポイントだし、到着すべき倉庫が間近で油断してもいる。

はねとばされた井上の身体は歩道に横たわっている。動かない。衝突したときのクルマの速度を考えれば、損傷はそれほどでもないはずだ。打ちどころがわるかったのだろうか。考えているうち、彼はゆっくり身体を起こした。なにが起きたのか、理解につとめるようすで周囲をきょろきょろ眺めている。停止したセダンからドライバー役を除き、男が三人おりるのがみえた。不測の事態に困惑するでもなく、彼らは井上に向けて怒声をあげた。井上はよろよろと立ちあがった。そのまま、晴海通りのほうへ歩みさっていく。僕をふりかえりもしなかった。かつて彼にひどい障害を残すほどの暴力をふるった男、曽根が近くにいることを知っているはずだが、そのことさえすでに意識していない。だが、それはどうでもいい。いま彼は誠実の脱け殻にすぎない。乾いた思いで、その背中を見送った。

路上の男たちに目をもどした。僕の知る人物はいない。それでわかった。幌《ほろ》つきのトラックを、セダン二台がはさむかたちでやってきたのだ。田代たちはおそらく、トラックのうしろについたクルマに乗っている。

予想どおりだった。すぐ旧式のトラックが三叉路に姿をみせた。先導していたクルマにつづき、ゆっくり角で停止した。そのときになって、路上の男たちが猛スピードで接近する4WDに気づいた。飛びはねるような勢いで左右に散らばる。トラックの横腹に衝突する寸前、4WDが急ブレーキをかけた。トラックとのあいだに残ったのは、数十センチ。かろうじて事故をさけたというぐあいのタイミングだった。おりたったのは、やはり原田の優美な輪郭だった。トラックの運転席に駆けよる影がひどくほっそりしている。今度は正体不明のクルマの登場で、男たちはあきらかに混乱しているようにみえた。意味不明の声が交錯し、動きがばらばらで、指揮する人間もいない。それでも原田がブロウニングを運転席に向けたとき、ようやく事態を把握したようだった。その反応は、彼らの手ににぎられた拳銃というかたちであらわれた。この国もすでに銃社会になっている。少なくとも一部では、理想社会の実現をみたらしい。

　僕にできることは多くない。そのことを考えた。接近しても意味はない。それでもできることはあるかもしれない。もしそうなら、行動に移すべきかもしれない。京都で救われた借りがある。側面援助。それくらいなら可能だ。多人数対一人の場合、暗いほうがひとりにとっては有利だろう。それなら、その環境をつくることはできる。三叉路は、三基の街灯が照らすその中央にあった。

　ライフルを構えた。そのとき大きな雨粒がポタリと一滴、手の甲におちた。やはり雨がふってきた。雨粒は音たて、すぐその数を増やしていく。この雨がどういう効果をもたらすのかはわからない。だがとりあえず、いまのところは無視できる。スコープをのぞいた。街灯の照明に照準をあわせ、ボルトを前後にスライドし、引き金を絞る。その動作のくりかえしをごく短時間でおこなった。照明灯の砕ける音が立てつづけにみっつ聞こえてきた。ルガーから三個の薬莢が弾けとぶあいだ、十秒とかかりはしなかった。銃口をさげようとして気づいた。三叉路にはまだ、いくぶん明るさが残っている。タバコの自販機の照明。それが光源だ。パッケージ見本は二段。カバー内に蛍光灯が二本ある。今度はタバコの並ぶ列の上部を狙った。ほぼ五秒。そのあいだ、ふたつの銃声だけで自販機がただの暗い箱になった。まだ射撃の腕はおちてはいない。そのことが僕をおどろかせた。

三叉路の近くにある照明はすべて消えた。いまそこにある光は、晴海通りからもれてくるかすかなものしかない。そのうす闇のなか、いくつかの影が入りみだれ、錯綜《さくそう》しながら動いていた。だが、原田のそれはすぐ見分けがつく。舞踏のように流れる優雅な動き。ひとつだけ際立ったその影がみえる。その奇妙な影絵の光景でふたつの輪郭が倒れた。直後、トラックのドアに移動した原田が運転手に拳銃をつきつけていた。影だけでわかるその展開は、ほんのわずかな時間で終わった。ドアが開いた。ふたりの男が飛びおりたあと、拳銃の発射音が聞こえてきた。ドアに撃ちこむ気配があった。銃の弾丸は、何重も金属の重なるドアを貫通することはない。だがウィンドウとなると話は別だ。閃光《せんこう》を放った位置にある腕の影、そこにまた照準をあわせ、二発連射した。悲鳴が届き、弾けとぶ拳銃の影がみえた。すると別の銃の発射音が聞こえた。遠い路面で、アスファルトの破片とともに火花が弾けた。やっと彼らもこちらにも注意を向けたらしい。だが、毛ほどの危険さえ感じる必要のない距離だった。

あとは彼にまかせるしかない。僕にはまた別の用がある。まだ警官のやってこないのがふしぎなくらいだ。背を向け、走りはじめた。黄いろい倉庫の管理事務所。いま、そこから表にでてきたらしい初老の男が、路上にひとり立っていた。ポカンと口をあけ、三叉路の光景を唖然《あぜん》と眺めている。それからようやく我にかえったらしい。あわてて事務所にもどろうとするところを間にあった。ライフルをつきつけ「失礼」と僕はいった。彼は目を丸くして僕を見つめた。耳が遠いようだった。「失礼」もう一度、大声でいった。「雨がふってきた。部屋にもどらないと、風邪をひきますよ」

ふたりで事務所のなかに入った。両手をあげた彼は、抵抗する気配もみせない。彼に向けてさらに大声をあげた。「警察に電話するのは、もうしばらく待ってもらえませんか。そのほうが、あなたも安全でいられる」

「あんた……」そういったあと突きつけられた銃を眺め、納得したように彼は声を呑《の》みこんだ。

この倉庫の保安態勢がわかった。倉庫自体に入ろうとしないかぎり、セキュリティーシステムが作動することはないのだ。デスクのうえにある電話からコードを引きちぎった。初老の男の身体、そのポケットのあたりを軽くたたいた。彼は両手をあげたまま、この場にもっともふさわしい判断をくだしたようだった。手をだす気配もなく、僕の動作を黙ったまま従順に眺めている。携帯電話を彼は身につけてはいなかった。

「ここでじっとしててください」声をかけた。「外は危険だ。いまは無法地帯になっている。トラックがいっちまったら、どこかの公衆電話から一一〇番してもらっていい」いい残したまま、また表に走りでた。

トラックは動きはじめていた。こちらに向かい加速の度をあげてくる。運転席には姿がひとつしかない。どうやらトラックの奪取に原田は成功したらしい。その運転席から追いだされたらしい男もふくめ、四人が路上に立っていた。銃をかまえている。ふたつの影だけがしゃがみこんでいた。僕が腕を射ぬいたふたりだろう。拳銃をかまえた男たちは走りさる車両に銃口を向けていた。乾いた銃声が連続して聞こえた。車体自体はさけたようにみえる。タイヤを狙ったらしい。積み荷だけは傷つけないよう厳重な注意を受けているにちがいない。だが弾丸はすべて、無駄に消費された。

トラックが速度をあげた。さらにこちらに近づいてくる。そのとき別のセダンが一台、猛スピードで接近してきた。たぶん田代たちが乗るほうだ。すぐトラックに追いつき、並行して走りはじめた。窓から拳銃をにぎる腕が突きでた。発射音。トラックが大きく揺れた。今度はタイヤに命中したらしい。さらに運転席に銃口が向けられる。そのふたつの車両の進路上に僕は立っていた。急接近するその光景に向け一発撃ったあと、横っとびに走り、道路に伏せた。数十センチ真横をセダンのタイヤがすぎていった。拳銃を持つ腕に命中したかどうかはわからない。直後、また銃声が響いた。僕の狙いが、はずれたのか。あるいは原田が反撃したのか。考える間もなく、結果がわかった。トラックの背がみえる。そのうしろ姿が幅ひろい道路を蛇行しはじめた。そしてスピードがおち、やがて歩道に乗りあげ、街灯に激突した。支柱の曲がった街灯のおとすぼんやりした明かりのなかで、トラックは停止した。すでに雨足が強くなっている。その雨音のなか、エンジン音は死に絶えていた。

トラックのボンネットから、湯気がたちのぼっていた。セダンがとまり、男たちがおりてくる。三人。田代、曽根、鷺村だった。田代以外のふたりは拳銃をかまえているが、すぐクルマの陰に姿が消えた。このライフルの存在を彼らはすでに知っている。トラックの運転席同様、僕にも注意を払っている。セダンの位置は近かった。約三十ヤード。拳銃でも、腕しだいではなんとかなる距離だ。原田は負傷したのか、あるいは瀕死《ひんし》なのか、それとも死んだのか。たしかめる余裕はない。いまもっとも有効な手段は距離をおくことだった。最初にいた石塀からは、すでに遠い。だがそこまでもどれば、こちらからライフルで一方的に攻撃できる距離になる。ただ問題は、そちらのほうにも先頭のクルマに乗っていた男たちが近づいていることだった。僕が射撃で腕を傷つけたのは、ふたりにすぎない。健在な男はまだ四人いる。つまり、挟み打ちになっている。

銃声が聞こえた。曽根たちのいるあたりからだった。頭のすぐ横、コンクリートの壁から破片が飛びちった。ボルトを引き、セダンの後部位置に照準をあわせた。ふたたび待った。腕と拳銃が姿をみせた瞬間、反射的に撃っていた。ふりしきる雨のなか、拳銃が宙を舞い、濡《ぬ》れた路面に転がった。銃そのものに弾丸が命中したらしい。一瞬のち、立ちあがりジグザグに走った。背後のセダンからまた銃声が聞こえた。横腹に衝撃があった。だが、動ける。なぜかまだ動ける。三叉路のほうからも、こちらに走ってくる四人の影がみえた。もう腕だけを狙う余裕はない。走りながらボルトをスライドさせた。撃った。足に命中し、ひとりが転倒する。同時に彼ら全員が道路に伏せた。そのあいだに石塀の陰に飛びこんだ。彼ら、三叉路のほうの一団とはまだ距離がある。ふたたび立ちあがり、二発連射した。起きあがろうとしていた男がまたひとり倒れた。命中したのは、また足のはずだ。彼らが伏せたのを見届けると、身体を石塀の陰におとした。ふうと息を吐いた。これで当分のあいだ、彼らの動きを封じることはできるはずだ。長い時間ではないかもしれないが、しばらくは封じこめる。

ふりしきる雨の向こう、トラックのほうを眺めた。いま動きはなにもない。セダンの陰には田代たちがいるだろう。射撃経験を積んだ曽根もいる。そこからトラックのあいだには二、三十メートルの間隔がある。もしトラックのほうに、だれかが移動するようなら撃つことはできる。そうでないなら、向こうが姿をあらわすのを待つしかない。ただ、こちらも動くことができない。三叉路のほうにも、まだふたりが残っている。膠着《こうちゃく》状態だ。

残された選択肢はどうやらひとつしかないようだった。原田がトラックの奪取に失敗した以上、もうひとつしかない。あの初老の警備員が条件反射で思いうかべた手段だ。あまり愉快とはいえないが、住民税は払っている。麻里に話した最終手段しかない。僕の実刑はまずまちがいないところだろう。それは気にならないが、いまこの瞬間、救急車を必要としている人間がいる。携帯電話をとりだした。ばらばらに壊れていた。それでわかった。僕が走っていたとき、ジャケットは風で背後にふくらんでいた。おそらく曽根の撃った弾丸がこの携帯電話に命中したのだ。これがなければ、背中か横腹に穴が開いていたにちがいない。吐息がもれた。

姿勢を変え、銃のバレルを石塀においた。ベンチレスト。この体勢なら、だれがやってきてもそれなりの反撃はできる。また銃声が聞こえた。三叉路の方向からだった。だが、弾丸の行方すらわからない。それからふと気づき、残りの弾数を計算した。井上とのギャンブルに二発、照明に五発、三叉路の連中に計五発だろうか、それに田代たちに二発。ほぼ四分の三を消費している。このライフルを国内に持ちこんだとき、まさかこんな銃撃戦のさなかに身をおくとは思ってもみなかった。保険用にマガジンをもうひとつ用意すべきだったかもしれない。やはり僕の想像力にはどこか欠陥があるのだろう。反撃するとしても、もうすでにそれは限られた範囲内にある。

雨足はさらに激しくなっている。冷たい六月の夜の雨。その音を聞きながら、数日まえまでの生活を思いうかべた。つるつるのプラスチックみたいな平板な生活。静かで平穏な生活。すでに遠い過去だった。それがもどってくることはもう二度とない。虫歯の痛みでさえいまは懐かしい。あるいは僕の生活すべてがここで完結するのかもしれない。それならこういうことはいえる。ゴッホより、一年は長い生涯をおくったことになる。苦笑がもれた。比べものにはならない。なんの慰めにもならない。僕はなにも残してはいない。英子の表情を思いうかべた。彼女の言葉を思いうかべた。井上の言葉も思いうかべた。三月はじめと彼はいった。それなら、英子が僕の作品を京都に運んだのはそれ以後ということになる。ゴッホを見つけたのも、おそらくその帰郷の折りだったはずだ。三十歳の誕生日。たかが妊娠したくらいで……。ようやく気づいた。たぶん、とそのとき僕は思った。たぶん、彼女は僕との約束を守ったのだ。私、秋山さんと結婚するんです。そして秋山さんをこの残酷な世界から守るの。静かな生活で守るの。いまはわかる。彼女は、僕を静かな生活のなかにおいたまま去っていったのだ。あらゆるめんどうから、僕を遠ざけようとしていた。宏の件で彼女ひとり奔走していたことからも、それはわかる。僕になにひとつ詳しい話を打ちあけようとしなかったことからも、それはわかる。僕に約束したその静かな生活を彼女はただひとりで守りぬこうとしたのだ。約束の誠実な履行《りこう》。この時代、どんな人間だってそんなおとぎ話を信じやしないだろう。妄想にすぎないというだろう。だれもが嘲笑《ちようしよう》することだろう。だが、僕にはわかる。彼女は責任という言葉を知っていた。ただそれだけだ。それだけが理由だった。ただそれだけの理由でみずから死を選び、僕を守ろうとしたのだ。だが、僕はそうでなかった。この残酷な世界から英子を守ることができなかった。わかることがなかった。責任という世界を知らないでいた未熟。その無知を僕ひとり、わかろうとしなかったのだ。

また思った。それだけは彼女と僕が一致した点。創作物のなかになにかを隠すという発想。ただ、中身は大ちがいだ。声ださず笑った。僕が隠したのは人を傷つける武器だが、彼女が隠したのはひとりの天才の作品だった。ひまわり。たしかにアルルの八点めの『ひまわり』にちがいない。あの作品の存在を僕に黙っていたのも、その理由がいまわかる。静かな生活の確保。その存在が巻きおこす騒動から僕を守りたかった。それが理由だ。そのことがわかる。ただ、彼女はそれを処分できはしなかった。もし、どこかに少しでもひかれるところがなければ、彼女はきっと焼却したことだろう。あるいは、なにか別のかたちで処分したはずだ。しかし彼女にはそれが不可能だった。彼女の発見したものには、抵抗を許さないそれだけの力があった。そういうことだったにちがいない。さらに半年をかけ彼女が回収した高校時代の僕の作品。それを打ちあけようとはしなかった二ヵ月。その空白の意味もわかる。なぜなら、その夏の花々は僕の作品内部に存在していたからだ。出口への躊躇《ちゅうちょ》。

トラックのほうで銃声が聞こえた。つづいて撃ちかえすように別の銃声が鳴った。セダンとトラックの運転席のあいだに閃光が走った。原田はまだ無事でいる。立ちあがろうとしたとき、首すじに冷たい感触がふれた。雨ではなかった。

「これでおしまいだな、坊や」曽根の声だった。

立ちな。その声にしたがった。にやりと笑った曽根は僕のルガーをゆっくり片手でとりあげた。雨に濡れた彼の顔を見かえした。

「なるほどね。空き地のうしろをまわってきた。そういうことか」

「そういうことだ」彼はまた笑った。「おまえ。どっか抜けてんだよ。射撃の腕はいいが、どっか抜けてる」

雨音で背後には気づかなかった。僕に向け銃を撃ったあと、あの携帯電話に弾丸を撃ちこんだあと、僕が背を向けて走っているあいだ、曽根はこの空き地の裏側を大まわりしながら移動していたにちがいない。そういう判断だけはたしかな男だった。

「抜けてる、か」僕はため息をついた。「どうやらそうらしい。異議をたてる資格はないな」

ときおり銃口は首すじにふれた。その冷たさを感じながら、促されるまま雨の路面を歩いた。トラックの近くまできたとき、曽根が声をあげた。

「銃を捨てろ。でてこい、原田。おまえの相棒がとっつかまった」

数秒、沈黙があった。バックミラーにだれかの視線の映る気配があった。それから運転席のドアが開き、拳銃が投げだされた。田代と鷺村がセダンの陰から、ゆっくり立ちあがった。

トラックの運転席から姿をあらわした原田が路面におりたった。右肩から血を流している。街灯がおとす光のなか、はっきりそれとわかる。ひどい血だった。ふつうの人間なら、そのまま失神までいたるような負傷だ。それでも原田は僕を認めると、微笑をうかべた。

「申しわけない」僕はいった。「僕はしょせんアマチュアだった」

彼の微笑は消えなかった。「いや、ライフルの腕はたいしたものですよ。プロでもなかなか、ああはいかない」

「さてと」田代がいった。「おふたりにはどうしてもらうかな」

「倉庫に入れれば、もうだれにもわかりませんよ」鷺村が横あいから口をだした。「カタをつけるだけだ。あとはどうにでもなる」

「カタギの警備員がいるようだ」僕がいった。

「口止めの方法はいくらもある」田代が答えた。「さあ、ふたりとも並んで行進してもらおうか。私の美術館に案内する。あれだけの作品を鑑賞する機会はもう二度とないよ」

僕と原田は顔を見あわせた。彼は苦笑していた。たいした男だ。こういう男がなぜ、あの仁科と関係を持つのかまるでわからない。同性愛という嗜好《しこう》を理解することは、僕にはけっしてないだろう。

ふたり並んで、倉庫に向け歩きはじめた。負傷しているとはいえ、原田の格闘能力に、彼らはさんざんな目にあっている。そうとう距離をおき、うしろをついてくる。

そのとき近くで、音高くエンジン音が鳴った。その方向に目をやった。小型車がこちらに向けて発進した。ローギアで極限までエンジンの回転数をあげている。轟音《ごうおん》をたてながら走ってくる。ヘッドライトは点灯していない。ワイパーだけが動いている。そのガラスの向こうに一瞬、麻里の蒼《あお》ざめた顔を見た。急激に加速し、突進してきた。僕はなにか叫んだと思う。だが声は、曽根がふりむきざま発射した拳銃音二発にかき消された。フロントグラスがこなごなに飛びちった。それでも加速する小型車は曽根と鷺村をなぎはらい、田代を転倒させながらすぎていった。そして停止した。僕がいたあの石塀。そこにフロントをぶつけ、静かにとまっていた。

その瞬間、ライフルを拾いあげる原田が視界の片隅に入った。

小型車に向け、足を一歩踏みだした。次の一瞬、駆けだしていた。クルマはフロントを大きくへこませ、ボンネットがすっかり開いている。エンジンがしゅうしゅう音をたて、ふりしきる雨のなかに湯気をあげていた。ドアを開いた。倒れてくる麻里のきゃしゃな身体を両手で受けとめた。うしろで銃声が聞こえた。もう気にはならなかった。麻里の身体をかかえあげた。ひどく軽かった。ぬかるんだやわらかい路肩の土に寝かせると、胸のあたりに傷が開いていた。そこから黒い泉のように、血がどくどく噴きでている。口もとから血がひと筋、流れている。

「ねえ」彼女がかすかな声をあげた。

しゃべらないほうがいい。いいかけて口をつぐんだ。無意味だ。冷たい六月の雨に濡れ、泥のなかに横たわり、大量に血を流し、いま目のまえで死に近づきつつあるものには、どんな気休めも無意味に思えた。

「なんでやってきたんだ」僕は彼女の首を抱えた。その首がぐらぐらゆれた。「なんで約束を守らなかったんだ」

うす闇のなかで、彼女は微笑んだようにみえた。

「私、じゃまをした?」消えいるようにかすかな声だった。「私、あなたのじゃまをした?」

「いや」と僕はいった。「おかげで助かった。でも、なんでやってきたんだ」

「たずねたいことがあったから」

「なにをたずねたかったんだ」

「奥さんの自殺の理由はわかったの」

さらに消えいるような声になっていた。だが、ふりしきる雨音のなか、その声は透明な響きをともない、はっきり耳に届いてきた。

「たぶん」とだけ僕はいった。

「その理由は、あなたにしかわからない?」

「たぶん」ともう一度、僕はいった。

彼女は微笑んだ。「じゃ、お祝いしなきゃね」

「どうやってお祝いするんだ」

「わからない」彼女はいった。「私、一度もお祝いしてもらったことがない。だから、わからない」

長い空白があった。雨の音だけが耳の奥で鳴っていた。

「ねえ。もうひとつ、質問がある」

「なんだい」

「あなた、いままで、泣いたことはない？」

短い時間をおいて答えた。正直に答えた。

「僕は泣きはしない。一度も泣いたことはない」

「そう」彼女がつぶやいた。声がとぎれとぎれになっていた。「さっきまで、私、泣いていた」

「なんで泣いてたんだ」

「死ぬほど、さみしかった」

また空白があった。彼女の顔を眺めていた。雨でうすまり、唇からあふれる血。それが、彼女の口のまわりを淡く染めていた。

「あなた」またつぶやいた。「あなた、教えてくれなかった」

「どういうことを？」

「泣いたことが、ない。そんな、子どもじゃないとこも、ある。そんなこと、一度だって、私に、教えてくれなかった……」

そのまま、彼女の首がおちた。両瞼《まぶた》をてのひらで閉じた。

25

トラックのほうへもどった。足を踏みだすたび、靴の下で路面にたまった雨水が音をたてた。その音を聞きながら歩いた。

すべては原田が処理していた。雨に煙る闇の向こう、少しはなれたところに田代たちが一団となってすわらされている。なん人かは血を流している。原田は僕のライフルをそちらに向け、路面に腰をおろしていた。僕を見ると声をかけてきた。

「彼女は？」

「死んだ」と僕はいった。

彼はしばらく沈黙のなかにいた。

「私のせいかもしれない」

「いや、ちがう。僕が殺した」

彼は怪訝《けげん》な表情で、うかがうように僕を見た。

黙ったまま、ゆっくり腰をおとした。

原田はまたしばらく沈黙にもどった。それから口を開いた。「この連中を見張らなければならないが、『ひまわり』を確認したいんです。それとも、あなたがいく？」

首をふった。「いや、きみがいってくれ」

彼はうなずいた。ライフルを僕に預け、トラックの運転席から懐中電灯をとりだした。それから荷台にまわり、よじのぼっていった。僕はすわりこんだまま、ポケットからハイライトをとりだした。最後の一本だった。よれよれになっている。てのひらで雨をふせぎながら、火を点《つ》けた。ハイライトはタバコの味がしなかった。

時間がたった。ようやく荷台から原田が姿をあらわした。飛びおりると僕のそばにもどってきた。いくぶん顔が上気している。

「真作でした。厳密な鑑定結果を待たないといけないが、あれはまちがいなく真作ですね。傷《いた》みも思ったほどじゃありません。ファン・ゴッホの『ひまわり』。今度はあなたが見てくるといい」

首をふった。「ひとつ聞きたいんだが」

「なんでしょう」

「あれは、僕の作品に収められていたはずだ。『ひまわり』はどちらにあった？　隠されたキャンバスの室内の絵のほうだろうか。それともブリキのドアの裏側だろうか」

彼は微笑した。「あとのほうです。あなたの奥さんは、やはりあなたの作品だけは汚したくなかったらしい。キャンバスの彩色部からはみでた四隅を強力な接着剤で、ブリキの裏側に貼ってあった」

そうか、とつぶやいた。ライフルのボルトをスライドさせた。そのまま、銃口をトラックの横腹に向けた。原田がなにか声をあげようとしたとき、引き金を引いていた。さらにボルトを引き、また撃った。二度くりかえした。弾丸はガソリンタンクにみっつの小さな穴を開けていた。そこからガソリンが噴きでて、こちらに流れてくる。雨が激しく叩《たた》く暗い路面を、虹《にじ》いろにきらめいて蛇のようにうねり流れてくる。

「まさか……」原田がつぶやいた。遠くにすわっている田代たちにも息をのむ気配があった。

そのとき、僕はタバコを投げていた。賭《か》け。そうだったかもしれない。そうでなかったかもしれない。よくわからなかった。水たまりにおちるのか。ガソリンにおちるのか。雨がタバコの火を消すのか。そうでないのか。よくわからなかった。タバコの火は雨に消されはしなかった。小さな明かりが放物線を描き、虹いろの路面におちた。瞬時に火は走った。すぐガソリンタンクに燃えうつった。

爆発が起きた。周囲の闇が真っ赤に染まった。鉄片らしいものが頬をかすめてすぎた。思わず立ちあがろうとした原田が崩れるように腰をおとした。

「まさか」ふたたび彼がつぶやいたとき、トラック全体が轟音《ごうおん》とともに火につつまれた。

幌《ほろ》が燃えている。闇のなか、そこだけ信じられないような赤い炎が燃えている。原田の顔は火に照らされていた。呆然《ぼうぜん》とした表情がそこにあった。

「あなたは……。あなたは、いったいどうして……」

「送り火だよ」僕はつぶやいた。「人が死んだ。あのひまわりのために、ふたりが死んだ」

やがて長い深い吐息がとどいてきた。

「送り火には、季節はずれのようにも思えますがね」

「ひまわりだって季節はずれだろう。まだ咲いちゃいない。蕾《つぼみ》のままだ。だけど、盆のころにはきっと花が咲いてる」

「だが送り火はふつう、もっとしめやかですよ。こんなに派手なものじゃない」

「そうかもしれないな」

つぶやいたあと、燃えさかるトラックを長いあいだ眺めていた。たしかにそれは、ひっそり燃える火ではない。天を焦がす炎だった。絢爛《けんらん》とした炎をあげながら燃えている。華々しい音をたて、ゆらぎ、燃えている。夥《おびただ》しい雨粒のおちてくる夜空。その暗い天を舐《な》めるように、炎をたちのぼらせている。冷やかな闇を圧倒し、夏の真昼の熱を伝えてくる。どよめくような炎のふくらみ。まるで祝祭の日に燃える炎だ。ふとそう思った。そうだ。祭りの火だ。これはだれかにおくる祭りの火なのだ。

ひまわりが燃えている。

やがてポッツンと原田がいった。

「これから、あなたはどうされるおつもりなんですか」

「待つんだ」と僕はいった。「ここでずっとこのまま待つさ。そうすりゃ、静かでなにもない生活がやってくる」

遠くでサイレンの音がかすかにわいていた。

【引用文献】

『ファン・ゴッホ書簡全集』小林秀雄他監、二見史郎他訳　みすず書房
『暗い春』ヘンリー・ミラー著、吉田健一訳　集英社

【参考文献】

『ファン・ゴッホ書簡全集』小林秀雄他監、二見史郎他訳　みすず書房
『ひまわりの画家ファン・ゴッホ』並川汎著　西村書店
『ファン・ゴッホ　フィンセント』大久保泰著　日動出版部
『至福のファン・ゴッホ』田代裕著　筑摩書房
『二時間のゴッホ』西岡文彦著　河出書房新社
『ヴァン・ゴッホの生涯』フランク・エルガー著、久保文訳　同時代社
『ゴッホ――燃え上がる色彩』パスカル・ボナフー著、嘉門安雄監　創元社
『ゴッホと静物画』千足伸行監、安田火災東郷青児美術館編　安田火災美術財団
『ゴッホ「ひまわり」解説図録』安田火災東郷青児美術館編　日本経済新聞社
『ゴッホ展　オランダ　クレラー＝ミュラー美術館所蔵・図録』圀府寺司監、横浜美術館
学芸部他編　日本テレビ放送網
『未完のゴーガン』池辺一郎著　みすず書房
『贋作者列伝』種村季弘著　青土社
『オークション物語』藤井一雄著　講談社

『国際絵画市場　流転する名画』藤井一雄著　講談社
『アート・マネージメント』佐谷和彦著　平凡社
『諸君！』九六年八月号「絵画マーケット崩壊の悲鳴」佐伯一雄　文藝春秋
このほか各種新聞、雑誌記事を参照。

解説

池上冬樹（文芸評論家）

ああ、なんと美しい小説だろう――。

数年ぶりに本書を読み返して思ったのは、そのことだった。終盤の場面が美しいし、人物たちの精神が美しい。決して美しさを強調する内容ではないし、そもそも作者の頭のなかに〝美しさ〟の描出などなかっただろう。それなのに物語と人物に美を感じるのは何故なのか。

その本書の魅力を語るまえに藤原伊織の小説について語ろう。

藤原伊織といえば、やはり江戸川乱歩賞と直木賞を同時受賞した『テロリストのパラソル』の印象が強いだろう。アルコール中毒のバーテンダーが新宿の爆弾事件に巻きこまれ、犯人と目され、逃亡をはかりながら事件の謎を解いていく物語である。江戸川乱歩賞では選考委員の全員一致で推された作品であるし、直木賞選考会でも高い評価をえた秀作。いまや、国産ハードボイルドの名作に数えられるほどであるけれど、海外のハードボイルドを熱心に読んできた者には、『テロ・パラ』はすこし定型にうつった。ハードボイルドの約束事（ヒーローが負け犬であること、会話における軽口、シニカルな視線など）の扱いが生真面目で臭く感じられたのである。とくに主人公がアル中であることが必然性のある設定になっていないのが気になった。

むしろハードボイルドを云々《うんぬん》するなら、藤原伊織の文壇デビュー作で、すばる文学賞を受賞した『ダックスフントのワープ』のほうがいいだろう。文体と主人公の姿勢が、『テロ・パラ』よりもずっと〝ハードボイルド精神〟を感じさせるからである。次々と比喩《ひゆ》を繰り出す文体はチャンドラー的だし、主人公の人物や社会との距離のとり方、その無関心に近い姿勢（それでいて観察は怠りない視線）はハードボイルド探偵のそれを彷彿《ほうふつ》とさせた。

藤原伊織が、純文学に行き詰まりを感じたのかどうかわからないが、『ダックスフントのワープ』から八年後にエンターテインメントのミステリ、それもジャンルとしてのハードボイルド・ミステリを選んだのに、逆に生真面目さや臭さが出たのは皮肉だけれど、しかしそう感じたのは少数派であり、見方をかえるなら、生真面目さは小説にかける作者の真摯《しんし》さのあらわれであり、臭さは定型がもつ大衆性であり、それが読者をつかむ要因にもなっている。逆にいうなら、いくら優れた作品でも、『ダックスフントのワープ』が広いポピュラリティをもちえなかったのは狭い純文学の枠内から出ることができなかったからである。

この純文学からエンターテインメントへの転向、あるいは純文学的な象徴性とエンターテインメント的大衆性がより強く出たのが、短篇集『雪が降る』だろう。

十数枚の掌篇「トマト」から百七十枚の中篇「紅の樹」まで六篇収録されているが、これまた微妙に世界が異なる。たとえば、元野球選手が謎めいた一家と知り合う「ダリアの夏」。少年を介して初老の男と少年の母親との愛憎を知る物語は、残酷な夏を象徴する赤いダリアの色が強烈で、人物たちの孤独感と焦燥感をあらわして秀逸なのに、後半、隠された事実で人生の意味付けをして、主人公の再生に結びつける。これは吉行淳之介っぽい小説だ思って読んでいると、後半は急に浅田次郎になったような嬉《うれ》しさがあり、ややサービス精神に富みすぎている。それは『テロ・パラ』の前篇である「銀の塩」や、サラリーマンが殺人者との出会いを振り返る「台風」にもいえる。あえていうなら悪しきミステリ的手法、人物関係の整合をやりすぎて、いたずらに複雑にしているのだが、それが読者に喜びを与える面があるのも事実だろう。ミステリとして必要な側面である。

ただ本来の資質を云々するなら、藤原伊織は、ミステリではなく普通小説の作家なのではないかと思う。〝人魚〟とバーで酒を飲む「トマト」は『ダックスフントのワープ』の路線の佳作だし、男同士の友情を叙情的《じょじょう》に描いた「雪が降る」は都会小説の逸品だし（これは泣かせます）、元やくざが命がけで若い母親を救出にいく「紅の樹」は鮮烈な青春小説といっていい。こちらの路線のほうが節々で読ませる。いずれも、いたずらに人物関係をいじらずに、エピソード（前者は映画）やイメージ（後者は樹木）で象徴するスタイルで効果をあげている。つまりストーリーテラーよりも、ノヴェリストとしての細部造形が光るのである。エンターテインメントでは、どちらかというと、ストーリーテリングの才能が重視されがちだが、純文学ファンをも満足させるには、テーマにそった細部の練りこみが必要であり、その点、純文学出身の藤原伊織は申し分なく、むしろ実にうまいというべきである。

　事実、その後の長篇を見ればわかるだろう。とくに藤原自身が身を置いていた広告業界を舞台にした『てのひらの闇』と『シリウスの道』は、海外小説なみに業界小説としての肉付けをたっぷりと施し、いくつもの脇筋を折りこんで物語に起伏をもたせている。『てのひらの闇』は、飲料会社の会長が自殺した事件を宣伝部の課長の堀江が調べる物語だが、前半の端正なハードボイルドから一転して後半は、傑作中篇「紅の樹」に顕著なノワール的色彩が強まる。破滅することも厭《いと》わない苛烈《かれつ》な精神性が緊迫感みなぎる闘いのなかで屹立《きつりつ》するのである。暴力と陰謀に巻きこまれながらも、高潔な姿勢を崩さない男の姿が力強く、しかも藤原らしい抒情性のなかで捉《とら》えられている。

『てのひらの闇』と比べると地味であるけれど、味わいと読み応《ごた》えという点では『シリウスの道』だろう。大手広告代理店に勤務する辰村が電機メーカーの広告宣伝を勝ち取ろうとするストーリーとともに、二十五年前に封印した秘密をめぐって幼なじみと再会するストーリーが並行していく。

少年時代を綴《つづ》るノスタルジックな章もいいが、職業小説としての面白さが特筆もので、代理店同士の熾烈《しれつ》な争いと社内での対立勢力との駆け引きなどがスリリングに語られる。しかも幼なじみとの再会が微妙に本筋に関係してエモーションを高めていく。その人物像の厚みとドラマの緊迫感がたまらないけれど、何よりもいいのは、『てのひらの闇』でも顕著だったが、人物たちの高潔さだろう。どんなに落魄《らくはく》しても、どんなに暴力にさらされても、失わずにもち続ける純粋な思いが、シリウスという恒星の存在を通して語られ、読む者の心を熱くさせるのである。毅然《きぜん》として優しく、そして気高い、藤原ハードボイルドのひとつの到達点といっていい完成度だ。

傑作短篇「紅の樹」をおさめた短篇集『雪が降る』や、その「紅の樹」的なノワール的色彩が強い『てのひらの闇』は、さかのぼれば本書『ひまわりの祝祭』になるだろう。

『てのひらの闇』や『シリウスの道』などに顕著な高潔な精神も、さかのぼれば『ひまわりの祝祭』から強くうちだされたものである。冒頭で人物の精神が美しいというのは、この〝どんなに落魄しても、どんなに暴力にさらされても、失わずにもち続ける純粋な思い〟が、毅然として優しく、気高く描かれてあるからである。

しかしとはいえ、物語も主人公もかわっている。『テロ・パラ』に続くハードボイルド・ミステリ第二作であるが、中盤までなかなか全体像が見えないからである。

物語は一人称の僕で語られる。秋山秋二は、三十八歳。銀座の古ぼけた民家に住み、おもに牛乳を飲み、主食はアンパンかドーナッツ。かつては商業デザインの分野で最高の賞を得たこともあるデザイナーだったが、妻の自殺以来、無為徒食で、野球中継と古いハリウッド映画のヴィデオ（おもにイングリッド・バーグマンやオードリー・ヘップバーン主演の映画）を見ている。

物語は、そんな男がゴッホの描いた名画の行方探しに巻きこまれるもので、ミステリとして見ると、手掛かりとなる事実が読者に提示されず、人物が勝手に謎を解いている印象は否めないかもしれない。だが、作者にとって最大の関心は、ミステリよりも〝僕〟という男の内面だろう。具体的には、妻の自殺の真相を追うことで、〝責任という世界を知らないでいた未熟〟さを味わう男の悔恨であり、そんな男を利用し、または男に惹《ひ》かれていく人物たちの純粋な行動と意志である。もっというなら、彼らの精神の美しさが、本書を輝かせているといってもいい。

というのも、最初は打算と欲望から事件や「僕」と関わりながら、最後は自らの命を投げ出すほどの熱情を示すのである。それをクールに、一刷毛《ひとはけ》の感傷をこめて描くあたり、まるでフランスのフィルム・ノワールのような沈潜した美しさに満ちている。いささか正統派ハードボイルドの優等生的答案の『テロ・パラ』よりもずっと個性的な作品であり、ハードボイルドの可能性を示した秀作といえる。

余談になるが、ひとくちにハードボイルドといっても、アメリカとフランスでは異なる。十年近く前になるが、ハードボイルドファンの間で、フランスのハードボイルドが話題になったことがある。ちょうど、本書が上梓《じょうし》された一九九七年前後に、ジャン＝パトリック・マンシェットの究極のハードボイルド『殺戮の天使』『殺しの挽歌』『眠りなき狙撃者』が相次いで翻訳されて話題になったのである。研ぎ澄まされた簡潔な文体とクールでスタイリッシュな暴力、描写は具体的なのにシュールな味わいをもつ物語の寓意《ぐうい》性、そして醒《さ》めた熱気が読者の心を震わせるのだが、それと同じテイストが藤原伊織の作品にもあるだろう。とくに『ひまわりの祝祭』には色濃い。

といっても、藤原は、マンシェットとは文体も世界も違うことはいうまでもない。アメリカとフランスのハードボイルドの違いは、前者が舞台である街や事件を徹底してリアルに追い求めるのに対し、後者はどちらかというと孤高のヒーローの精神を強調する点にあるが、それは「僕」の食事と住居へのこだわりを見ればわかるだろう。

藤原伊織といえば、江戸川乱歩賞&直木賞受賞作品『テロリストのパラソル』が強烈で、いつまでも『テロ・パラ』の作家と思う人が多いだろう。しかし一方で、すばる文学賞を受賞した『ダックスフントのワープ』の作家でもある。クールでユーモラスな寓意に満ちた物語の作家であり、それは奇妙な能力をもつ青年の戦いを描く『蚊トンボ白鬚の冒険』にも受け継がれていく。

本書もまたそれに近く、最後に至り、〝責任という言葉を知っていた〟女が約束を誠実に履行した〝おとぎ話〟に焦点があう。いまの時代にだれも信じず、妄想と思い、嘲笑《ちょうしょう》するような行為をなし遂げたことの驚きがある。反時代的に思えてしまうところもあるが、それを決してファンタスティックではなく、あくまでもリアリスティックに描くところに藤原伊織の作家魂がある。

本書は、結果的には、おとぎ話といえるだろう。武道に強いゲイのマネージャー、荘子を愛読するパンクな青年、フランス語を操るヘルス嬢、切りさき魔のやくざなどを登場させ、美と死が同義語の世界に奇妙な現実感をもたせているからだ。

現代人にはもはや実感に乏しい〝責任〟や〝誠実〟といった言葉に命をふきこんだ、現代の愛の物語でもある。

■藤原伊織著作リスト

1『ダックスフントのワープ』(集英社、一九八七年二月)→集英社文庫→文春文庫
2『テロリストのパラソル』(講談社、一九九五年九月)→講談社文庫→角川文庫
3『ひまわりの祝祭』(講談社、一九九七年六月)→講談社文庫→角川文庫 ※本書
4『雪が降る』(講談社、一九九八年六月)→講談社文庫
5『てのひらの闇』(文藝春秋、一九九九年十月)→文春文庫
6『蚊トンボ白鬚の冒険』(講談社、二〇〇二年四月)→講談社文庫
7『シリウスの道』(文藝春秋、二〇〇五年六月)→文春文庫
8『ダナエ』(文藝春秋、二〇〇七年一月)→文春文庫
9『遊戯』(講談社、二〇〇七年七月)→講談社文庫
10『名残り火 てのひらの闇2』(文藝春秋、二〇〇七年九月)

※1、4、8、9が中・短篇集。
※1は、第9回すばる文学賞受賞作品。表題作と「ネズミ焼きの贈りもの」が収録され、

文春文庫時には「ノエル」「ユーレイ」の短篇二本を追加収録。
※2は、第114回直木賞、第41回江戸川乱歩賞受賞。

この作品は二〇〇〇年六月に講談社文庫より刊行されたものです。

ひまわりの祝祭《しゆくさい》

藤原伊織《ふじわらいおり》

平成21年 9月25日　初版発行
令和7年 10月10日　8版発行

発行者●山下直久

発行●株式会社KADOKAWA
〒102-8177　東京都千代田区富士見2-13-3
電話　0570-002-301（ナビダイヤル）

角川文庫 15894

印刷所●株式会社KADOKAWA
製本所●株式会社KADOKAWA

表紙画●和田三造

●お問い合わせ
https://www.kadokawa.co.jp/（「お問い合わせ」へお進みください）
※内容によっては、お答えできない場合があります。
※サポートは日本国内のみとさせていただきます。
※Japanese text only

ISBN978-4-04-384702-0　C0193

◆◇◇

角川文庫発刊に際して

角川源義

　第二次世界大戦の敗北は、軍事力の敗北であった以上に、私たちの若い文化力の敗退であった。私たちの文化が戦争に対して如何に無力であり、単なるあだ花に過ぎなかったかを、私たちは身を以て体験し痛感した。西洋近代文化の摂取にとって、明治以後八十年の歳月は決して短かすぎたとは言えない。にもかかわらず、近代文化の伝統を確立し、自由な批判と柔軟な良識に富む文化層として自らを形成することに私たちは失敗して来た。そしてこれは、各層への文化の普及滲透を任務とする出版人の責任でもあった。

　一九四五年以来、私たちは再び振出しに戻り、第一歩から踏み出すことを余儀なくされた。これは大きな不幸ではあるが、反面、これまでの混沌・未熟・歪曲の中にあった我が国の文化に秩序と確たる基礎を齎らすためには絶好の機会でもある。角川書店は、このような祖国の文化的危機にあたり、微力をも顧みず再建の礎石たるべき抱負と決意とをもって出発したが、ここに創立以来の念願を果すべく角川文庫を発刊する。これまで刊行されたあらゆる全集叢書文庫類の長所と短所とを検討し、古今東西の不朽の典籍を、良心的編集のもとに、廉価に、そして書架にふさわしい美本として、多くのひとびとに提供しようとする。しかし私たちは徒らに百科全書的な知識のジレッタントを作ることを目的とせず、あくまで祖国の文化に秩序と再建への道を示し、この文庫を角川書店の栄ある事業として、今後永久に継続発展せしめ、学芸と教養との殿堂として大成せんことを期したい。多くの読書子の愛情ある忠言と支持とによって、この希望と抱負とを完遂せしめられんことを願う。

一九四九年五月三日

角川文庫ベストセラー

テロリストのパラソル　藤原伊織

疫病神　黒川博行

繚乱　黒川博行

破門　黒川博行

ドアの向こうに　黒川博行

新宿に店を構えるバーテンの島村。ある日、島村の目の前で犠牲者19人の爆弾テロが起こる。現場から逃げ出した島村だったが、その時置き忘れてきたウイスキー瓶には、彼の指紋がくっきりと残されていた……。

建設コンサルタントの二宮は産業廃棄物処理場をめぐるトラブルに巻き込まれる。巨額の利権が絡んだ局面で共闘することになったのは、桑原というヤクザだった。金に群がる悪党たちとの駆け引きの行方は——。

大阪府警を追われたかつてのマル暴担コンビ、堀内と伊達。競売専門の不動産会社で働く伊達は、調査中の敷地900坪の巨大パチンコ店に金の匂いを嗅ぎつけると、堀内を誘って一攫千金の大勝負を仕掛けるが!?

映画製作への出資金を持ち逃げされたヤクザの桑原と建設コンサルタントの二宮。失踪したプロデューサーを追い、桑原は本家筋の構成員を病院送りにしてしまう。組同士の込みあいをふたりは切り抜けられるのか。

腐乱した頭部、ミイラ化した脚部という奇妙なバラバラ死体。そして、密室での疑惑の心中。大阪で起きた2つの事件は裏で繋がっていた？　大阪府警の〝ブンと総長〟が犯人を追い詰める！